스
노
볼
1

박소영
장편소설

스노볼 1

창비

1부

나

스노볼의 시대

    할머니가 두툼한 퀼트 이불을 무릎에 덮고 거실에서 텔레비전을 보고 있다. 텔레비전에는 할머니가 제일 좋아하는 드라마가 방영되고 있고, 그 우측 하단에는 현재 날씨가 하얀 자막으로 나오고 있다.

−46℃

    어제보다 3도 떨어졌다. 영하 46도 옆에 눈이 내리는 아이콘이 붙어 있다. 오늘 하루 중 언제라도 눈이 내릴 수 있다는 의미다.
    할머니는 자리에서 일어나 전기난로 위에 주전자를 올려놓고, 오늘도 늦잠을 잔 온기는 입에 칫솔을 문 채 다가와 앙탈을 부린다.

"아, 학생이고 싶다!"

학교는 기온이 영하 45도 이하로 내려가면 문을 열지 않는다.

"이나 마저 닦아."

나는 온기를 가볍게 타박하며 계속 양치질을 한다.

할머니는 오늘도 당연히 채널 60번을 틀어 놓고 있다. 고해리가 출연하는 드라마만 스물네 시간 틀어 주는 **고해리 전용 채널**이다.

"아니, 생각을 해 봐."

온기가 내 앞을 가로막으며 억울하다는 투로 따진다.

"십 개월 전에도 나는 열여섯 살이었고, 지금도 열여섯 살인데! 학교를 졸업했다고 해서 내가 갑자기 추위에 더 강해졌겠냐고."

텔레비전 화면을 가리고 선 온기를 향해 내가 미간을 구긴다.

"야 전온기, 바닥에 치약 튀거든."

온기는 나보다 십 분 먼저 태어난 쌍둥이 오빠다. 그래서 꼭 어쩌다 한 번씩 오빠 노릇을 하려고 하는데, 그럴 때마다 웃기기 그지없다. 내가 온기보다 늦게 태어난 건 순전히 엄마 배 속에서부터 온기의 뒤를 봐주고 있었기 때문일 거니까.

쿠션이 꺼질 때로 꺼져 버린 1인용 벨벳 소파에 앉아 텔레비전을 보고 있던 할머니가 우리 쪽으로 고개를 돌린다.

"온기야, 여자 친구 앞에서 자꾸 어린애처럼 굴면 안 되지."

온기는 억울함을 토로하듯 부엌 싱크대에 부글부글 치약

거품을 뱉어 낸다.

"아우, 할머니! 전초밤이 왜 내 여자 친구야!"

치매에 걸린 뒤로 할머니는 내가 매일 온기를 찾아오는 온기의 여자 친구인 줄 안다.

나는 별다른 말 없이 화장실로 가 양철 대야에 얼음장 같은 수돗물을 받는다. 양치 컵에 물을 덜어 입 안을 헹군다. 으, 이가 시려 턱까지 저릿저릿하다. 이어 머리를 감으려고 하는데, 할머니가 다급하게 다가온다.

"아이고, 온기 여자 친구. 이걸로 머리 감아요."

펄펄 끓는 주전자를 들고 온 할머니가 양철 대야에 뜨거운 물을 섞는다.

"온기가 자기는 됐다고, 여자 친구 주래."

대야에 손가락을 집어넣고 물 온도를 확인하는 할머니의 얼굴에는 여자 친구를 배려할 줄 아는 손주를 향한 흐뭇함이 담겨 있다. 힐끔 부엌을 내다보니 온기는 싱크대 수도꼭지에 재빠르게 머리를 넣었다 빼며 차갑다고 호들갑을 떨고 있다.

나는 그런 온기를 보며 피식 웃다 말한다.

"고마워, 할머니."

화장실을 나서던 할머니가 고개를 돌려 날 빤히 쳐다본다.

"말하는 게 꼭 우리 손녀 같네."

할머니는 그리움을 한 움큼 품어 안은 눈빛으로 낡은 소파로 돌아간다.

흐앗! 얍! 나와 온기는 두꺼운 방한 부츠를 신으며 끙끙거린다. 하의 세 겹, 상의 여섯 겹을 껴입은 채로 부츠를 신으려면 기합은 필수다. 이어 장갑을 두 개씩 끼고, 눈 쪽을 제외하고 얼굴 전체를 덮어 주는 방한 마스크를 쓴 뒤 외투에 달린 털모자를 머리에 뒤집어쓴다.

"할머니, 우리 다녀올게!"

온기의 씩씩한 인사와 함께 안쪽 중문을 열려는데 할머니가 다급한 목소리로 우리를 붙잡는다.

"아이고, 온기야! 우리 초밤이 광고 나왔다!"

나와 온기는 잠시 어색한 눈빛을 주고받는다.

할머니의 행복한 탄성이 이어진다.

"아이고, 내 새끼!"

할머니가 신나서 바라보는 텔레비전 속에는 새로운 기상 캐스터로 낙점된 고해리의 광고가 나오고 있다.

온기는 전혀 인정하려 하지 않지만, 나와 고해리는 매우 흡사하게 생겼다. 심지어 우리는 생일도 같고 둘 다 왼손잡이다. 하지만 우리 할머니를 제외하면, 그 누구도 나와 고해리를 같은 사람이라고 착각하지는 않는다. 나는 영하의 추위에 볼이 거칠게 터 버렸고 찬물로도 재빨리 감을 수 있게 머리를 짧게 친 반면, 고해리는 **스노볼**에서 태어나 자란 사람답게 반질반질 윤이 나는 볼과 찰랑거리는 긴 머리 스타일을 고수하고 있다.

　겨울 평균 기온이 영하 41도로 꽁꽁 얼어붙은 세계에서 스노볼은 유일하게 따뜻함을 유지하고 있는 지역이다. 그 따뜻함을 유지하기 위해 거대한 유리 천장이 돔처럼 둘렸고, 그 모습이 장난감 스노볼같이 생겼다고 해서 스노볼로 불리게 됐다.

　그리고 고해리처럼 스노볼에 사는 사람들은 **액터**라고 불리며, 액터의 삶은 리얼리티 드라마로 편집돼 만천하에 방송된다. 고해리는 액터들 중에서도 가장 인기 있는 액터만 할 수 있다는 기상 캐스터에 낙점되며 '최연소 기상 캐스터'라는 기록을 만들어 냈다.

　정장을 깔끔하게 차려입은 텔레비전 속 고해리가 신뢰감 있는 목소리로 말한다.

　—다가오는 1월 1일부터 저 고해리가 스노볼의 날씨를 만들어 갑니다. 기대 많이 해 주세요.

　고해리의 사랑스러운 웃음소리를 나는 멍하니 바라본다. 그리고 생각한다. 스노볼에 가면 해리를 만나 볼 수 있겠지?

　스노볼에 가고 싶다는 내 소망만큼 머리카락이 자란다면, 매일 밤 머리를 빡빡 밀고 잠들어도 다음 날 아침에는 마룻바닥을 쓸고 다닐 정도로 길어져 있을 거다. 어쩌면 나의 이러한 열망이 할머니의 눈을 가리고 있는지도 모른다. 내 몸보다 영혼이 먼저 스노볼에 가고 말았고 할머니는 텔레비전 속 해리를 볼 때마다 내 영혼을 겹쳐 보며 해리를 손녀라고 착각하는 게 아닐까.

해리에게서 시선을 거둔 온기가 안쪽 중문을 열고 나가면서 혀를 쯧쯧 찬다.

내가 미간을 팍 찡그리며 묻는다.

"뭐냐?"

"그때 네가 고해리랑 네가 쌍둥이 아니냐는 헛소리만 안 했어도……."

"아아악, 눈 속에 거꾸로 처박아 놓기 전에 닥쳐!"

말을 흐리는 온기의 옆구리에 내가 휙 주먹을 날린다. 민망함을 숨기려고 괴성을 뱉으면서.

하지만 여섯 겹의 옷가지가 내장 파열을 막아 준 탓에 온기는 계속해서 함부로 입을 놀리고, 우리는 엎치락뒤치락하며 바깥 중문과 현관문을 연다.

마침내 영하 46도의 세상과 마주한다.

그리고 바로 그 순간 파사삭, 코의 점막이 얼어붙는다. 속눈썹은 몇 번의 깜빡임 만에 하얗게 굳는다.

"으, 추워."

온기가 몸을 부르르 떤다.

쌍둥이 남매인 나와 온기는 여섯 살 때부터 십 년 동안 매일 함께 학교를 다녔고, 올해 2월부터는 발전소로 출근까지 같이 하고 있다.

언제나처럼 하늘은 금방이라도 눈이 쏟아질 듯 흐리고 사방은 새하얗다. 사흘 전에 내린 폭설의 무게를 견디고 있는 높다란 나무들 사이로 세월에 풍화된 통나무집들이 듬성듬성 보인다.

나와 온기는 통근 버스를 타기 위해 부지런히 걸음을 옮긴다. 우리 집에서 발전소까지는 마음만 먹으면 걸어갈 수도 있는 거리이다. 물론, 오늘 같은 날씨에는 무조건 버스가 옳다.

발이 푹푹 빠지는 눈길은 매일 걸어도 매번 숨이 찬다. 거친 숨을 내쉬자 마스크가 젖어 들 새도 없이 바로 딱딱하게 얼어버린다. 하지만 입술이 딱히 시리지는 않다. 집을 나서는 순간부터 내 몸은 이미 반쯤 얼어붙어 있었으니까.

나보다 몇 걸음 앞서 걷고 있던 온기가 별안간 나무 하나를 붙잡고 세게 흔들어 대자 내 머리 위로 눈이 한 움큼 쏟아져 내린다. 재빨리 눈을 뭉치는 나를 보고 온기가 줄행랑을 친다.

"정류장까지 내기 시작!"

"야, 전온기! 반칙이잖아!"

누가 보면 눈에 빠진 발을 빼내기 위해 경중경중 움직이는 정도로 보이겠지만, 우리는 정말 최선을 다해서 달린다.

온기가 죽어라 앞만 보고 뛰면서 목청껏 외친다.

"진 사람이 앞으로 한 달 동안 빨래 당번하기!"

"전온기, 너 잡히기만 해, 진짜 죽었어!"

나는 온기를 추월하기 위해 필사적으로 뛴다.

"우하핫! 감히 누구한테 덤벼?"

살짝 기울어진 정류소 표지판에 먼저 손이 닿은 내가 간발의 차이로 늦은 온기를 향해 승리의 웃음을 던진다.

그런데 온기가 갑자기 내 팔을 덥석 붙잡아 자신의 뒤로 잡아끈다. 그러고는 내 뒤에 서 있던 사람을 향해 경계 어린 눈빛을 보낸다.

우리와 마주 선 상대가 어색하게 고개를 까딱한다. 하지만 나도 온기도 그녀를 향해 아무 반응을 보이지 않는다.

174센티미터의 늘씬한 키에 청순한 외모를 지닌 그녀는 스물아홉 살이다. 이름은 조미류. 혈액형은 A형. 내가 이 언니의 프로필을 꿰고 있는 건 그녀가 한때 스노볼의 액터였기 때문이다.

조미류 언니는 열아홉 살에 액터로 뽑혀 칠 년 동안 스노볼에서 살았다. 그리고 아홉 명의 남자를 죽였다. 청순한 미모로 남자들을 죽이는 그녀는 당시 유명한 흥행 보증 수표였다. 그녀를 주인공으로 칠 년 동안 드라마를 제작한 디렉터는 그 작품으로 최고 명예 훈장을 받았을 정도였다.

하지만 해당 드라마가 어느 날 갑자기 종영되면서 조미류 언니는 다시 고향으로 돌아왔고 모두의 기피 대상이 되고 말았다. 심지어 가족마저 그녀가 고향으로 돌아올 즈음 다른 마을로 이사를 가 버렸다. 그때 나와 온기는 열세 살이었고, 집에서도 학교에서도 조미류를 만나면 말도 섞지 말고 눈도 마주치지 말라는 경고를 반복해서 들으며 자라 왔다.

나는 항상 조미류 언니가 궁금했다. 그녀가 실제로 경험한 스노볼에 대해 듣고 싶었다. 초여름 밤에 하는 산책이 그렇게 기분이 좋다는데, 진짜 그런지 궁금했다.

이런 나를 잘 아는 온기가 나와 조미류 언니 사이에 버티고 서서는 힘이 잔뜩 들어간 눈으로 무언의 압박을 한다. '저 사람한테 말 걸 생각도 하지 마.'

곧이어, 짙은 초록색 페인트 곳곳이 벗겨진 녹슨 이층 버스가 정류장에 도착한다. 버스는 마을의 유일한 이동 수단으로 사람을 짐짝처럼 실어 한 번에 백 명까지 출퇴근시킨다. 물론, 학생들도 이 버스를 타고 등하교한다.

"이게 얻다 발을 대, 아침부터 재수 없게!"

나와 온기에 앞서 조미류 언니가 버스에 오르자 운전석에 앉은 재리 아저씨가 손을 뻗어 그녀를 저지한다.

"당장 안 꺼져?"

"우체국만 좀 들를게요."

조미류 언니가 오른발만 버스에 겨우 올린 채로 말한다.

우체국, 슈퍼마켓, 빨래방, 진료실 등 사람들에게 필요한 모든 것은 발전소 안에 있다. 마을 사람들 대부분은 발전소에서 일하기 때문에 볼일을 보러 일부러 발전소에 들를 필요가 없지만, 토끼 사냥과 얼음낚시로 근근이 먹고사는 조미류 언니는 볼일이 있을 때만 발전소에 들른다.

"제가 발을 심하게 삐어서요, 오늘 한 번만 타게 해 주세요."

"이게 어디서 되지도 않는 약한 척이야?"

재리 아저씨가 빽 소리를 지르자 통근 버스에 탄 사람들이 동조하기 시작한다.

"뭘 상대해 주고 있어, 뒤에 애들이나 태우고 그냥 출발해!"

"이러다 우리 다 지각이에요!"

결국 조미류 언니는 버스에 걸치고 있던 오른발을 내린다.

온기 다음으로 내가 버스에 오르려는데 조미류 언니가 소심한 목소리로 내 뒤통수를 붙잡는다.

"저기, 학생!"

"네?"

"이따 우체국 좀 들러 줄 수 있어요? 조미류 앞으로 온 편지 없냐고 한 번만 물어봐 줘요."

나는 왠지 말이 제대로 나오지 않아 고개만 끄덕끄덕한다.

"그럼 발전소 퇴근 시간 맞춰서 여기서 기다릴게요, 고마워요!"

버스 문이 닫히기 전 온기가 조미류 언니를 향해 쏘아붙인다.

"내 동생 기다리지 마요!"

문이 닫히고, 온기가 이번에는 나를 나무란다.

"미쳤어? 저 사람이 너한테 뭔 짓을 할 줄 알고!"

나는 눈을 피하며 어깨를 으쓱한다.

"뭐……."

조미류 언니는 남자 아홉 명을 죽였고,

"나는 여자잖아."

내 기막힌 논리에 말문이 막힌 온기가 헛웃음을 터뜨리고, 재리 아저씨는 겁먹은 듯 아랫입술을 깨문다.

이백 명의 뜨거운 숨결

"왔어?"

발전소의 중앙 홀 한쪽에서 마을 사람들과 수다를 떨고 있던 엄마가 우리를 발견하고 손을 흔든다. 엄마는 새벽 6시에 출근해 오후 4시에 퇴근하는 1조 노동자다. 총 네 개의 근무조는 매 분기마다 추첨을 통해 무작위로 나뉜다.

엄마에게 가볍게 손을 흔들고 중앙 홀 한쪽으로 쪼르르 달려가 쌓여 있는 『TV 가이드』 한 부를 집어 든다. 『TV 가이드』는 스노볼의 드라마만큼이나 재미있는 잡지다. 수백 개가 넘는 스노볼의 채널 편성표는 당연히 중요한 자료이고, 매주 새로 시작하는 드라마와 막을 내린 드라마를 찾아보는 즐거움도 크다.

"오, 있다 있어!"

게다가 이번 주에는 특별 기사로 무려 차설 디렉터의 인터뷰가 실려 있다. 차설 디렉터는 내가 세상에서 가장 존경하는 사람으로, 해리가 나오는 드라마를 담당하는 감독이다.

나는 『TV 가이드』를 품속에 고이 집어넣는다. 지금 당장 읽어 버릴 수도 있지만, 고된 하루의 노동을 마치고 집으로 돌아가 편히 정독하는 즐거움을 망칠 수는 없다.

하지만 품에 넣은 『TV 가이드』를 금방 또 만지작거린다.

"팁만 좀 볼까?"

『TV 가이드』는 예비 액터와 차기 디렉터를 위한 조언과 정보를 매주 하나씩 실어 놓는데, 차기 디렉터를 위한 팁들을 오려서 모아 놓은 스크랩북은 단연 내 보물 1호라 할 수 있다.

"전초밤, 너 내 말 듣고 있어?"

어느덧 옆으로 다가온 온기도 자기 『TV 가이드』를 챙기고는 목소리를 높인다.

"다시는 그 사람 상대하지 말라니까?"

"하여간 전온기 너는 겁도 참 많아."

발전소 후문에 서 있던 재수탱이 반장 아저씨가 큰 목소리로 온기를 부른다.

"너 인마, 빨리 와서 짐 안 내려?"

"앗, 네 갑니다!"

온기가 다급하게 후문으로 뛰어가는 모습을 보며 내가 혀를 차는데, 누군가 뒤에서 등을 탁 친다.

"전초!"

돌아보니 제연 언니가 치아를 드러내며 환히 웃고 있다. 나도 반가움에 목소리가 커진다.

"언니! 잘 다녀왔어?"

"야, 말도 마. 중간에 사흘 연속으로 폭설 내려 가지고 오다가 죽는 줄 알았잖아."

제연 언니는 '자 호선'의 기관사다.

전 세계에는 총 열네 개의 기차 노선이 있고, 각 노선마다 기차가 한 대씩 배정돼 있다. 모든 기차는 스노볼에서 출발해 '가'부터 '하'까지 각 노선을 따라 달리며 마을 발전소들과 학교 급식에 필요한 식량, 슈퍼마켓에서 판매하는 물품, 마을 사람들이 아주 이따금 주문하는 스노볼의 물건 따위를 배달한다.

그리고 우리 마을은 자 호선의 가장 끝자락에 있기 때문에 자 호선의 기관사는 언제나 우리 마을에서 배정해 왔고, 제연 언니는 어느덧 육 년 차였다.

"날씨가 나빠지면 주행에만 집중하라고 기관실 텔레비전이 자동으로 꺼지는 거 알아? 와, 눈앞에 어둠과 설원밖에 없는 적막 속에 홀로 앉아서, 눈송이가 주먹만 한 폭설을 만나잖아? 근데 설상가상 갑자기 벼락까지 치잖아? 와, 나도 모르게 하늘에 기도하고 있다니까?"

모험심과 독립심이 유독 강한 제연 언니의 엄살에 내가 신신당부를 한다.

"언니, 이따 그 얘기 온기한테도 꼭 좀 해 줘. 겁도 많은 애가 왜 자꾸 기관사를 하고 싶다는 건지 모르겠어."

온기가 스노볼에서 오는 물품을 하차하는 일에 자원한 건 차기 기관사를 노리고 있기 때문이었다. 제연 언니와 교대로 기관사 일을 하고 있는 조웅 아저씨가 사실상 노년에 접어든 지 꽤 되어서 재수탱이 반장이 새로운 기관사를 뽑을까 말까 고민하고 있다는 소문이 돌고 있었다.

"하긴 온기라도 집에 있어야지."

무슨 말이냐는 듯 바라보는 나를 향해 제연 언니가 목소리를 낮춘다.

"너희 할머니 치매 앓고 계시잖아. 그런데 온기까지 기관사가 돼서 일 년에 절반을 집 밖으로 나돌면 좀 그렇지. 네가 필름 스쿨에 가게 되면 온기라도 곁에 있어 드려야 되지 않겠어?"

불현듯 일주일 전에 받았던 편지 글귀가 떠오른다.

귀하의 뛰어난 역량과 잠재력에도 불구하고 안타깝게 도……

필름 스쿨은 스노볼의 디렉터를 배출해 내는 최고 교육 기관이고, 나는 작년에 이어 올해도 이미 불합격 편지를 받았다. 그런데 예비 신입생 취급을 받으려니 민망하기 그지없다.

눈치 없는 제연 언니는 이번 주 『TV 가이드』에 실려 있는 차설 디렉터의 사진을 펼쳐 보이며 내 어깨를 툭 친다.

"너, 나중에 이렇게 유명해져도 나 모른 척하기 없기다?"

진심 어린 응원이 묻어나는 미소에 나는 머쓱해진다. 차설 디렉터는 필름 스쿨에 지원한 첫해에 수석으로 합격한 인재였다. 나는 속마음을 숨기며 되레 더 크게 대답한다.

"아후, 당연하지."

지금껏 그 어떤 디렉터도 선보인 적 없는 놀라운 드라마를 만들어 내는 일이 중요할 뿐, 디렉터가 되는 게 몇 년 늦어지는 것은 큰 문제가 아니다,라고 나는 믿고 있다. 믿어야만 한다. 그 희망마저 없다면, 모두가 똑같이 허름한 집에서 살면서 똑같은 학교를 다니고 똑같은 발전소에서 똑같은 일을 하는 이 관성적인 삶을 하루도 더 버틸 수 없을 테니까.

"자, 2조도 얼른 자리 잡고!"

반장 아저씨의 지시에 약 이백 명의 노동자들이 중앙에 위치한 거대한 모터를 향해 사방으로 포진해 자리를 잡는다.

"그럼 오늘도 부지런히 돌리자고!"

짝짝짝, 반장 아저씨의 박수 소리에 맞춰 노동자들은 저마다의 쳇바퀴에 자리를 잡는다. 쳇바퀴는 기본적으로 통근 버스의 타이어 휠과 비슷한 구조인데, 사람이 안에 들어갈 정도로 커다랗다.

홀수 조는 쳇바퀴 안에서 두 발을 움직여 바퀴를 굴리고, 짝수 조는 쳇바퀴 밖에 놓인 의자에 앉아 두 팔로 힘차게 쳇바퀴를 돌린다. 오십 분 동안 각자의 위치에서 부지런히 다리와 팔을 움직인 뒤 십 분 쉬고, 서로 안과 밖의 위치를 바꿔 또 오십 분을 부지런히 다리나 팔을 움직이는 방식이다.

이렇게 쳇바퀴를 돌리는 우리의 운동 에너지는 에너지 증폭기를 거쳐 발전소의 중앙 모터를 움직인다. 지금 사회에서 제일 중요한 전기를 우리의 팔다리로 직접 생산해 내는 것이다. 전기가 없으면 통근 버스와 기차도 달릴 수 없고, 전기 포트로 수돗물을 끓여서 따뜻한 코코아를 마실 수도 없다. 전기 보일러를 쓸 수 없다면 얼음물로 샤워를 해야 하는데, 그럼 아마 일주일에 한 번만 샤워하는 사람들로 넘쳐 나 발전소에서 온종일 땀내가 진동할지도 모른다.

나는 쳇바퀴 위에서 경보를 하듯이 빠르게 걷는다. 6.5 이상으로 속도가 유지되어야 쳇바퀴에 달린 텔레비전 화면이 켜지기 때문이다. 화면이 꺼진 모니터만 보이면 재수탱이 반장 아저씨는 신이 나서 다가와 온갖 법석을 떨어 대며 사람을 짜증 나게 한다. 이 공동체에 아무짝에도 도움이 안 될 바에는 당장 밖으로 뛰어나가 동사나 당하라는 말도 서슴지 않는다.

나는 쳇바퀴에 달린 리모컨으로 채널 60번을 틀고 헤드폰을 낀다. 딴생각을 하고 싶을 때는 고해리 전용 채널이 제일 편하다. 해리 드라마는 거의 모든 회차를 보아서 내용을 따라잡기 위해 집중할 필요가 없기 때문이다.

"딱 6.5로 걷는 인간은 발전이 없는 유형이야."

별안간 반장 아저씨가 내 옆에 서서 확성기에 대고 지껄인다.

"어떻게 인간이 그렇게 최소한만 하려고 하지? 이 세상에 조금 더 보탬이 되면 어디 큰일 나? 손해라도 보는 기분이 드냐 이 말이야."

반장 아저씨가 내 쳇바퀴 손잡이에 기대서 나를 뚫어지게 쳐다본다. 내가 조미류 언니였어도 저렇게 비아냥거릴 수 있을까? 설령 그런다 해도 재리 아저씨처럼 후회하며 얼굴이 창백해지겠지.

나는 반장 아저씨를 무시하기 위해 계속 조미류 언니에 대해 생각해 본다. 조미류 언니는 누구의 편지를 기다리는 걸까? 자신을 버리고 다른 마을로 이사가 버린 가족? 아니면 아직 스노볼에 살고 있는 전 애인?

"다들 힘차게 달려 봐 좀! 이래 가지고 오늘 **시청료**나 내겠어?"

반장 아저씨의 성화에 다들 탐탁지 않은 얼굴로 부지런히 다리를 움직인다. 각 마을은 땅속에 묻힌 고압선을 통해 스노볼로 매일 일정량의 전력을 공급한다. 이는 스노볼 액터의 삶에 사용되고, 우리는 그 대가로 스노볼 드라마를 마음껏 시청한다.

우우웅, 거대한 중앙 모터가 돌아가며 만들어 내는 진동과 소음이 한층 커지고 러닝셔츠와 내복이 축축하게 젖어 든다.

"우리 증조할아버지 때만 해도 집 밖에 따로 만든 푸세식 화장실에서 일을 봤었어요, 이 사람들아."

　반장 아저씨가 확성기를 들고 2층 난간에서 소리친다.

　하, 또 저 얘기. 나는 헤드셋의 볼륨을 높이며 쳇바퀴에 달린 모니터에 시선을 고정한다. 이틀 앞으로 다가온 크리스마스 분위기를 돋우기 위해 채널 60번에서는 오늘 하루 종일 해리 가족의 지난 크리스마스 일화들을 보여 주고 있다. 세 살 꼬맹이인 해리가 엄마에게 선물받은 다이아몬드 팔찌를 끼고 인형 놀이를 하고 있다. 해리는 팔찌가 마음에 드냐고 묻는 엄마의 끈질긴 질문에도 별다른 반응을 보이지 않고 인형 놀이에만 집중한다. 핼러윈 파티 때 유령을 만나고 까무러칠 정도로 놀라며 발작을 일으킨 뒤로 해리는 급격하게 말수가 줄었다. 이 시절의 해리를 볼 때마다 안타까운 마음이 든다. 그래도 나를 비롯한 애청자들은 모두 알고 있다. 이듬해 봄이 되면 해리가 다시 원래의 사랑스러운 미소를 되찾게 된다는 것을.

　"어린애들이 특히 푸세식 화장실을 무서워했지."

　귀여운 해리의 모습 위로 반장의 확성기 소리가 겹친다.

　"가끔 잠이 덜 깬 상태로 일을 보다가 똥통에 빠지는 사고가 종종 일어났거든."

　다이아몬드 팔찌를 찬 해리를 보면서 푸세식 화장실 얘기를 듣고 있자니 딴 세상 이야기 같다. 물론 우리 집에도 옛 푸세식 화장실 터가 아직 남아 있다. 내가 살아갈 삶은 다이아몬드 팔찌보다 옛 푸세식 화장실에 훨씬 가깝다.

"영하 46도에, 보온도 안 되는 푸세식 화장실에서 맨 엉덩이를 까고 일을 보려면 힘이 들었겠어, 안 들었겠어? 엉?"

운동 에너지 증폭 기술이 개발되기 전, 전기가 무척 귀했던 시절의 이야기다. 그때는 전력을 이용해 수도관 동파를 막는 기술이 발전할 수 없었고, 수도를 쓸 수 없으니 실내 수세식 화장실도 꿈꿀 수 없었다.

"우리 세대는 진짜 복받은 거야."

반장 아저씨가 사과 하나를 와그작 베어 물며 말한다. 오늘 점심 배식으로 나온 사과인데, 우리 같은 일반 노동자는 한 사람당 팔 분의 일 조각씩 배급받았다. 일정하게 온도가 유지되는 발전소 내 비닐하우스에서 키운 채소와 과일을 노동자들은 매일 조금씩 받아먹는다. 물론 비용은 우리의 월급에서 제하지만.

"복은 자기가 받았겠지. 저 귀한 사과도 저만 통째로 처먹고."

옆에서 쳇바퀴를 돌리며 혀를 차던 엄마가 내 쪽으로 몸을 기울이며 목소리를 낮춘다.

"근데 아까 온기가 그러데? 그 여자가 너한테 말 걸었다고."

조미류 언니 얘기다. 그 여자. 그 인간. 그년. 우리 마을에서 조미류 언니는 고유의 이름이 아니라 지시 대명사로 불린다.

"별거 아냐, 우체국 좀 대신 들러 달라고 했어. 재리 아저씨가 버스를 못 타게 해 가지고."

내 대답에 엄마가 눈을 크게 뜨며 묻는다.

"우리 딸, 그 언니 무서운 사람인 거 알지?"

엄마는 금방이라도 내 모니터에 조미류 언니의 드라마를 틀어 주려는 기세다. 엄마는 이제껏 우리 정서상 좋지 않다며 나와 온기에게 조미류 언니의 드라마를 시청하지 못하게 했었다. 하지만 나와 온기는 이미 9학년 겨울 방학, 엄마가 발전소에 출근하고 할머니가 낮잠을 청하는 사이 조미류 언니의 드라마를 시즌 1부터 시즌 7까지 정주행한 바 있다.

"그럼, 아주 잘 알지."

스노볼에서 사귀던 액터에게 총을 겨누던 조미류 언니의 얼굴이 아직도 선명하다. 어떻게 사랑하는 사람을 죽이려 할 수가 있지? 조미류 언니에게 말을 걸면 안 된다는 걸 알면서도 한 번쯤은 물어보고 싶다. 그때 무슨 생각을 하고 있었느냐고.

그리고 나 자신에게도 궁금해진다.

언젠가 디렉터가 되어 조미류 언니 같은 액터를 발견하게 된다면 나는 어떤 결정을 내리게 될까? 나도 살인이 난무하는 리얼리티 드라마를 제작하게 될까?

조미류 언니의 드라마를 제작한 차귀방 디렉터가 명예 훈장을 받던 모습과 몇 년째 깨지지 않고 있는 그 드라마의 최고 시청률 기록을 떠올려 본다. 그리고 그 기억은 자연스럽게, 황금으로 만들어진 훈장을 가슴에 달고 카메라 앞에 선 내 모습으로 바뀐다.

그러자 심장이 빠르게 뛰면서 쳇바퀴를 돌리는 두 다리에 힘이 솟는다. 나와 타인의 삶이 딱히 구별되지 않는 이 쳇바퀴 무덤을 떠나, 오직 나만이 연출할 수 있는 이야기가 기다리고 있는 스노볼을 향해 나는 부지런히 달린다. 쳇바퀴는 단 한 발짝도 앞으로 나아가지 못하지만, 내 마음은 부쩍 스노볼에 가까워진다.

의문의 사고, 의문의 방문객

　근무를 마치고 집으로 돌아가기 전 발전소에 위치한 우체국에 들렀다.

　발전소 우체국은 스노볼의 빨갛고 예쁜 건물들과는 아주 거리가 멀다. 발전소 입구에서 중앙 모터실로 이어지는 실내 광장에 늘어선 슈퍼마켓, 빨래방, 진료실, 조리실 등과 마찬가지로 하나의 부스를 차지하고 있을 뿐이다. 하지만 그 생김새가 어떻든 우체국은 중요한 곳이다. 다른 마을로 이사 간 친척과 안부 편지를 주고받거나 물품 주문서를 동봉한 편지를 통해 주문한 스노볼의 물건을 수령하는 곳이기 때문이다. 물론 우체국이 붐비는 일은 드물다. 편지는 우푯값이 너무 비싸고, 스노볼에서 판매하는 물건은 그보다 훨씬 더 비싸니까. 그래도 우리 엄마는 나와 온기의 생일이면 항상 스노볼에 편지를 보내 케이크를 주문해 준다. 그러면 스노볼에서 파티시에로 살고 있는 액터가 직접 만든 케이크가 기차를 통해 배달된다. 며칠 뒤면 또 케이크에 초를 꽂고, 가족들과 함께 생일 축하 노래를 부를 생각에 벌써부터 가슴이 뭉클하게 벅차오른다.

"초밤아!"

마치 나를 기다리고 있었던 것처럼, 수지 언니가 활짝 웃으며 나를 맞아 준다. 나보다 두 살 많은 수지 언니는 하반신 마비로 태어나 평생 휠체어를 탔고, 발전소 대신 우체국에서 직원으로 일한다.

"언니, 혹시 그……."

내 입에서 조미류 언니의 이름이 나오기도 전에 수지 언니가 황금빛 봉투를 하나 쥐여 준다.

"뒤에 봐 봐."

수지 언니의 말에 카드를 뒤집어 보니 '이본'의 로고가 선명하게 찍힌 빨간색 실링 왁스로 봉투가 봉해져 있다. 통상적으로는 이본, 공식적으로는 **이본 미디어 그룹**이라 불리는 이본은 현재의 스노볼의 시스템을 만들어 낸 유서 깊은 가문이다.

"유진이가 보낸 거야!"

수지 언니의 말에 나도 모르게 눈과 입이 벌어진다. 손바닥 두 개 크기의 카드를 이리저리 움직이자 황금빛으로 반짝거린다.

"에이, 벌써 감동하면 안 되지."

수지 언니는 휠체어 바퀴를 밀어 살짝 뒤로 가더니 바닥에 놓인 물건들을 가리고 있던 회색 천을 획 벗겨 낸다. 우리 집 화장실에서 쓰는 대야만큼이나 커다란 플라스틱 통에 담긴 브라우니가 가장 먼저 눈에 띈다. 한 번도 브라우니를 먹어 본 적 없지만, 저게 브라우니라는 것은 안다. 해리가 제일 좋아하는 디저트이기 때문이다. 게다가 지금 내 눈앞에 있는 브라우니는 평범한 브라우니가 아니고 초록색과 빨간색 크림으로 크리스마스트리를 그려 놓은 특별한 브라우니다.

수지 언니가 물품 확인서를 들고 유진이가 보낸 선물을 하나씩 확인해 준다.

"저 유리병 열 개는 오렌지주스고, 그 옆에는 딸기 한 상자."

순간 코끝이 찡해진다. 유진이는 조미류 언니 다음으로 우리 마을이 십 년 만에 배출해 낸 스노볼 액터다. 내 자랑스러운 친구가 마을을 떠난 지 두 달 만에 이렇게 멋진 황금빛 카드와 선물 한 보따리를 보냈다니.

"아, 맞다. 혹시 조미류……, 그 사람 앞으로 온 건 없어?"

신이 난 나머지 하마터면 깜빡할 뻔했다.

수지 언니는 못 들을 걸 들었다는 표정으로 대답한다.

"그 사람한테 누가 편지를 보내겠어."

나는 유진이가 보낸 편지를 진귀한 보물처럼 조심히 품에 넣으며 고개를 끄덕인다.

"짐 많으니까 썰매랑 스키 빌려 가."

수지 언니가 빨간색 썰매 위에 딸기 상자를 올리며 말했다.

"신유진이 딸기를 한 상자나 보냈다고?"

나를 도와 버스 짐칸에 썰매를 넣고는 온기가 어깨를 들썩거린다. 꼼꼼하게 여며 놓은 파란색 방수 천 아래 선물들을 빨리 보고 싶어 죽겠다는 얼굴이다. 나는 눈치 없는 온기를 향해 조용히 하라고 손짓한다. 매일 발전소에서 함께 일하는 동네 사람들이 버스 안에 있다. 그리고 이 중 누구도 딸기를 맛본 사람은 없다. 귀중한 딸기를 나눠 먹을 생각이 아니라면 최소한 자랑은 하지 않는 게 도리일 텐데, 눈치 없는 온기는 버스 짐칸을 쾅 닫으며 또 묻는다.

"오렌지주스는 얼마나 보냈어?"

"아홉 병."

나는 입 모양으로 소리 없이 대답하며 수지 언니에게 오렌지주스를 한 병 나눠 줬다는 얘기는 쏙 뺀다. 엄마, 할머니와 같이 오렌지주스를 마시면서 브라우니와 딸기를 맛보는 상상만으로도 벌써 입에 한가득 침이 고인다.

"이상하네."

버스에서 내려 정류장 주변을 이리저리 둘러보지만, 조미류 언니는 보이지 않는다.

구름 낀 하늘이 이미 어둑해져서 나와 온기는 각자 외투 주머니에서 헤드 랜턴을 꺼내 이마에 고정한다.

"왜 안 나왔지?"

나는 헤드 랜턴의 불을 밝히고 다시 한번 정류장 주변을 두리번거린다.

"너, 오빠 말 안 듣냐? 그 사람한테 신경 끄라니까?"

온기는 발에 스키 플레이트를 한 짝씩 끼우고 나는 짐을 실은 썰매와 온기의 허리를 로프로 연결한다. 내가 친구를 잘 둔 덕분에 십육 년 인생 최고의 호강을 한다며 온기가 먼저 짐꾼을 자청했다.

"내가 뭐 괜히 그러나, 부탁을 받았으니까 신경 쓰는 거지."

나는 마지막으로 한 번 더 주변을 둘러본다. 그때, 방금 전에는 미처 보지 못했던 것이 눈에 들어온다. 나무 뒤에 가만히 엎드려 있는 검은 무언가.

"야, 어디 가!"

스키 장비와 짐을 실은 썰매 때문에 빠르게 움직이지 못하는 온기를 뒤로한 채 나는 검은 무언가를 향해 다가간다.

끄응. 뒤집어 보니 조미류 언니다. 머리에서 흐르다 만 피가 이마 언저리에 차갑게 굳어 있다. 나는 본능적으로 조미류 언니의 방한 마스크를 벗겨 내고 코끝에 귀를 대 본다. 다행히 숨결이 느껴진다. 코와 볼에 동상으로 인한 괴사 현상도 보이지 않는다.

"야, 뭐 해! 당장 떨어져!"

다급하게 다가오던 온기가 발이 꼬여 바닥에 철퍼덕 넘어진다.

"저기요, 정신 차려 봐요!"

내가 몸을 잡고 세차게 흔들자, 눈이 반쯤 풀린 조미류 언니가 정신을 차린다.

"잠들면 큰일 나요!"

나는 조미류 언니를 질질 끌고 온기가 있는 쪽으로 간다. 하지만 두꺼운 장갑을 두 겹이나 낀 탓에 손이 둔해 조미류 언니의 외투를 잡은 손이 자꾸 미끄러진다. 나는 결국 장갑을 벗어 입에 물고 조미류 언니의 외투를 세게 잡아끈다.

썰매를 벗어 던진 온기가 내 어깨를 부여잡고 소리친다.

"너 뭐 하는데 지금!"

"썰매에 실은 짐 좀 내려 봐."

나는 온기에게 시선도 주지 않은 채 맹목적으로 말한다. 온몸에 힘이 풀려 늘어진 사람이 얼마나 무거운지 새삼 실감한다. 놀란 심장이 열심히 펌프질을 해 대고 있어서인지 평소보다 괴력을 발휘해 점점 더 길가로 가까워진다.

"최대한 빨리 발전소로 데려가야 돼."

조미류 언니를 발전소에 있는 의사 선생님에게 데려가는 방법은 썰매에 태워 가는 것뿐이다. 마을의 유일한 이동 수단인 버스는 1조 노동자들이 출근하는 내일 새벽이나 되어서야 이곳을 지나갈 테니까.

"너 미쳤어? 우리가 왜 살인자를 돕는데!"

"그럼 여기서 그냥 죽으라고 내버려 둬?"

내가 눈을 똑바로 뜨고 바락 소리치자 온기는 짐짓 놀란 눈치지만, 오히려 나를 붙잡은 손에 더 힘을 준다.

"이제 거의 영하 50도야, 삼십 분 이상 밖에 있으면 위험하다고!"

나보다 키가 큰 성인을 발전소까지 끌고 가려면 삼십 분으로는 어림도 없을지 모른다. 하지만 나는 스키를 잘 타니까.

"그러니까 내가 간다고."

나는 온기의 손목에 매달려 있던 스키 폴을 뺏는다.

"진짜 왜 이래! 길 한복판에서 동사하고 싶어서 환장했어?"

온기가 답답해 죽겠다는 듯 발을 구른다.

"우리 아빠가 전온기 너 같은 겁쟁이였으면 우리는 태어나지도 못했어, 알아?"

나도 모르게 튀어나온 말에 온기의 표정이 굳는다. 아무래도 겁쟁이라는 표현은 좀 심했던 것 같지만 어쩔 수 없다. 차분하게 온기를 진정시키기에는 내 심장이 미친 듯이 빠르게 뛰고 있다.

"나 안 죽어. 살면서 해 보고 싶은 게 너무 많아서 아직 못 죽는다고. 그러니까 걱정하지 마, 제발."

온기가 장갑을 낀 손으로 방한모자를 쥐어뜯는다.

"최대한 빨리 뒤따라갈게!"

스키 장비를 챙기기 위해 집으로 빠르게 걸음을 옮기며 온기가 멀찍이서 소리친다.

온기는 내가 미처 발전소에 도착하지 못하고 고꾸라질 때를 대비해 반드시 자신이 내 뒤를 따라와야 한다고 주장했다. 나는 온기를 말리지 않았다. 온기와 아웅다웅할 시간도 없거니와 온기 역시 아빠의 유전자를 물려받은 사람답게 행동하려는 것뿐이다.

하지만 온기가 나와 조미류 언니까지 끌고 발전소로 가는 상황은 절대 만들지 않을 것이다.

유진이가 보내 준 선물 대신 조미류 언니를 태운 썰매를 허리에 연결하며 스스로에게 속삭인다.

"삼십 분 안에 갈 수 있어. 그럼 안전해."

후우, 짧은 심호흡과 함께 왼발을 가볍게 옆으로 밀자, 스키가 눈에 미끄러지며 사악 소리를 낸다. 나는 서서히 속도를 내며 발전소까지 이어진 버스 타이어 자국을 따라 앞으로 나아간다. 순록이나 야생말이 갑자기 튀어나와 부딪칠 수도 있기에 신경을 곤두세우고 전방을 주시한다. 구름이 달을 완전히 가린 탓에 시야가 더욱 좁다.

나는 이따금 고개를 돌려 조미류 언니의 얼굴을 확인한다. 사람을 아홉 명이나 죽인 살인마와 아무도 없는 곳에 단둘이 있다는 생각에 갑자기 등골이 오싹해진다. 에이, 쓸데없는 생각 한다 전초밤. 그렇게 스스로를 달래며 다시 앞을 응시한다.

한참을 나아가도 주변 풍경은 달라지지 않는다. 칠흑 같은 어둠을 비추는 내 헤드 랜턴의 불빛과 그로 인해 도미노처럼 쓰러지는 나무 그림자들이 유령처럼 느껴진다. 게다가 점점 숨이 가빠진다. 마스크 때문에 호흡이 더욱 불편하지만 벗어 버릴 순 없다. 얼음 같은 공기에 직접 닿는 순간, 내 입김으로 촉촉해진 얼굴이 바로 얼어붙을 테니까.

"하…… 하아……."

추위로 다리가 굳어 가고 정신이 몽롱해지자 될 대로 되라는 식의 자포자기에 빠질 것만 같다. 엎친 데 덮친 격으로 눈까지 내리기 시작한다. 싸라기눈으로 시작해서 점점 굵어지는 것도 아니고 처음부터 함박눈이다. 하, 젠장.

나는 정신을 놓지 않기 위해 엄마에게 들은 옛이야기를 곱씹는다.

재리 아저씨가 버스 운전기사로 일을 시작한 지 얼마 되지 않은 어느 날 버스가 길 한가운데서 멈춰 섰다. 전날 내린 눈에 가려 보이지 않던 구렁에 버스 앞바퀴가 빠져 버린 것이다. 재리 아저씨는 열심히 액셀을 밟았지만 낡아 빠진 타이어는 점점 더 깊이 들어갈 뿐이었다. 커다란 버스를 재리 아저씨와 몇몇 승객들의 힘만으로 들어 옮길 수도 없는 노릇이었다. 버스에 충전된 전기로 내부 온기를 유지할 수 있는 시간은 한 시간 남짓. 이후부터 버스의 내부 온도는 급격히 외부와 같아지기 시작한다. 다른 자동차가 우연히 근처를 지나다 재리 아저씨를 도와줄 가능성은 존재하지 않았다. 마을에 다른 자동차라고는 발전소에 상주하는 의사 선생님이 왕진을 다닐 때 타는 응급차 한 대가 전부였다. 상황을 지켜보던 아빠는 옆자리에 앉은 엄마와 엄마의 배 속에서 자라고 있던 우리를 구하기 위해 버스에 실린 비상용 스키를 타고 발전소로 향했다. 버스로도 사십 분이 걸리는 거리였다.

그로부터 두 시간 뒤, 응급차의 사이렌 소리가 들렸다. 전기가 바닥난 버스 안에서 추위에 몸이 굳어 가던 승객들은 의사 선생님의 응급차를 타고 무사히 발전소에 도착했다. 거기서 엄마는 피부가 여기저기 괴사된 채 진료실에 누워 있는 아빠를 발견했다.

사흘 뒤, 비싼 비용을 지불하고 엄마는 다시 응급차를 탔다. 죽기 전에 한 번쯤은 아내와 함께 바다를 보고 싶다던 아빠의 바람대로, 엄마는 눈이 내리는 바다에 아빠의 재를 뿌려 주었다.

그해 12월, 나와 온기는 발전소 분만실에서 각각 2.5킬로그램과 2.6킬로그램으로 건강하게 태어났다. 조산임에도 여느 쌍둥이들에 비해 통통한 편이었다.

엄마는 그때 이야기를 해 줄 때마다 항상 이렇게 말하고는 했다. 그날 버스에 우리 셋이 타고 있지 않았어도 너희 아빠는 똑같이 행동했을 거야. 가만히 앉아서 다 같이 죽을 바에는 자기 하나를 희생해서 나머지 사람들을 살릴 사람이니까.

아빠 얘기를 할 때마다 눈시울이 붉어지는 엄마가 눈에 어른거리는 것도 잠시, 눈발이 더 세진다. 이제 내 이마에서 쏟아지는 한 줌 빛이 비추는 건 끊임없이 나를 덮쳐 오는, 무섭도록 새하얀 눈 괴물뿐이다.

감각이 사라진 두 다리가 더 이상 의지가 아니라 관성대로 움직이고 있다는 생각이 들 무렵, 저 멀리 발전소가 보인다. 의사 선생님이 상주하는 진료실 불빛이 몽롱하게 빛나고 있다.

문을 열고 들어서는 나를 보며 의사 선생님이 기함을 한다.

"아니, 이게 무슨……."

하, 무사히 도착했다. 이대로 픽 고꾸라져 버리면 좋겠다는 생각이 들지만, 나는 일단 선생님의 도움을 받아 조미류 언니를 진료실 안으로 옮긴다. 선생님이 조미류 언니의 상의를 한 겹씩 벗기는 걸 따라 나도 조미류 언니의 털신과 하의를 벗기려고 노력한다. 그러나 감각이 없어진 내 다리와 마찬가지로 손도 내가 움직이는 것 같지 않다. 모든 움직임이 비정상적으로 느리고 뻣뻣하다.

선생님의 목소리도 아득한 꿈속에서 들려오는 것처럼 들린다.

"보기보다 훨씬 상태가 심하네."

진찰대에 눕힌 조미류 언니의 어깨와 왼 다리에 커다란 피멍이 선명하다. 이 정도 부상이라면 수컷 말코손바닥사슴의 커다란 뿔에 치받혔다고 해야 설명 가능하지 싶다. 하지만 조미류 언니는 노련한 사냥꾼이고, 말코손바닥사슴은 사람들이 다니는 쪽으로는 지나다니지 않는다. 그렇다면 평소 조미류 언니를 혐오하던 어른들이 해코지라도 한 걸까? 그렇지만 조미류 언니는 전염병 바이러스에 가까운 존재다. 명을 재촉하고 싶은 사람이 아니라면 아무도 곁에 다가가려 하지 않는데.

선생님은 조미류 언니의 옷가지를 바닥에 내려놓고 진료대에 깔아 놓은 전기 매트를 가장 높은 온도로 설정한다. 나는 순록 가죽으로 만든 이불을 끌어다 조미류 언니의 몸에 덮어 준다. 얼음장 같은 몸부터 녹여야 했다.

조미류 언니의 얼굴에서 굳은 피를 닦아 내며 선생님이 내 이름을 부른다.

"초밤아, 그런데."

쌍둥이로 태어난 탓에 나와 온기는 어릴 때부터 나름 동네의 유명 인사였다.

"왜 조미류를 도와준 거니?"

조미류 언니 이름을 얘기하는 사람은 처음이다. 내가 놀랐다는 듯 바라보자 선생님이 살포시 웃는다. 그러고는 다른 마을 사람들에게 들키고 싶지 않은 비밀이라는 투로 작게 덧붙인다.

"학교 다닐 때 친했어. 대학 다니면서 스노볼에서도 몇 번 봤었고."

의과 대학을 포함한 모든 대학은 스노볼 안에 있다. 의대생은 '액터'가 아니지만, 전공의 수련을 받는 동안 의무적으로 의학 드라마에 출연한다. 무료로 대학을 다니는 대가인데, 그 덕분에 시청자들은 자신의 마을에서 근무하게 될 의사의 성품과 능력을 미리 살펴볼 수 있다.

나는 바닥에 떨어진 조미류 언니의 옷가지를 정리하고 선생님은 조미류 언니의 상처 부위에 소독약을 바른다.

"그때는 얘가 스노볼 안에서 그렇게 사람을 죽이고 다니는지 몰랐어."

선생님의 목소리에 쓸쓸함이 묻어난다. 스노볼에 거주하는 사람은 스노볼의 드라마를 볼 수 없다. 친구가 자기 애인과 몰래 바람을 피우더라도 알 수 없도록 말이다. 그래야 드라마는 더 재미있어지고, 시청자는 더 즐거워진다.

의사 선생님이 전기난로 위에 올려놓은 주전자를 턱 끝으로 가리킨다.

"뜨거운 차라도 마시면서 몸 좀 녹여."

나는 그제야 겉옷을 벗고 탕비실 찬장으로 다가간다. 그런데 아쉽게도 코코아가 다 떨어졌다. 투명한 플라스틱 통 안에 든 커피 원두도 거의 바닥을 보이고 있다. 결국 올리브잎차와 둥굴레차 중에 고민하고 있는데 갑자기 조미류 언니가 새된 비명을 내질렀다.

"조금만 참아, 조미류."

조미류 언니의 이마를 꿰매기 시작한 의사 선생님이 단호하게 말한다. 찔려 본 적 없는 바늘의 고통이 느껴지는 듯해나는 얼굴을 한껏 찡그린다. 진통제는 워낙 비싸기 때문에 아이를 낳는 산모에게 제한적으로 사용된다. 그 외에 복잡하고어려운 수술은 수술 장비가 제대로 갖춰진 스노볼에서만 가능하다. 우리 같은 사람들은 큰 병에 걸리면 딱히 손쓸 방법이 없다는 얘기다. 진통제도 처방받기 어려우니 고통까지 고스란히 참아야만 한다.

"으윽!"

눈도 뜨지 못한 채 몸을 움찔거리는 조미류 언니가 잠꼬대처럼 뜻 모를 말을 되뇐다.

"검은…… 검은색……."

말라붙은 창백한 입술이 애처롭다. 나는 그 모습을 안타깝게 바라보다 뜨거운 물에 둥굴레차 티백을 띄운다.

"거기 찬장 옆에 있는 선반에서 파란 통 하나 꺼내서 얼굴에 발라. 너도 동상이야."

그러고 보니 내 얼굴이 어떤 상태인지 미처 생각도 못 하고있었다.

"고운 얼굴에 상처 나기 싫으면 집에 갈 때 그 연고 챙겨 가서 한 시간에 한 번씩 발라. 연고 비용은 내가 조미류한테 청구할 테니까."

나는 따뜻한 머그잔을 슬그머니 내려놓고 자리에서 일어

난다.

"그리고 앞으로는 절대 이런 무모한 짓 하지 마. 너까지 잘못돼 봐, 너희 어머니께서 그걸 어떻게 감당해."

엄마를 생각하니 미안한 마음이 든다. 엄마는 항상 나에게 건강하기만 하라고, 그 외에는 바라는 게 없다고 말하는 사람이다.

"네, 죄송해요."

나는 진득한 연고를 볼과 코에 펴 바른다. 진료실 거울에 비친 내 얼굴은 울긋불긋, 얼룩덜룩, 번들번들, 아주 못 봐 줄 꼴이다. 연고를 바른 부분이 불에 덴 듯 뜨거우면서도 동시에 시원한 느낌이 든다.

그러자 번뜩 중요한 걸 잊고 있었다는 걸 깨닫는다.

"전온기!"

"뭐?"

조미류 언니의 치료를 마무리하던 선생님이 놀라서 고개를 든다.

"선생님, 온기가 안 왔어요! 걱정된다고, 뒤따라오겠다고 했는데……."

정신없이 겉옷을 집어 드는 나를 보던 선생님이 달려들 듯 막아선다.

"설마 다시 나가려고?"

"온기가 오다가 쓰러졌으면 어떡해요!"

선생님이 내 양팔을 꽉 쥔다.

"정신 차려! 방금은 네가 운이 좋아서 살아 들어온 거지, 또 그러면 어떻게 될지 몰라!"

나보다 머리 하나가 작은 선생님이 온 힘을 실어 내게 매달리다시피 한다.

나는 몸부림을 치며 선생님을 떼어 놓으려 한다.

"놔요, 다른 사람은 기껏 구해 놓고 내 가족은 얼어 죽게 둘 수 없잖아요!"

선생님에게 애원하던 그때, 누군가 진료실 문을 똑똑 두드린다. 나와 선생님은 일제히 문을 향해 고개를 돌린다.

"전온기?"

"실례합니다."

하지만 문을 열고 들어온 사람은 온기가 아니라 처음 보는 남자다. 그는 반들반들한 털이 돋보이는 긴 망토를 두르고 있고, 그 안에는 고급스러운 검은 정장을 걸치고 있다. 여우 꼬리로 만든 모자를 쓴 얼굴이 매우 낯익은 데다, 광이 나는 검은 정장 구두도 눈길을 끈다. 모두가 방한용 부츠만 신고 다니는 이 마을에서 저런 구두를 보는 건 처음이다.

"전초밤 씨?"

남자가 나를 바라보며 묻는다.

"댁에서 오는 길입니다. 오빠분께서 발전소로 가 보라고 알려 주시더군요."

온몸의 긴장이 풀리며 안도하는 나와 달리 의사 선생님은 미간을 살짝 찌푸리며 남자를 쳐다본다. 어디서 본 것 같은데 생각이 나지 않아 답답한 듯한 눈빛이다.

"잠깐 얘기 좀 하실까요?"

남자의 시선은 오로지 나에게만 고정돼 있다. 경계심 어린 의사 선생님의 얼굴에도, 한데 엉겨 있는 우리 뒤에 가려진 조미류 언니 쪽으로도 눈길 한 번 주지 않는다.

"누구……신데요?"

"필름 스쿨 담당자께서 전초밤 씨를 만나러 오셨습니다."

"필름 스쿨요……?"

발끝에서부터 전율이 찌릿하게 피어오른다.

아홉 번의 살인보다 충격적인

　남자를 따라 진료실 밖으로 나왔지만 실내 광장이 어둑해서인지 아무것도 눈에 들어오지 않는다.

　"발전소 밖에서 기다리고 계십니다."

　"네? 이 추위에요?"

　질겁하는 나를 보며 남자는 아무렇지 않은 표정으로 오른손을 뻗어 문을 열어 준다. 남자의 고급 가죽 장갑 역시 반질반질 윤이 난다. 확실히 스노볼에서 온 사람이 맞는…… 순간, 나는 그의 이름을 기억해 낸다.

　"쿠퍼 라팔리?"

　재작년에 종영한 드라마의 주연 액터 쿠퍼 라팔리가 분명하다.

　"네, 맞아요. 두부처럼 무른 정신력의 바이애슬론 선수."

　자조 섞인 농담을 하면서도 쿠퍼 라팔리는 내가 자신을 알아봤다는 사실이 기분 좋은 듯하다. 표정도 텔레비전에서 보던 것보다 훨씬 밝아 보인다.

스노볼에서 쿠퍼 라팔리의 직업은 바이애슬론 선수였다. 바이애슬론은 크로스컨트리 스키와 사격을 결합한 겨울 스포츠로, 쿠퍼 라팔리는 경기의 마지막 표적인 **사형수**를 총으로 쏠 때마다 극심한 죄책감으로 고통스러워하곤 했다. 바이애슬론에 동원되는 **인간 표적**을 쏘는 것은 정당한 사형 집행 방식 중 하나일 뿐이지만, 쿠퍼 라팔리는 매 경기가 끝나고 난 뒤 사람을 죽였다는 사실에 괴로워했다. 시청자들은 그런 쿠퍼 라팔리의 나약함을 안타까워하면서도 그의 정신적 파멸을 열심히 지켜보았다.

"수요일하고 목요일마다 저녁 먹으면서 가족들하고 다 같이 아저씨 드라마 봤어요!"

한때 애청했던 드라마의 액터를 만난 내가 소심하게 발을 구르며 흥분을 표출한다.

바깥세상에 사는 사람들은 텔레비전 속 액터의 희로애락을 지켜보며 삶의 에너지를 얻는다. 따뜻하고 부유한 삶을 누리는 그들을 보며 대리 만족을 느끼기도 하고, 온갖 극적인 상황에 휘말려 고통받는 그들의 드라마로부터 오히려 평온한 안도감을 얻기도 한다.

"드라마가 종영된 액터는 스노볼에서 나와야 하는 줄 알았는데…… 아저씨는 아직 남아 계신가 봐요?"

"제가 운이 좋았죠. 그리고 스노볼에는 액터 외에도 많은 사람이 필요해요."

"오오."

스노볼에서 온 사람에게 직접 듣는 스노볼 이야기는 학교 수업 시간에 배우는 것과는 차원이 다르다. 신이 난 나머지 발이 꼬여 바보처럼 넘어질 뻔했지만 쿠퍼 라팔리가 운동선수다운 빠른 반사 신경으로 내 팔을 잡아 준다. 기쁜 마음을 숨기지 못하고 멋대로 씰룩대는 입꼬리를 숨기기 위해 나는 황급히 고개를 돌린다.

구름 위를 걷는 기분으로 문을 두 번 더 열고 나오니, 발전소 앞에 검은 리무진이 세워져 있다. 유진이가 보내 준 브라우니와 마찬가지로 리무진 또한 실제로 본 적은 없다. 그렇지만 이본 저택에서 열리는 행사에 초대된 액터들이 타는 그 차를 알아보지 못할 리 없다. 실제로 본 리무진은 텔레비전 화면에서보다 훨씬 커다란 존재감을 뿜낸다.

쿠퍼 라팔리는 정중한 몸가짐새로 리무진의 뒷문 손잡이를 쥐더니 낮게 속삭인다.

"너무 놀라지 말아요."

그러고는 나를 향해 윙크한다. 세상에…… 한때 세계 최고의 바이애슬론 선수였던 쿠퍼 라팔리가 내게 윙크를! 스키 타는 폼이 멋져서 따라 하곤 했던 텔레비전 속 그 쿠퍼 라팔리가! 나는 온기에게 얼른 자랑하고 싶어 몸이 근질거린다.

그런데 문이 열린 리무진 안은 조금 실망스럽다. 길고 늘씬한 외관과 달리 내부 공간은 거의 절반밖에 되지 않고, 필름 스쿨 담당자라는 사람도 보이지 않는다.

나는 어리둥절한 얼굴로 일단 들어가 앉는다. 작은 창이 난 칸막이를 사이에 두고 운전석과 등을 마주하는 자리인데, 우리 집의 낡은 소파와는 비교할 수 없을 정도로 쿠션이 푹신하다.

쿠퍼 라팔리가 운전석에 앉는 소리가 언뜻 칸막이 너머로 들려온다. 곧이어 내 앞을 가리고 있던 검은색 장막이 천천히 위로 올라가자, 가려져 있던 나머지 공간이 드러나면서 반대편에서 나와 마주 앉아 있는 상대의 다리가 보이기 시작한다. 속이 투명하게 비치는 롱부츠 속 화려하게 단장한 발이 눈에 띈다. 양 엄지발가락에 에메랄드 같은 커다란 큐빅이 붙어 있고 나머지 발가락에는 에메랄드색에 맞춰 초록색 톤으로 고풍스러운 무늬를 그려 놓았다. 투명 롱부츠와 개성 가득한 페디큐어의 조합은 올봄부터 스노볼에서 유행하는 패션 스타일이다.

초록색 발톱을 가진 상대가 작게 혼잣말을 한다.

"사람이 이런 데서 어떻게 살지?"

양털을 통째로 꿰매서 만든 듯한 하얀 원피스를 입은 상대는 두 손으로 양팔을 한 번 문지른다. 리무진 문이 열리면서 들어온 한기에 소름이 돋은 모양이다. 검은 장막이 모두 걷히고, 마침내 주황색 일자 단발머리를 한 여자가 보인다.

"나 알죠?"

양팔을 문지르며 엄살을 떨던 모습은 온데간데없이, 차설 디렉터가 나를 향해 은은한 미소를 보낸다. 해리를 스노볼의 최고 인기 액터로 키워 낸, 나의 **롤 모델**.

온몸의 피가 머리로 쏠렸는지 나는 잠시 머리가 아득해진다.

"안녕하세요!"

흥분한 탓에 목소리가 지나치게 크게 나와 버렸다. 그런 나를 보며 차설 디렉터가 가벼운 웃음을 터뜨린다.

"만나서 반가워요, 전초밤 양."

내 이름을 부르는 나긋한 저음에 심장이 빠르게 요동치기 시작한다. 쿠퍼 라팔리가 내게 수천 번의 윙크를 더 한다 해도 이보다 짜릿할 수는 없을 거다.

"올해도 필름 스쿨에 합격하지 못해 아쉬웠죠?"

차설 디렉터의 목소리가 다시 한번 내 귀를 부드럽게 감싼다.

이럴 수가, 나의 롤 모델이 내 마음을 알아주고 있다니. 나는 똑 부러지고 성숙한 모습을 보이고 싶지만 그만 버벅거리고 만다.

"아, 예, 뭐, 조금…… 근데 괜찮습니다! 어차피 저는 내년에도 지원할 거고, 내후년에도 또 지원할 거거든요!"

아으, 이렇게 멋없게 말하려던 게 아닌데! 모든 시청자들의 마음을 빼앗을 위대한 드라마를 만들기 위해 매일 밤 드라마 기획안을 구성하고 있다거나, 차설 디렉터를 보며 꿈을 키워

왔다는 얘기를 할 수도 있었잖아!

하지만 진심은 말 없이도 전해지는 법인지, 차설 디렉터는 다행히 나를 기특하다는 듯이 바라본다.

"혹시 그 전에 개인적으로 나를 좀 도와줄 수 있을까요?"

"네?"

"사실 개인적인 일은 아니에요. 스노볼에, 아니, 모든 시청자들에게 필요한 일이에요."

차설 디렉터에게 내 도움이 필요하다고? 필름 스쿨의 학생이 되어 차설 디렉터에게 특강을 듣는 꿈은 수도 없이 꿨지만, 이런 상황은 상상조차 해 본 적이 없다. 나는 최대한 덜 바보같이 보이기 위해 애쓰며 뭐든 도울 수 있다고 말한다. 그러자 차설 디렉터는 아주 만족스러운 표정이 된다.

이어지는 그녀의 질문은 나를 당황스럽게 한다.

"본인이 고해리를 얼마나 닮았다고 생각해요?"

"네?"

"내가 장담하건대, 초밤 양을 조금만 꾸며 놓으면 시청자들은 초밤 양을 해리라고 믿을 거예요."

혼란스럽다. 무슨 이야기를 하려는 거지?

"그래서 말인데."

차설 디렉터가 부러 말을 한 번 끊어 간다.

"지금부터 초밤 양이 해리의 대역을 해 주면 좋겠어요."

"네?"

말귀를 알아듣지 못한 나를 보는 차설 디렉터의 얼굴에 웃음기가 싹 가신다.

"해리가 어젯밤 스스로 목숨을 끊었어요."

"……네?"

나는 미간을 한껏 찡그린 채 차설 디렉터가 다시 말해 주길 바랐다. 방금 들은 말이 틀린 말이길 바랐다. 하지만 차설 디렉터는 내가 본인의 말을 이해하고 소화할 수 있도록 지켜볼 뿐이다.

9학년 겨울 방학 때, 조미류 언니가 아홉 명의 남자를 죽이는 모습을 일흔일곱 개의 에피소드에 걸쳐 시청했었다.

해리는 딱 한 명의 생명을 해쳤을 뿐이다. 그런데 그게 바로 해리 자신이라는 사실이 내게는 그 아홉 번의 살인보다 충격적이다.

따뜻하고 부유한 스노볼 안에서 평생을 남부러울 것 없이 살아온 해리가 스스로 목숨을 끊었다고? 어째서? 다가올 새해부터는 기상 캐스터로도 일할 예정이었고, 당장 며칠 뒤면 일 년 중 우리에게 가장 특별한, 크리스마스잖아.

"분명 오늘도 해리의 광고 영상이 나왔는데……."

텔레비전 너머에서 나와 함께 자란 동갑내기 액터가 더 이상 이 세상 사람이 아니라는 얘기를 도저히 믿을 수가 없다.

심장이 조여들면서 코끝이 시큰해지더니 이내 나도 모르게 굵은 눈물방울이 툭 떨어진다.

나만이 할 수 있는 일

5학년 때쯤으로 기억한다. 학교 점심시간에 유진이가 내게 물었다. 네가 봐도 고해리랑 너랑 정말 닮지 않았어? 심지어 목소리까지 똑같잖아. 나는 미간을 찌푸리며 되물었다. 내 목소리가 그래? 내 귀에는 그렇게 안 들리는데?

그날 밤, 가족들이 모두 잠든 사이 나는 몰래 거실에 나와 채널 60번을 틀었다. 리모컨으로 재빨리 음소거 버튼을 누른 뒤, 전기난로가 꺼진 거실에서 이를 딱딱 부딪쳐 가며 고해리의 얼굴을 관찰했다. 내가 봐도 눈코입은 진짜 똑같았다. 웃을 때의 입 모양과 치열도 흡사해 보였다. 사실 내 쌍둥이 형제는 온기가 아니라 해리였던 게 아닐까? 어떻게 된 건지는 알 수 없지만, 온기와 해리가 서로 뒤바뀐 거지. 오, 그럴싸해.

나는 내가 세운 가설을 검증하고 싶어 온몸이 근질거렸다. 엄마, 사실 온기는 우리 가족이 아니지? 이렇게 묻고 싶어서 죽을 맛이었다. 그 답답함을 일 년이나 마음속에 품고 있던 어느 날, 일이 터지고 말았다. 깊이 잠든 온기와 할머니 사이에서 숨죽여 울고 있는 나를 엄마가 보고 만 것이다. 왜 울고 있느냐는 엄마의 걱정 어린 질문에 나는 서러움이 폭발하고 말았다. 엄마, 해리가 불쌍해. 해리는 왜 우리랑 떨어져서 살아?

그날의 사건은 수년이 지난 지금까지 우리 집에 전설처럼 내려오는 일화가 되었다. 발전소 분만실에서 의사 선생님을 도와 직접 나와 온기를 받아 낸 할머니는 내 황당한 가설을 즉각 폐기 처분하는 살아 있는 증거였다. 게다가 온기는 나이를 먹을수록 손과 발의 생김새까지 엄마와 똑 닮아 갔다. 다만 온기는 엄마의 온화한 마음씨만큼은 닮지를 못해서 내 신경을 자주 건드렸다. 어떻게 네가 고해리랑 쌍둥이일 거라고 상상할 수가 있냐? 와, 양심도 없지. 치매를 앓게 된 할머니가 텔레비전 속 고해리를 친손녀로 착각하게 된 것도 어릴 적 내 가설이 할머니의 뇌리에 깊이 남아서라는 망할 소리도 자주 했다. "전초밤, 네가 그때 나를 남의 집 애로 취급한 벌을 지금 받는 거야."

참으로 민망한 발단이기는 하지만, 그때부터 해리는 내가 가장 좋아하는 액터가 되었다. 해리가 예쁜 여름옷을 입을 때면 내가 기분이 좋았다. 내가 머리를 기르고 저 옷을 입으면 저런 모습일까 상상하며, 누릴 수 없는 것에 대리 만족을 느낄 수 있었다. 당연히 해리가 부러운 적도 많았다. 하지만 해리처럼 액터로 살고 싶다는 생각은 하지 않았다.

나는 **디렉터**가 되고 싶으니까.

바깥세상에 사는 학생들은 9월 첫째 주에 의무적으로 액터 오디션을 봐야 하는데, 나는 그 오디션조차 싫어하는 편이었다. 학교 체육관에 설치한 세 대의 카메라 앞에서 십 분 동안 사적인 질문을 받으며 온갖 장기를 선보여야 하는 과정이 영 즐겁지 않았기 때문이다. 그래서 7학년 때부터는 카메라 앞에 목석처럼 선 채 디렉터가 되면 만들고 싶은 드라마만 주야장천 늘어놓다가 선생님에게 제지당하기 일쑤였다.

학교를 졸업한 뒤에는 당연히 액터 오디션에 접수조차 하지 않았다. 디렉터 출신은 액터가 될 수 없고, 액터였던 사람은 디렉터가 될 수 없다는 스노볼의 법 때문이었다. 필름 스쿨을 세우던 해, 한 사람이 스노볼에서 두 번의 혜택을 받는 건 공평하지 않다는 취지로 해당 법이 제정됐다.

"감독님, 아시다시피 저는 디렉터가 꿈이에요."

나는 차설 디렉터의 시선을 피하며 아랫입술을 지그시 깨물었다. 뭔 소리를 하는 거냐는 듯 차설 디렉터의 한쪽 눈썹이 살짝 휘어진다. 한없이 존경하는 롤 모델의 부탁을 거절하려니 죄지은 사람처럼 목소리가 점점 기어들어 간다.

"액터가 되면 필름 스쿨에 지원할 수 없잖아요. 저는 진심으로 감독님 같은 디렉터가 되고 싶어요."

차설 디렉터가 나지막이 웃음을 터뜨린다.

"초밤 양이 내 말을 제대로 이해하지 못했네요."

그녀가 내 옆으로 다가와 앉는다.

"스노볼 데이터베이스에 전초밤이라는 이름은 기록되지 않을 거예요. 그럼 초밤 양은 향후 언제라도 다시 필름 스쿨에 지원할 수 있고, 이제까지 그 누구도 될 수 없었던 디렉터가 되겠죠. 액터의 시점을 이해하는 디렉터."

세상에서 가장 특별한 디렉터…… 나는 나도 모르게 침을 꼴깍 삼킨다.

"그런 디렉터가 될 수 있도록 내가 도울게요. 초밤 양이 먼저 나를 돕는다면."

바로 앞에서 마주 본 차설 디렉터의 눈은 호랑이를 닮았다. 사람을 휘어잡고 억누르는 눈.

"물론 내 마음대로 초밤 양을 필름 스쿨에 합격시켜 줄 수는 없어요. 쿠퍼가 나를 필름 스쿨 관계자라고 소개한 건 다른 사람의 눈을 의식해서 그런 것일 뿐, 나는 필름 스쿨 운영과는 아무런 관련이 없는 현업 디렉터예요. 하지만 스노볼을 경험하고 나면 초밤 양의 자기소개서와 지원 영상은 지금과는 차원이 다르게 업그레이드될 거예요. 면접 때 초밤 양 옆에 앉은 불쌍한 지원자들은 멋모르는 애송이들처럼 보이겠죠."

차설 디렉터의 확신에 찬 목소리와 말투에는 달콤한 유혹이 묻어 있다.

하지만 나는 반드시 이 말을 해야 한다.

"저는 해리의 죽음으로 이득을 얻고 싶지 않아요."

차설 디렉터의 입가에 희미하게 조소가 어린다.

"나는 초밤 양에게 이득을 주려고 이 멀리까지 온 게 아니에요."

나를 똑바로 응시하는 호랑이의 눈을 마주 보고 있자니 입이 바짝 마른다.

"해리가 아직 더 살아야 해."

차설 디렉터의 눈빛이 한층 어두워진다.

"걔는 그렇게 죽으면 안 되는 애니까."

이제 막 자정을 넘긴 밤, 눈발이 잦아든 대신 강한 바람이 휘몰아치며 집에 난 모든 유리창을 끊임없이 흔들어 댄다. 나는 여유 공간이 남은 책가방을 들고 거실로 나온다. 필요한 물건들을 다 담을 수 있을까 걱정했는데, 막상 챙길 것들이 별로 없다. 스노볼에서는 옷을 두껍게 입을 일도 없고, 방한 부츠를 신을 일도 없고, 내복과 방한 마스크도 필요 없다. 애초에 차설 디렉터는 내게 아무것도 챙길 필요가 없다고 말했다. 스노볼에는 모든 것이 있고, 내가 원하는 건 뭐든지 입고 먹을 수 있다고 했다.

가방을 둘러메고 다가온 나를 향해 엄마가 말한다.

"가서 당장 갈아입을 속옷하고 양말은 챙겼지?"

엄마는 내가 4학년 때까지 쓰던 분홍 책가방에 오렌지주스를 집어넣고 있다.

"엄마, 그건 할머니랑 온기랑 같이 먹으라니까."

가방 안을 슬쩍 들여다보니 딸기와 브라우니도 한가득 들어 있다. 온기가 되찾아 올 때까지 길에 방치돼 있던 탓에 다 땡땡 얼어 있다.

"나는 이제 이런 거 마음껏 먹을 수 있어."

딸기와 브라우니를 가방에서 꺼내려는 내 손을 엄마가 꾹 붙든다.

"필름 스쿨 학생들이 뭘 먹고 사는지 네가 어떻게 알아."

나는 뭐라고 대답해야 할지 잠시 고민한다. 엄마는 내가 필름 스쿨에 진학하게 됐다고 알고 있다. 차설 디렉터와 쿠퍼 라 팔리는 나의 퇴근 시간에 맞춰 우리 집으로 찾아왔고, 나보다 앞서 만난 엄마에게 필름 스쿨에 공석이 생겨 내가 추가 합격하게 됐다는 거짓말을 해 두었다.

차설 디렉터는 내게 해리가 죽었다는 사실과 내가 죽은 사람의 대역이 되었다는 것을 아무에게도 말해서는 안 된다고 강조했다. 대역을 세우려는 이유부터가 해리의 죽음을 비밀에 부치기 위함이기 때문이었다.

시청자들은 지난 십육 년 동안 일주일에 두 번씩 해리를 만났다. 우리는 해리가 좋아하는 남자애한테 처음으로 머리띠를 선물받고 오후 수업 내내 심장이 두근거리던 날과 그 남자애가 옆 반 여자애와 사귄다는 얘기를 듣고 해리가 집에 가서 울던 날을 기억한다. 유리컵을 들고 가다가 넘어져 턱 밑에 피가 나던 세 살배기 해리, 처음으로 방문한 이본 저택에서 자신보다 한 살 많은 이본 그룹의 차기 후계자 이본회를 보고 부끄러워 몸을 배배 꼬던 일곱 살의 해리도 지켜보았다.

지난 십육 년간 해리는 모든 시청자의 친구이자 딸이고 손녀였다. 그런 해리가 자신의 방 샹들리에에 로프를 고정시켜 목을 매는 모습을 방영한다는 건 사실상 인재나 다름없다. 그 장면을 편집으로 들어내고 『TV 가이드』를 통해서 해리가 스스로 목숨을 끊었다고 밝히면 그나마 사람들의 충격을 줄일 수 있을지도 모르겠지만, 그건 법적으로 불가능하다. 드라마에 출연 중인 액터는 살인도 죽음도 숨길 수 없다. 그게 스노볼의 따뜻함을 누리는, 누려 왔던 **대가**이니까.

차설 디렉터는 내게 베르테르 효과를 말했다. 유명인의 자살과 유사한 방식으로 자살하는 사람들이 생겨나는 현상. 그 얘기를 들으며 나는 바로 우리 할머니를 떠올렸다. 해리를 자신의 손녀로 착각하고 있는 할머니의 충격을 상상조차 하고 싶지 않았다. 해리의 죽음은 어떤 방식으로든 알려지지 않는 게 최선이다.

그래서 나는, 해리가 열여덟 살이 되면 스노볼을 떠나는 결말을 만들자는 차설 디렉터에게 고개를 끄덕일 수밖에 없었다. 액터인 엄마 밑에서 태어나 처음부터 스노볼에서 살아온 **액터 2세**에게는 열여덟이 되는 생일에 딱 한 번, 스노볼을 떠날 수 있는 선택권이 주어진다. 자신이 살고 싶은 곳을 선택할 권리가 처음이자 마지막으로 생기는 것이다.

'보여지는 삶'이 아니라 자기만의 인생을 선택해 해리가 자발적으로 스노볼을 떠나는 결말에 시청자들은 매우 아쉬워할 것이고, 혹시나 약간의 배신감과 분노를 느낄지도 모른다. 하지만 그렇다 하더라도 해리의 마지막이 슬프고 외로웠다는 참담한 진실을 아는 것보다는 분명 나을 것이라는 차설 디렉터의 말에 나는 동의한다.

어쩌면 사람들은 해리가 자신들이 사는 마을에 오게 될 가능성에 기대감을 품을 수도 있을 것이다. 그러다 시간이 지나면 또 다른 액터를 아끼고 사랑하게 될 것이고, 이따금 해리의 안부를 궁금해하면서도 서서히 해리를 잊어 갈 것이다.

"이 일은 초밤 양만이 할 수 있어요."

그 말을 듣는 순간, 내게는 더 고민하고 망설일 것이 없었다.

누가 올라타든 상관없이 빙빙 돌아가는 쳇바퀴의 삶이 아니라, 나만이 완성할 수 있는 인생이었다. 오로지 나만이, 해리의 마지막을 행복하게 만들 수 있었다.

"할머니 깨워서 보고 가지 그래."

화장실에서 볼일을 보고 나온 온기가 문이 꼭 닫힌 방 쪽을 가리킨다. 나는 가볍게 고개를 젓는다.

"주무시는데 괜히 깨우지 마. 내가 네 여자 친구인 줄 아는데 뭐."

온기가 멋쩍게 머리를 긁적인다.

"어쨌든 할머니는 나보다 전초밤 너를 더 좋아해. 알지?"

나는 가만히 고개를 끄덕인다. 우리가 어릴 때는 할머니도 발전소로 출근을 했었다. 할머니는 점심 배식으로 나온 과일을 절대 본인이 먹는 법이 없었다. 우리도 학교 급식에서 과일을 받아먹을 수 있는데, 할머니는 꼭 우리에게 주려고 과일을 싸 오곤 했다. 할머니는 겨우 한 입 거리밖에 안 되는 과일을 반으로 잘라 온기와 나에게 한 조각씩 나눠 주었는데, 매번 내 조각이 조금 더 컸다. 태어난 지 이틀 만에 심장 박동이 불안정해서 죽을 고비를 넘기더니 자라면서도 병치레가 잦았던 손녀를 할머니는 언제나 소중하게 아꼈다.

나는 조용히 방문을 열고 잠든 할머니를 물끄러미 바라보았다.

'할머니, 이제부터 텔레비전에 진짜 할머니 손녀가 나올 거야. 내가 똑똑하게 잘 해낼 수 있도록 매일 지켜봐 줘. 건강하게 돌아올게.'

진통제와 마취제

집을 나서기 전 마지막으로 엄마를 꼭 안는다. 엄마는 내게 우는 모습을 보이지 않으려고 자꾸 고개를 돌린다. 그런 엄마의 시선이 닿은 곳은 정육면체 형태의 유리함이다. 그 안에는 순금으로 만든 작은 카메라 장식품이 들어 있다. 카메라의 렌즈 부분에 박힌 다이아몬드가 반짝인다. 쿠퍼 라팔리는 엄마에게 저 금덩이를 건네며 이본 미디어 그룹에서 필름 스쿨 신입생에게 선물하는 기념품이라고 설명했다. 이본에서 진짜 그런 선물을 하는지는 모르겠지만, 우리 가족이 나의 필름 스쿨 입학을 믿는 데에는 확실히 도움이 됐다.

"엄마랑 할머니는 내가 잘 보살필 테니까 너는 아무 걱정 말고 학업에만 전념해."

온기는 간만에 또 오빠 노릇을 한답시고 목소리에 힘을 준다. 아랫입술을 아무리 깨물어 봐야 이미 붉어진 눈가에 이별의 아쉬움이 내비치는 줄도 모르고.

나도 온기를 따라 씩씩한 척해 본다.

"엄마, 울어? 누가 보면 내가 어디 죽으러 가는 줄 알겠다."

엄마가 재빨리 눈물을 훔친다.

"그러게, 엄마가 주책이다. 우리가 보러 가면 되는데."

필름 스쿨 학생은 가족을 스노볼로 초대할 수 있다. 방학 때마다 고향으로 돌아갈 수 있는 다른 대학들과 달리 필름 스쿨에는 실질적인 방학이 없기 때문이다.

나는 엄마를 보며 어색하게 마주 웃는다. 진짜 필름 스쿨 학생으로서 스노볼에 가는 게 아니기 때문에 나는 아마 가족들을 스노볼로 초대할 수 없을 것이다.

"다시 볼 때까지 다들 건강하게 잘 지내!"

나는 가족들에게 더 이상 추가 합격생 연기를 하고 싶지 않아 서둘러 안쪽 중문을 나선다. 이어 바깥 중문을 지나며 오렌지주스와 브라우니가 든 분홍 가방을 조용히 내려놓았다가, 기어코 가방을 두고 간 나에게 서운해할 엄마의 얼굴을 생각하며 다시 집어 든다.

쿠퍼 라팔리가 운전하는 리무진은 불편할 정도로 조용하다. 차설 디렉터가 리무진 뒷좌석에 마련된 미니 냉장고에서 길쭉한 병을 하나 꺼낸다.

"샴페인 한잔해야죠?"

뻥! 어깨를 움찔하게 만드는 소리와 함께 샴페인 뚜껑이 열린다. 나는 말없이 눈을 크게 뜬다. 술을 마실 수 있는 나이는 스노볼이나 바깥세상이나 스무 살로 동일하다.

"한잔 정도는 괜찮아요. 축하와 즐거움을 상징하는 음료니까."

폭이 좁은 와인 잔을 얼결에 받아 든다. 잔으로 흘러드는 금빛 액체 위로 작은 거품들이 올라온다. 차설 디렉터와 가볍게 잔을 부딪친 뒤 그녀를 따라 샴페인을 쭉 들이켠다. 윽, 엄청 쓰다. 생긴 건 달짝지근해 보였는데. 얼굴을 찌푸린 채 소처럼 혀를 날름거리며 입술을 핥는 나를 보며 차설 디렉터가 설핏 웃는다.

문득 내가 무슨 일에 휘말린 건지 생각해 본다. 분명 오늘 아침까지만 해도, 나는 인력 발전소에서 일하는 평범한 열여섯 살이었다. 그런데 지금은 스노볼에서 제일 유능한 디렉터와 스노볼로 가고 있다. 앞으로 약 일 년간 나는 세상에서 제일 사랑받는 액터의 대역을 수행할 것이고, 그 기간에 우리 가족에게는 필름 스쿨 장학금이라는 명목으로 생활 보조금이 지급될 것이다. 시청자들은 자신들이 너무나 사랑하는 액터를 충격적인 죽음으로 잃는 비극을 피하게 됐고, 해리는…… 해리는 뭘 원했지?

"감독님, 혹시…… 해리 유서에는 어떤 내용이 있었나요?"

잔에 남은 마지막 한 모금을 삼키려던 차설 디렉터의 행동이 칼로 자른 듯이 뚝 끊긴다.

"왜 유서가 있었을 거라고 생각하지?"

호랑이 같은 눈이 나를 빤히 쳐다본다.

"그리고 그건 너무 사적인 질문 아닌가?"

어떻게 그런 무례한 질문을 할 수 있느냐고 꼬집는 차설 디렉터의 말투에 나는 당황스러워진다. 사적인 질문? 해리에게 사적인 영역이라는 게 존재했었나? 인생의 첫 데이트 중에 배탈이 나서 공중화장실로 뛰어가던 순간에도 해리는 공원에 설치된 카메라로 촬영되고 있었다. 그 민망하고 당혹스러운 표정을 모든 시청자가 지켜볼 수 있도록.

그것이 **액터의 숙명**이다.

그리고 나는 지금 그 숙명을 대신하러 가는 길이다.

생각이 여기까지 미치자 갑자기 가슴이 뻐근해지면서 속이 답답해진다. 나는 운전석을 향해 목소리를 키운다.

"아저씨, 잠시만요!"

카메라 앞에서 버젓이 살인도 저지르는 세상인데, 고해리의 안온한 삶을 대신하러 가면서 뭘 그리 겁을 집어먹냐고 말해 줄 사람을 마지막으로 만나야만 했다.

"쿠퍼 아저씨, 발전소에 잠깐만 들러 주세요!"

칸막이 너머 운전석에서는 아무 반응이 없고, 리무진은 계속 앞으로 나아갈 뿐이다.

"챙겨 갈 물건이 있어서 그래요!"

운전석으로 가까이 다가가려고 엉거주춤 일어서는 내 팔을 차설 디렉터가 꽉 붙잡아 누른다.

"스노볼에 가서 새로 사."

차설 디렉터는 괜한 분란을 만들지 말라는 어투다. 재수탱이 반장 아저씨처럼 강압적인 태도에 문득 순순히 지고 싶지 않다는 반항심이 올라온다.

"의사 선생님께서 동상 연고를 챙겨 주셨는데, 제가 갖고 나오는 걸 깜박했어요."

차설 디렉터는 피곤하다는 투로 스노볼에 가면 더 좋은 연고가 있다고 말하지만, 나는 한 시간에 한 번씩 발라 줘야 얼굴에 상처가 덧나지 않는다고 힘주어 말한다. 아주 훌륭한 핑계가 아닐 수 없다. 경황이 없어 연고를 놓고 온 게 얼마나 다행인지.

"해리 얼굴에 화상 흉터는 좀 그렇지 않을까요?"

나는 순진무구한 눈빛으로 고개를 살짝 기울인다. 차설 디렉터가 제법이라는 표정으로 픽 웃는다. 내 팔을 잡은 손에 힘을 주며 내 눈을 깊이 들여다본다.

"앞으로 뭐든 나한테 먼저 묻도록 해. 알겠니?"

이어 그녀는 좌석 옆에 달린 검은 스피커 버튼을 누른다.

"쿠퍼, 발전소로 방향 틀어."

그제야 리무진이 발전소 쪽으로 방향을 바꾼다. 좌회전을 하자 천장 유리창을 통해 쏟아지던 달빛의 방향도 바뀐다. 문득 차 안 바닥이 반짝거린다. 깨진 유리 조각들이 흩어져 있는 게 보인다. 작은 바를 연상시키는 길고 좁은 테이블 위에는 와인 잔을 거꾸로 꽂아 놓는 막대 걸이가 네 개 달려 있다. 차설 디렉터와 내가 쓴 와인 잔은 두 개. 걸려 있는 와인 잔은 하나. 리무진이 흔들리면서 와인 잔 하나가 떨어져 깨진 건가? 그때 리무진이 잠시 덜컹거린다. 막대 걸이에 걸려 있는 와인 잔은 안정적으로 제자리를 지킨다.

*

진료대 위에 누워 있던 조미류 언니가 보이지 않는다.

진료실의 중앙에 가로놓인 칸막이 뒤로 가 보니, 연고를 얼굴에 번들번들하게 바른 채 이불을 덮고 누워 있는 조미류 언니가 보인다. 선생님은 진료실에 딸린 화장실에 있는 모양이다.

나는 조미류 언니의 팔을 흔들며 속삭인다.

"잠깐 눈 좀 떠 봐요! 어, 언니 도움이 필요하단 말이에요!"

입 밖으로 처음 꺼내 보는 언니라는 호칭이 통했는지 조미류 언니가 초점 없는 눈을 뜨고 천천히 깜빡거린다.

"정신이 좀 들어요?"

"사, 살려 줘요!"

조미류 언니가 난데없이 내 외투를 붙잡고 울부짖는다.

워낙 힘이 없어서인지 거친 숨소리 섞인 공허한 비명이 이어진다.

"언니, 진정해요. 여기 진료소예요, 안전하다고요."

조미류 언니를 진정시키려 하지만, 언니는 나를 보는 건지 내 뒤쪽 칸막이를 보는 건지 모르게 흐린 초점으로 읊조린다.

"검은 리무진, 검은 리무진을 피해야 돼요."

두려움을 숨기지 못하는 미약한 목소리. 내 옷깃을 붙잡은 조미류 언니의 손이 파르르 떨린다.

"검은 리무진요? 언니도 스노볼에서 온 사람들 만났어요?"

내 물음에 조미류 언니가 비명을 지른다. 그러고는 극심한 고통을 느낀 듯 머리를 감싸 쥔다.

"아악!"

"왜, 왜 그래요! 머리도 다친 거예요?"

"그거…… 제발 말하지 마요, 머리가 깨질 거 같아."

머리를 감싸 쥐고 있는 조미류 언니의 오른손에 타박상의 흔적이 여실히 보인다.

"언니, 아까 뭔가에 세게 부딪친 거 맞죠?"

나는 리무진 바닥에 흩뿌려져 있던 유리 파편을 떠올린다. 사람과 부딪칠 정도로 강한 흔들림이라면 와인 잔이 떨어져 깨질 수도 있지 않을까.

"그 검은 리무진이 언니를 친 거예요?"

조미류 언니가 일순간 떨림을 멈춘다. 우리를 둘러싼 공기의 흐름이 정지한 듯하다.

쿠퍼 라팔리가 운전하는 검은 리무진이 길 한가운데 서 있는 조미류 언니를 치는 장면이 상상된다. 그런데 왜 언니를 길에 방치했지? 그대로 두면 얼어 죽을 거라는 걸 모를 리가 없잖아. 내가 헛다리를 짚는 건가?

조미류 언니는 남은 힘을 간신히 쥐어짜 낸 손으로 내 팔을 애처로이 움켜잡는다.

"그 사람들하고 얽이면 안 돼요."

"네?"

"그곳……, 우욱!"

조미류 언니는 말을 하다 말고 헛구역질을 한다.

"그러니까 학생이 알고 있는 그곳은……, 후읍!"

교통사고의 후유증인지, 조미류 언니는 계속해서 헛구역질을 한다.

"그곳요?"

답답한 마음에 내가 구체적인 언급을 재촉하지만 조미류 언니는 더 이상 말을 잇기 어려워 보인다.

"스노……."

그녀는 힘들게 삼켜 내던 토악질을 끝내 참지 못하고 순록 가죽 이불 위에 초록색 위액을 쏟아 낸다.

"조미류!"

마침 화장실에서 나온 의사 선생님이 머리카락에서 물을

뚝뚝 흘리며 뛰어온다.

선생님에게 자리를 내어 주기 위해 나는 두 걸음 뒤로 물러난다. 초조한 마음에 무심코 왼쪽으로 고개를 돌리자 진료실 문을 열고 안으로 들어서는 쿠퍼 라팔리와 눈이 마주친다. 그가 추위에 몸을 떨며 미간을 찡그린다.

"조미류? 들어 본 이름인데."

나는 본능적으로 쿠퍼 라팔리를 가로막는다. 검은 리무진을 타고 온 사람들을 피해야 한다며 공포에 떠는 조미류 언니를 쿠퍼 라팔리가 확인해서 좋을 게 없다는 판단이었다. 나는 쿠퍼 라팔리가 칸막이 너머로 다가오기 전 재빨리 그의 팔을 낚아챈다.

"늦어서 죄송해요, 얼른 가요."

나는 필사적으로 쿠퍼 라팔리를 문으로 이끌며 선반 위에 파란 통을 챙긴다.

"선생님, 저 연고 챙겨서 갈게요!"

게워 낼 것도 없는 속을 계속 비워 내며 토악질을 반복하는 조미류 언니의 고통스러운 신음과 그런 조미류 언니의 상태를 확인하느라 정신없는 선생님을 뒤로하고 나는 마침내 쿠퍼 라팔리를 진료실 밖으로 끌고 나온다.

하지만 쿠퍼 라팔리의 고개는 연신 진료실 쪽을 향한다. 조미류 언니의 고통스러운 비명이 미약하게 새어 나오고 있다.

"안에 계신 분, 괜찮나요?"

나는 한쪽 눈을 찡그리며 거짓말을 짜낸다.

"아…… 원래 위가 안 좋아서 입원한 분인데 합병증으로 고생하고 계시대요. 입원한 지 오래된 환자들은 합병증 때문에 힘들어하잖아요, 진통제도 쓸 수 없으니까요."

할아버지가 겪었던 일이기에 어렵지 않게 이야기를 꾸며 낼 수 있었다.

고개를 끄덕이는 쿠퍼 라팔리가 문득 쓸쓸해 보인다.

"우리 어머니도 그래서 스스로 목숨을 끊으셨어요."

"네?"

켜켜이 쌓인 회한을 품은 쿠퍼 라팔리의 눈이 여릿한 미소를 띤다.

"스노볼에 간 뒤로 매일 생각했어요. 액터 합격 편지가 도착할 때까지, 어머니가 그 고통을 딱 이틀만 더 참아 내셨다면 어땠을까. 그럼 내가 스노볼에서 진통제를 사서 보내 드릴 수 있었을 텐데."

미안한 마음 가득한 나를 의식한 듯 쿠퍼 라팔리가 빙긋 웃어 보인다.

나는 조미류 언니에게 묻고 싶었던 질문을 그에게 한다.

"역시 스노볼에서의 삶이 훨씬 더 좋은 것 같아요, 그렇죠?"

쿠퍼 라팔리는 밖으로 나가는 현관문을 열기 전에 잠시 나를 물끄러미 바라본다.

"그럼요, 스노볼에는 **따뜻한 진통제**와 **값진 마취제**가 널려 있으니까요."

"오, 차같이 따뜻하게 우려먹는 진통제가 있어요?"

쿠퍼 라팔리가 검은 망토로 코와 입을 가리며 피식 웃는다.

"스노볼에 가면 하나씩 알게 될 거예요."

나는 스노볼로 향하는 리무진 안에서 쿠퍼 라팔리의 수수께끼 같은 말을 곱씹어 보았다.

해리는 스스로 목숨을 끊기 전에 따뜻한 진통제나 값진 마취제를 사용했을까? 그랬다면 마지막 고통이 조금은 덜하지 않았을까.

생각이 생각의 꼬리를 물었다.

해리는 왜 스노볼에서 스스로 목숨을 끊었을까?

조미류 언니는 왜 스노볼에서 온 사람들을 무서워하는 걸까.

그 첫 번째 힌트가 머지않아 내 눈앞에 펼쳐졌다.

믿을 수 없는 사건

"이제 다 왔습니다."

스피커를 통해 쿠퍼 라팔리의 목소리가 나오자 차설 디렉터가 왼팔을 얹고 있던 콘솔 박스의 뚜껑을 연다. 안에는 검은색 전화기가 한 대 들어 있다. 동그란 다이얼의 각 구멍마다 0부터 9까지 숫자가 적혀 있는 고전적인 디자인이다. 우리 마을에도 재수탱이 반장 아저씨의 사무실에 똑같이 생긴 전화기가 있다. 상부와 연락할 때만 사용하는 마을의 통신기다.

차설 디렉터가 묵직한 수화기를 들고 숫자 0번에 손가락을 넣어 한 바퀴 크게 돌린다. 다이얼이 다시 원래의 자리로 돌아오면서 돌돌돌 소리를 낸다.

"이륙 준비해."

차설 디렉터의 말이 끝나기 무섭게 리무진 앞에 있던 거대한 물체에서 눈부신 조명이 쏟아지고, 어둠에 가려져 알아볼 수 없던 정체가 드러난다. 통근 버스와 비교도 할 수 없을 만큼 커다란 비행기다. 비행기 자체는 텔레비전에서 많이 봤다. 하지만 이 비행기는 액터들이 장거리로 여행을 갈 때 타는 여객기보다 역사 교과서에서 보던 **이전 문명**의 군용 수송기와 비슷하게 생겼다. 학교에서 배운 바에 따르면 기후 변화 이전의 사람들은 전쟁광이었다. 그래서 우리는 그들을 **전쟁 문명**이라고도 부른다.

"화물칸 열어."

차설 디렉터의 지시에 비행기의 후방이 벌어지더니 문이 내려온다. 리무진이 문을 오르며 천천히 비행기 안으로 들어간다.

철컥, 리무진을 태운 화물칸 문이 다시 닫힌다. 비행기는 끝도 없이 펼쳐진 설원을 활주로 삼아 달리기 시작한다. 나는 비행기가 이륙할 때 창밖 풍경을 구경하고 싶어 몸이 근질거리지만, 차설 디렉터는 적정 상공에 안정적으로 떠오를 때까지 리무진 안에서 안전벨트를 매고 있으라고 지시한다. 이륙 시에 지켜야 할 안전 지침을 따르라는 것 같지만, 내가 보기에는 화물칸까지 들어온 한기가 사라질 때를 기다리고 싶어 하는 것 같다. 스노볼에서 태어나 평생을 살아온 사람들은 확실히 바깥세상의 추위를 무서워한다.

곧 귀가 먹먹해지더니 비행기의 선체가 들리면서 몸이 붕 떠오르는 느낌이 짧게 지나간다.

얼마 지나지 않아 비행기가 안전하게 상공에 진입했다는 기계적인 안내 음성이 흘러나온다. 쿠퍼 라팔리가 먼저 내려 리무진의 뒷문을 열어 주고, 나는 차설 디렉터를 따라 차에서 내리며 바쁘게 눈을 굴린다.

본격적으로 구경하는 비행기 내부는 하늘에서 살 수 있도록 지어진 집 같다. 리무진 두 대쯤은 거뜬히 싣고도 남을 만큼 널찍한 화물칸과 고급스럽고 안락한 거실 겸 다이닝 룸처럼 꾸며진 기내가 커다란 유리벽으로 구분돼 있다.

차설 디렉터가 나를 데리고 유리문 앞에 서자 천장의 감지기에서 빨간 불이 반짝인다. 이어 커다란 유리문이 양옆으로 갈라지며 딱 우리 두 사람이 지나갈 만큼의 공간을 만든다.

차설 디렉터가 홱 고개를 돌려 내 뒤에 서 있던 쿠퍼 라팔리를 살짝 나무란다.

"뭐 해? 차 바닥부터 정리하고 와야지."

쿠퍼 라팔리의 한쪽 눈썹이 미묘하게 꿈틀거린다.

"제가 그런 것까지 해야 하나요?"

차설 디렉터는 어처구니가 없다는 듯 가벼운 웃음을 톡 터뜨린다.

"스노볼에 남아 있으려면 쓸모를 증명해야지."

쿠퍼 라팔리는 상기된 얼굴과 달리 고분고분하게 대답한다.

"네, 제가 주제넘었습니다."

그는 정중히 고개를 숙인 뒤 리무진으로 돌아간다.

차설 디렉터는 유리문 바로 뒤, 화물칸과 마주 보이게 놓인 2인용 크림색 소파로 나를 이끈다.

"여기 앉아, 여기가 제일 잘 보이거든."

나는 그녀 몰래 입술을 삐죽 내민다. 비행기 창문 쪽 소파 좌석들은 놔두고 왜 하필 화물칸과 마주 보는 자리람. 차설 디렉터는 내게 친히 안전벨트를 매 주고는 기체 내부에 있는 전화기로 다가간다.

"화물칸 개방해."

내가 놀란 눈으로 돌아보지만 수화기를 든 차설 디렉터는 섬뜩하도록 차분한 표정이다.

철컥, 화물칸이 천천히 개방되기 시작한다.

갑작스러운 움직임을 감지한 쿠퍼 라팔리가 리무진 뒷좌석 창문으로 고개를 내민다.

당황한 내가 유리문을 열기 위해 자리에서 일어나려 하지만 안전벨트가 풀어지지 않는다.

"아저씨!"

나는 의자에 묶인 채로 팔을 흔든다. 천장에 달린 감지기를 향해 사지를 흔들어 대며 목청껏 쿠퍼 라팔리를 부른다. 하지만 감지기는 묵묵부답이고 차디차게 닫힌 유리문 역시 꼼짝도 하지 않는다.

"아저씨, 얼른 안으로 들어와요!"

내 다급한 음성에 그제야 사태의 심각성을 알아차린 쿠퍼 라팔리가 재빨리 리무진에서 내려 유리문 쪽으로 달려온다. 화물칸 안으로 휘몰아치는 바람에 그의 얼굴이 순식간에 새하얘진다.

"차 디렉터!"

어느새 코앞으로 다가온 쿠퍼 라팔리가 돌 같은 주먹으로 유리문을 쾅쾅 두드린다.

"문 열어요! 당장!"

하지만 차설 디렉터는 한 치의 흐트러짐도 없이 평온하게 서서 그를 응시할 뿐이다. 그사이 리무진이 뒤쪽으로 기울어지는가 싶더니 이내 밑으로 곤두박질친다. 이를 목격한 쿠퍼 라팔리의 얼굴에 죽음의 공포가 드리운다. 똑바로 서 있을 수 있는 균형이 깨어져 간다.

"추락사가 동사보다 덜 고통스럽대, 쿠퍼."

차설 디렉터의 목소리는 놀라울 만큼 매정하고, 쿠퍼 라팔리는 온몸으로 유리문을 쳐 대면서 절규에 찬 욕지거리를 내뱉는다.

하지만 유리문에는 미세한 균열조차 나지 않고, 차설 디렉터는 작별 인사를 하듯 가볍게 손을 흔든다.

"그동안 수고했어."

공포와 분노 가득한 쿠퍼 라팔리의 눈에 실핏줄이 터지며 눈물이 흘러내린다. 유리문을 손톱으로 긁어 대는 모습에서 어떻게든 살고 싶다는 절박한 본능이 느껴진다.

이윽고 맹렬한 바람의 손아귀에 빨려 들면서 그가 사라진다. 모든 걸 얼려 버리는 추위에 비명마저 얼어붙은 듯, 순식간에 눈앞에서 사라진 쿠퍼 라팔리의 마지막 비명이 너무도 짧게 끊어진다.

그와 동시에 나를 묶고 있던 안전벨트의 버클이 탁, 풀린다. 나는 황급히 자리에서 일어나다 다리에 힘이 풀려 그대로 바닥에 주저앉고 만다. 쿠퍼 라팔리의 흔적을 찾아 두리번거리자 유리문 너머로 내가 보고 싶어 했던 풍경이 펼쳐진다. 달빛을 머금은 만년설 덮인 높다란 산맥이 구름 한 점 없는 밤하늘 아래 숨 쉬고 있다.

여기서 떨어지면 죽음뿐이라는 생각에 발끝이 저릿해진다.

어느새 화물칸이 철컥 소리를 내며 닫혔고 이어 무시무시한 정적이 감돈다.

머리가 어지러워 이마에 손을 짚으니 땀이 흥건하게 묻어난다. 볼은 눈물과 동상 연고로 뒤범벅돼 있다.

"대체…… 뭐였어요, 방금?"

나는 여전히 바닥에 주저앉은 채 차설 디렉터를 올려다본다. 그녀 역시 표정이 좋지는 않다. 언젠가 온기가 딱 저런 표정을 지었던 적이 있다. 그날 나는 온기가 미술 시간에 열심히 만든 종이 모빌을 실수로 깔고 앉았었다.

차설 디렉터가 숨을 깊이 내쉬며 하얀 대리석 테이블로 다가간다.

"이제 앉고 싶은 곳에 편히 앉아."

재차 답변을 구하는 내 목소리에 미약한 울음소리가 섞인다.

"왜 죽였냐고요!"

공포에 질려 울부짖던 쿠퍼 아저씨의 눈빛을 영원히 잊을 수 없을 것 같다. 조미류 언니는 어떻게 이 짓을 아홉 번이나 했지?

파르르 떨리는 손으로 바닥을 짚은 채 눈을 부릅뜨는 나를 차설 디렉터가 가만히 바라본다.

"쿠퍼의 역할은 처음부터 여기까지였어."

"전 이게 모두에게 좋은 일이라고 생각하고 따라왔어요."

차설 디렉터가 테이블 위에 놓인 커피포트로 물을 끓인다.

"쿠퍼는 쓸데없이 말이 많고 정신력도 약해. 큰일을 맡기에 적합하지 않지."

"그게 사람을 죽인 이유예요?"

"나도 애석하게 생각해."

차설 디렉터가 내 곁으로 다가와 허리를 숙이고 눈을 맞춘다.

"해리가 죽지 않았으면 쿠퍼도 이렇게 죽지 않았을 텐데."

뭐라 대꾸할 말을 찾을 수 없어서 나는 아랫입술을 잘근 깨문다. 무슨 상황인지, 머릿속이 뒤엉킨다.

"와서 앉아, 커피 내려 줄게."

내 어깨를 가볍게 토닥이고는 차설 디렉터가 테이블로 돌아가 그라인더로 커피 원두를 갈기 시작한다. 나는 터질 것 같은 심장을 애써 억누르며 최대한 차분하게 묻는다.

"이 일이 끝나면 저도 쿠퍼 아저씨처럼 되나요?"

차설 디렉터가 가볍게 코웃음을 친다.

"너는 디렉터가 되어야지. 네가 날 돕는다면 나도 널 돕겠다고 약속했잖아."

올컥올컥 눈물이 차오른다. 아무리 입술을 깨물어 봐도 참을 수가 없다. 나는 결국 수압을 조절하지 못한 수도꼭지처럼 왈칵 눈물을 쏟아 낸다.

차설 디렉터가 그라인더를 돌리던 손을 멈추고 다정하게 묻는다.

"뭐가 그렇게 서러워."

나는 꺽꺽거리며 속마음을 엎지른다.

"쿠퍼 아저씨 눈이…… 죽을 때까지 안 잊힐 거 같아서요. 디렉터가 되고…… 제 꿈을 다 이룬 순간이 와도 아저씨가 생각날 것 같아요. 그게…… 너무 무서워요."

차설 디렉터에게 원망스러운 마음이 든다.

어느새 내 곁으로 다가온 차설 디렉터가 무릎을 굽히고 나를 따뜻하게 감싸 안는다.

"네가 집에 돌아가고 싶어서 우는 줄 알았어."

그녀의 목소리에는 안도감이 묻어 있고, 나는 내가 그런 생각은 하지도 않았다는 걸 알아차린다.

"스노볼에서는 매일 누군가가 죽어. 원한에 의한 살인, 단

순 사고, 질병, 노화 등 각자의 사정이 있지. 우리는 그 죽음들을 다 애도하진 않아."

나는 딸꾹질을 하듯 어깨를 들썩거리고, 차설 디렉터는 다정한 손길로 내 등을 쓸어내린다.

"쿠퍼가 주인공이었던 드라마는 이미 막을 내렸고, 쿠퍼의 죽음이 깊은 애도를 받을 수 있었던 시절도 오래전에 끝났어."

한 치의 흔들림 없는 눈빛으로, 차설 디렉터는 나를 본다.

"그런 쿠퍼를 위해 이 정도로 눈물 흘렸으면 충분해. 쿠퍼의 죽음보다 너 자신이 먼저인 게 미안하다는 생각 따위는 집어치워, 그게 당연한 거니까."

차설 디렉터는 내 마음의 불편한 지점을 정확히 짚어 내 쓰다듬었다.

"감독님은 보셨어요? 해리의 마지막 순간."

"아직."

정신이 없어 잠시 잊고 말았다. 디렉터는 일주일 이내의 촬영 필름은 열람할 수 없는데.

"보실 거예요?"

차설 디렉터의 호박색 눈동자가 동요하듯 일렁인다.

"봐야지. 디렉터잖아."

카메라 여러 대가 다양한 각도에서 촬영한 해리의 마지막 순간을 보면서도 차설 디렉터는 눈물 한 방울 흘리지 않을 거라는 이상한 확신이 든다. 해리의 죽음이 슬프지 않아서가 아니라, 그만큼 강인하기 때문에.

내 팔을 붙잡고 있던 차설 디렉터의 손을 가만히 떼어 내고, 두 다리에 힘을 줘 자리에서 일어선다.

"저, 이제 괜찮은 것 같아요."

잠시 후, 기내에 고소한 커피 향이 퍼질 때쯤 내 안의 눈물이 마른다.

창가 자리로 옮겨 앉은 내게 차설 디렉터가 따뜻한 커피를 건넨다. 하지만 당장엔 물 한 모금 넘기기가 어려워 천천히 고개를 젓는다.

"그럼 눈이라도 좀 붙여. 도착하자마자 바빠질 테니까."

차설 디렉터가 내 맞은편에 앉아 신문을 펼치고 커피를 음미한다.

나는 텅 빈 화물칸을 멍하니 바라보다 집에 있는 가족들이 퍼뜩 떠올라 심장이 쿵 내려앉는다.

"저희 가족은 제가 필름 스쿨에 가는 줄로만 알아요, 저 정말 아무 얘기도 안 했어요!"

"알아."

차설 디렉터가 느긋하게 신문 페이지를 넘긴다.

"그리고 지금부터는, 스노볼에 살고 있는 가족이 네 가족이야."

2부

너

꿈의 세계

눈을 감으면 자꾸 쿠퍼 라팔리의 마지막 눈빛이 생각나, 멍하게 창밖을 바라본다.

무수히 많은 별들이 떠 있던 하늘이 점차 보라색으로 물드는가 싶더니 지평선이 불타는 것처럼 빨갛게 변한다. 그에 맞춰, 이제 곧 스노볼에 도착한다는 안내 방송이 흘러나온다. 하늘이 분홍빛으로 바뀌면서 저 멀리 거대한 스노볼이 시야에 들어온다. 모든 게 하얗게 얼어붙어 있는 주변 땅과 같은 지구라는 게 믿기지 않을 정도로 푸르다. 처음과 끝을 절대 한눈에 담을 수 없을 정도로 광대한 투명 천장이 반짝거린다. 마치 아무것도 존재하지 않는 하얀 우주에 홀로 떠 있는 생명의 행성처럼 보인다.

비행기가 왼쪽으로 방향을 틀자, 바깥세상에서는 볼 수 없는 높은 건물들이 장난감처럼 여기저기 솟아나 있다. 교과서와 『TV 가이드』에서 오려 내 방 벽에 붙여 놓았던 필름 스쿨의 멋진 외관을 떠올리며 건물들을 훑어본다. 밥풀 크기만 한 색색의 자동차들이 아스팔트 도로 위를 달리는 것도 보인다.

나와 마찬가지로 창밖을 바라보던 차설 디렉터가 마치 직접 가꾼 정원을 구경시켜 주는 것처럼 말한다.

"어때, 마음에 들어?"

설레는 마음을 숨기고 싶어서 나는 살짝 고개만 끄덕인다.

"해리야."

불현듯 차설 디렉터가 내 것이 아닌 이름으로 나를 부른다.

나는 혼란스러운 눈빛으로 그녀의 호박색 눈동자를 바라본다.

"이제부터 너는, 다른 사람들이 보고 있지 않아도 항상 해리인 거야."

나를 바라보는 차설 디렉터의 얼굴에 오랜 애정이 어린다.

차설 디렉터는 필름 스쿨 졸업 후 곧바로 해리 가족에게 투입돼 지금까지 그들만을 전담해 왔다. 해리를 텔레비전 화면으로 지켜봐 온 나도 해리에게 친구 같은 친근함을 느끼는데, 십육 년 동안 해리를 바로 옆에서 지켜봐 온 차설 디렉터에게 해리는 얼마나 특별한 존재였을까.

스노볼에서 제작되는 모든 드라마는 전문 연기자의 연기가 아니라 사람들의 대본 없는 실제 삶을 담는다. 픽션은 따라올 수 없는 진짜 희로애락을 선사하는 것이다. 그렇지만 누군가의 인생을 하루 종일 편집 없이 그대로 지켜보는 것은 불필요하고 지루한 일이다. 그래서 디렉터는 수만 대의 카메라에 노출된 액터의 촬영 필름을, 자신이 판단하기에 어떤 식으로든 의미가 있다고 생각하는 부분만 추려서 하나의 근사한 이야기로 만든다. 사람들이 좋아할 만한 사건과 장면을 골라내는 건 순전히 디렉터의 감각과 판단력이다.

다시 말해, 디렉터는 자신이 담당하는 액터의 삶을 재료로 살아 있는 이야기를 만드는 창조주이다. 자신의 작품이 시청자들에게 사랑을 받으면 디렉터는 계속해서 활동을 이어 나갈 수 있다. 하지만 육 개월간의 평균 시청자 수가 만 명 이하로 떨어지면 작품은 강제로 종영된다. 그런 식으로 다섯 개의 작품을 날려 버린 디렉터는 직위에서 해제되며 스노볼 바깥에 있는 **퇴직자 마을**로 추방된다. 퇴직자 마을은 스노볼에서 잘린 디렉터들만 모여 사는 곳인데, 스노볼 바깥에 있다는 사실 외에는 잘 알려진 것이 없다.

디렉터와 액터는 스노볼에서 오래 살아남겠다는 목표를 같이하는 한 팀으로서, 그만큼 서로 각별할 수밖에 없다. 학교에서 사회·문화 시간에 배운 내용에 따르면 말이다.

"지금부터 전초밤은 이 세상에 존재하지 않는 사람이야."

차설 디렉터가 내 눈을 찬찬히 들여다보며 말한다. 기분을 이상하게 만드는 말이지만 무슨 뜻인지는 충분히 이해할 수 있다.

차설 디렉터가 내 오른손을 살포시 쥔다.

"해리야."

차설 디렉터의 목소리에는 묘한 마력이 깃들어 있다. 그녀에게서 한 번 두 번 해리라고 불릴 때마다 정말로 전초밤이 세상에서 지워져 가는 느낌이다.

"나는 너를 반드시 해피 엔딩으로 만들 거야."

차설 디렉터의 목소리가 결연하다.

"우리 모두를 위해서."

비행기가 스노볼의 출입국 관리소 앞 활주로에 착륙한다.

스노볼은 거대 유리판을 정교하게 짜 맞춰 반구 형태를 이루는 인공 하늘로 덮여 있다. 상공을 통해서는 안으로 들어갈 수 없는 구조다.

차설 디렉터는 나보다 먼저 비행기에서 내려 미리 대기하고 있던 리무진을 타더니 재빨리 나를 뒷자리에 태운다.

나는 그녀의 지시대로 새까만 선글라스와 하얀 마스크로 얼굴을 가린다. 전혀 실력이 늘지 않는 가위질로 엄마가 짧게 친 머리, 동상으로 울긋불긋한 볼은 **고해리다운** 모습이 아니기 때문이다.

리무진 창문이 어둡게 코팅되어 있지만 차설 디렉터는 신중에 신중을 기한다.

"해리야, 아예 몸을 좀 숙이고 있을래?"

리무진 내부에 설치된 스피커를 통해 운전석에 앉은 차설 디렉터의 목소리가 들려온다. 나를 해리라고 부르기 시작하면서 그녀의 말투는 어딘지 모르게 나긋해졌다. 아니, 껙껙거리며 우는 나를 달랠 때부터 한층 다정해졌던 것 같다.

어쨌거나 나는 그녀의 지시대로 옆으로 픽 쓰러져 눕는다.

그때, 이제까지 조용하게 달리던 리무진의 배기음이 커진다. 이어지는 또 다른 자동차들의 소리. 밖을 볼 수는 없지만 귀로 들려오는 소리만으로도 나는 내가 스노볼 안에 들어왔다는 것을 충분히 느낄 수 있다.

리무진이 멈춰 설 때마다 근처에서 삐비비 삐비비, 하는 알람이 들려온다. 저게 무슨 소리일까 생각하던 나는 리무진이 네 번째로 멈춰 설 때 그 소리의 정체를 알아차린다. 사람들이 지나다니는 횡단보도에 초록색 불이 들어오면 들리는 소리다! 이어, 내일 크리스마스에 눈이 왔으면 좋겠다는 대화를 주고받으며 횡단보도를 건너는 어느 액터들의 말소리에 강아지 소리가 끼어든다. 왈왈! 멍멍! 서로 반대 방향에서 오다가 중간에서 마주친 강아지 두 마리가 서로를 향해 짖어 대자 양쪽 주인들이 가볍게 인사를 나눈다. '녀석들이 너무 반가워하네요.' '어머, 강아지가 옷을 깜찍하게 입었네요. 이렇게 작은 산타라니!' '산타라서 여기 주머니에 초콜릿도 들어 있어요.' '우와, 감사합니다.' '네, 메리 크리스마스!'

그로부터 한 삼십 분쯤 달렸을까. 집에 도착했다는 차설 디렉터의 말소리가 들려오고 이어 부웅, 리무진을 통째로 끌어 올리는 엘리베이터의 움직임이 느껴진다.

눈이 쌓이지 않은 매끄러운 아스팔트 도로, 횡단보도와 신호등, 산타처럼 차려입은 강아지, 반려동물을 데리고 **산책**하는 사람들, 길에서 처음 본 사람에게 초콜릿을 나눠 주는 상냥함, 엘리베이터가 있는 고층 건물.

너무도 분명하게, 나는 지금 스노볼에 있다.

리무진이 차량용 엘리베이터를 빠져나와 차설 디렉터의 개인 주차장에 들어선다.

"수고했어, 이제 편하게 있어도 돼."

나는 차설 디렉터를 따라 리무진에서 내리며 선글라스와 마스크를 벗는다.

네 사람이 사는 우리 집보다 훨씬 커다란 차고지에는 살구색 페인트가 곱게 칠해져 있고, 리무진 말고도 두 대의 자동차가 더 세워져 있다.

차설 디렉터가 생글 웃으며 현관문 손잡이를 잡는다. 그러고는 차고를 둘러보며 감탄 중인 나를 향해 가볍게 말한다.

"네가 텔레비전에서 봤던 것들을 반복해서 떠올려. 스노볼에 적응하는 데 많은 도움이 될 거야."

"그걸로 충분할까요?"

나는 내가 해리의 모든 것을 안다고 생각했다. 해리의 드라마를 보고 또 보았으니까. 하지만 해리가 스스로 목숨을 끊을 거라고는 상상조차 하지 못했다. 그러니까 사실 나는 스노볼 은커녕 해리라는 한 명의 액터조차 제대로 알지 못했다.

"제가 정말 해리처럼 행동하고 말할 수 있을까요?"

내 외모가 해리와 얼마나 닮았느냐 하는 것보다 이게 더 중 요할지도 모른다는 생각이 뒤늦게 들었다.

"제가 해리에 대해서 아는 건 텔레비전에서 보던 모습이 전 부인데."

자신 없는 내 목소리에 차설 디렉터가 나와 눈을 맞춘다.

"그 이상은 필요 없어. 자신감을 가져."

진심으로 나를 응원한다는 듯, 차설 디렉터가 빙긋 웃어 보 인다. 디렉터가 될 자질이 충분하다며 나를 응원해 준, 내가 제일 좋아했던 5학년 담임 선생님을 생각나게 하는 미소다.

"벌써 그렇게 긴장할 거 없어. 디렉터의 집에는 카메라가 달려 있지 않다는 거 너도 알잖아."

"네."

나는 깊이 심호흡을 하며 차설 디렉터를 따라 집으로 들어 선다. 저 아래 호수를 감싸고 있는 도시 풍경이 가장 먼저 눈 에 들어온다.

"해리야!"

익숙하면서도 낯선 누군가가 소파에서 벌떡 일어나 나를 맞이한다.

"아이고, 내 새끼!"

드라마에서만 보던 고매령이 우두커니 선 나를 향해 활짝 웃으며 다가온다. 백발과 흑발이 자연스럽게 섞인 긴 머리와 세월의 흔적이 녹아든 주름조차 아름다운 고매령은 해리의 할머니다. 텔레비전으로 볼 때도 사람이 어쩜 저렇게 멋있게 생겼을까 생각하고는 했었는데, 실제로 보니 형형한 눈빛으로 사람을 압도하는 카리스마가 어마어마하다.

고매령은 열아홉의 나이에 첫아이를 임신한 채로 혼자 스노볼에 들어와 지난 삼십구 년 동안 액터로 살아남았다. 그간에 총 네 명의 자식을 낳고 한 명의 손녀를 보았다. 스노볼에서 혈연으로 맺어진 액터 삼대가 같이 사는 건 고매령 가족이 유일하다.

"먼 길 오느라 고생했다, 고생했어."

본인이 입고 있는 하늘색 스웨터에 비하면 유리창을 닦을 때 쓰는 거적때기와 다름없는 옷을 입고 있는 나를 고매령이 꼭 안아 준다.

"근데 얼굴이 왜 이렇게 텄지?"

고매령이 내 얼굴을 찬찬히 들여다보며 걱정 어린 표정을 짓는다.

"아, 그냥 동상이에요."

바깥세상에서는 흔한 일인데, 고매령은 두 손으로 입을 가리며 기함을 한다.

"동상이라니, 이 고운 얼굴에!"

매일같이 텔레비전에서 보던 사람이기는 해도 나는 아직 꽤 어색한데, 고매령은 내가 정말로 잠시 집을 나갔다 돌아온 손녀라도 되는 듯 얼굴을 매만진다.

내가 멋쩍은 웃음을 흘리자, 차설 디렉터가 흐뭇하게 웃는다.

"할머니가 손녀를 걱정하는 게 당연한 거잖아."

"아뇨, 제가 궁금한 건 그게 아니라……."

고매령이 내 어깨를 가볍게 쥐며 말을 가로챈다.

"그제 일어난 비극은 굳이 언급하지 말자꾸나."

그녀는 자신이 해리의 죽음을 알고 있다는 걸 간접적으로 언급하며 말을 잇는다.

"네 삼촌하고 이모들은 아무것도 몰라. 그날 집에 네 엄마랑 나밖에 없었던 게 얼마나 다행이었는지."

고매령이 안도의 한숨을 내쉰다.

해리는 할머니인 고매령과 엄마, 첫째 이모, 둘째 이모, 그리고 막냇삼촌까지 다섯 식구와 함께 산다. 해리의 막냇삼촌은 해리와 동갑으로, 해리보다 두 달 늦게 태어났다. 그래서 우리 엄마를 비롯한 마을 사람들은 이에 대한 이야기가 나올 때마다 고매령이 본인의 화제성을 유지하기 위해 일부러 첫째 딸 고상희와 같은 해에 임신을 했다고 이야기하며 혀를 내두르곤 했다.

"우리 해리, 이모 삼촌 들이 너를 얼마나 아끼는지 알지? 그러니까 집에서 절대 티 내면 안 돼, 알겠니?"

고매령이 다정한 말투로 어르지만 나는 쉽사리 고개를 끄덕이지 못한다. 해리의 가족들에게 내가 대역이라는 걸 들키지 말아 달라는 게 가능하기나 한 일일까? 스노볼에 사는 다른 액터나 시청자도 아닌, 피를 나눈 가족이다. 한 집에서 오래도록 살을 부대껴 온 가족들을 속이라니, 내가 아무리 해리와 비슷하게 생겼다고 해도 이건 정말 무리다.

"할머니."

나는 생각보다 쉽게 할머니라고 부른다. 우리 할머니한테 매일 할머니 할머니 하고 불렀던 터라 호칭 자체는 어색하지 않다.

"그래 할미야, 해리야."

고매령은 내가 이 상황에 빠르게 적응하고 있다고 생각하는지 매우 흡족한 표정이다.

"할머니, 가족들한테만큼은 무슨 일이 일어났는지 말해야 한다고 생각해요. 도저히 다른 가족들까지 속일 수는 없……."

순식간의 일이었다. 고매령이 오른손으로 내 뺨을 찰싹 내리친 것은. 눈앞이 번쩍이더니 아직 채 아물지 않은 동상 때문에 볼이 심하게 화끈거린다.

"애가 대체 또 왜 이 모양이야!"

고매령의 난데없는 불호령에도 나는 멀뚱히 눈만 깜빡인다. 대체 무슨 일이 일어난 거야? 내가 뭘 잘못했지?

차설 디렉터가 나를 보호하듯 고매령 앞에 선다.

"당신 지금 이게 무슨 짓이야!"

"차 디렉터, 방금 못 들었어? 시작하기도 전에 나약한 소리부터 지껄이는 거? 애가 또 이렇게 물러 터져서 얻다 써먹겠느냐고!"

고매령이 날카롭게 목소리를 높이지만 차설 디렉터도 물러서지 않는다.

"그렇다고 해리한테 손을 대? 당신 미쳤어?"

"내가 내 손녀 교육 좀 시키겠다는데, 뭐가 문제야?"

갑자기 심장이 콱 조여 온다. 난 당신 손녀가 아니야. 설령 내가 진짜 해리라고 해도 이딴 게 무슨 교육이야? 심장이 빠르게 뛰는 탓에 팔다리가 찌릿찌릿하다. 바락바락 대들면서 따지고 싶은데, 그랬다가 또 손이 날아들면 어쩌지? 우리 할머니뻘 되는 사람을 나도 같이 때릴 수도 없고.

"교육?"

차설 디렉터가 보란 듯이 코웃음을 친다. 그러더니 얼굴을 바짝 들이대고 읊조린다.

"스노볼 밖으로 쫓겨나고 싶지 않으면 노망난 노인네처럼 굴지 마. 치매 걸린 노인네의 사정 따위는 드라마로 만들고 싶지 않으니까."

"차 디렉터."

고매령이 차설 디렉터의 경고를 되받으며 피식 웃는다.

"차 디렉터는 할아버지 하나 잘 만난 덕분에 이 자리까지 왔겠지만, 나는 내 힘으로 여기까지 올라와 근 사십 년을 버텼어."

고매령의 목소리에는 네까짓 게 절대 나를 건들 수 없다는 확신 같은 게 묻어난다. 설령 차설 디렉터가 드라마에서 고매령을 하차시킨다 해도 고매령이라면 다른 디렉터에게서 얼마든지 다시 캐스팅될 수 있을 거다.

차설 디렉터가 옅은 조소를 흘린다.

"그래, 우리 할아버지가 거둬 준 덕분에 당신이 지금까지 살아남았지."

고매령을 바라보는 차설 디렉터의 눈빛에는 주제를 알고 까불라는 경고가 담겨 있다.

액터 오디션에서 고매령을 낙점한 사람은 차설 디렉터의 할아버지인 차귀방 디렉터였다. 고매령이 스노볼 유일의 삼대 액터 가문이라면 차설은 스노볼 유일의 삼대 디렉터 가문인 것이다. 조미류 언니의 드라마를 제작하고 최고 명예 훈장을 받은 그 전설적인 감독의 손녀.

고매령이 차설 디렉터 뒤에 서 있던 내 손목을 붙잡아 자신 쪽으로 끈다.

"내 새끼 덕분에 겨우 자기 할아버지 발뒤꿈치나 쫓아가는 주제에 참 말이 많다."

고매령이 별안간 내 뺨을 조심스럽게 어루만진다.

"미안해, 이 할미가 고운 내 새끼 얼굴에 함부로 손을 댔네."

갑작스러운 태도 변화에 몸이 경직된다.

"할머니가 그제 일 때문에 속상해서 그랬나 봐."

등을 가볍게 다독이는 손길을 반사적으로 뿌리치며 눈에 힘을 준다.

"혹시 해리한테도 이러셨어요? 갑자기 때리고 갑자기 잘해 주고."

내 등을 다독이던 고매령의 손이 일순간 멈춘다. 다시 손이 날아올 것을 대비해 팔에 힘을 주고 있는데, 고매령은 고개를 젖히며 호탕하게 웃을 뿐이다.

"그래, 스노볼에서 살아남으려면 이 정도 강단은 있어야지."

고매령이 나를 보며 의미심장하게 입꼬리를 씰룩거린다.

"그래도 **다른 눈들**이 보는 앞에서는 할미한테 이러지 않을 거지? 해리하고 할머니는 언제나 친구처럼 편하고 가까운 사이니까."

기상 캐스터로 뽑히기 전 해리의 장래 희망이 양장사였던 건 고매령이 운영하는 양복점을 물려받고 싶어서였다. 그만큼 두 사람의 사이는 끈끈했다. 최소한 내가 드라마에서 보기로는.

나는 내가 왜 이곳에 와 있는지를 스스로에게 상기시키며 들릴 듯 말 듯 한 목소리로 대답한다.

"네, 알겠어요."

"할미한테 존댓말을 왜 하니."

나는 말없이 고개를 끄덕이고, 고매령은 내 손을 잡아끈다.

"자, 그럼 이제 부지런히 준비하자."

신임 기상 캐스터로서 해리는 오늘 이본 미디어 그룹이 주최하는 크리스마스 파티에 참석해야 한다.

이본 미디어 그룹

차설 디렉터가 안내해 준 손님용 샤워실에서 깨끗하게 몸을 씻었다. 나도 모르게 중간중간 샤워기를 확인했지만, 스노볼에 있는 샤워기에는 애초에 타이머가 달려 있지 않았다. 동전을 넣은 만큼만 뜨거운 물이 나오는 바깥세상의 샤워기와 달리 스노볼의 샤워기는 한정 없이 뜨거운 물을 사용할 수 있다. 하지만 남은 시간을 끊임없이 체크하며 빨리빨리 씻기 바쁜 습관이 몸에 밴 나는 이번에도 황급히 샤워를 마쳤다. 그러다 약간의 미련이 남아 다시 샤워기를 틀고 뜨거운 물 아래 눈을 감고 섰다. 태어나 처음으로 느긋하게 즐기는 샤워는 밤을 새운 피로마저 씻어 주는 마법 같았다.

또 스노볼의 수납장에는 별 신기한 기능이 다 있어서 수납장에서 꺼낸 수건이 방금 세탁한 것처럼 매우 따뜻하고 뽀송했다. 그 느낌이 신기하고 좋아서 한참 동안 수건에 얼굴을 파

묻고 있으니 긴장감도 누그러졌다.

이후 차설 디렉터에게 건네받은 속옷과 실크 가운을 입고 드레스 룸으로 들어간다. 스노볼 사람들은 집에 옷과 패션 소품 방이 따로 있다. 그 방의 크기는 스노볼에서 어떤 직업을 갖고 있느냐, 그리고 액터로서 얼마나 인기가 있느냐에 따라 조금씩 다르다. 바깥세상에도 당연히 옷가지를 보관해 두는 공간이 있다. 우리는 그곳을 창고라고 부른다. 창고에 난방을 켜는 사람은 없기에 냉동 창고나 마찬가지이지만.

차설 디렉터의 드레스 룸은, 우리 집은 물론이고 방금 전에 본 차고지보다도 크다. 그리고 방 한편에 있는 커다란 화장대에 해리의 엄마, 고상히가 앉아 있다. 고매령과 달리 그녀는 나를 보고 선뜻 반응하지 않는다. 스노볼로 오는 비행기 안에서 나는 해리의 시체를 발견한 사람이 고상히였다는 것을 전해 들었다. 고상히는 죽은 딸의 귀신이라도 보는 것처럼 온몸이 딱딱하게 굳어 있다. 저 얼굴을 보면서 뻔뻔하게 엄마라고 부를 엄두가 나지 않아 어색하게 인사한다.

"안……, 안녕하세요."

그새 드레스 룸으로 들어온 고매령이 장난스러운 목소리로 핀잔을 준다.

"해리야, 누가 보면 남인 줄 알겠다. 엄마한테 안녕하세요가 뭐니."

고매령은 온갖 화장품이 펼쳐져 있는 화장대 위에 샌드위치와 오렌지주스가 담긴 쟁반을 올려놓는다.

"아, 죄송해요."

고매령은 내 어깨를 가볍게 눌러 화장대 앞에 앉힌 뒤 거울을 통해 나와 눈을 맞춘다.

"죄송?"

"아, 미안. 앞으로 조심할게 할머니."

거울 속의 고매령이 만족스러운 미소를 보인다.

"그래, 이래야 내 새끼지."

고상히는 말없이 화장품 하나를 집어 내 얼굴에 펴 바르기 시작한다. 투명하고 점도 높은 액체인 걸 보니 에센스 같은 게 아닐까 싶지만, 자세히는 모르겠다.

"우리 해리 배고프지? 좀 먹으면서 해."

고매령이 입에 쑤셔 넣을 기세로 샌드위치를 들이미는 바람에 나는 어쩔 수 없이 입을 벌린다. 샌드위치가 혀에 닿자마자 침샘이 폭발하는 바람에 재빨리 눈을 내리깐다. 하지만 고매령은 이미 내가 그 맛에 감동하고 말았다는 걸 눈치채고 기쁘게 웃는다.

"역시 할머니표 연어 샌드위치가 최고지?"

태어나서 처음 맛보는 연어에다 신선한 야채와 부드러운 빵까지, 놀라운 맛이다.

고상히가 색과 점도만 조금씩 다른 액체들을 계속해서 내 얼굴에 바르는 동안 나는 열심히 샌드위치를 먹는다. 생각해 보니 어제저녁부터 아무것도 못 먹었다. 샴페인 두 모금 외에는.

"이본 파티 가서 조심해야겠다, 너."

고상히가 처음으로 내게 말을 걸었다.

"네?"

"그러다 이본 저택에 가서 접시까지 씹어 먹겠어."

고작 샌드위치 하나에 감동한 나를 한순간에 부끄럽게 만드는 말이다. 순식간에 얼굴이 홍당무가 돼 버려서 더 창피해진다.

"괜찮아, 해리야."

나를 비호하고 나서는 차설 디렉터의 말에도 얼굴의 열기는 쉬이 식지 않는다.

"시청자들은 가식 없이 잘 먹는 사람을 좋아하니까, 이참에 너도 카메라 앞에서 복스럽게 먹어 봐."

그녀가 뭐라 말하건 나는 입에 남은 연어 향을 씻어 내고 싶어 죽을 맛이다.

"아주 훌륭해."

전신 거울 앞에 선 내 모습을 보며 차설 디렉터가 고상히에게 박수를 보낸다.

"역시 스노볼에서 제일가는 메이크업 아티스트네."

찰랑거리는 웨이브가 들어간 긴 가발을 쓴 나는 정말 해리와 똑같아 보인다. 두꺼운 화장 덕에 얼굴의 상처는 물론 거친 피붓결까지 감쪽같이 가려졌고, 입술은 뭘 바른 건지 물을 머금은 것처럼 촉촉해 보인다. 세상에.

"차 디렉터, 아직도 내가 노망난 노인네로 보여?"

고매령의 농담에 차설 디렉터가 피식 웃는다.

"우리 고 선생님 옷 짓는 실력만큼은 인정하지."

고매령이 만든 드레스를 입고 선 나를 보며 흐뭇해하는 두 사람 사이에서 거울 속의 나를 바라본다. 어깨가 드러나는 노란 드레스를 입은, 처음 보는 나. 깃털 수만 개를 엮어서 만든 듯한 치맛단이 풍성하게 드리워져 있다. 이 드레스와 어울리도록 고상히는 내 목과 어깨, 심지어 팔과 손에도 온갖 화장품을 발라 대며 화장을 했는데, 내 살갗에 손이 닿을 때마다 고상히가 흠칫거리며 피하고 싶어 한다는 걸 미묘하게 느낄 수 있었다.

"이 할미가 한 달 전부터 제작 주문해 놓은 거야."

고매령이 발치에 유리 구두를 내려놓는다. 진짜 유리는 아니고, 차설 디렉터가 신고 있던 속이 비치는 부츠와 같은 재질로 만들어졌다고 했다. 굳은살투성이의 맨발을 내놓으려니 민망하다. 조금 전, 고상히는 어차피 긴 치맛자락에 가려 발이 보일 일은 없을 테니 페디큐어는 생략하자고 했다. 더는 나와 접촉하고 싶지 않다는 목소리였다. 고상히의 입장에서 나는 죽은 딸을 대신하는 낯선 여자애였고, 나는 그녀의 반응이 지극히 자연스럽다고 판단했다. 기상 캐스터가 되어 이본 저택에 초대된 손녀딸이 너무 자랑스럽다며 직접 내 발에 유리 구두를 신기는 지금 이 할머니가 비정상이다.

"다행히 딱 맞네."

해리를 위해 만들어진 구두가 내 거친 발에 신기할 정도로 딱 맞는다. 구두가 주인을 잘못 만났다는 생각은, 이내 풍성한 드레스로 가려진다.

차설 디렉터가 내 한쪽 어깨를 움켜쥐며 비장하게 쳐다본다.

"이제 시작이야. 지금부터 정신 똑바로 차려야 돼."

어제부터 한숨도 자지 못한 나에게 쉬운 당부는 아니지만, 내내 긴장하고 있던 탓인지 아직까지는 정신이 꽤 또렷하다.

"어렵게 생각할 건 없어, 어차피 그 자리에 오는 사람들 다 새로 온 액터들이니까."

해리로서 처음 가는 곳이 이본에서 열리는 크리스마스 파티라는 것은 행운이었다. 이 파티는 이제 막 스노볼에 입성한 신입 액터들을 환영하기 위한 자리로, 신임 기상 캐스터인 해리를 제외한 기존 액터는 전혀 참석하지 않는다. 즉, 해리를 실제로 보는 게 처음인 사람들 앞에서 해리의 대역을 시작하게 됐으니 나로서는 어느 정도 부담을 던 셈이다. 게다가 **이본 저택**에는 카메라가 없다. 이본 미디어 그룹에서 직접 고용한 카메라 기자가 촬영한 내용을 이본에서 허락하는 경우에만 뉴스에서 보도할 수 있다.

당연한 얘기지만, 스노볼에서 제작하는 드라마에 이본가 사람은 출연하지 않는다. 이본 미디어 그룹은 지금의 스노볼 시스템을 만든 **재건 가문**으로서 이 시스템을 유지하고, 액터와 디렉터를 보조하면서 자신들의 역할을 다하고 있기 때문에 그들에게는 **전력을 생산하거나 사생활을 공유하라**는 시민의 기본 의무가 일절 주어지지 않는다.

"공식 만찬에서 지켜야 할 예절만 신경 쓰면 돼."

차설 디렉터는 자신이 알려 준 내용들을 잘 기억하고 있느냐는 듯 나를 바라본다. 그녀는 내가 화장을 받고 옷을 갈아입는 동안 옆에 붙어 온갖 예절을 읊어 댔다. 음식을 먹을 때는 제일 바깥쪽에 있는 포크와 칼부터 사용해야 한다는 식사 예절도 낯설었고, 호칭 문제도 난감했다.

"회장님과 부회장님처럼 직책을 맡고 있는 사람은 그 직함 그대로 부르면 돼. 장손 이본회를 비롯한 손자들은 도련님, 손녀들은 아가씨라고 부르고 그 외 이본 사람들은 모두 선생님이야."

이본가 사람들은 뉴스에 자주 언급된다. 그때마다 앵커는 항상 '후계자 이본회 군'이라고 부르던데, 실제로는 도련님이라는 이상한 호칭을 사용하는 모양이다. 유진이를 비롯한 몇몇 학교 친구들이 '우리 본회 오빠'라고 부를 때만큼이나 웃기다.

"제가 텔레비전에서 본 건 잘 기억하는 편인데, 이런 주입식 교육에는 좀 약한 편이라······."

내 자신감 없는 목소리에 고매령이 유쾌하게 웃는다.

"하하, 우리 해리답네. 괜찮아, 넌 아직 어린 데다 신임 기상 캐스터라는 막중한 임무에 부담감을 느끼는 중이니까, 예법에 어긋나는 실수를 하더라도 긴장을 많이 해서 그렇다고 귀엽게 웃으면서 잘 둘러대면 돼."

귀엽게 웃으라니. 그건 또 어떻게 하란 말인가. 해리의 사랑스러운 미소는 물론 잘 알고 있다. 하지만 내 얼굴 근육은 그런 방식으로 사용돼 본 적이 없는걸.

차설 디렉터는 자신이 해 줄 말을 고매령에게 빼앗겼다는 표정으로 내 어깨를 두드린다.

"그래, 가서 접시를 깨도 상관없고 샴페인을 쏟아도 괜찮아."

그녀가 내 귀에 대고 속삭인다.

"네가 해리라는 것만 명심해."

고개를 끄덕이던 나는 거울을 통해 나를 빤히 쳐다보는 고상희와 눈이 마주친다. 얼굴 근육이 뒤틀린 듯한 표정, 그 괴이한 눈빛에서 일렁이는 미묘한 질투와 혐오를 나는 알아차리고 만다.

거울 속의 나

이본에서 보낸 리무진을 타고 이본 저택 앞마당 정원으로 들어간다.

"와."

텔레비전에서 보던 것보다 훨씬 압도적인 크기에 절로 입이 벌어진다. 12월은 스노볼도 깊은 겨울에 접어드는 달이지만, 마당 여기저기에 설치된 분수들은 하늘로 물을 뿜어 댄다. 야외에서 흐르는 물을 바라볼 수 있다는 것 자체가 내게는 신기한 일이다.

"이쪽으로 오시죠."

저택 현관을 지키는 경호원이 안내해 준 방향으로 걸음을 옮긴다. 화려한 조각과 금붙이로 장식된 현관문까지는 꽤 많은 계단을 올라야 한다.

나는 처음 신어 보는 굽 높은 구두 탓에 느릿느릿 계단을 오른다. 그러다 중간 지점에서 발을 헛디디며 삐끗한다. 악! 하마터면 그대로 나동그라질 뻔한 나를 누군가가 뒤에서 붙잡아 준다.

"괜찮아요?"

하필 그 상대는 나의 가장 오랜 친구 신유진이다. 젠장. 우리 마을 출신의 이 자랑스러운 액터 친구는 나에 관한 모든 걸 알고 있다. 다른 액터들에게 내가 진짜 해리가 아니라는 걸 들키기보다 유진이가 내가 전초밤이라는 걸 알아차리는 게 더 빠를 수도 있다는 얘기다.

"아…… 네, 감사해요."

유진이의 손길을 가볍게 뿌리치며 내 두 발로 제대로 일어서기 위해 끙끙거린다. 신입 액터인 유진이를 오늘 이 파티에서 대면하게 될 거라고는 미처 생각지도 못했다.

유진이가 기분 좋은 웃음을 터뜨린다.

"와, 해리 맞죠?"

"아…… 네."

매우 건조하고 무성의한 미소와 함께 부지런히 계단을 오르는 데 집중하는데, 본래 붙임성이 좋은 유진이가 자꾸 말을 걸어 댄다.

"기상 캐스터 된 거 정말 축하해요!"

초록색 드레스 위에 노란 망토를 두른 유진이는 그 어느 때보다 건강하고 행복해 보인다. 그래서 너무 반갑고 기쁜 마음이지만, 쿠퍼 라팔리를 생각하면 스노볼에서 유진이와는 절대 엮이고 싶지 않다. 유진이는 아무것도 눈치채지 못해야 하고, 아무것도 몰라야만 한다.

"우리 이러다 늦겠어요, 빨리 올라가요."

내가 길게 대화를 이어 가고 싶지 않다는 뜻을 분명히 담아 친절하게 미소 짓는다.

유진이는 해맑게 말한다.

"우리 동갑인데 말 편하게 하자!"

하……. 결국 나는 시시껄렁한 대화를 몇 마디 주고받기로 마음을 바꾼다. 해리는 처음 보는 사람과도 다정하게 대화를 주고받는 사람이니까.

"텔레비전에서 내 광고 봤어?"

"당연히 봤지, 네 드라마도 전부 챙겨 봤는데."

유진이가 '헙' 소리를 내며 손으로 입을 가린다.

"물론 네 드라마 얘기는 절대 안 해, **스포일러 금지법** 위반이니까."

기상 캐스터에 임명된다는 건 스노볼에서 작년 한 해 가장 인기가 많은 액터였다는 뜻이므로, 해리를 알아보고 반가워하는 정도는 얼마든지 통용된다. 해리는 스노볼 내에서도 공식 유명인이 된 셈이니까. 하지만 그런 해리에게라도 네가 요즘 다이어트 중인 걸 텔레비전으로 봤다거나 네가 지난주에 잃어버린 지갑은 사실 네 침대 아래 처박혀 있다고 일러 주는 건 전혀 다른 얘기다.

　네가 사람을 죽이는 걸 드라마로 봤다고 대놓고 말하거나 지금 네 남편이 누구와 바람을 피우고 있는지 알려 주면 액터는 영향을 받을 수밖에 없고 시청자가 액터의 삶에 개입하는 셈이 되어 버린다. 그렇기에 스노볼 내에서는 액터끼리 바깥세상에서 봤던 드라마의 내용을 직접적으로 언급하면 안 된다.

　나는 치맛자락을 살짝 들고 신중하게 계단을 오르며 묻는다.

　"구두 신고 잘 걷네?"

　"지난 두 달 동안 연습했으니까."

　유진이가 뿌듯하게 웃는다. 신입 액터는 스노볼에 들어와 처음 두 달 동안 따로 모여 살면서 스노볼에 적응하기 위한 것들을 배운다. 바깥세상에서의 습관을 벗고, 방영 중인 드라마의 최근 흐름도 잊게 하려는 의도인데, 구두를 신고 걷는 것까지 배우는 줄은 몰랐다.

　"근데 있잖아."

　유진이가 대화의 주제를 바꿔 또 말을 건다.

　"나랑 제일 친한 친구가 해리 너랑 진짜 똑같이 생겼다?"

　당황한 내가 어색하게 웃는다.

　"에이, 설마."

　샤워실의 수증기를 머금은 듯 촉촉한 얼굴로 유진이를 살짝 자극해 본다.

"네 친구는 이렇게 피부가 깨끗하지 않을 텐데?"

"그렇긴 하지, 바깥은 워낙 추우니까."

유진이가 나를 보며 장난스럽게 말한다.

"그래도 닮았어, 내가 말 걸면 은근히 귀찮아하는 그 표정까지."

킥킥대는 유진이를 보며 그동안 좀 더 다정하게 대해 줄 걸 그랬다고 후회한다.

"내가 걔한테 항상 그랬거든, 스노볼에 가게 되더라도 절대 고해리랑 마주치면 안 된다고. 도플갱어끼리 만나면 한 명은 죽는 거 알지?"

"그, 그래?"

모를 리가 없지, 잊을 만하면 너한테 듣고는 했으니까.

"응, 자기 도플갱어를 본 사람은 미치거나 죽거나 둘 중 하나야. 그리고 세상에 도플갱어는 자기 자신을 포함해서 총 세 명이 있대."

우리가 계단을 오르는 걸 지켜보고 있던 경호원 두 명이 양쪽에서 문을 잡아당기자, 금테를 두른 멋진 그림들이 걸린 화려한 천장이 드러나며 나도 유진이도 시선을 빼앗겨 버린다.

이본 미디어 그룹의 로고를 아름답게 수놓은 휘장 아래 서 있던 여자가 나를 향해 정중하게 고개를 숙인다.

"기다리고 있었습니다, 해리 양."

연미복에 하얀 보타이를 맨 걸 보니 이 저택에서 일하는 집사인 모양이다. 명찰에는 한휘연이라고 적혀 있다.

이본 저택에서 일하는 이들 역시 액터다. 다만 이본 저택에는 카메라가 달려 있지 않기 때문에 사람에 따라서는 숨통이 트인다는 경우도 있고, 다른 액터보다 불리하다고 생각하는 입장도 있다.

"여기부터는 제가 안내하겠습니다."

한휘연 집사가 2층으로 이어지는 층계를 향해 정중하게 팔을 뻗는다.

"그럼 이따 봐!"

유진이는 다른 집사의 안내에 따라 1층에 마련된 연회장으로 걸어가며 해맑게 웃는다.

디렉터가 된 내가 유진이 주연의 드라마를 제작하는 모습을 상상해 본다. 학교 수업 시간마다 공책에 낙서를 하면서, 서로의 집에서 『TV 가이드』를 펼쳐 놓고 코코아를 마시면서, 우리가 5학년 때부터 그려 왔던 상상.

너는 디렉터가 되어야지. 네가 날 돕는다면 나도 널 돕겠다고 약속했잖아.

오늘 고해리로서 성공적인 데뷔를 마친다면, 오랜 상상은 머지않아 실현될 수 있다.

한휘연 집사가 방문에 가볍게 노크한 뒤 작은 초인종처럼 생긴 황금색 버튼을 누르고 말한다.

"회장님, 신임 기상 캐스터 고해리 양 도착했습니다."

한휘연 집사는 대답이 돌아올 때까지 기다리고, 잠시 후 대답 대신 문이 활짝 열린다.

"어서 오세요."

이본 미디어 그룹의 차기 후계자인 이본회가 문을 열고 나긋하게 말한다. 한휘연 집사가 재빨리 고개를 숙인다. 뭐지, 나도 고개를 숙여야 하나? 하지만 고작 한 살 많은 남자애한테 그렇게까지 예를 차리고 싶지는 않다는 마음이 본능적으로 솟아오른다. 이어 도련님이라는 호칭을 입 안에서 굴려 보다 그냥 빼기로 한다.

"처음 인사드려요, 고해리입니다."

"처음이라니?"

이본회가 한쪽 눈을 찡그리며 나를 빤히 본다. 젠장. 낯간지럽기 그지없는 예법과 호칭 문제 때문에 순간 까맣게 잊고 있었다. 고매령이 이본영 회장의 전담 양장사인 만큼 해리도 이본이 주최하는 각종 행사에서 종종 이본회를 만났다.

"아, 제 말뜻은, 그러니까 신임 기상 캐스터로서 처음 뵙는다는 얘기였어요."

말실수를 회복하기 위해서라도 도련님이라고 한번 불러 줄까 싶었지만, 또 목구멍에 걸려 나오지 않았다. 그 대신 나는 최대한 입꼬리를 올리며 해리의 사랑스러운 눈웃음을 따라 한다. 나의 안면 근육들아 부디 사랑스러워져라, 제발 사랑스러워져라.

살짝 솟아오르는 이본회의 한쪽 눈썹에 의아함이 걸렸다가 사라진다. 그는 무신경한 표정으로 고개를 까딱거린다.

"그럼 들어가죠."

이본회는 텔레비전에서 보던 것보다 더욱 차가운 인상이다. 예의상 가벼운 미소조차 띠지 않는다. 하지만 사람들은 해리 못지않게 이본회를 좋아한다. 밝은 회색 슈트를 입고 크리스마스의 상징인 빨간 장미 한 송이를 가슴팍에 꽂고 선 이본회는 그 장미를 기죽일 만큼 화려하게 생겼다. 또렷한 이목구비가 세상에서 가장 조화롭게 배치돼 있고, 바깥세상의 추위를 겪어 본 적 없는 피부는 보들보들하다 못해 광채를 내뿜는다. 흑발의 숱 많은 머리칼, 촉촉한 눈동자. 보고 있는 사람의 이마와 등에서 땀이 난다.

"감사합니다."

나는 이본회의 에스코트를 받아 티 룸으로 들어선다. 한휘연 집사는 가볍게 차와 다과를 즐기는 공간이라고 소개했는데, 안에 있는 금장식을 모두 모아 붙이면 말코손바닥사슴 동상을 열 개도 만들 수 있을 것 같다. 이런 생각을 하기가 무섭게 저 앞에 뿔이 달린 말코손바닥사슴의 머리를 그대로 떼서 만든 벽 장식이 보인다.

"오랜만이에요, 해리 양."

그리고 그 아래에 이본 미디어 그룹의 회장 이본영이 앉아 있었다.

이본회의 꽃 같은 미모는, 어쩌면 당연하게도, 유전이다. 이본회가 고혹적인 장미라면 이본영 회장은 한없이 우아한 백합이다. 우리 할머니가 이본영 회장과 동갑인데, 우리 마을에서는 저 나이에 얼굴이 저렇게 보드라운 여성을 절대 찾을 수 없다. 이본영 회장과 이본회, 두 사람의 미모만 보자면 이 땅의 겨울 평균 기온이 영하 41도라는 걸 도저히 믿을 수 없다는 생각까지 든다. 겨울이 네 달이나 이어지고, 여름 한낮에도 영하 15도를 밑도는 바깥세상에서는 어린아이마저 피부가 꺼칠하니까.

발전소에서 하루에 열 시간씩 일하며 전력을 생산하거나 인생의 모든 순간을 외부에 노출하지 않고도 언제나 따뜻하고 풍요롭게 살아가는 사람의 하루는 어떤 느낌일까.

나는 머릿속 생각을 지우며 두 손을 배에 올리고 가볍게 고개를 숙인다.

"그동안 안녕하셨어요, 회장님."

스노볼의 최고 디렉터가 되어 이본영 회장에게 최고 명예 훈장을 받는 내 모습이 머릿속을 스쳐 간다. 마치 현실로 이루어진 듯 벌써 말로 표현할 수 없을 만큼 설레고 흥분된다.

"덕분에요."

이본영 회장은 편히 앉으라며 인자하게 미소 지었고, 나는 이본회가 먼저 자리에 앉는 걸 확인한 뒤 그와 한 자리 떨어진

의자에 자리를 잡는다. 테이블 위에는 이본영 회장과 이본회가 각각 마시고 있던 찻잔과 찻주전자가 놓여 있다.

"해리 양은 무슨 차로 하겠어요?"

스노볼 시스템을 이끄는 수장이자 권력자 앞에서 해리인척 연기해야 하는 처지인지라 물 한 모금도 편히 넘어가지 않을 것 같다. 하지만 차설 디렉터는 이본영 회장의 호의를 거절하는 건 이본가 예법에 어긋나는 일이라고 강조했다.

"저는 장미차로 하겠습니다."

대답이 끝나기가 무섭게 티 룸 한쪽에서 대기 중이던 티 소믈리에가 부지런히 내 차를 준비한다. 세상에, 장미차가 진짜로 있다고? 이본회의 주머니에 꽂혀 있는 장미꽃을 쳐다보고 있었을 뿐이었던 나는 이곳에 대체 몇 가지의 차가 준비돼 있는지 궁금해졌다.

그때 이본영 회장이 화려하게 장식된 파란 보석 상자를 내 앞으로 내민다.

"최연소 신임 기상 캐스터가 된 걸 정식으로 축하해요."

보석 상자를 열어 보니, 스노볼의 미니어처처럼 생긴 반구 형태의 작은 브로치가 들어 있다. 매년 엄마가 주문해 주는 생일 케이크와는 비교도 할 수 없을 만큼 값비싼 선물이다. 엄마, 미안해. 하지만 엄마도 이 브로치를 보면 내 마음을 이해…… 그러다 갑자기 정신이 번쩍 든다. 야 전초밤, 이건 해리를 위한 선물이야. 해리의 선물을 우리 집에 가져갈 생각을 하다니. 윽, 어디에선가 해리가 나를 지켜보며 눈을 찌푸릴 것만 같다.

나는 스노볼 브로치에 마음을 빼앗겨 이성을 잃기 전에 브로치를 다시 상자 안에 재빨리 넣는다.

"평생 소중히 간직하겠습니다. 정말 감사합니다, 회장님."

평생이라는 말을 하자 기분이 이상해진다. 해리에게는 고작 일 년여의 가짜 목숨이 남아 있을 뿐이다.

"지금 걸치고 있는 망토에도 잘 어울리겠네요."

이본영 회장은 자신의 선물이 내게 잘 어울리는지 보고 싶어 하는 눈치였고, 나는 바로 브로치를 망토에 달아 보려 하지만 생각처럼 쉽지 않다. 내가 서툴게 꼼지락대자 이본영 회장이 웃음기 머금은 얼굴로 손주에게 손짓한다.

"본회야?"

이본회가 무신경한 얼굴로 묻는다.

"제가 도와도 될까요?"

브로치 하나 제대로 달지 못하는 내가 귀찮고 한심하다는 듯한 눈빛을 매너 있는 말투 속에 교묘히 숨긴다.

"감사합니다."

티 소믈리에가 내 앞에 찻잔을 내려놓고 장미 향이 퍼지는 뜨거운 차를 붓는 사이, 이본회는 내게 브로치를 달아 주려 자리에서 일어선다. 나도 자리에서 일어나려고 하자 그가 괜찮다는 듯 눈썹을 까딱하며 가볍게 고개를 젓는다. 그러고는 브로치를 들고 천천히 상체를 숙여 나와 눈높이를 맞춘다. 나는 재빨리 숨을 훅 들이켠 뒤 다시 숨을 내뱉는 법을 잊어버린다.

이본회가 희고 긴 손으로 내 망토에 브로치를 다는 동안, 나는 어떻게든 그의 얼굴을 힐끔거리지 않으려 노력하지만 장미 향과 뒤섞인 이본회의 숨결이 턱 끝을 자꾸만 간질인다.

이본영 회장은 보통 신임 기상 캐스터에게 첫 생방송 때 입을 정장을 선물하고는 하는데, 세계 최고의 양장사를 할머니로 둔 나에게는 다른 선물을 하고 싶었다는 얘기를 이어 간다. "아 그러셨습니까, 회장님." "감사합니다, 회장님." 나는 이본회를 의식하지 않는 척 이본영 회장과 열심히 눈을 맞춘다.

"이 정도면 됐죠?"

이본회가 내 망토에 브로치를 단 순간, 파티에 초대된 이본 가 사람들이 연이어 티 룸으로 들어온다. 그중 내 눈길을 사로잡은 건 단연 이본심 부회장이다.

작년에 이본영 회장이 큰 수술을 받으면서 장녀 이본심 부회장의 회장 승계가 머지않았다는 소문이 무성했다. 하지만 이본심 부회장은 끊임없는 외도로 구설수에 오르기 일쑤여서 이본회가 성인이 될 때까지 현 회장이 잘 버텼다가 손주에게 바로 회장직을 넘겨주는 게 나을 수도 있다는 뒷말도 많았다. 그리고 이본심 부회장을 둘러싼 가장 최근의 소문은 그녀에게 새로운 남자 친구가 생겨 또다시 스노볼 밖으로 사랑의 도피를 떠났다는 얘기였는데, 다행히 지금 내 눈앞에 남편의 팔짱을 끼고 나타났다.

이본심 부회장은 나를 가볍게 훑어보고는 그대로 지나친다. 그녀의 남편을 비롯한 다른 사람들은 내게 예의를 갖춰 인사하며 축하 인사를 건넨다. 내가 대역이라는 것을 상상조차 못 하는 덕분이겠지만, 어쨌든 아무런 낌새도 느끼지 못하는 눈치다.

나는 연회장으로 입장하기 전 마지막으로 옷매무새를 다듬고 싶어 화장실에 들른다. 티 룸의 한쪽 끝에 여자 화장실이, 그 반대편에 남자 화장실이 있는 구조다.

"하아……."

여자 화장실 역시 황금 장식으로 여기저기 번쩍이지만, 이번에는 말코손바닥사슴 동상을 생각할 겨를이 없다. 장미차의 효능에 긴장 완화라도 있는 건지 몸이 나른해지다 못해 바닥으로 눌어붙는 기분이다. 서른 시간 넘게 깨어 있던 게 문제인지도 모르겠다. 왼쪽 가슴뿐만 아니라 팔꿈치와 종아리에서도 심장이 뛰는 것 같고, 점점 이마가 뜨거워지고 있다.

하지만 거울 속의 나는 멀쩡해 보인다. 처음과 똑같은 상태로 화장이 동상의 흔적과 피로를 가려 주고 있고, 열이 나서 발그레한 볼은 오히려 생기가 넘쳐 보이기까지 하다. 그러다 일순간 거울 속 내 얼굴에서 너무도 또렷하게 해리가 보여, 뒷목이 뻐근해진다. 이곳에 서 있는 건 나지만 거울 너머에서 나를 보고 있는 건 진짜 해리라는 착각마저 든다.

거울 속 사람이 나 자신이라는 걸 확인하기 위해 거울로 손을 뻗어 본다. 그런데, 왼손 중지 끝이 그대로 거울을 뚫고 쑤욱 들어가 버린다.

화들짝 놀라 손을 뺀다. 큰일이다. 파티가 끝나는 자정까지 정신을 단단히 붙잡고 있어야 하는데, 현실과 환각조차 구분되지 않을 정도로 머리가 어지럽다.

신임 기상 캐스터 고해리

신임 기상 캐스터로서 이본 미디어 그룹의 경영진과 나란히 단상에 오르는 영광을 얻은 나는 이본회의 바로 옆자리에 앉아 이본영 회장의 축사를 듣는다. 그녀가 샴페인 잔을 들고 자리에서 일어나자 나머지 사람들도 테이블에 놓인 잔을 높이 들어 올린다.

"오늘 자정이 되면 여러분은 공식적으로 스노볼의 액터가 됩니다. **전쟁 문명** 사람들이 아기 예수의 탄생을 축하하던 날에 여러분도 새롭게 태어나는 것이죠."

저 아래 테이블에서 가지런한 치아를 드러내며 행복해하고 있는 유진이의 모습이 보인다. 나는 그런 유진이를 바라보며 피식 웃다가 그만 유진이와 눈을 마주치고 만다. 아무 일도 없었다는 듯 휙 고개를 돌리니 이번에는 또 이본회와 눈이 정면으로 마주친다. 괜히 발바닥이 간지러워지는 것 같아 나는 재빨리 시선을 피한다.

"자, 그럼 오늘의 또 다른 주인공을 소개합니다."

이본영 회장의 말에 우레와 같은 환호와 박수가 쏟아지고, 나는 이본영 회장의 눈짓에 따라 자리에서 일어나 신입 액터들을 향해 가볍게 무릎을 접었다 편다.

"반갑습니다, 신임 기상 캐스터 고해리입니다."

스노볼에는 사실상 날씨라는 개념이 있을 수 없다. 거대한 유리 천장으로 둘러싸인 밀폐된 땅에는 바람이 불 수도, 눈이 오거나 비가 내릴 수도 없다. 그래서 스노볼은 인공적으로 날씨를 만들어 낸다. 유리 천장을 스크린으로 사용해 파란 하늘을 만들고 보랏빛으로 물드는 일몰도 그려 낸다. 심지어 나무가 뽑힐 정도의 강풍이나 우박이 섞인 장대비까지 휘몰아치게 할 수 있다. 그리고 이러한 날씨를 뽑는 사람이 바로 기상 캐스터다.

기상 캐스터는 매일 저녁 생방송 뉴스에서 다음 날 날씨를 **추첨**한다. 공 수십 개가 빠르게 돌아가는 추첨 기계에 손을 넣어 뽑는 방식인데 각각의 추첨 기계는 최저 온도, 최고 온도, 습도와 풍향 등이 적힌 야구공 크기의 공들을 회전시킨다. 물론 제아무리 무작위 추첨이라고 해도 한여름에 눈이 내리도록 하지는 않으며 딱 다음 날까지의 날씨만 추첨한다.

재미있는 사실은 스노볼의 날씨를 추첨하는 이 생방송을 바깥세상의 사람들도 열심히 시청한다는 점이다. 그들과는 전혀 상관없는 날씨지만, '내일 최고 온도는 30도가 되겠습니다'와 같은 예보를 그때라도 들어 볼 수 있기 때문이다. 앞으로 한동안 꽃가루 알레르기를 조심하셔야겠다거나 내일은 나들이를 가기에 좋은 날씨가 되겠다는 기상 캐스터의 안내를 들을 때마다 시청자들은 본인에게도 언젠가 그런 날이 오기를 꿈꾸게 된다.

스노볼 안팎에서 기상 캐스터는 원래부터 중요한 직업이었지만 이본영 회장이 취임하면서 날씨 뉴스가 한층 더 재미있어졌다. 매년 12월 셋째 주 금요일에, 그해의 최고 인기 액터를 발표하고 그 사람을 다음 해의 기상 캐스터로 임명하게 된 것이다. 시청자는 자신들이 좋아하는 액터를 매일 생방송으로 볼 수 있는 즐거움을 얻게 됐고, 기상 캐스터가 된 액터에게는 **스노볼 영구 거주권**이 주어졌다. 점점 인기가 시들어 아무도 찾지 않는 액터가 되더라도 평생 스노볼 안에서 살 수 있는 권리를 부여받는 것으로, 모든 이가 꿈꾸는 최고의 보상이다.

나는 신입 액터만을 위한 파티를 열어 그들 앞에 신임 기상 캐스터를 보여 준다는 게 얼마나 훌륭한 생각인지 깨닫는다. 저들은 내일부터 열과 성을 다해, 카메라 앞에서 자신의 모든 것을 내던지며 쉬지 않고 사건 사고를 만들어 낼 것이다. 그렇게 해야만 세상에서 가장 사랑받는 고해리의 뒤를 이어 기상 캐스터가 되고, 따뜻하고 부유한 스노볼에서 평생 살아갈 수 있을 테니까.

신입 액터들은 내가 다시 자리에 앉을 때까지 오로지 나만을 향해 계속해서 우렁찬 박수를 보낸다. 내 몫이 아닌 환대에 멋쩍은 기분이 들지만 이상하게도 입꼬리가 자꾸만 올라간다.

"감사합니다, 감사합니다."

이제 막 스노볼에서 새 삶을 시작하려는 액터들에게 해리는 희망의 상징이었고, 나를 향한 이들의 환대는 긴 연극을 힘차게 시작하는 훌륭한 동력이 되어 준다.

이후 이어진 만찬은 각자의 자리에서 이뤄졌다. 나는 차설 디렉터가 급하게 알려 준 식사 예절을 떠올리며, 그리고 옆자리에 앉은 이본회를 힐끔힐끔 쳐다보며 별 탈 없이 식사를 마쳤다. 하지만 식전에 입맛을 돋워 주는 애피타이저부터 시작해 이름도 처음 들어 보는 디저트까지, 식사가 마무리되는 동안 나는 그 어떤 맛도 제대로 느낄 수 없었다. 흥분되고 들뜬 마음과 달리 몸은 점점 뜨거운 납덩이가 되어 가고 있었다.

만찬이 마무리되면서 이본영 회장을 필두로 한 이본 사람들이 단상 밑으로 내려가 신입 액터들과 직접 인사를 나누기 시작했다. 신입 액터들이 악수를 하고 싶고 대화를 나눠 보고 싶은 사람은 이본영 회장과 이본심 부회장, 그리고 단연 이본회였다. 특히 여자 액터들은 이본회와 운 좋게 한마디 나누고 난 뒤에도 곁을 떠나지 않았다. 곧 이어질 예정인 무도회 시간에 이본회의 손을 잡고 춤출 기회를 엿보고 있는 모양이었다.

"해리야, 나 춤 좀 알려 줄 수 있어?"

어디선가 나타난 유진이가 내 어깨를 톡톡 두드렸다.

"어?"

"트레이닝 센터에서 배우긴 했는데, 아직도 스텝이 헷갈려서."

나는 유진이의 부탁을 어떻게 자연스럽게 거절할 수 있을지 고민한다.

보통 한두 시간 정도 이어진다는 무도회에 대해 차설 디렉터는 내게 어디든 가서 숨어 있으라고 지시했다. 오늘같이 많은 사람이 이본 저택을 찾는 날이면 이본은 평소보다 훨씬 많은 화장실을 개방하니, 그중 제일 먼 화장실을 찾아 들어가 있으라고 했다. 물론 차설 디렉터도 처음에는 나를 데리고 간단한 스텝이라도 알려 주려 했다. 하지만 나의 발놀림을 지켜보더니 단기간에 될 문제가 아닌 것 같다며 고개를 젓고 말았다.

"이본회 도련님 발이라도 밟을까 봐 걱정돼서 말이야."

수많은 사람들에 둘러싸인 이본회를 바라보며 유진이가 두 손을 모아 쥔다. '우리 본회 오빠'를 부르짖던 유진이의 입에서 도련님이라는 표현이 이토록 자연스럽게 흘러나오다니.

"물론 로맨스는 대부분 그렇게 시작되는 법이지만, 그래도 저 완벽한 피사체를 어떻게 밟겠어, 안 그래?"

내가 진짜 해리였다면 유진이를 위해 흔쾌히 춤을 알려 줄 수 있었을 텐데. 나는 아쉬운 마음에 바로 옆에 있던 남자애의 팔을 가볍게 붙잡는다.

"춤은 상대 역할을 해 줄 수 있는 사람하고 같이 연습하는 게 빨라."

왠지 그럴싸한 핑계와 함께 자연스럽게 자리를 뜰 생각이었는데, 내게 팔을 붙잡힌 남자애가 난데없이 다른 팔로 내 허리를 휘감았다. 그러고는 내 오른손을 붙잡은 왼팔을 뻗어 올린다.

"그럼 내 상대역 한번 해 줄래?"

남자애가 싱긋 웃으며 나를 리드하기 시작한다.

"무도회 아직 시작 안 했어!"

"그러니까 지금 배워 둬야지."

춤을 어떻게 춰야 하는지는 모르지만, 이 상황에서 해리가 어떻게 행동했을지는 상상할 수 있다. 항상 자신감 넘치고 모두에게 친근한 해리라면 '그래, 내가 한 수 가르쳐 줄게'라며 춤을 리드했을 것이다. 하지만 나는 실수로 발을 밟지 않도록 상대에게 거의 매달리다시피 하며 발이 허공에 떠 있는 시간을 늘릴 뿐이다. 이 와중에 유진이는 말도 안 되는 내 스텝을 유심히 지켜보며 눈에 힘을 주고, 남자애는 자신에게 폭 안겨 있는 나를 내려다보며 씩 웃는다.

"춤 실력이 텔레비전에서 보던 거랑 영 다른데?"

이 상황에서 벗어날 수 있는 작은 건수를 잡은 나는 정색하며 두 발에 힘을 주고 땅을 디딘다. 일부러 남자애의 발등을 겨냥하며 최대한 몸무게를 실었다. 내 왼쪽 구두에 발등이 찍힌 남자애가 단말마의 비명을 내지른다.

"스포일러 금지법 안 배웠어?"

"겨우 이까짓 게 무슨 스포일러야!"

남자애가 억울함을 표출하더니 별안간 내 드레스 자락을 올리며 고개를 들이민다.

"구두에 송곳이라도 달았냐?"

순간 나는 해리의 본분을 망각한 채, 곧바로 무릎으로 남자애의 턱을 찍어 올린다.

"악!"

위아래 치아가 딱 마주치는 소리와 함께 또 한 번의 비명이 이어졌지만, 다행히 이본회와 이본심 부회장에게 모두의 시선이 쏠린 덕분에 내 분노의 올려 찍기를 목격한 건 유진이뿐이었다.

남자애는 사람이 많은 곳에서 창피를 당한 게 짜증 났는지, 붉게 달아오른 귀를 손으로 가리고 사라져 버린다. 유진이가 그 뒤에다 대고 혀를 쭉 내밀고는 분통을 터뜨린다.

"아니, 도대체 저런 애를 누가 액터로 뽑은 거야?"

"저런 애들이 갈등을 만들어 줘야 드라마가 생기잖아."

별생각 없이 한 말에 유진이가 나를 빤히 본다.

"와 뭐야, 너 이런 얘기 하는 것도 내 친구랑 진짜 똑같아."

네가 참 똑똑한 친구를 둔 것 같다고 얼버무리며 어색하게 웃는데 스스로 느끼기에도 내 콧김이 뜨거웠다.

본격적으로 무도회가 시작되기 전 다행히 연회장을 빠져나왔다. 기상 캐스터가 된 걸 축하해 주는 사람들의 인사에 일일이 답하는 것도 버거울 정도로 점점 더 몸이 뜨거워지고 있었다.

한적한 화장실을 찾아 복도를 걸어가는데 반대편에서 반갑지 않은 목소리가 들려온다.

"저도 좋다고 나한테 폭 안겨 있더니 갑자기 앙큼하게 발을 찍더라니까?"

내가 무릎으로 턱을 찍어 버린 남자애가 저 멀리서 누군가와 걸어오며 시시덕거린다.

"내 생각에는 일부러 그런 거 같아. 처음부터 쉬워 보이기 싫어서."

닥치라는 의미로 턱을 한 번 더 찍어 버리면 좋겠지만, 오늘 밤 쓸데없는 갈등으로 인한 드라마는 필요 없다. 나는 속으로 이를 갈며 놈과 마주치지 않을 방법을 찾는다. 여기서 오른쪽으로 꺾으면 다른 액터들이 바글거리는 화장실이고, 왼쪽에는 금속으로 만든 봉과 봉 사이에 빨간 벨벳 체인을 걸어 둔 출입 차단봉이 세워져 있다. 복도의 조명도 꺼 놓은 걸 보니 오늘 개방되지 않은 공간인 것 같다. 나는 짧은 고민 끝에 왼쪽을 택한다. 남자애가 나를 보기 전에 서둘러 몸을 숨기느라 차단봉 밑에 구두 한쪽이 벗겨지고 말았지만, 구두를 줍기 위해 시간을 지체하는 대신 바로 앞 모퉁이에 숨는다.

그런데, 젠장.

"고해리?"

하필 놈이 눈썰미 좋게 내 구두를 알아보았다. 그러고는 망설임 없이 이쪽으로 넘어온다. 이대로 모퉁이에 가만히 서 있다가는 저 자식을 또 상대해야 한다. 저 재수 없는 놈과 실랑이를 하며 뺄 힘이 있다면 차라리 지금 쓰는 게 낫다. 어차피 내 성격대로 시원하게 들이받을 수도 없을 테니까.

나는 더 어두운 복도 쪽으로 걸어 들어가며 제일 가까운 모퉁이로 휙 빠진다.

조금씩 걸음의 속도를 높이다 천천히 뛰기 시작한다.

"야, 너 거기 있지?"

그러자 놈도 나를 따라 뛰기 시작한다. 아무도 넘어오지 말라고 표시돼 있던 이 구역은 조명도 전부 꺼진 채 무척 고요하다. 구두를 신은 한쪽 발소리가 다 들린다는 단점이 있지만, 놈만 따돌리면 그 누구의 시선도 신경 쓰지 않고 쉴 수 있을 것 같다. 나는 남은 한쪽 발의 구두를 벗어 손에 든다.

왼쪽, 오른쪽, 그러다 또 오른쪽. 복도는 미로처럼 펼쳐지고 나는 내가 온 길을 되새기며 계속 방향을 바꾼다. 몸이 무거운 데도 꽤 달릴 만하다. 발이 푹푹 꺼지는 눈길에서 달리는 것과 매끄러운 대리석 바닥을 내달리는 건 천지 차이다. 평소의 컨디션이었다면 이대로 몇 시간이라도 달릴 수 있겠다 싶을 정도로 두 다리가 자유롭다.

한참을 앞만 보고 달리다 더 이상 나를 쫓는 인기척이 들리지 않는 것 같아 고개를 돌려 후방을 주시한다. 드디어 따돌렸다는 확신과 함께 다시 앞을 보는 순간, 어둠 속에 가려져 있던 거대한 거울이 코앞에 서 있다. 속력을 늦추기에는 이미 늦어 버렸다. 나는 미처 손으로 얼굴을 가릴 새도 없이 거울 속의 나와 똑바로 눈을 마주 보며 그대로 돌진한다. 깨진 거울 파편들이 내 얼굴과 어깨를 날카롭게 찢어 놓는 상상을 하며, 나는 거울을 그대로 통과한다.

비밀의 한 조각

끝까지 눈을 감지 않았다. 코앞까지 다가오는 내 눈을 나는 똑바로 바라보았다. 깨진 거울 조각에 몸이 긁히는 고통 없이, 나는 분명 거울을 그대로 통과했다.

그다음은, 어두운 공간.

뭐지? 거울이었다고 착각한 거였나?

나는 아무것도 보이지 않는 어둠 속에서 조심스레 손을 뻗는다. 손끝에 동그란 버튼 같은 게 닿은 듯해 살짝 눌러 본다. 그러자 갑자기 쿵, 땅이 꺼지는 듯 아래로 떨어져 내린다.

정신없이 빨려 들더니, 불현듯 우뚝 멈춰 선다. 나는 겁에 질려 꼼짝없이 굳어 있던 몸을 겨우 펴고 뒤를 돌아본다. 여전히 복도가 있었다. 머리가 너무 뜨거워서 잠시 정신이 혼미했던 걸까. 나는 어안이 벙벙해진 상태로 온 길을 되돌아 나간다.

"어?"

매끄러운 대리석 바닥은 온데간데없고, 차가운 나무 바닥에서 미세한 진동이 느껴진다. 순간 엄청난 추위가 엄습한다. 체감상 바깥세상과 다를 바 없는 온도에 머리가 쭈뼛 서고 온몸에 닭살이 돋는다. 맨발로 조금만 더 서 있다가는 발바닥이 바닥에 붙어 버릴 것만 같아, 손에 든 구두를 재빨리 땅에 내려놓는데, 젠장. 나머지 한 짝은 이름도 모르는 남자애 손에 들려 있다.

이 추위만으로 내가 더 이상 이본 저택에 있지 않다는 걸 잘 알 수 있다. 그럼 여긴 어디일까, 하는 궁금증은 한가로운 질문이다. 이곳이 어디든, 설령 꿈속이라도, 빨리 벗어나야 한다. 어깨와 두 팔이 다 드러나는 이 드레스 한 장으로는 오 분도 채 버티지 못할 테니.

마찰열에라도 의지하기 위해 나는 두 손으로 양팔을 쉴 새 없이 비벼 대며 빛이 새어 나오는 방향을 향해 뛰어간다.

"거기, 누구 계세요?"

입에서 하얀 김이 끊임없이 새어 나온다.

"아무도 안 계세……"

복도 끝에 이어진 공간으로 들어선 나는 눈앞의 광경에 말을 잃는다.

우물처럼 수직으로 길게 뻗은 커다란 동굴. 천장부터 바닥까지 거대한 유리벽이 둘러쳐져 있고, 그 안에서 수십 명의 사람들이 쳇바퀴를 돌리고 있다.

"저게 다 뭐야……."

2월에 학교를 졸업하고 지난 십 개월간 내가 했던 바로 그 일이지만, 큰 차이점이 있었다. 이들이 돌리고 있는 쳇바퀴는 중앙 모터를 중심으로 사방에 포진한 모양새가 아니라, 탑처럼 층층이 쌓여 있었다. 그 높이는 5층 건물 정도 돼 보였고 쳇바퀴의 생김새는 더 정확히 말해 톱니바퀴 같았다. 우리 동네 인력 발전소와 달리 쳇바퀴 크기가 저마다 조금씩 다르고, 쳇바퀴 둘레에 일정한 간격으로 톱니가 달려 있어 빈틈없이 맞물린 채 한 덩어리처럼 돌아가고 있다.

그리고 이 광경은 쳇바퀴 탑과 마찬가지로 5층 높이 정도 되는 거대한 유리벽 안에서 펼쳐지고 있다. 거인이 사용하는 거대한 시계 속의 태엽 장치를 들여다보는 것 같기도 하고 텔레비전에서 보았던 스노볼의 대형 아쿠아리움 같기도 하다. 다만 그 안에는 해양 생물이 아니라 죄수복을 입은 인간들이 들어 있다.

구우웅. 구우웅. 중앙 모터가 돌아갈 때 나는 커다란 소음이 점점 더 또렷하게 귓가를 맴돈다.

"……새 교도소?"

스노볼에는 교도소가 있고, 범죄자는 교도소에 간다. 단, 법정에서 유죄를 선고받아야 한다. 조미류 언니도 살인 사건 용의자로 수사망에 든 적이 있지만, 경찰은 끝내 결정적인 물증을 찾지 못했다. 스노볼에는 무수히 많은 카메라가 있지만 촬영된 영상에 대한 접근권은 디렉터에게만 주어진다. 그러니까 스노볼에는 범죄의 확실한 증거가 될 수 있는 감시 카메라는 한 대도 없는 셈이고, 경찰과 검찰은 용의자의 혈흔과 같은 증거를 찾아야만 한다.

증거나 목격자를 남긴 액터는 유죄를 선고받고 교도소에 간다. 그리고 교도소는 기본적으로 인력 발전소와 똑같이 생겼다. 바깥세상과 비교할 수 없을 정도로 혹독한 환경에 노출돼 있기는 하지만.

수감자라고 해서 카메라 밖으로 사라지는 건 아니다. 교도소를 배경으로 한 드라마는 매년 인기가 좋기 때문이다. 다만, 같은 장소가 반복되는 지루함을 피하기 위해 스노볼에서는 정기적으로 새로운 디자인의 교도소를 선보인다.

나는 두꺼운 유리벽을 주먹으로 쾅쾅 두드린다.

"문 좀 열어 주세요!"

얼음 같은 유리를 때리는 손이 찢어질 것처럼 아프다. 이렇게 간절히 교도소로 들어가고 싶은 날이 올 줄이야.

구우웅. 수십 대의 쳇바퀴가 맞물린 탑이 정교한 합을 이루며 돌아간다. 죄수들은 각자 다른 높이에서 동서남북을 향해 달리고 있다. 누구라도 나를 봐 주길 바라는 마음으로 이리저리 시선을 옮기다, 오른쪽 눈 아래에 작은 하트 문신을 한 남자와 눈이 마주친다. 아니, 나는 남자를 보고 있지만 남자는 초점이 반쯤 풀린 눈으로 멍하니 정면을 응시하고 있다.

"저기요!"

나는 하트 문신 남자를 향해 계속 소리친다.

"저 안 보여요?"

최대한으로 목소리를 키워 보지만 안에 있는 죄수들 그 누구도 동요하지 않는다. 나는 아쿠아리움 같은 대형 유리벽을 빙빙 돌며 여기저기 두들기고 소리친다.

"제발 문 좀, 얼어 죽겠다고요!"

하트 문신 남자와 속도를 맞춰 유리벽을 따라 한 바퀴를 다 돌았지만 안으로 들어갈 수 있는 틈새는 보이지 않았다. 아무래도 출입구는 다른 곳에 있는 것 같다.

"제발, 제발 좀 살려 줘요."

너무 추워서 얼어 버린 듯 눈물도 나지 않는다. 가만히 있으면 얼어 죽는다는 생각에 계속해서 앞으로 나아가지만, 아무것도 달라지지 않는다. 저 너머 사람들은 여전히 나를 신경조차 쓰지 않는다. 숨을 들이쉴 때마다 점점 폐가 얼어붙는 것 같다.

내가 죽으면 해리의 마지막은 어떻게 기억될까.

크리스마스 파티에서 행방불명됐다고 방송되지 않을까? 이본 저택에는 카메라도 없으니, 희대의 미스터리가 될 것이다. 그래도 해리가 자살했다는 걸 밝힐 필요는 없을 테니, 차설 디렉터는 계획의 절반 정도를 이룬 셈이 되겠지.

근데 행방불명이 자살보다 나은 결말은 맞나?

조미류 언니를 썰매로 끌고 발전소로 향하던 순간이 떠오른다. 그때와 마찬가지로, 그저 이대로 모든 것을 내려놓으면 더 편해질 거라는 생각에 사로잡힌다.

아, 안 돼. 엄마랑 할머니랑 온기가 나를 기다릴 텐데. 엄마…… 엄마를 생각하자 눈물이 왈칵 터질 것 같다. 안 돼. 눈물로 범벅된 두 눈이 얼어붙는 걸 상상하니 아찔해진다.

이 망할 교도소 안으로 들어갈 수 없다면 이본 저택으로 돌아갈 방법이라도 찾아야 한다.

"하아……, 하아……."

정신없이 이어지는 어둠을 헤치고 마침내 복도 끝으로 가니 다시 또 커다란 거울이다. 내 키의 두 배는 되는 거울의 뒤에는 단단한 돌벽. 평소라면 꼼짝없이 갇혔다고 생각했겠지만 나는 간절한 마음으로 거울을 향해 손을 뻗어 본다. 그러자 손가락이 쑤욱 들어간다. 나는 더 망설일 것도 없이 거울 안으로 성큼 들어선다. 이번에는 눈을 꾹 감았다. 이 거울 뒤가 이본 저택의 대리석 복도일지, 여기보다 더 가혹한 곳일지 알 수 없으니까.

뜨거운 기운이 훅 끼친다.

여기저기 황금빛으로 번쩍이는, 만찬 전에 들렀던 티 룸 화장실이다.

"살았다……."

재빨리 화장실의 문을 잠그자마자 다리에 힘이 풀려 그대로 바닥에 픽 주저앉는다. 이본 저택은 화장실 바닥마저 따뜻하다. 으어어, 엄마에게 다리 마사지를 받을 때와 비슷한 신음 소리를 내며 온몸을 대리석 바닥에 비빈다. 으어어, 따뜻해. 따뜻해!

그때 갑자기 철컥, 화장실 문고리가 돌아가는 소리가 난다.

문이 잠겨서 밖에 있는 사람이 더 세게 손잡이를 돌린다. 이본 사람 중 누군가가 화장실을 이용하러 온 모양인데, 노크 한 번 안 하는 이 매너라니.

"안에 사람 있어요!"

부리나케 자리를 털고 일어나 거울 속의 내 상태를 확인해 본다. 화장과 머리는 놀라울 정도로 처음 그대로지만, 얼었다 녹은 입술은 약간 갈라져 있고 이마에는 어느새 식은땀이 맺혀 있다.

밖에 있는 사람이 이번에는 노크를 한다. 쾅쾅쾅. 하, 대체 얼마나 급하기에.

"네네, 나갑니다."

선반에 깔끔하게 접혀 있는 작은 수건을 이마에 톡톡 두드려 땀을 닦는다. 그리고 최대한 활짝 웃으며 화장실 문을 연다.

귀신이라도 본 것 같은 얼굴로 이본회가 나를 내려다보고 서 있다.

"죄송해요, 화장실이 너무 급한데 밖에는 사람들로 붐벼
서⋯⋯."

"너, 왜 여기 있어?"

'요'를 잘라먹은 이본회가 불안한 눈빛으로 내 안색을 살피
더니 내 어깨 너머를 힐끗댄다.

"안에서 혼자 뭐 한 건데?"

가끔 우리 할머니가 화장실에 지나치게 오래 앉아 있다 나
올 때 엄마가 딱 이런 표정을 짓곤 한다. 벽에 똥칠이라도 한
건 아닐까 하면서.

"화장실에서 볼일 보지, 뭘 하겠어요."

불과 일 분 전만 해도 앓는 소리를 내며 화장실 바닥을 뒹굴
던 내가 뻔뻔하게 웃는다.

"그러는 그쪽은 여기서 뭐 해요? 남자 화장실은 저쪽인데."

남자 화장실이 있는 쪽을 향해 고개를 돌리던 내 눈이 왕방
울만 해진다. 내가 있는 곳은 이본영 회장에게 브로치를 선물
받은 티 룸이 아니라, 웬 침실이다. 저 멀리, 네 사람이라도 누
워 잘 수 있을 것 같은 널찍한 침대와 1인용 가죽 의자가 놓여
있다.

"그쪽?"

"네?"

"방금 나한테 그쪽이라고 했어?"

아, 그래, 너 도련님이었지.

"네? 그럴 리가요, 도련님."

내가 경박스러울 정도로 크게 웃자 그렇지 않아도 뾰족하게 솟아 있던 이본회의 오른쪽 눈썹이 더 높이 치솟는다. 나는 반사적으로 미소를 거두고 가볍게 고개를 까딱인다.

"그럼 저 먼저 실례하겠습니다. 볼일 편하게 보세요, 도련님."

몸을 돌려 부지런히 문 쪽으로 걸어가는데 이본회의 검은 구두가 내 발길을 가로막는다.

"난데없이 내 침실에 들어와 놓고, 저 먼저 실례하겠습니다? 볼일 편하게 보세요?"

나를 내려다보는 이본회의 미간이 잔뜩 찡그려져 있다. 아, 머리가 지끈거려 죽을 맛이다.

"그리고, 너 왜 절뚝거려."

"아……."

구두 한 짝을 잃어버린 전후 사정을 어디서부터 어디까지 얘기해야 할지.

"몸이 좀 안 좋아서요."

거짓말이자 진실이다. 살면서 이렇게 아픈 적은 처음이다. 소스라치게 아파서 잠시 정신이 나갔다 돌아온 게 아닐까 싶을 정도로, 도대체 뭐가 뭔지 모르겠다. 차가운 숨결이 어느새 불덩이처럼 뜨거워져 있다. 코로 숨을 쉴 때마다 콧구멍이 후끈거릴 지경이다.

그러니까, 미안하게도, 남의 침실을 침범했다는 미안함도 느끼지 못하겠다. 지금 내게 필요한 건 휴식이다. 정말 아주 잠깐의 휴식.

나는 자석에 끌리듯이 폭신한 침대로 걸음을 옮기기 시작한다. 생크림을 펴 바른 것처럼 새하얗고 보드라워 보이는 저 이불 좀 봐. 마치 나보고 어서 와서 누우라는 것 같잖아.

당황한 이본회가 뒤에서 내 팔을 잡았다가 깜짝 놀라 놓는다.

"너 몸이 왜 이래."

"그러게 말이에요."

나는 생크림 같은 이불에 정면으로 고꾸라지고, 한쪽밖에 없는 구두가 바닥으로 툭 떨어진다.

사랑과 신뢰

똑똑.

조금 전과 무게감이 다른 노크 소리에 눈을 뜬다. 하지만 몸의 근육 어디에도 힘을 줄 수가 없다.

똑똑.

제대로 대답하고 싶지만 새된 소리만 희미하게 새어 나온다. 네헤에……

"들어가겠습니다."

검은 정장을 차려입고 검은 단발머리를 깔끔하게 뒤로 빗어 넘긴 여자가 걱정스러운 얼굴로 나를 내려다본다.

"해리 양, 제가 누군지 알아보겠어요?"

누구더라. 분명히 본 얼굴인데.

"유정언이에요, 이본회 도련님 수행원. 못 알아보겠어요?"

유 경호원이 내 눈앞에 손을 흔들어 보인다. 내가 제정신이 아니라서 자신을 알아보지 못한다고 생각하는 모양이다.

나는 한 박자 늦게 그녀를 기억해 낸다. 유 경호원은 이본회가 가는 곳 어디든 그림자처럼 함께하는 수행원으로 이본회 옆에서 매의 눈으로 서 있는 모습을 뉴스에서 심심찮게 볼 수 있다.

"일어날 수 있겠어요? 무도회가 끝나 가서 해리 양이 계속 자리를 비우면 티가 날 거예요."

유 경호원이 내 등을 받쳐 천천히 일으켜 세운다.

"저 얼마나 잤어요?"

여전히 몸에 힘은 들어가지 않지만, 최소한 죽을 것 같은 느낌은 지나간 것 같다.

"한 시간 정도요. 몸이 진짜 불덩이네요."

유 경호원이 폭신한 베개를 세워 내가 편히 기댈 수 있게 도와준다. 그러고는 바닥에 내려놓았던 작은 테이블을 내가 앉아 있는 이불 위로 조심스럽게 올려놓는다.

"도련님께서 해리 양을 챙겨 달라고 지시하셨어요. 몸살인 것 같다고 하시더라고요."

유 경호원이 생수병 하나와 엄지손가락 크기의 유리병을 테이블에 올린다. 역시 유 경호원은 이본회가 개입된 일이라면 뭐든 알고 있는 모양이다.

"아무래도 오늘이 해리 양한테 특별한 날이다 보니까 긴장을 했나 봐요."

유 경호원이 빙긋 웃으며 생수병 뚜껑을 손수 열어 준다.

맞아, 살면서 오늘처럼 긴장해 본 적은 단 한 번도 없었다.

"도련님도 드시는 약이니까, 걱정 말고 먹어도 돼요."

나는 각기 다르게 생긴 알약 세 개를 입에 털어 넣고 물과 함께 꿀꺽 삼킨다.

내가 크게 심호흡을 하며 침대에서 일어나려 하자, 유 경호원이 손목시계를 보더니 급할 것 없다는 듯 손을 내민다.

"십 분 내로만 내려가면 돼요."

나는 그 손에 의지해 가까스로 자리에서 일어선다. 잠들기 전보다는 확실히 좀 괜찮다.

"옷매무새 좀 고쳐 드릴게요."

유 경호원은 나를 세워 놓고 드레스 이곳저곳을 탁탁 털기도 하고 이리저리 당기기도 한다. 나는 그녀 몰래 머리를 가다듬는다. 다행히 가발이 단단하게 제자리를 지키고 있다.

"그…… 도련님요, 저한테 화나지 않았어요?"

이본회가 유 경호원을 따로 보내 약까지 챙겨 줄 거라고는 상상도 못 했다. 나를 보던 그 당혹스러운 눈빛을 고려해 보면 들것에 실려 저택 밖으로 내던져져 있었다고 해도 받아들일 수 있었을 거다.

등 뒤에서 드레스 치맛단을 손질하는 유 경호원이 즐거운 추억을 몰래 회상하기라도 하듯 희미하게 웃는다.

"황당해하셨죠, 외부 손님이 도련님 침실에 방문한 건 처음이니까요."

이본회가 네다섯 살 때부터 곁을 지켜 왔으니 이본회가 조카처럼 느껴질 법한데도 유 경호원의 경어체에는 그 어떤 어색함도 없다.

"방문이라는 표현을 쓰던가요?"

"아뇨, 정확히는 '미친 침입자가 들이닥쳤는데 아무래도 몸살에 걸린 것 같으니 깨우러 올라갈 때 약을 챙겨 가라'고 하셨어요."

"미, 미친 침입자요?"

내 물음에 유 경호원은 불필요한 정보까지 제공했다는 듯 난처하고도 익살스러운 표정을 짓는다.

"이제 천천히 내려가 볼까요?"

유 경호원이 바닥에 유리 구두 두 짝을 가지런히 내려놓는다.

"어?"

"왜요?"

"아, 아니에요."

뭐지, 이게 어떻게 멀쩡히 여기에 와 있어?

"그런데 어쩌다 도련님 침실까지 들어온 거예요?"

문득 유 경호원의 눈빛이 날카로워진다. 자신이 보필하는 사람의 안위를 걱정하는 목소리다.

"저도 제가 어쩌다 여기까지 왔는지 모르겠어요. 그냥 정신 없이 달렸거든요."

유 경호원이 눈을 살짝 찡그린다.

"달리다뇨? 왜요?"

"아까 파티에서 어떤 남자애랑 마찰이 좀 있었거든요. 몸이 안 좋다 보니까 더 상대하고 싶지 않았는데, 계속 쫓아오더라고요."

유 경호원이 나를 에스코트하며 불 꺼진 복도로 나선다.

"손님을 많이 초대하는 날에는 개방하지 않는 공간의 복도 조명을 꺼 놔요. 딱 봐도, 저기는 들어갈 곳이 아니구나 싶게끔 말이죠."

그 어둠을 굳이 뚫고 들어온 나는 할 말이 없어진다.

"그런 곳으로 해리 양을 몰아넣고 쫓아오다니."

앞서 계단을 내려가던 유 경호원이 고개를 돌린다. 높은 구두를 신은 나보다 계단 하나 아래에 있는데도 나와 눈높이가 딱 맞는다.

"누구인가요, 그놈?"

유 경호원은 아주 거슬린다는 듯한 얼굴이다.

"신입 액터 주제에 이본 저택을 맘대로 휘젓고 다니다니, 참 무식하게 용감한 놈이네요."

유 경호원은 당장 그 애를 찾아내 손봐 줄 것처럼 손마디를 툭툭 꺾는다. 왠지 학교 선생님에게 고자질을 한 기분이다.

"아, 걔는 그냥 저를 따라온 거예요. 제가 먼저 불 꺼진 복도로 숨었거든요."

"신입 액터는 해리 양하고 다르죠. 물론 해리 양도 도련님의 침대를 함부로 점령하는 일은 자제해야 하지만요."

유 경호원이 뼈 있는 농담을 던지며 다시 걸음을 옮긴다.

"네, 주의할게요."

나는 어색한 웃음소리를 낮게 흘리며 조심스럽게 계단을 내려간다. 층계 하나하나를 밟아 내려가다 보니 계단을 올라온 적이 없다는 사실이 문득 떠오른다. 지하 동굴부터 3층에 있는 이본회의 침실까지. 내가 통과했던 거울들은 뭐였을까. 최첨단 엘리베이터? 그렇다면 언젠가 공개될 새 교도소가 이 저택과 연결돼 있다는 뜻일까?

"아, 제가 무심했네요."

나를 향해 뻗은 유 경호원의 손에 생각이 흩어진다.

"몸이 아플 때 이렇게 차려입고 다니면 딱 죽을 맛이잖아요."

핏이 딱 떨어지는 정장에 넥타이, 그리고 검은 구두까지 신고 일해야 하는 유 경호원의 진심 어린 배려심에 마음이 따뜻해진다.

"감사합니다."

나는 지금 해리에게 신세를 지고 있다. 내가 해리 행세를 하고 있지 않았다면, 나 역시 오늘 이 자리에 처음 초대된 신입 액터 중 한 명일 뿐이었다면, 유 경호원이 이런 호의를 베풀었을까? 당장 이본회부터 내게 순순히 자신의 침대를 내주지 않았겠지. 곧바로 유 경호원을 불러 이 미친 침입자를 눈앞에서 치워 버리라고 명령했을걸. 그런 대책 없는 행동에도 불구하고 지금 내가 책임 추궁이 아닌 호의를 얻고 있는 건 그동안 해리가 쌓아 온 호감과 신뢰 덕분이다.

이렇듯 너는 사랑과 신뢰를 한 몸에 받는 사람이야.

그런데 왜.

대체 왜…….

해리를 생각하니 마음이 먹먹해졌지만, 그 덕분에 책임감과 정신력을 끌어모아 사람들과 자연스러운 교류를 이어 간다. 내 본분은 모두가 사랑하는 해리의 마지막을 해피 엔딩으로 만드는 일이다.

"어디 다녀왔어? 안 보이던데."

어느새 곁으로 다가온 유진이에게 나는 유 경호원이 알려 준 대로 대답한다.

"기상 캐스터 업무 관련해서 확인할 게 좀 있었어."

유 경호원은 내가 이본회의 침실을 들락날락했다는 걸 아무에게도 발설하면 안 된다고 강조했다. 이본은 자신들과 관련된 가십을 좋아하지 않는다.

"생방송에서 신임 기상 캐스터 발표가 났을 때 어떤 기분이었어요? 너무 부러워요, 해리 씨."

내 옆자리는 또 다른 신입 액터로 바뀌어 있고, 나는 벌써 열 번도 넘게 반복한 대답을 기계적으로 내뱉는다.

"놀랐고 기뻤죠."

점점 이 대답에 회의가 든다.

그때 해리는 정말 기뻤을까?

"에이, 조금 더 자세히 얘기해 줘요."

해리의 진심을 내 마음대로 떠드는 것에 약간의 죄책감이 느껴지지만, 나는 내 본분을 위해 끊임없이 웃고 대책 없이 착하게 군다.

"사람들이 나를 이렇게 많이 좋아해 주는구나 싶어서 행복했어요."

대답을 하면서, 나라면 그랬을 것 같다고 생각한다.

나를 바라보는 상대의 눈에 부러움이 한가득 퍼진다.

"오늘 드레스도 할머니가 만들어 주신 거죠? 너무 예쁘다!"

"감사해요, 할머니께 꼭 전해 드릴게요."

정신없는 와중에, 나보다 더 많은 액터들에게 둘러싸여 있는 이본회가 이따금 눈에 들어온다. 그러다 저 멀리서 나를 빤히 쳐다보고 있는 구두 도둑과 눈이 마주친다. 두 다리로 멀쩡하게 서 있는 내가 의아하다는 듯한 기색이다. 이로써 이본회의 침실에 내 구두 한 짝을 가져다 놓은 사람이 저놈이 아니라는 건 확인됐다.

　나는 유진이가 앉아 있는 테이블에도 슬쩍 눈길을 준다. 아마 트레이닝 센터에서 친해졌을 다른 액터들과 모여 앉아 신나게 떠들고 있다. 나도 저 옆에 가서 수다를 떨고 싶은 마음이 굴뚝같다. 유진이가 과연 '우리 본회 오빠'와 잠깐이라도 춤을 췄는지 궁금한데.

"생방송 연습은 많이 했어요?"

하지만 내 옆자리는 그새 또 다른 액터로 채워진다. 처음 말을 섞는 여자가 눈을 반짝이며 부담스러울 정도로 가까이 붙는다. 그 여자 뒤로 나와의 대화를 위해 순서를 기다리고 있는 액터들이 뭐가 그렇게 즐거운지 배를 부여잡고 웃고 있다. 저들은 이 파티가 즐겁고 신나는 모양이다. 하긴, 나를 포함해서 모두가 이렇게 따뜻하고 성대한 파티는 처음이니까.

"저기요, 해리 씨?"

"네?"

"생방송 연습은 많이 했냐고요."

"아."

나는 억지 미소를 짜내며 옆자리 여자에게 집중하려 애쓴다. 생방송이라. 갑자기 아랫배가 조여 오는 기분이다.

*

"해리야!"

눈앞에서 픽 고꾸라진 나를 보며 차설 디렉터가 놀라서 뛰어온다. 리무진을 타고 차설 디렉터의 집으로 오는 동안 정신을 잃지 않으려고 필사적으로 노력했다. 드디어 연극을 벗어던질 수 있는 장소에 도착하자 몸이 그대로 풀어지고 만다. 유경호원이 챙겨 준 약의 효능은 한 시간 전쯤 끝나 버렸다. 온몸이 쑤시고 화끈거린다. 무슨 몸살이 이렇게 고약한지.

"미안해, 내가 예방 접종을 미처 못 챙겼어."

차설 디렉터는 일단 나를 거실 소파에 눕힌 뒤 어디선가 주사기와 작은 유리병을 가져온다.

"이거 몸살 맞죠?"

차설 디렉터가 유리병 뚜껑에 주삿바늘을 꽂고 안에 담긴 투명한 액체를 빨아들인다.

"감기 몸살이야."

감기라면, 드라마에서나 보던 병이다. 내가 그 병에 걸렸다니. 신기하다는 생각을 하는데 갑자기 목 안이 너무 간지럽다.

"으에춰!"

바깥세상은 지독하게 추워서 감기 바이러스가 살지 못한다. 학교 과학 선생님은 전쟁 문명 사람들에게 감기는 추운 계절에 걸리는 질병이었다고 했다. 이제는 오히려 스노볼에서 걸리는 병으로 바뀌었다.

"시간이 너무 촉박해서 깜빡했어."

차설 디렉터는 스노볼에 들어오는 사람은 전부 예방 접종을 해야 한다는 지침과 그래서 미리 약도 구해 놓았다는 말을 덧붙인다. 나는 차설 디렉터를 향해 괜찮다는 의미로 고개를 끄덕인다. 바깥세상 사람을 데려와 대역을 세우고 연극을 지도하는 건 차설 디렉터로서도 처음 해 보는 일일 테니, 모든 과정이 완벽할 수는 없었겠지.

오른팔이 접히는 부분에 차설 디렉터가 축축한 솜을 슥슥 문지른다. 으, 기분 나쁜 차가움이다. 텔레비전에서 볼 때면 주사를 맞는 기분이 조금 궁금하기는 했는데, 막상 그 순간이 오니 긴장된다.

"감독님, 주사 놓아 본 적 있으세요?"

차설 디렉터가 대답 없이 내 팔에 바늘을 꽂아 넣는다. 날카로운 것에 찔린 것보다 약이 안으로 들어올 때의 저릿한 느낌이 더 아프다.

"으."

"참아, 아직 한 방 더 남았어."

차설 디렉터가 두 번째 주사를 신중히 찔러 넣으며 덧붙인다.

"내일 아침까지 무조건 나아야 해. 결승전 보러 가야지."

"아……."

내일은 크리스마스이고, 그건 바이애슬론 챔피언십 결승전이 열린다는 뜻이다. 스노볼 액터뿐 아니라 바깥세상 사람들도 일 년 중 가장 손꼽아 기다리는 스포츠 행사로, 스노볼 액터들은 직관 티켓을 구하기 위해 매년 치열한 경쟁을 펼친다. 물론 해리는 신임 기상 캐스터에게 주어지는 크리스마스 선물로 가족과 함께 결승전에 초대받았다.

"다른 사람들은 가고 싶어도 못 가는 꿈의 경기야."

그래, 나도 죽기 전에 한 번은 꼭 직관하고 싶었던 경기다.

"네, 최선을 다해서 나올게요."

주사를 다 놓은 차설 디렉터가 팔을 놓아주자마자 스르륵 눈이 감긴다. 어미 새의 날개 같은 드레스 자락이 포근한 이불처럼 느껴진다. 차설 디렉터는 말없이 거실의 불을 끄고, 몽글몽글한 촉감이 나는 담요를 덮어 준다.

"잘 자, 고해리."

남들이 보지 않을 때는 나를 해리라고 부르지 않았으면 좋겠다. 해리를 생각하면 자꾸 마음이 시큰해지니까. 하지만 뭐라 더 말할 힘이 남아 있지 않다. 드디어 쉴 수 있다는 안도감과 함께 무의식의 세계로 나를 내맡긴다. 오직 나로서 온전히 존재할 수 있는 유일한 곳으로.

해피 엔딩은 가능할까?

"해리야⋯⋯."

나를 깨우는 소리가 들린다.

"고해리."

그 목소리에 조금 더 힘이 들어간다.

"일어나."

힘겹게 눈을 뜬다.

어느새 아침이다. 방금 전에 눈을 감은 것 같은데 그새 아침이 됐다.

목소리의 주인은 물론 차설 디렉터다.

"잘 잤니?"

차설 디렉터가 블라인드를 열자, 구름 한 점 없는 새파란 하늘이 드넓게 펼쳐진다. 너무 눈이 부셔서 쳐다볼 수 없을 정도다. 액터들은 눈이 펑펑 내리는 화이트 크리스마스를 바랐지만, 퇴임을 엿새 앞둔 현직 기상 캐스터 프랜 크라운은 기가 막히게 화창한 날씨를 뽑아 버리고 말았다.

하지만 나에게는 이게 진짜 크리스마스의 기적 같다. 바깥 세상의 겨울은 단 하루도 빠짐없이 흐리고, 아무 때나 눈이 내린다. 이렇게 새파란 하늘을 마지막으로 본 게 언제였는지 기억조차 나지 않는다. 보고 있는 것만으로도 상쾌한 기운이 몰려든다. 바이애슬론 경기는 눈이 많이 내릴수록 극적인 재미와 쾌감을 주겠지만, 나는 선수들의 표정을 선명하게 볼 수 있는 맑은 날씨의 경기가 더 좋다.

"크리스마스라고 스크린 밝기를 더 높였나?"

차설 디렉터의 무심한 혼잣말에 나의 작은 기적이 깨어진다.

스노볼의 하늘은 유리 천장의 스크린이 비추는 여러 가지 인공 하늘이다. 눈이 시리게 푸른 하늘, 뭉게구름이 하얗게 피어 있는 하늘, 붉은 노을이 지는 하늘, 은하수가 쏟아지는 하늘.

파란 하늘의 기운을 받아 자리에서 천천히 일어난다. 가짜인 걸 알아도 그걸 보고 있는 기분은 진짜로 좋다. 진짜보다 더 진짜 같으니까. 코가 막혀 좀 답답하지만, 머리가 무겁거나 몸이 불덩이 같은 증상은 감쪽같이 사라졌다. 역시 스노볼은 약도 잘 만드는구나 생각하며 소파에서 시원하게 기지개를 켜는데, 차설 디렉터가 낯익은 황금색 봉투를 내민다.

"내가 실수로 뜯었어."

차설 디렉터가 전혀 미안하지 않은 표정으로 차갑게 묻는다.

"왜 말 안 했니, 네 친구가 신입 액터라고."

유진이의 편지를 받아 들기 전 주먹을 꽉 쥐었다 편다. 긴장한 티를 내고 싶지 않은데 자꾸만 손끝이 파르르 떨려 온다.

차설 디렉터는 순순히 유진이의 편지를 건네주며 재미있다는 듯이 묻는다.

"어제 파티에서 신유진하고 만났겠네? 널 알아보지는 않던?"

"전혀요, 전혀 못 알아봤어요. 사실 말도 거의 안 나눴어요, 저랑 대화하려는 사람들이 워낙 많아서요."

"내가 진짜 정신이 없긴 없었나 봐."

차설 디렉터가 내 맞은편에 놓인 동그란 스툴에 앉는다.

"너희 마을에서 오랫동안 액터가 안 나왔다 보니까, 전초밤을 아는 사람이 스노볼에 있을 가능성에 대해서 상상조차 못했지 뭐야. 너무 방심했어."

나야말로 정신이 없었다.

"제 짐을 뒤져 보실 줄 몰랐어요."

이럴 줄 알았다면 유진이 편지를 절대 가져오지 않았을 텐데.

나는 차설 디렉터를 가볍게 흘겨보다, 별 관심 없다는 듯 유진이의 편지를 소파 위에 툭 떨어뜨린다.

"그냥 동네 친구예요, 걔 아마 학교 친구들한테 편지 다 썼을걸요? 아무한테나 친한 척 잘하거든요."

"그랬을 수도 있겠지."

차설 디렉터가 유진이의 편지를 턱 끝으로 가리킨다.

"근데 그 황금색 규격 엽서는 신입 액터들이 트레이닝 센터에 처음 입소할 때 받는 물품이야. 그것도 딱 두 장."

나는 가슴이 턱 막혀서 했던 말을 반복한다.

"유진이는 제가 누군지 전혀 못 알아봤어요, 전혀."

차설 디렉터는 내 말에 반응하지 않은 채 갈아입을 옷을 툭 던져 준다.

"전초밤 짐은 앞으로도 내가 보관해."

다이닝 룸으로 가니 10인용의 긴 테이블 한가운데에 유진이가 보냈던 브라우니와 오렌지주스가, 그 옆에는 죽이 담긴 그릇과 알약이 놓여 있다. 식탁 뒤로는 커다란 호수를 둥글게 감싼 도시 풍경이 내 절망스러운 기분과 상관없이 시원하게 펼쳐져 있다.

"간단히 아침 먹어. 그래야 감기약 먹지."

"네."

나는 죽 그릇 앞에 앉는다. 하지만 목에 걸린 말을 내뱉기 전에는 죽이 목구멍으로 넘어가지 않을 것 같다.

"유진이는 건드리지 말아 주세요."

스스로도 놀랄 만큼 비장하게 나온 말에 차설 디렉터의 목소리가 날카로워진다.

"뭐?"

"유진이가 쿠퍼 아저씨처럼 된다면 감독님도 곤란해지실지 몰라요. 제가 해리처럼 밝게 행동하는 게 힘들어질 거 같거든요."

차설 디렉터가 소리 내 웃는다.

"너 제법이구나? 어른을 협박할 줄도 알고."

차설 디렉터에게는 내가 필요하고, 이건 내게 주어진 유일한 힘이다.

"아픈 강아지처럼 빌빌대지 않으니까 참 좋다. 이제야 너랑 대화가 좀 될 것 같은데?"

차설 디렉터의 호랑이 같은 눈에 만족스러운 기색이 비친다.

"무슨 말씀이세요?"

"일단 유진이는 건드리지 않는 걸로 할게."

일단?

"확실하게 약속해 주세요."

차설 디렉터가 머그잔에 담긴 커피를 한 모금 마시고 말한다.

"네가 자꾸 전초밤처럼 생각하고 전초밤처럼 말하면, 내가 그 원인을 제거하고 싶어져."

나는 손으로 허벅지를 움켜쥐며 목소리가 떨리지 않도록 애쓴다.

"저는 최악의 몸 상태에서도 할 수 있는 한 최선을 다했어요."

"그래서, 억울해?"

"……마음이 조금 힘들어요."

고민 없이 섣불리 이 일에 뛰어들었다는 후회가 밀려온다.

하지만 시간을 되돌린다고 한들 내가 다른 결정을 할 수 있을까? *디렉터가 될 수 있도록 내가 도울게요. 초밤 양이 먼저 나를 돕는다면.*

내가 힘든 건 나 때문이다. 나는 이 일의 밝은 면만 보고 싶어 한다. 내가 해리의 해피 엔딩을 만들어 주고 있다고, 내 덕분에 수많은 사람들이 해리를 잃는 슬픔을 피해 갈 수 있게 됐다고, 그렇게만 생각하고 싶은 거지. 이 일의 어두운 이면 따위는 알고 싶지도, 보고 싶지도 않은 거다. 그래야만, 꿈을 이룬 뒤에도 아무런 죄책감을 느끼지 않을 테니까.

"모두가 꿈꾸는 삶을 손에 쥐여 줬는데 왜 즐기지를 못하지?"

차설 디렉터가 답답하다는 듯 나를 훑는다. 진심으로 이해할 수 없다는 어투이다.

"파티에서 사람들이 너를 보는 눈빛을 못 느꼈어? 앞으로 어디를 가든 모두가 너를 부러워할 거야. 누구라도 사랑할 수밖에 없는 미소를 가진 네 유전자를, 스노볼의 날씨를 좌지우지하는 너의 직업을, 평생 스노볼에서 살 수 있게 된 너의 특권을. 너는 행운아야, 지금 행복에 겨워 입이 찢어지게 웃어야 정상이라고."

만찬장에서 받았던 박수갈채가 귀에 울린다.

나는 신음 비슷한 소리를 내며 몸을 웅크린다.

"왜 그래, 또 아파?"

"아뇨."

차설 디렉터의 말을 듣고는 감기보다 더 심각한 게 나를 찾아오고 말았다.

설렘. 내 인생에 다시는 없을 최고의 일 년이 지금 내 앞에 펼쳐져 있구나, 하는 미친 생각이 들고 말았다.

"감독님, 제가 지금 행복해도 되는 거예요? 해리가 죽었기 때문에 찾아온 행운이잖아요."

아니, 행운이라는 표현도 틀렸다. 내가 여기에 앉아 있는 건 한 사람의 비극에서 비롯된 일이다.

자신이 공들여 쌓아 올린 설득의 탑에다가 돌멩이를 던져 버린 나를 보며 차설 디렉터가 관자놀이를 문지른다.

"대체 그 애의 죽음에 네가 왜 죄책감에 시달리는 거지? 난 정말 이해가 안 돼서."

글쎄, 생각해 보면 해리의 죽음에 내가 죄책감을 느낄 이유는 없었다. 내 마음을 불편하게 하는 부분은,

"해리가 누려야 할 것들을 제가 누린다는 게 불편해요. 기상 캐스터가 된 것도 해리가 이룬 거고, 그러니까 사람들의 부러움도 해리 거잖아요. 그걸 제가 대신 누리는 건 말이 안 되는 것 같아요."

차설 디렉터가 가볍게 코웃음을 친다.

"누가 뭘 이뤘다고?"

난데없이 터져 나온 그녀의 신경질적인 웃음소리가 일순 뚝 끊긴다.

"내가 한 거야, 내가."

차설 디렉터가 제 가슴을 치면서 억울함을 토로한다.

"내가 없었으면 걔도 없었고, 우리 할아버지가 없었으면 고매령도 옛날 옛적에 스노볼에서 퇴출당했어. 그럼 애초에 고해리는 태어나지도 못했겠지. 유능한 디렉터를 만나지 못하면 그 어떤 액터도 사랑받지 못해."

차설 디렉터는 마치 바깥세상의 겨울 평균 기온은 영하 41도다, 라고 사실을 진술하듯 확신에 차 있다. 나 역시 그녀의 말이 틀렸다고는 생각하지 않는다. 학교 숙제로 모두가 똑같은 책을 읽고 와도 어떤 부분을 핵심으로 잡고 발표하느냐에 따라서 천차만별의 결과물이 되니까.

"할 수 있는 한 최선을 다해서 나의 액터에게 스노볼 영구 거주권을 쥐여 줬어. 그걸 쓸 사람이 하루아침에 없어져 버렸을 때, 내 마음이 어땠을 거 같니?"

그 마음을 상상할 수는 있지만, 나는 차마 뭐라 대답하지 못한다.

"그 애도 너랑 비슷했어. 내가 별을 쥐여 주니 별이 자기 손을 찌른다고 징징거렸지. 배가 불러 죽은 거고, 행복에 겨워 익사한 거야. 그러니까 쓸데없는 죄책감에 휘둘리지 마."

차설 디렉터가 내 눈을 꿰뚫을 듯 들여다본다. 일렁이는 내 진심을 응시하는 것 같다. 그녀가 불어넣은 논리에 흔들리는 진심을.

하지만 그 진심은 또 다른 질문에 발목이 잡힌다.

"행복에 겨워 죽음을 결심하는 사람도 있나요?"

그런 경우는 스노볼 드라마에서도 본 적이 없었다.

"쿠퍼의 드라마가 왜 재미있었는지 아니?"

나는 소심하게 고개를 젓는다. 내 나름의 생각이 없는 건 아니지만, 굳이 장황하게 드러내고 싶진 않다.

"누구도 범접할 수 없는 바이애슬론 챔피언 자리를 오 년 연속으로 꿰차고 있으면서도 사람을 죽였다는 죄책감에 불행해했거든. 그리고 사람들은 그 모습에 공감했어. 인간은 행복 속에서도 불안과 불행을 찾는 데 선수니까. 본능적으로 쿠퍼 라팔리에게서 자기 자신을 본 거야."

차설 디렉터는 손으로 나를 가리킨다.

"모두가 부러워하는 삶을 살아 볼 수 있는 기회를 얻어 놓고 쓸데없는 걱정만 하고 있는 너처럼, 그 애도 자꾸만 불행을 찾아다녔어. 그러지 말라고 아무리 설득해도 소용이 없었지."

차설 디렉터의 얼굴에 씁쓸함이 묻어난다.

마음이 복잡해진 나는 더 이상 아무 말도 하지 않는다.

차설 디렉터는 의자 등받이에 편하게 몸을 기대며 만족스러운 미소를 보인다.

"말이 너무 길어져서 죽이 다 식었겠는데."

"괜찮아요."

"그럼 어서 먹고 약 먹어. 빨리 감기부터 나아지."

나는 억지로 죽을 한 모금 입에 떠 넣는다.

"네 얼굴에 얼룩덜룩한 상처가 다 나을 때까지는 고상히가 직접 화장을 해 줄 거야. 맨얼굴로 다른 가족들과 마주치지 않게 조심해."

"집 안에 있는 카메라는요? 제 민낯이 찍히는 건 괜찮은 건 가요?"

"그런 건 당연히 방송에 안 내보내."

"다른 디렉터들은 제 영상을 못 보는 거 맞죠?"

"우리 해리가 언제부터 이렇게 디렉팅에 관심이 많았을 까?"

나는 재빨리 입을 다문다. 디렉터가 되고 싶은 건 전초밤의 속성이다. 해리에게는 어울리지 않는다.

"이건 의사가 처방해 준 상처 크림이야."

차설 디렉터가 분홍색 플라스틱 통을 하나 내민다.

"매일 아침저녁에 세수하고 나서 꼭 발라. 그럼 이삼일 안에 다 나을 거야."

차설 디렉터가 나와 마주 보며 싱긋 웃어 보인다.

불행을 찾아다니는 아이

그 애도 자꾸만 불행을 찾아다녔어. 그러지 말라고 아무리 설득해도 소용이 없었지.

차설 디렉터가 했던 말들을 곱씹으며 창밖으로 지나가는 풍경을 멍하니 바라본다. 마음이 복잡한 와중에도, 크리스마스 장식으로 한껏 분위기를 낸 스노볼의 번화가 풍경을 눈에 열심히 담는다.

내가 우리 마을이 지겨웠던 것처럼 혹시 해리도 이곳이 지겨웠을까? 열여덟 살이 되면 스노볼을 떠날 수도 있지만, 평생 스노볼에서 살아온 해리에게 인력 발전소의 삶은 자발적으로 평생 감옥에 갇히겠다는 선택처럼 느껴졌을지도 모른다. 지겨운 현실의 밖이 쳇바퀴 무덤이라는 사실은 충분히 절망적일 수 있다.

해리를 이해하기 위해 애쓰는 사이, 택시가 해리네 집 앞에서 속도를 줄인다.

차기 기상 캐스터가 탔다며 호들갑을 떨던 기사님이 내게 차비를 건네받으며 수줍게 진심을 전한다.

"오늘 꼭 행복한 하루 보내세요, 해리 씨!"

할까 말까 수십 번은 고민하다 다급하게 쏟아 낸 말이라는 걸 느낄 수 있다.

"감사합니다, 기사님도 행복한 크리스마스 보내세요."

"에이, 저는 오늘도 평소랑 다를 거 없어요."

크리스마스에도 일하는 사람의 쓸쓸함이 묻어난다.

나는 이 기사님을 안다. 스노볼에 들어온 지 벌써 칠 년이 넘어가지만, 단 한 번도 주조연 액터가 되지 못한 사람이다. 그런데도 스노볼에 남아 있을 수 있었던 이유는 시청자들이 좋아하는 **감초**가 되었기 때문이다. '어? 해리가 오늘도 또 저 택시에 탔네?' '와, 쿠퍼 라팔리도 결국 저 택시 탔어!'

택시 운전사, 수많은 액터들이 오가는 번화가 카페의 주인, 인기 액터들이 모여 사는 아파트의 괴팍한 청소부 등 스노볼 드라마들에서 공통적으로 만나게 되는 액터는 감초라고 불린다. 『TV 가이드』에 따르면 이런 액터는 디렉터들끼리 상의해 아무 드라마에나 출연진으로 이름을 올린다. 그럼 드라마에 출연 중인 액터가 되어 퇴출을 면할 수 있게 된다. 주인공은 되지 못했지만 스노볼에서 계속 살아가고 있으니, 감초는 굉장히 운이 좋은 액터라고도 할 수 있다.

"저도 올해는 크리스마스를 즐기고 싶었는데, 팀장이 콜 들어왔다고 나가라는 거예요. 해리 씨가 벌써 네 번째 손님이에요."

시청자들은 그녀의 이러한 인간적인 수다를 좋아한다.

"오늘 콜 없으면 뭐 하려고 하셨어요?"

내 질문에 그녀가 눈을 반짝인다.

"바이애슬론 챔피언십 보면서 귤도 까먹고 뒹굴거리는 거죠."

그녀의 삶은 바깥세상과 별반 다르지 않아 보인다. 물론 바깥세상에서는 집에서 귤을 까먹을 수 없지만.

"경기 시작 전에 꼭 퇴근하시길 바랄게요!"

"고마워요, 해리 씨. 오늘 생…… 아니에요, 메리 크리스마스!"

그녀가 하려던 말을 급히 거두며 활짝 웃어 보인다.

눈앞에 펼쳐진 해리네 집을 바라보며 숨을 깊이 들이마신다.

해리네 집은 붉은 빛이 도는 갈색 벽돌로 지어진 이층집이다. 튼튼한 울타리가 빙 둘러진 앞뜰과 뒤뜰에는 이틀 전에 내린 눈이 소복이 쌓여 있고, 현관문에는 크리스마스 분위기를 물씬 풍기는 장식이 달려 있다. 크리스마스트리에 사용되는 나무를 도넛처럼 동그랗게 말아서 리본이나 방울 같은 소품으로 장식하는 건데, 저걸 뭐라고 부르더라? 리스?

"다녀왔어요."

문을 열자마자 마침 현관 쪽을 지나던 해리의 작은 이모 고림과 딱 마주친다. 고림은 해리를 제외하면 고매령 가족 중에서 인기가 가장 많은 액터다. 스물넷의 나이에 두 번의 이혼을 했고, 클럽과 파티를 사랑하는 인물이다.

"어이, 조카! 밤새 어디 있었어?"

고림이 한껏 들뜬 얼굴로 내 옆구리를 찌른다. 고림은 이제 막 일어났다는 걸 알려 주듯 부스스한 머리에 허벅지를 가릴 정도로 커다란 반팔 티 한 장만 걸치고 있다. 아무리 집 안이라지만 12월에 저렇게만 입었는데 전혀 추워 보이지 않아서 놀랍다.

"리무진이 차 감독님 집으로 데려다줘서 그냥 거기서 자고 왔어."

"뭐? 그게 다야? 신입 액터들하고 2차 안 갔어?"

고림이 실망이라는 듯 미간을 찡그린다. 고림이었다면 파티에서 친해진 액터들과 밤새 클럽을 전전했겠다는 생각이 든다.

"우리 똥강아지 왔니?"

양손에 도톰한 오븐 장갑을 낀 고매령이 부엌에서 나타난다.

"차 감독이 어젯밤에 전화 줬어, 그 집 소파에서 잠들어 버렸다며?"

이미 차설 디렉터와 입을 맞춘 모양이다.

"배고프지?"

"아니, 감독님하고 간단하게 아침 먹었어."

"그럼 올라가서 씻고 와, 할머니가 너 좋아하는 브라우니 굽고 있어."

브라우니? 나는 차설 디렉터가 내놓은 유진이의 브라우니에 손도 대지 않았다. 전초밤과 관련된 것은 쳐다도 안 보겠다는 소심한 의지의 표현이었다. 이런 마음을 차설 디렉터가 알아주었는지는 모르겠지만, 내가 후식은 먹고 싶지 않다고 했을 때 그녀는 흡족해하는 얼굴로 유진이의 브라우니를 쓰레기통에 던져 넣었다.

"브라우니, 완전 좋지!"

2층으로 이어지는 층계 손잡이와 똑같은 색, 똑같은 모양으로 위장된 카메라를 의식하며 나는 억지로 입꼬리를 당겨 웃는다.

일상적인 물건과 풍경 속에 카메라 렌즈들이 숨겨져 있다. 온도계나 벽시계, 자동차 핸들 같은 데는 물론이고 아무것도 없는 해변에도 일부러 야자수를 심거나 벤치를 만들어서 카메라를 설치해 놓는 식이다.

"나 일단 씻고 올게."

내가 계단을 오르자 고매령이 다급하게 고상히를 부른다.

"상히야, 딸내미 왔다!"

2층 화장실에 들어온 고상히는 아무 말 없이 안에 설치된 카메라를 쳐다본다.

스노볼의 화장실은 좀 독특하다. 화장실 변기와 샤워 부스에 불투명한 칸막이가 설치돼 있다. 변기의 칸막이는 사람이 앉아 있을 때 목까지 가릴 만큼, 샤워 부스의 칸막이는 사람이 서 있을 때 목까지 가릴 만큼의 높이이다. 화장실에 아예 카메라가 설치돼 있지 않다면 실의에 빠진 액터가 아무도 모르게 혼자 눈물을 삼킬 수도 있고, 이는 디렉터도 시청자도 용납할 수 없는 일이다. 샤워실 칸막이 뒤에 쪼그려 앉아 끅끅거리며 눈물을 참더라도, 화장실 안에 카메라만 달려 있다면 칸막이에 뭉개져 있는 슬픈 피사체와 울음소리를 담아낼 수 있고, 시청자는 액터의 중요한 감정선을 놓치지 않을 수 있다.

"차설 감독님께서, 화장하는 장면은 알아서 편집할 거니까 걱정하지 말라고 하셨어요."

알겠다는 대답도, 어제보다 조금 더 편안해진 느낌도 없다.

"화장 지우는 건 앞으로 혼자 알아서 해."

고상히는 무뚝뚝한 말투로 내게 클렌징 오일이니 뭐니 하는 것들을 알려 주고, 나는 그녀가 시키는 대로 화장을 지운다.

"십 분 뒤에 다시 올 테니까 그 안에 샤워 다 끝내 놔."

내 울긋불긋한 민낯을 확인한 고상히가 쌩하니 문을 닫고 나간다.

이후 고상히는 내가 샤워 가운으로 갈아입은 지 한참이 지

나서야 여전히 딱딱한 표정으로 돌아왔다.

"얼굴이 왜 이렇게 번들거려?"

"아, 차 감독님이 챙겨 주신 연고 발랐어요."

이번에도 알겠다는 대답은 없다. 고상히는 짜증 섞인 동작으로 세면대 위에 메이크업 박스를 펼쳐 놓는다. 그러고 보니 나는 또 내 역할을 망각하고 고상히에게 꼬박꼬박 존댓말을 하고 있다. 하지만 다행히 고상히는 내가 자신을 편하게 대하길 바라지 않는 것 같다.

묽은 생크림처럼 보이는 화장품을 중지로 푹 떠 올린 고상히는 내 얼굴에 손을 대기 전 심호흡을 한다.

"그냥 제가 바를까요?"

내 물음에 고상히가 미간을 확 구긴다. 왜 나서느냐는 표정이어서 나도 모르게 설명을 덧붙인다.

"불편해 보여서요."

"뭐?"

날카롭게 되묻는 목소리에 가시가 오백 개는 꽂혀 있는 것 같다. 괜히 나섰나 싶지만, 이제 와 어깨나 으쓱거리며 모른 척하기도 어색하다.

"이렇게 저를 보는 것 자체가 불편하실 것도 같아서……"

고상히가 들고 있던 보라색 크림 통이 바닥에 떨어지면서 탕— 하는 소리가 울리고, 안에 들어 있던 하얀 크림은 화장실 타일 바닥에 응고된 우유처럼 쏟아진다.

고상히가 파르르 떨리는 손으로 귀를 막으며 주저앉는다.
내가 재빨리 손을 뻗는다.

"괜찮으세요?"

"만지지 마!"

"네?"

"소름 끼친다고!"

"죄, 죄송해요."

나는 다시 손을 거둔다. 누군가 나를 소름 끼쳐 한다는 게
묘하게 상처가 된다. 하지만 고상히의 마음을 이해해야 한다.

"하아……."

가슴이 답답한지, 고상히가 웅크려 앉은 채 심장을 문지른
다. 나는 어찌해야 할지 몰라 뻣뻣하게 선 채로 그녀를 내려다
본다. 바닥에 떨어진 크림이라도 닦아 볼까 싶지만, 조금만 움
직여도 고상히가 또다시 소리를 지를 것 같다.

"너는 왜……."

가쁜 호흡을 하며, 그녀가 중얼거린다.

"너는 왜 죽어도 죽질 않아?"

고상히가 절망스러운 얼굴로 나를 올려다본다.

"……네?"

그때 화장실 문이 벌컥 열리고 고매령이 들어온다.

고매령은 바닥에 떨어진 크림 통과 나를 번갈아 쳐다보더
니 재빨리 화장실 문을 닫는다.

그리고 다음 순간 내 어깨를 세게 쥐고 흔든다. 손톱이 살갗을 파고든다.

"너 또 무슨 짓 했어! 어? 또 무슨 짓을 해서 네 엄마 속을 뒤집어 놨어!"

고매령이 굵고 날카로운 목소리로 나를 몰아붙이는데 그때 고상히가 발갛게 달아오른 얼굴로 오래 참아 왔다는 듯 끅끅 눈물을 터뜨린다.

"엄마, 대체 나를 왜 낳았어, 왜 나를 낳아서 이렇게 비참하게 만드냐고!"

고상히의 울음소리가 점점 커지자 고매령의 얼굴에 당혹감이 스친다.

"상히야, 밑에 림이도 있는데 이렇게 울면 어떡해."

고매령이 바닥에 주저앉은 고상히를 다급히 품에 안아 달래기 시작한다.

어깨가 욱신거린다.

하지만 그보다 눈앞의 광경이 더 얼떨떨하다.

"자식 앞에서 어미가 이렇게 나약한 모습 보이는 거 아니야."

고매령의 말이 고상히를 다시 한번 자극한다.

"쟤가 왜 내 딸이야! 처음부터 내 딸 같은 건 없었잖아!"

고매령이 반강제적으로 고상히의 얼굴을 품에 묻고 입을 막는다. 그러고 날카로운 눈매로 나를 쏘아본다.

"넌 일단 방으로 가. 화장은 할머니가 해 줄 테니까, 방에 가서 문 잠가 놓고 기다려."

나는 말없이 방으로 향한다. 이 장면들도 차설 디렉터는 보게 되겠지? 아래층에서 콧소리가 들려와 슬쩍 내려다보니 고림이 커다란 헤드폰을 끼고 손톱에 매니큐어를 칠하고 있다.

방에 들어오자 초록색과 연두색의 중간 정도인 벽지를 곱게 바른 방에 햇빛이 쏟아져 들어오고 있다. 해리의 방은 스노볼의 싱그러운 4월을 떠오르게 한다. 하지만 이 평화로운 풍경 속에서도 내 심장은 불안정하게 뛴다.

어깨가 잡혀 흔들리면서 영혼까지 빠져나간 것 같다.

무엇보다 어른이 저렇게 목 놓아 우는 모습을 실제로 본 건 오늘이 처음이다.

아빠의 제사를 지낼 때마다 엄마가 몰래 눈물을 훔치는 모습은 몇 번 본 적 있지만, 어른이 어린아이처럼 우는 모습은 처음 봤다. 기분이 이상하다. 고상히가 했던 말들도 내 머릿속을 흔들어 놓는다.

너는 왜 죽어도 죽질 않아?

처음부터 내 딸 같은 건 없었잖아!

문득 위험한 생각이 스치고 지나간다.

고상히는 해리가 죽었기 때문에 힘든 걸까, 아니면 해리가 죽었는데도 해리를 닮은 나를 봐야 해서 힘든 걸까?

스노볼 드라마에서 산후 우울증에 걸린 액터를 본 적이 있다. 그때 처음 알았다. 세상에는 자신의 자식을 끔찍하게 혐오하는 엄마도 존재한다는 사실을.

나만의 방

"할머니가 방문 잠가 놓으라고 했지."

고상히의 메이크업 박스를 든 고매령이 문을 열고 들어온다.

"네 이모가 들어오기라도 하면 어쩌려고."

고림을 의식한 고매령의 목소리는 나지막하지만 나는 천둥소리라도 들은 듯 움찔거린다. 저러다 또 언제 돌변할까.

"얼굴 다 나을 때까지는 집에서도 민낯으로 돌아다니지 마."

고매령이 차설 디렉터와 똑같은 말을 하며 나를 화장대에 앉힌다.

'그동안 해리와 고상히 사이에 대체 무슨 일이 있었던 거예요?'

나는 쉽사리 물을 수 없는 질문을 삼킨다.

고매령 역시 화장을 마치고 나서야 다시 입을 뗀다.

"네 엄마가 한 말은 전부 잊어버려."

그녀는 내가 쓰고 있는 긴 가발을 한 번 더 매만진다.

"내일부터는 단발로 바꿀 거야."

"네."

"다른 사람 없다고, 보는 눈까지 없는 건 아니다."

고매령의 나긋한 지적에 나도 모르게 카메라를 쳐다볼 뻔했다.

"주의할게, 할머니."

나는 고매령 대신 거울 속 내 얼굴을 바라본다. 누가 봐도 해리처럼 보이는 내 얼굴이 이제 낯설지 않다.

"할미는 먼저 나가서 브라우니 꺼내 놓을게."

고매령이 내 정수리에 가볍게 입을 맞추고 방을 나선다.

이후 한참 동안 정수리가 저릿했다.

하얀 화장대 옆에는 하얀 프레임의 침대가 놓여 있고, 침대 헤드에는 주먹만 한 작은 동물 인형 다섯 개가 놓여 있다. 평소 해리의 드라마를 반복해서 봐 왔기에 딱 저 각도에 카메라가 있다는 걸 알 수 있다.

평소 해리가 그랬던 것처럼 인형들의 머리를 하나씩 톡톡 털어 준다.

"다들 크리스마스이브 잘 보냈어?"

백호의 왼쪽 눈과 반달곰의 오른쪽 눈에 카메라 렌즈가 설치돼 있는 게 보인다. 호랑이를 살짝 들어 보려 하지만 침대 헤드에 딱 붙어 꼼짝도 하지 않는다. 전력을 공급받고 촬영한 영상을 전송하는 연결 잭이 침대 헤드와 인형의 엉덩이를 통과하고 있을 것이다.

카메라에 공급되는 전력은 스노볼의 **중앙 발전소**에서 생산된다. 이 발전소는 급격한 기후 변화의 마지막 순간까지도 파괴되지 않았던, 전쟁 문명의 마지막 원전이다. 원전은 대량의 전력을 안정적으로 공급하는 대신 사고의 위험성이 크고 방사능 폐기물을 발생시킨다. 그렇기에 이본의 철저한 관리 아래 스노볼 드라마 제작에만 한정돼 사용된다.

슬쩍 방을 둘러본다. 해리가 매일 아침 앉던 화장대 거울과 옷장의 모서리에도, 동그란 벽시계와 그 반대편에 걸린 그림에도 카메라 렌즈가 삽입돼 있다.

"후……."

화장도 마쳤으니 이제 다시 연극을 시작해야 한다.

"뭐 입을까?"

한껏 들뜬 목소리로 옷장을 연다.

전초밤은 일 년 내내 같은 외투를 입고 같은 부츠를 신는다. 하지만 해리는 절대 같은 착장을 반복하지 않는다. 눈이 돌아갈 정도로 많은 옷가지 앞에서 한참을 고민하다, 결국 내 취향의 터틀넥과 청바지를 챙겨 **탈의실** 안으로 들어간다.

방구석에 기역자 형태로 파티션이 둘러져 있는 탈의실은 액터가 옷을 갈아입을 때만 사용하는 공간이다. 몸매를 과시하고 싶거나 속옷 차림에 거리낌 없는 성인 액터는 얼마든지 카메라 앞에서 옷을 갈아입을 수 있지만 미성년 액터는 반드시 파티션 안에서 옷을 갈아입어야 한다. 탈의실의 높이 역시 액터의 목 높이로 설정돼 있다.

파티션 뒤에 쪼그려 앉아 딱 오 분만이라도 가만히 있고 싶다는 유혹이 몰려온다. 바깥세상에서 볼 때에는 한없이 따뜻하고 부유해 보이기만 하던 해리의 일상 속 숨은 카메라들이 나를 쇠줄처럼 옥죈다.

"해리야, 브라우니 식는다!"

그리고 성실한 액터인 고매령은 쉴 틈을 허락하지 않는다.

"아, 지금 내려가!"

음식을 칭찬할 때의 해리처럼, 나는 눈을 동그랗게 뜨고 엄지를 들어 보인다.

"엄청 맛있어!"

고매령이 인자하게 웃는다.

기어코 먹게 된 브라우니는 기대 이상으로 맛있었다.

하지만 내 머릿속에서는 여전히 고상히가 울고 있다. 억울하고 서러운 고상히가 아이처럼 울고 있다.

"조금만 먹어, 이모 삼촌 오면 곧 점심 먹을 거니까."

고매령의 말이 끝나기가 무섭게 현관문이 열리고 나머지 가족들이 들어온다.

"이거 사려고 다섯 군데나 돌았어! 크리스마스라고 다 쉬더라."

해리의 큰 이모인 고시황이 부엌 테이블에 미역 봉지를 위풍당당하게 올려놓는다.

"네 엄마가 미역 사다 놓는 걸 깜빡했단다."

고시황이 나와 멀찍이 떨어져 앉은 고상히를 장난스럽게 흘겨본다.

현재 서른두 살인 고시황은 작은 이모인 고림과 딱 정반대의 성향이다. 술에 취해 귀가한 고림이 반주도 없이 노래를 불러 댈 때마다 발로 엉덩이를 차 버리고는 한다.

"고우요, 너는 뭐 먹냐?"

고림의 질문에 이 집안의 마지막 멤버가 대답한다.

"이번에 새로 나온 메론 맛 아이스크림."

고우요가 입에 물고 있던 아이스바 막대를 쓰레기통에 버리며 헤헤거린다.

"미안해, 조카. 집에 오는 동안 다 녹을 거 같아서 네 거는 못 샀어."

나는 괜찮다며 어색하게 웃는다. 내가 가짜인 걸 모르는 해리의 가족들에게 둘러싸이자 신경이 곤두서면서 행동 하나하나가 조심스러워진다.

고림이 고우요를 가볍게 타박한다.

"고 막대기를 쪽쪽 빨면서 이 누나 생각은 안 나던?"

"누나, 사랑은 원래 내리사랑이야."

고우요가 고림 손에 들려 있던 브라우니 조각을 휙 빼앗아 자기 입에 쏙 넣는다.

"엄마가 미역국 맛있게 끓여 줄게."

고상히가 미역 봉지를 집어 들며 희미하게 웃는다. 카메라를 의식하면 사람이 이렇게도 달라질 수 있구나 싶어 등골이 서늘해진다.

"근데 제대로 된 내리사랑이면, 해리가 우요를 챙겨야 하는 거 아냐?"

고림이 나와 고우요를 번갈아 보며 킥킥거린다. 고우요는 촌수상 해리의 외삼촌이지만 해리보다 두 달 늦게 태어났다.

"해리는 철없는 작은 이모 챙기기도 바쁘지."

"뭐?"

고림이 꿀밤이라도 한 대 때릴 기세로 팔을 뻗자 고우요가 재빨리 나를 방패로 삼는다.

"야, 네가 가정을 꾸려 봤어, 이혼을 해 봤어? 이 대가리에 피도 안 마른 게!"

나를 사이에 두고 앉아 고림이 고우요의 옆구리를 향해 오른발을 뻗는다. 그 장난에 장단 맞춰 주려는 듯 고우요도 이리저리 움직이다 내 어깨를 잡고 있던 손으로 가발을 잡아당긴다.

"아, 머리!"

나는 행여 가발이 벗겨질세라 재빨리 옆머리를 두 손으로 붙잡는다.

날카롭게 내지른 목소리에 고우요가 황급히 내 머리에서 손을 뗀다.

"엇, 미안."

머리털이 뽑힌 것도 아닌데 평소의 해리답지 않게 까칠하게 반응한 나를 보며 고림과 고시황이 당황해 눈을 깜빡인다.

그때 조리대에서 고상히와 함께 요리를 준비하던 고매령이 들으라는 듯이 혀를 찬다.

"쯧, 이모 삼촌이라는 것들이."

모두의 시선이 고매령에게 쏠린다.

"오늘 같은 날 꼭 그렇게 시답잖은 장난을 쳐야겠니?"

고우요와 고림이 나를 본다. 생각이 짧았다는 사실을 깨달은 표정이다. 매년 크리스마스는 해리에게 특별한 날이다.

"생일 축하해, 우리 강아지."

내 앞에 미역국 그릇을 내려놓은 뒤 고매령이 볼에 가볍게 뽀뽀를 한다. 볼이 얼얼해지면서 정수리까지 저릿해지는 기분이다. 불쾌하다. 하지만 나는 활짝 웃는다.

"고마워, 할머니."

오늘은 크리스마스이자 해리의 생일이다.

테이블에 둘러앉은 가족들이 저마다 한 마디씩 건넨다.

"하, 이제 열일곱이야. 이래서 어느 세월에 같이 클럽을 가냐."

"뭐가 아직도야, 내가 업어 키운 애가 벌써 열일곱 살이 됐는데."

"작은누나는 우릴 한 번도 안 업어 줘서 큰누나 같은 감흥이 없는 거지."

"어이, 동생. 그렇게 아쉬우면 업어 치기라도 한번 해 줘?"

이로써 해리의 생일 파티는 끝난다. 생일 케이크도 생일 선물도 없다. 그 이유는…….

고상히가 갑작스레 내 등을 쓰다듬는다.

"네 아빠도 축하하고 있을 거야."

오늘은 크리스마스이자 해리의 생일이고, 해리 아빠의 기일이다.

해리의 아빠는 고상히의 출산 소식을 듣고 병원으로 가던 길에 교통사고로 목숨을 잃고 말았다. 이 모든 일은 스노볼 내에서 일어났고, 당연히 그 사고 장면도 해리네 가족 드라마로 방영되었다.

해리는 이 충격적인 소식을 열 살쯤에야 온전히 알게 되었다. 열세 살이 되었을 때는 생일 케이크와 선물을 받고 싶지 않다고 선언했다. 아빠를 기리는 마음이었다. 이후, 크리스마스 선물이라는 명목으로 다들 해리에게 선물을 챙겨 주기는 했지만 최소한 생일 파티만큼은 해리의 뜻에 따라 최대한 간

소하게 치렀다.

지난밤 파티에서 그 누구도 해리에게 생일 축하의 '생'자도 꺼내지 않았던 것 역시, 해리의 드라마를 봐 왔던 사람들의 배려 어린 행동이었다. 몇 시간 전 택시 기사님의 마지막 인사도 마찬가지. *오늘 생…… 아니에요, 메리 크리스마스!*

나는 내 손을 잡은 고상히를 힐끔 본다.

당시 고상히와 해리의 아빠는 몇 개월간 만남을 이어 오던 관계를 정리하고 남남으로 돌아간 뒤였다. 고상히는 몇 년 동안 해리의 아빠를 짝사랑하고 있었고, 그래서인지 그의 죽음 이후에 오랫동안 힘든 시간을 보냈다. 갓난아기인 해리를 스스로 돌보기도 힘들 만큼.

해리는 아빠를 많이 닮았다. 애달픈 첫사랑을 닮은, 하나뿐인 딸. 고상히는 왜 그런 딸을 사랑하지 않는 걸까.

매년 해리가 그랬던 것처럼 두 손을 모으고 눈을 감는다. 해리는 아빠를 위해 기도했겠지만, 나는 해리를 위해 기도하기로 한다.

부디 지금쯤 편히 쉬고 있기를.

이제 해리는 열일곱 살이 되었고, 열여덟 살이 되는 내년 이 날에는 스노볼을 떠나겠다는 중대 발표를 하게 될 것이다.

눈을 뜨기 전 인사 하나를 더 건넨다.

너희도 생일 축하해. 전초밤, 전온기!

올해도 어김없이 엄마가 주문한 스노볼의 케이크 앞에서,

태어나 처음으로 혼자서 초를 불고 있을 온기의 모습이 그려
진다. 그 곁에서 활짝 웃으며 박수를 치고 있을 엄마와 할머
니도.

나는 살며시 배어난 미소와 함께 눈을 뜬다.

"다들 축하해 줘서 고마워."

집을 나설 채비를 하며 고림이 들뜬 목소리로 말한다.

"자 이제 갑시다, 쁘리야의 2연승을 보러!"

쁘리야 마라반은 고림이 제일 좋아하는 바이애슬론 선수
다. 작년 챔피언십에서 우승한 디펜딩 챔피언이며 올해도 무
난히 우승을 할 것으로 예측되고 있다.

"에이, 올해는 천사현이 이길 거거든요!"

나는 해리가 제일 좋아하는―물론 나도―선수의 이름을
대며 고림을 놀린다.

고우요는 거실을 차지한 커다란 트리 밑을 가리킨다.

"선물은 다녀와서 풀어 봐야겠지?"

거실에 크리스마스 선물들이 텔레비전을 볼 수 없을 정도
로 산처럼 쌓여 있다. 놀라운 풍경은 아니다. 해리네 거실은
매년 크리스마스마다 이랬으니까.

고림이 신나서 손뼉을 친다.

"밤새도록 선물 풀어 보면서 챔피언십 재방송 보면 딱이
지."

그 순간, 학교 수업 시간에나 보던 프로젝터 불빛이 탐조등처럼 거실을 비춘다. 흰 불빛과 그림자가 얼룩말 무늬처럼 교차하며 거실 천장에서부터 바닥까지 슥 훑고 지나간다. 낯선 불빛은 카메라 렌즈가 삽입된 모든 물체에서 나온다. 다시 한 번 불빛이 동시다발적으로 뿜어져 나오면서 우리들 위로 체크무늬를 드리운다. 그렇게 삼 초 정도 흘렀을까. 탁, 슬레이트 치는 소리와 함께 불빛이 일순간에 사라진다.

오늘 아침, 차설 디렉터는 미처 다 알려 주지 못했던 스노볼의 주의 사항 몇 가지를 더 짚어 주었다. 그중에는 내가 반가워할 만한 내용도 하나 있었다.

"스노볼은 하루에 두세 번 예고 없이 슬레이트를 쳐. 카메라를 정비하고 촬영된 영상을 저장소로 보내는 시간인데, 다시 슬레이트를 치고 촬영이 재개되기까지 보통 십 분쯤 걸린다고 생각하면 돼."

교과서나 『TV 가이드』에서는 볼 수 없던 얘기였다.

"스노볼은 스물네 시간 카메라가 돌아가는 줄 알았어요."

"스노볼은 세 구획으로 나뉘어 있고 슬레이트는 한 구획씩 순차적으로 치니까, 스물네 시간 카메라가 돌아간다는 게 틀린 말은 아니지."

어쨌든 액터에게도 하루에 두세 번씩 십 분의 자유가 주어진다는 뜻이었다.

"그 대신 **편집점**을 반드시 맞춰야 돼. 십 분 동안 어디서 무슨 짓을 하든, 다시 카메라가 켜지기 전에 네가 원래 있던 지점으로 돌아와서 하던 행동을 이어 가야 한다는 뜻이야."

각자의 방으로 흩어진 가족들을 따라, 나 역시 부리나케 해리의 방으로 올라와 침대에 눕는다. 가발을 벗으면 훨씬 더 편할 것 같지만, 고우요나 고림이 갑자기 방문을 열고 들어올 수도 있다.

띠리리, 띠리리.

그때 불현듯 전화가 울린다.

나는 심호흡과 함께, 태어나서 처음으로 수화기를 들어 본다.

"여보세요?"

거친 숨소리, 뒤이어 젊은 여자의 목소리가 들려온다.

"자물쇠 확인했어요?"

"네?"

여자의 목소리는 뭔가에 쫓기는 사람처럼 다급하면서도 조심스럽다.

"자물쇠 확인하면 잘 보관해 둬요, 다른 사람들이 절대 손대지 않을 곳에."

"지금 무슨 말씀을 하시는……."

내 말이 끝나기도 전에 여자는 전화를 끊어 버린다. 전화를 잘못 걸어서 미안하다고 사과할 시간조차 없다는 듯이.

나는 수화기를 귀에서 뗐다가 다시 대 본다. 뚜뚜뚜, 그 외에는 아무 소리도 들리지 않는다.

"뭐야."

내 인생 첫 통화가 너무도 허무하게 끝나 버렸다.

아쉬운 마음에 수화기를 만지작거린다.

내가 진짜 해리였다면 어제 유진이에게 내 번호를 알려 줬을 텐데. 그럼 수다쟁이 유진이는 아마 오늘 당장 전화기부터 샀을 거야.

해리처럼, 나는 귀와 어깨 사이에 수화기를 끼워 놓고 두 손을 앞으로 모아 손톱의 모양새를 살펴본다.

"여보세요? 어, 나야!"

전화를 하는 척 혼잣말을 웅얼거린다.

"그래서, 어제 우리 본회 오빠랑 춤은 췄어?"

자세를 바꾸다 수화기를 떨어뜨린다.

"아이고, 미안. 방금 뭐라고 했어?"

이번에는 발톱에 매니큐어를 칠하는 척해 본다.

"아 맞다, 너 어디서 지내? 우리 내일 만나서 같이 점심이나 먹을래?"

대답 없는 수화기를 들고 나는 혼자 킥킥거린다.

텔레비전에서 본 걸 따라 하겠다며 온기와 각자 귀에 물컵을 하나씩 대고 전화놀이를 하던 어린 시절이 떠오른다.

"아, 전온기. 너 오늘은 지각 안 했냐? 생일은 잘 보내고 있고?"

실제 전화기로 해서 그런지, 혼자 하는 전화놀이도 나쁘지 않다. 귀에 착 감기는 인체 공학적 디자인 덕분일까.

나는 수화기를 떼지 않은 채 침대에서 뒹굴거려 본다.

이불의 촉감이 끝내주게 부드럽다.

수화기를 내려놓고, 이불을 온몸에 둘둘 말아 고개만 빼꼼 내민다. 싱그러운 초록색 천장을 한층 밝게 비추는 햇살이 옅은 황금색으로 빛난다.

나만의 방.

일곱 살 때부터 꿈꿔 왔던 공간에서 '만약'을 생각해 본다.

그 애도 자꾸만 불행을 찾아다녔어. 그러지 말라고 아무리 설득해도 소용이 없었지.

만약 내가 해리였다면.

성격 고약한 할머니든, 딸을 소름 끼쳐 하는 엄마든, 나를 불행하게 하는 것들의 싹을 잘라 버렸을 텐데.

아쉽다는 생각이 든다.

내가 해리였다면 나는 절대 죽지 않았을 텐데.

각본 없는 드라마

바이애슬론 챔피언십 결승전이 펼쳐지는 자음산에 도착한 가족들이 하나같이 입을 모아 절경을 칭찬한다. 깎아지른 듯한 산과 만년설이 펼쳐진 장대한 풍경은 압도될 만하다. 자음산은 스노볼과 바깥세상의 경계에 있다. 그래서 다른 곳에 비해 훨씬 춥고, 그 덕분에 바이애슬론 경기를 하기에 안성맞춤이다.

케이블카 앞에서 이본영 회장과 만난 고매령이 활짝 웃는다.

"회장님, 어제 수고 많으셨어요."

"우리 고 선생님께서 지어 주신 옷 덕분에 칭찬 많이 들었어요."

"호호, 회장님께서 항상 멋지게 소화해 주시는 거죠."

고매령과 이런저런 덕담을 주고받던 이본영 회장이 우리와 한 명씩 눈을 맞추며 말한다.

"모두들 오늘 경기 즐겁게 관람하고 내려오세요."

이본영 회장과 같이 바이애슬론 경기를 볼 생각에 들떠 있던 고매령이 화들짝 놀라 묻는다.

"네? 회장님은 같이 안 보세요?"

이본에서 바이애슬론 챔피언십을 후원하는 만큼, 이본영 회장은 매년 초대 손님들과 함께 VIP석에서 결승전을 관람했다. 이본심 부회장은 아니나 다를까 오늘 경기도 불참이다.

"올해는 삼대가 함께하는 대가족을 모시게 돼서, 저는 결승선에서 관람하기로 했어요."

그렇게 말하는 이본영 회장의 안색이 왠지 안 좋아 보인다.

"그 대신 제 사위와 손주 녀석을 두고 가겠습니다."

이본영 회장은 결승선 쪽으로 이동하고 우리 여섯은 마치 짠 것처럼 2대 2대 2로 나뉜다. 천사현을 응원하는 나와 고우요, 쁘리야를 응원하는 고림과 고시황, 그리고 차기 회장의 남편과 친분을 쌓으려는 고매령과 고상히.

"타시죠."

유 경호원의 에스코트를 받아 케이블카 안으로 들어선다. 나와 고우요는 마찬가지로 천사현을 응원하는 이본회와 같은 케이블카를 탔다.

바이애슬론 경기의 VIP석은 케이블카다. 케이블카는 안에 탄 관객이 특정 선수의 등 번호를 입력하면 그 선수의 움직임에 따라 방향을 바꾼다.

"와."

경기를 360도로 즐길 수 있도록 바닥까지 육면이 유리로 된 케이블카에 들어서니 탄성이 절로 나온다. 안에는 널찍한 디귿자형 소파가 있고, 내 오른편에 앉은 이본회는 무표정한 얼굴로 소파에 달린 벨트를 빼 준다. 하얀 터틀넥에 검은 벨벳 코트를 입고 있는 이본회는 화려하게 꾸미지 않는 이본가의 미덕을 어김없이 따르고 있지만 타고난 얼굴 자체가 이미 화려하다.

"와아아."

경기를 중계하는 대형 전광판에 이본회와 나의 모습이 나타나자, 출발 지점과 도착 지점에 앉은 관중들의 함성이 터져 나온다. 그러자 고우요가 자신도 카메라에 나오고 싶다며 내 쪽으로 몸을 밀착한다. 이본의 공식 행사에 오랜만에 초청된 고우요는 한껏 멋을 내고 왔다. 항상 하고 다니는 코 피어싱은 물론이고 고림이 제일 아끼는 진주 귀걸이와 일주일 전에 빌려 둔 해리의 다이아몬드 팔찌도 하고 왔다.

"네, VIP분들도 전부 착석하셨네요. 그럼 올해의 대장정을 마무리하는 결승전 경기, 지금 시작합니다!"

캐스터의 활기찬 목소리와 함께 남자부 경기가 먼저 시작된다. 올해 가장 인기가 많은 선수가 여자부의 쁘리야 마라반이기 때문이다.

캐스터는 남자부 결승전에 선 스물한 명의 선수들을 1번부터 차례대로 소개한다. 선수들은 예선전 성적에 따른 번호를 등과 배에 붙인 채 서서 손을 흔들고 힘차게 주먹을 들어 보인다. 유사시 용병 스나이퍼로 차출되기도 하는 사격의 고수들이 나란히 서 있는 모습을 실제로 보니 가슴이 절로 두근거린다.

"네! 선수들 출발했습니다!"

힘찬 함성을 보내던 고우요가 상체를 앞으로 살짝 숙여 내 옆에 앉은 이본회를 본다.

"남자부는 누구 응원하세요?"

이본회가 한쪽 눈을 찡그리며 고민하다 대답한다.

"쿠퍼 라팔리 선수 이후로는 팬이라고 할 만한 선수가 없네요."

"오, 저도요!"

이본회와 공통점을 발견한 고우요가 신이 나서 엉덩이를 든다. 그러자 이본회가 예의 바르게 미소 짓는다. 내게는 눈길 한 번 주지 않는다. 어제는 유 경호원을 시켜서 약도 챙겨 주더니 오늘은 냉랭하기 그지없다. 뭐, '미친 침입자' 주제에 이런 불만이 다 무슨 소용이겠느냐만.

"쿠퍼 라팔리 선수가 은퇴한다고 했을 때 눈물 날 뻔했잖아요."

두 사람이 쿠퍼 라팔리에 대해 이야기하는 동안 나는 입을 꾹 다물고 침묵을 지킨다.

"저희 집 근처 공원에 가면 쿠퍼 라팔리가 조깅하는 걸 가끔 볼 수 있었거든요? 근데 언젠가부터 한 번도 안 보이기에 혹시나 했는데, 주변 액터들한테 마지막 인사를 하고 고향으로 돌아갔다는 뉴스가 나오더라고요. 어찌나 아쉽던지."

나는 쿠퍼 라팔리의 피눈물을 떠올리지 않기 위해 필사적으로 새하얀 설원을 바라보고, 케이블카는 선두로 달리는 선수의 진로와 시야를 방해하지 않는 선에서 빠르게 움직인다.

"아, 이게 무슨 일입니까! 김제노 선수가 선두로 치고 나옵니다!"

등번호 12번을 달고 있는 선수가 첫 번째 사격장을 가장 먼저 빠져나오면서 열기가 뜨거워진다.

크로스컨트리와 사격이 합쳐진 바이애슬론은 전쟁 문명 때 생긴 스포츠이지만 우리 세대로 넘어오면서 몇 가지 변화를 겪었다. 현대판 바이애슬론은 총 세 번의 사격을 한다. 첫 번째 사격은 배를 깔고 누워 50미터 앞 과녁의 정가운데를 맞혀야 하고, 두 번째 사격은 자신의 유니폼 색과 똑같은 공을 선 채로 맞히는 것이다. 너른 설원을 이리저리 날아다니도록 만들어진 야구공 크기의 공을 맞히기 위해서는 정교하고 뛰어난 사격 기술이 필요하다. 선수는 첫 번째와 두 번째 사격에서 타깃을 명중시키지 못하면 다음 단계로 넘어갈 수 없다.

대망의 마지막 사격은 **인간 과녁**인 사형수를 쏘는 것이다. 이때는 어떤 자세로 사격을 하든 상관없지만 시간제한을 지켜야 한다. 자신의 등 번호와 동일한 번호의 사격 칸에 들어가 삼십 초 내로 사형수의 숨통을 끊어 놔야 하는데, 사형수는 작은 방패로 스스로를 방어할 수 있고 사격장 구획 내 나무 뒤에 숨거나 위로 타고 올라가는 등 온갖 피신 행위를 할 수 있다.

몇 년 전, 열여덟 명의 선수가 쏴 대는 총알을 모두 피하고 살아남은 전설의 사형수가 한 명 있었다. 선수들이 차례대로 돌아가면서 사격을 하는 것도 아니고 3차 사격장에 도착하는 순서에 따라 동시다발적으로 총을 쏘아 대는데 그 포격을 피해 낸 것이다. 그 사람은 스노볼의 사형 집행법에 따라 다시 자유의 몸이 되었고, 일시적으로 몰려든 사람들의 관심 덕분에 「살아남은 여자」라는 드라마의 주연 액터가 되기도 했다. 하지만 「살아남은 여자」가 두 시즌 만에 종영하면서 곧 스노볼을 떠나야 했다. 그리고 당연히, **살아남은 여자**가 인간 과녁이었던 해에는 바이애슬론 여자부 챔피언 없음이라는 초유의 사태가 발생했다.

"네, 김제노 선수의 네 번째 총알이 피에르 벨댕을 다시 쓰러뜨립니다!"

올해의 인간 과녁 피에르 벨댕과 연결돼 있는 심박수 측정기에서 삐— 소리가 나면서 김제노의 우승이 확정된다. 김제노가 허공에 두 주먹을 치켜든다. 경기장 내 모든 대형 전광판에서 그 모습과 함께 김제노의 프로필이 일제히 떠오른다.

—17세. 스노볼 거주 이 년 차. 역대 최연소 챔피언 등극.

　예선전 성적에 따라 등 번호 12번을 부여받은 최연소 참가 선수가 처음 도전에서 챔피언 트로피를 들어 올리게 되다니. 대이변이었다.

　객석의 반응은 즉각 둘로 나뉜다. 새로운 역사를 만들어 낸 새 챔피언에게 열광하는 사람들과 자신이 응원한 선수가 졌다는 상실감에 빠진 사람들. 대놓고 욕을 하며 분노하는 사람들도 있다.

　나 역시 마음이 편하지는 않다. 살고 싶다는 인간의 본능에 따라 이리저리 나무 사이를 뛰어다니던 피에르 벨댕의 모습에서 쿠퍼 라팔리를 보고 말았다. 물론 피에르 벨댕은 사형수였다. 자신의 드라마가 종영된다는 소식을 전해 듣고 담당 디렉터를 죽이려 했다. 상대가 디렉터였기에 살인 미수임에도 사형을 선고받았다. 액터가 디렉터를 위협하는 건 중범죄에 해당하니까.

　우리를 태운 케이블카가 경기장으로 천천히 내려가는 동안 이본의 경호원들이 김제노에게서 소총을 회수해 간다.

　김제노가 우리가 탄 케이블카로 다가오자 고우요가 호들갑을 떨어 댄다.

　"으아! 떨려!"

　챔피언의 우승 직후 모습을 코앞에서 관람할 수 있는 것도 VIP의 혜택 중 하나다.

열린 문 사이로 김제노와 악수하며 고우요가 법석을 떤다.

"축하드려요! 완전 팬 됐어요!"

"감사합니다!"

김제노는 이어 이본회와 악수를 주고받는다. 이본회는 정중하게 덕담을 몇 마디 건네고, 김제노는 감탄 어린 눈빛으로 이본회의 얼굴을 관찰하다가 뒤늦게 감사 인사를 한다.

내 차례가 되자 김제노가 크게 심호흡을 하더니 가슴팍에 손바닥을 슥 닦는다.

"만나고 싶었어요."

나는 어리둥절한 얼굴로 그가 내민 손을 잡는다.

"저를요?"

김제노가 나를 빤히 보며 씩 웃는다.

"만약 오늘 우승을 하게 되면 고해리한테 데이트를 신청하겠다고 결심하고 있었거든요."

"네?"

경기 상황을 선수의 시점에서 촬영하기 위해 김제노 등 뒤에 고정된 카메라가 내 바보 같은 얼굴을 찍는다. 방송국에서 일하는 액터들도 뉴스 제작을 위해 커다란 카메라를 들고 나와 김제노를 찍고 있다. 사격장 곳곳에 달린 스노볼 카메라들 역시 우리를 촬영하고 있고, 나와 김제노의 얼굴은 전광판에 실시간으로 중계되고 있다.

"우와아!"

김제노가 피에르 벨댕을 명중시키고 우승을 확정받았을 때보다 더 큰 함성이 사방에서 울려 퍼진다. 그 함성이 만들어내는 진동 때문인지 내 심장도 쿵쿵 뛰기 시작한다.

"와아아아아!"

고막을 때리는 함성을 따라 객석을 바라보니 모두가 흥분된 얼굴로 나와 김제노를 지켜보고 있다. 스노볼의 액터들도 지금 이 순간만큼은 바깥세상의 시청자들처럼 우리의 다음 말과 행동을 기다리고 있다.

해리의 인생에는 이런 순간이 많았다. 매년 밸런타인데이 때면 같은 학교에 다니는 액터들이 해리가 올해는 누구에게 고백을 받을까 궁금해했고, 시청자들은 해리가 훗날 누구와 결혼을 하게 될 것인가 얘기하는 것을 좋아했다.

바이애슬론 최연소 챔피언이 되자마자 해리에게 데이트 신청을 한 김제노의 고백은 단연 해리가 이제껏 받아 온 그 어떤 고백보다 드라마틱하다. 이 장면이 방송되면 시청자 대부분이 해리와 김제노의 결혼식 장면을 상상하게 되리라고 나는 자신 있게 예상할 수 있다.

또한 나는 이 상황에서 어떤 반응이 해리다운지도 안다.

"해요, 얼른."

나를 보는 김제노의 얼굴에 당혹이 스친다.

"나한테 데이트 신청하겠다고 결심했었다면서요. 그러니까, 해 봐요. 제대로."

얼마나 잘하는지 한번 보자는 듯 내가 도도하게 팔짱을 끼자 김제노가 심장을 쓸어내리며 환하게 웃는다.

"고해리!"

"고해리!"

"고해리!"

사람들의 열성적인 환호가 내 몸의 세포 하나하나를 일깨운다. 나의 말과 행동 하나하나에 저들이 좌지우지된다는 사실이 나를 흥분시킨다.

김제노가 내게 정중하게 손을 내민다.

"고해리, 나랑 같이 새해 불꽃놀이 보러 갈래?"

쉿, 쉬잇…… 관중들이 서로의 고함을 잠재운다. 누군가가 어서 수락하라고 소리치자 여기저기서 조용히 하라는 비난이 이어진다. 나는 바람에 흔들리는 나뭇가지의 움직임 외에 모든 것이 조용해질 때까지 기다린다.

그리고 마침내 얼굴에 미소를 띤다.

"좋아."

우승을 확정받았을 때처럼, 김제노가 관객들을 향해 힘차게 주먹을 흔든다.

두 번째 제안

　　─이처럼 올해 바이애슬론 챔피언십은 경기 안팎으로 많은 화젯거리를 낳았습니다.

　　앵커의 차분한 목소리와 함께 텔레비전 화면에는 내가 김제노의 데이트 신청을 수락하는 장면이 나온다.

　　"야아!"

　　고림이 부러워 죽겠다는 얼굴로 내 등을 퍽퍽 때리고, 뉴스는 어느 관중의 인터뷰로 이어진다.

　　─저 이 티켓 구하려고 매표소 앞에서 삼 일 동안 텐트 치고 살았거든요? 그러길 너무 잘한 거 같아요!

　　이어 또 다른 관람객의 인터뷰.

　　─액터가 되고 딱 한 가지 아쉬웠던 게 스노볼의 드라마를 볼 수 없다는 거였는데, 오늘 오래간만에 그때의 재미를 느낀 것 같아 좋았습니다.

내 옆에서 크리스마스 선물을 뜯던 고우요가 진심으로 궁금하다는 듯 묻는다.

"엄마, 엄마도 바깥에서 살 때 스노볼 드라마가 그렇게 재미있었어?"

고매령이 바닥에 어질러진 선물 포장지들을 그러모으며 대답한다.

"남의 인생이 재미있어 봐야 무슨 소용이야. 내가 잘 먹고 잘사는 게 중요하지."

거실 테이블 위에 접이식 거울을 올려놓고 크리스마스 선물로 받은 사파이어 목걸이를 이리저리 비춰 보던 고림이 거든다.

"누가 나한테 평생 쳇바퀴나 돌리면서 살라고 하면 나는 그냥 죽어 버릴 거야."

고림의 말에 가슴이 서늘해진다.

디렉터가 될 수 있도록 내가 도울게요. 초밤 양이 먼저 나를 돕는다면.

미래를 조금 더 확실하게 보장받고 싶다. 다시 또 하루에 열 시간씩 쳇바퀴를 돌리면서, 필름 스쿨에 갈 날만을 기다리기에는 경기장에서 느꼈던 떨림이 무섭도록 강렬했다. 다시는 발전소로 돌아가고 싶지 않다.

하지만 차설 디렉터에게 이런 얘기를 어떻게 꺼내야 할지 막막하다. 차설 디렉터는 내가 전초밤처럼 말하는 걸 극도로 싫어하니까.

"조카, 갑자기 얼굴이 왜 그래?"

고우요가 나를 뜯어보며 뭔 일이 있느냐는 듯이 눈을 동그랗게 뜬다.

"응? 뭐가?"

나는 아무 일도 없다는 듯 재빨리 다음 선물을 집는다.

가족과 친구들에게 받은 선물은 이미 다 뜯어보았고, 이제 남은 선물은 현관 앞에 놓여 있던 것들이다. 크리스마스가 생일이기도 한 해리는 이름도 얼굴도 모르는 액터들에게 매년 이런 식으로 선물을 받는다. 평소 해리를 좋아했거나 해리와 친해지기를 바랐던 액터들이 크리스마스 선물을 빌미로 해리에게 이름 도장을 찍는 것이다.

루돌프 얼굴 패턴이 그려진 귀여운 포장지로 꼼꼼하게 싸여 있는 선물을 뜯어보는데, 집 안 어디에선가 전화가 울린다.

"조카야, 뉴스 보고 누가 또 전화하나 보다."

부럽다는 듯 내 팔을 툭 치는 고림 뒤로 요리책을 뒤적이고 있는 고상히가 보인다. 그녀는 텔레비전에 나오는 내 모습을 필사적으로 거부하고 있다.

나는 뜯다 만 선물을 손에 쥔 채로 재빨리 2층으로 올라간다.

"여보세요?"

수화기를 들자 차설 디렉터의 목소리가 들려온다.

"뉴스 잘 봤어, 중계도 잘 봤고. 얼른 그 장면을 편집하고 싶어서 온몸이 근질거릴 지경이야."

나는 침대 끝에 걸터앉으며 조심스럽게 묻는다.

"오늘 그 데이트 신청, 받아도 되는 거였죠?"

차설 디렉터의 웃음소리가 경쾌하다.

"당연하지."

"그런데 앞으로 어떻게 행동해야 할지 잘 모르겠어요."

차설 디렉터의 대답이 평소보다 늦게 돌아온다.

"혹시 그동안 데이트 같은 거 한 번도 안 해 봤니?"

나를 전초밤으로 대해야 할지 고해리로 대해야 할지 잠시 고민한 모양이다.

제대로 된 데이트를 해 보지 않았다는 말은 굳이 하지 않기로 한다. 학교와 인력 발전소가 아니면 각자의 집밖에는 갈 곳이 없는 바깥세상에서 제대로 된 데이트라는 건 누구에게나 어려운 일이라고 항변하고 싶다.

"아뇨, 제 말은요."

아래층에 있는 가족들을 의식해 목소리를 낮춘다.

"제가 스노볼을 떠나고 싶어 한다는 걸 언제부터 티 내야 하는지, 그게 궁금해서요. 시청자들이 제 결정을 쉽게 납득하려면 해리의 심리 변화가 점진적으로 보여야 할 텐데……."

수화기 너머에서 묵직한 웃음이 터진 뒤 어느 정도 감탄이 담긴 목소리가 이어진다.

"말뿐이 아니었네? 그동안 디렉터가 되려고 꽤 열심히 공부했구나?"

내가 또 전초밤의 성격을 드러냈구나 싶어 아차 싶다.

"그게 아니라……."

"왜 당황을 해, 칭찬인데."

"네?"

차설 디렉터가 듣기 좋은 웃음소리를 흘린다.

"너랑은 정말로 말이 통할 것 같아."

그녀는 오늘 아침에도 비슷한 말을 했다. *아픈 강아지처럼 빌빌대지 않으니까 참 좋다. 이제야 너랑 대화가 좀 될 것 같은데?*

"방송국 견학 가는 거 내일 맞지?"

"네."

이것 역시 신임 기상 캐스터로서의 일정이었다.

"그 전에 우리 집부터 들러, 너한테 진지하게 할 얘기가 있으니까."

"네, 그럴게요."

나는 아래층에서 들고 올라온 선물을 무릎에 올려놓고 반질반질한 포장지를 손으로 문지른다. 미끈미끈하면서도 부들부들한 느낌이 중독성 있다.

"그리고 우리가 내일 대화를 하기에 앞서 네가 미리 생각해봤으면 하는 부분이 있어."

"저……."

"왜?"

"저도 내일 감독님께 드리고 싶은 말씀이 있어서요."

쳇바퀴 무덤으로 돌아가고 싶지 않아요.

"뭔데?"

이 연극이 끝나는 날이 벌써 걱정되기 시작했어요.

"전화로 말씀드리기는 좀 그래요."

"나는 네가 한창 들떠 있을 줄 알았는데."

"방금까지는 그랬어요."

사람들의 함성과 그로 인한 가슴 떨림이 아직도 생생했다.

"그런데 왜 몇 시간 만에 이렇게 목소리가 가라앉았지?"

차설 디렉터의 목소리가 퍽 다정한 탓에 나도 모르게 진심이 튀어나와 버린다.

"왠지 좀 울적해서요."

"뭐?"

선물 포장지에 그려진 루돌프 얼굴을 만지작거리던 손으로 수줍음을 떨쳐 내듯 포장지를 조금씩 뜯기 시작한다.

"사람들이 저를 보고 환호하는 게 좋았어요. 살면서 그렇게 흥분된 적은 없었던 것 같아요. 게다가 제가 지금 깔고 앉아 있는 이불은 너무 보드랍고 오늘 새 카세트테이프 플레이어를 선물받았는데 그걸로 노래를 들으면서 이 집 근처 호숫가를 산책하는 걸 상상하니까 너무 설렜어요. 그래서……."

수화기 너머로 피식거리는 웃음소리가 들려온다.

"무슨 말인지 알겠어."

이어 차설 디렉터는 고해리가 아닌 전초밤을 십칠 년 동안 지켜본 사람처럼 내 진심을 꿰뚫어 본다.

"하지만 필름 스쿨 합격은 전혀 내 권한이 아니야. 나는 학교 관계자가 아닌 현역 디렉터니까."

"네, 잘 알아요."

나는 실망한 마음을 쏟아 내지 않으려 상자 안에서 나온 **자물쇠**를 꽉 쥐었다. 네 개의 비밀번호를 조합해서 여는 자물쇠가 손바닥만 한 함을 단단히 채우고 있다.

"하지만 내가 할 수 있는 일이 하나 있긴 해."

차설 디렉터가 뜸을 들인다. 그 침묵 사이로 내 심장이 방망이질하는 소리가 새어 나오는 것 같아 입술을 꽉 깨문다.

"너를 필름 스쿨 합격생으로 만들 수는 없지만, 고해리로 만들 수는 있어."

"……네?"

나는 수화기를 쥔 손의 마디마디가 하얘질 정도로 힘껏 힘을 준다.

"내일 더 자세한 얘기를 하기 전에 지금 정식으로 물어볼게. 이대로 평생 고해리로 살아 보는 게 어때?"

심장이 쿵 떨어지더니 차가운 바닥 위에서 퍼덕거린다.

"오늘 텔레비전 속 네 모습을 보면서 어떤 확신이 생겼어. 쟤라면 **임시 고해리**가 아니라 **새로운 고해리**가 되기에 충분하겠다, 라고 말이야."

화장대 거울에 비친 나와 눈이 마주친다.

뭐 해? 왜 싫다고 대답하지 않는 건데?

"……그럼 전초밤은 없어지는 거잖아요?"

"그렇지 않아. 가족들에게 너는 필름 스쿨을 무사히 졸업하고 디렉터가 됐다고 말하게 될 거야. 스노볼에서 액터와 디렉터의 가족에게 경제적인 지원을 하듯 내가 너희 가족을 평생 지원할 거고, 네가 원한다면 제3의 장소에서 가족들과 정기적으로 만날 수 있게 해 줄 수도 있어."

거울 속의 여자애가 나를 보며 말한다.

이렇게 완벽한 조건은 없어.

*

차설 디렉터가 거주하는 스노 타워의 꼭대기 층에 자리한 방송국 스튜디오.

"자리가 협소해도 이해해 줘요. 생방송 뉴스 참관석 같은 건 원래 없는 거니까."

접었다 폈다 할 수 있는 나무 의자를 든 이담 피디가 나보다 한 걸음 앞서 걷는다.

불발돼 버린 차설 디렉터와의 대화를 생각하던 내가 재빨리 미소 지으며 괜찮다고 대답한다.

오늘 방송국 견학 전에 자기 집으로 오라던 차설 디렉터는 갑자기 병원에 가 봐야 할 일이 생겼다며 생방송 참관이 끝난 뒤 보자고 말을 바꿨다. 그러면서 어제 자신이 제안한 것에 대해 충분히 생각해 보라고도 했다. *이대로 평생 고해리로 살아 보는 게 어때?*

이담 피디가 메인 카메라 옆에 나무 의자를 펴면서 바닥에 이리저리 펼쳐진 케이블 선들을 발로 슥슥 밀어 낸다.

"여기 앉아서 보면 돼요. 의자 끄는 소리나 기침 소리 같은 건 당연히 내면 안 되고요."

"네, 감사합니다."

나는 의자에 앉으며 천장을 바라본다. 엄청나게 높은 천장을 떠받치는 벽은 사면이 전부 통유리이다.

"저기가 기자들이 일하는 보도국이에요."

뉴스 보도국은 한가운데에 사각형 구멍이 난 도넛 구조이다. 그리고 그 구멍 두 층 아래 이 스튜디오가 있다. 마침 유리창 근처로 걸어가던 보도국 기자가 나를 발견하고 가볍게 손짓한다. 나도 똑같이 손짓한 뒤 다시 고개를 내려 정면에 있는 뉴스 데스크를 바라본다.

「뉴스 나인」을 진행하는 앵커 두 사람이 데스크에 앉아 진지하게 원고를 체크하고 있다. 나는 잠시 스노볼 드라마를 직관하는 착각에 빠진다. 이담 피디와 저 두 앵커는 같은 드라마에 출연 중인데, 셋이 아주 복잡미묘한 삼각관계다. 우리 가족은 이들의 드라마를 볼 때마다 셋이 다 함께 사는 방법밖에는 없다는 농담 아닌 농담을 하곤 했다.

"프랜 씨는 아직 안 오셨네요?"

"프랜은 날씨 뉴스 시작 오 분 전쯤 와서 대기해요. 이따 9시 45분쯤."

이담 피디는 앵커들이 앉아 있는 세트장 뒤쪽에 날씨 뉴스를 진행하는 세트가 설치돼 있다고 말한다. 이는 시청자들도 아는 사실이다. 동그란 판 위에 만들어진 뉴스 세트는 360도로 회전하는 구조다.

"생방송이 끝나면 앵커들도 소개해 줄게요. 생방송 전에는 둘 다 좀 예민해서."

애정 어린 눈길로 박 앵커를 살피는 이담 피디를 보니 입이 근질거린다.

박 앵커는 피디님 몰래 바람을 피우고 있어요! 피디님하고 바깥세상에서부터 친구였던 정 앵커랑요!

하지만 나는 당연히 다른 말을 꺼낸다.

"저 공간은 뭐예요?"

나는 스튜디오 한쪽 구석에 설치된 전화 부스를 가리킨다.

"보도국에서 스튜디오에 바로 전달해야 하는 내용이 있을 때 저기로 전화를 걸어요. 물론 생방송 중에 전화벨이 울리면 큰일이니까, 벨소리 대신 빛이 번쩍거리죠."

"빛이요?"

"네, 저 부스 전체가 하얀 빛으로 깜빡거려요."

"오, 왠지 엄청 예쁠 것 같은데요?"

오늘 방송국 참관이 끝나기 전에 누군가 저 부스로 전화를 걸어 주면 좋겠다고 생각하고 있는데, 이담 피디가 내 뒤편을 가리키며 말한다.

"나는 저기 있을 거예요."

돌아보니, 하나 높은 층에 설치된 조정실이 보인다. 서너 명의 직원들이 뉴스 데스크와 마주 보는 방향으로 나란히 앉아 각자 앞에 놓인 모니터를 응시하고 있다.

"부조정실이에요. 뉴스 진행을 지휘하고 생방송 송출을 담당하는 곳."

자부심이 물씬 묻어나는 이담 피디의 얼굴을 보며 나는 수업 시간에 배웠던 내용을 떠올린다.

스노볼에는 **부조정실**과 **주조정실**이 있다. 부조정실은 바로 이곳 뉴스 스튜디오에 있으며 「뉴스 나인」이 진행되는 매일 오후 9시부터 10시까지 채널 9번에 대한 독점적인 지휘권을 갖는다. 주조정실에서 그 시간에 급하게 다른 방송을 틀고 싶거나 생방송 뉴스를 중단하고 싶어도 부조정실의 허가 없이는 불가하다는 뜻이며, 이는 **전쟁 문명**에서 세습된 몇 안 되는 가치 중 하나다. **언론의 독립성은 보장되어야 한다**. 앵커가 "저희가 오늘 준비한 뉴스는 여기까지입니다."라고 말하기 전까지는 그 누구도 뉴스의 마이크를 꺼 버려서는 안 된다.

하지만 「뉴스 나인」에 그만큼의 독립성과 비장함이 필요한 경우는, 내가 알기로는 이제까지 한 번도 없었다. 스노볼은 공정한 시스템 위에서 안정적으로 운영되고 있고 이본 미디어 그룹은 이본심 부회장의 잦은 잠적이 아니면 딱히 비판할 구석도 없으니까.

"간추린 소식입니다."

날씨 뉴스가 시작되기 전, 전날 있었던 각종 사건 사고를 요약해서 전하는 코너가 진행된다.

"성탄절이던 어제, 2구획의 한 가정집에서 케이크에 붙인 촛불이 번져 수백만 원의 재산 피해를 내고 한 시간 만에 진화됐습니다."

정 앵커가 커다란 스크린 옆에 서서 프롬프터에 적힌 대본을 읽는 동안, 스크린에는 관련 뉴스 화면이 이어진다.

"다음 소식입니다. 살인 및 방송법 위반으로 사형 선고를 받았던 사형수 세 명에 대한 형 집행이……."

어? 스크린에 나타난 사형수 사진 중에 눈에 띄는 사람이 있다. 오른쪽 눈 아래 작은 하트 문신을 한 남자. 크리스마스 파티 때 봤던 사람이다.

"……성탄절을 앞둔 지난 23일에 이뤄졌다고 형 집행 당국이 오늘 오전 밝혔습니다."

23일에 사형 집행을 했다니? 하트 문신 남자는 24일 밤에도 살아 있었는데?

"다음 소식입니다. 정성마음 제과는 이번 성탄절의 케이크 판매가 전년에 비해……."

그때 누군가 내 어깨를 톡톡 쳐서 고개를 돌리니, 기상 캐스터 프랜 크라운이 반갑게 손을 흔든다. 그러고는 세트장 뒤로 걸어간다. 지난 일 년 동안 매일 저녁 9시 50분마다 보던 사람이라 그런지 반가운 마음이 든다.

"이어서 내일의 날씨를 프랜 크라운 기상 캐스터가 전해 드리겠습니다."

세트장이 오른쪽으로 천천히 회전하면서, 호피 무늬 정장을 빼입은 프랜이 등장한다. 그의 앞에는 커다란 유리구 일곱 개가 일렬로 놓여 있고, 각각의 유리구 안에는 속이 훤히 들여다보이는 투명한 공들이 수십 개씩 빠르게 돌아가고 있다.

날씨 세트장이 정면을 향해 멈춰 서자, 프랜이 새하얀 치아를 환히 드러낸다. 열 개도 넘는 조명이 프랜을 비추고 있다. 저렇게 많은 조명을 받고 서 있으면 눈이 부시지 않을까 싶다가도, 오히려 저 조명들 덕분에 프랜이 빛나는 것처럼 보이기도 한다.

"액터 여러분, 지금 창밖을 한번 내다보세요. 오로라가 커튼처럼 일렁이는 광경을 보실 수 있을 겁니다."

194센티미터의 장신에 걸맞은 긴 팔을 양쪽으로 쫙 펼치며 프랜이 씩 웃는다. 날씨 뉴스는 그해 기상 캐스터의 성격에 따라 분위기가 천차만별인데, 스노볼에서 오랫동안 퀴즈 쇼와 서바이벌 오디션을 진행해 온 프랜은 날씨 뉴스도 TV 쇼처럼 진행한다.

"우리 뉴스 팀처럼 연말에도 쉬지 않고 일해야 하는 분들을 위해 오늘도 좋은 선물을 좀 뽑아 드리고 싶은데요."

프랜이 첫 번째 유리구에서 빠르게 돌아가던 공을 집어 오른손으로 꼭 감싼다. 투명한 공 안쪽으로 프랜의 손금이 고스란히 보인다.

"네, 내일도 화창한 하루가 되겠습니다."

날씨 공에 프랜의 체온이 닿자 공 안에서 노란 태양이 선명하게 빛난다. 날씨 추첨에 쓰이는 날씨 공은 사람의 온기가 닿으면 그 안에 그림이나 숫자를 드러내도록 만들어져 있다.

프랜이 방금 뽑은 공의 반대쪽을 가볍게 쥐자 이번에는 내일 밤의 날씨가 나타난다. 카메라가 날씨 공을 클로즈업한다.

"맑은 하늘 덕분에 밤에는 은하수를 볼 수 있는 곳도 있겠네요."

공 안에 떠 있는 하얀 별무리가 밝은 빛을 낸다.

프랜은 이어 내일의 최고 온도와 최저 온도, 일조량과 습도 등을 차례대로 추첨한다. 서 있는 자세부터 눈빛과 표정, 그리고 말투까지, 프랜의 넘치는 에너지는 보는 사람마저 기분 좋게 만든다.

머리에 헤드셋을 착용한 스태프가 오늘 추첨한 날씨 공들을 각각의 유리구 안에 다시 집어넣고 있는데, 프랜이 그중 하나를 손에 쥐고 나를 부른다.

"해리 양, 와서 이거 한번 만져 봐요."

나는 신나서 세트장 안으로 들어선다.

"조심히 다루셔야 해요."

스태프의 불안한 시선을 받으며 프랜에게서 날씨 공을 건네받는다.

"와, 장난감보다 가벼워요."

우리 집에도 날씨 공 장난감이 하나 있었다. 실제 날씨 공처럼 사람의 체온을 인식해 매번 다른 날씨 기호와 아이콘을 보여 주는 장난감으로, 우리 마을에는 6학년에 올라가는 아이에게 고학년이 된 걸 기념하며 날씨 공을 사 주는 문화가 있었다. 스노볼에서는 남녀노소 가릴 것 없이 최소 한 개쯤은 갖고 있을 정도로 인기 있는 장난감이지만, 우리 엄마는 나와 온기에게 그 공 하나를 사 주기 위해 뒤축에 구멍 뚫린 털신을 한 계절 더 신고 다녀야만 했다는 걸 나중에서야 알았다.

"어? 근데 아무것도 안 떠요. 뉴스가 끝나서 그런 거예요?"

두 손의 온기를 모으려고 꽉 쥐어 봐도 아무런 반응 없는 날씨 공을 들어 보인다.

프랜이 씨익 웃는다.

"내가 아닌 다른 사람은 이 공들을 깨울 수 없어요."

스태프가 내 손에서 날씨 공을 거둬 가며 말한다.

"1월 1일에 기상 캐스터 임명식을 하면서 해리 씨의 지문을 채취해 시스템에 등록할 거예요. 그럼 그때부터 오로지 해리 씨만이 이 공을 '깨울 수 있는' 사람이 될 거고요."

잔디색 머리를 뾰족뾰족 세운 스태프가 피식 웃는다. 공을 깨우다니, 무슨 전설의 마법사냐며 프랜을 장난스럽게 놀린다.

그러자 프랜이 더욱 기세등등한 얼굴로 받아친다.

"전설의 마법사는 아니고, 날씨의 신 정도?"

프랜의 말이 마음에 들어서 나는 빙긋 미소 짓는다.

접근 금지 구역

"생방송이 진행되는 걸 실제로 보니까 어땠어요?"

프랜이 화장 솜으로 눈 화장을 꼼꼼히 지우며 물었다. 그는 방송에서 입었던 호피 무늬 정장을 벗고 편안한 운동복 차림으로 화장대에 앉아, 강렬한 조명을 받으면 이목구비가 다 날아가기 때문에 진한 화장이 필요하다고 말한다. 그러면서 메이크업은 메이크업 아티스트가 해 주지만 화장을 지우는 일은 혼자 느긋하게 하는 게 좋아서 스스로 하고 있다고 덧붙인다.

"긴장을 전혀 안 하시는 것 같아서 멋있어 보였어요."

나는 프랜에게서 시선을 거두고 고개를 돌려 창밖에 펼쳐진 도시의 절경을 감상한다.

기상 캐스터가 사용하는 대기실은 동전을 가로로 자른 모양이다. 화장대가 놓인 벽을 제외한 삼면이 반구형 유리창으로 둥글게 이어져 있었다. 보라색과 초록색 오로라로 뒤덮인 밤하늘과 화려한 도시, 그리고 그 뒤로 펼쳐진 광활한 숲까지 한눈에 들어왔다.

"대기실이 참 훌륭하죠? 생방송이 없는 날에도 아무 때나 와서 쉬어도 돼요. 2층 컨시어지에게 전화하면 먹을 거든 마실 거든 무제한으로 가져다주고, 안에 샤워실도 있고, 사실 나는 여기서 살까도 생각했어요."

1층 로비에서 배달해 줬을 비트 스무디를 쭉 들이켜며 프랜이 장난스럽게 웃는다.

"기상 캐스터라는 자리는 정말, 이본영 회장님도 안 부러울 정도예요."

나는 창문 한가운데로 바짝 다가가 본다. 발 아래로 204층 높이의 아찔함이 드러난다.

이 공간은 원래 VIP 방문객을 위한 응접실이었다. VIP 방문객이라고 해 봐야 일 년에 한두 번 방송국을 찾는 이본가 사람들이 전부였고, 기상 캐스터는 보도국의 책상에서 메이크업을 받고 원고 리딩을 연습했다.

그런데 프랜이 기상 캐스터가 되면서 이에 대해 시청자들의 항의 편지가 빗발쳤다. 암 투병 중인 프랜에게는 편히 쉴 수 있는 대기 공간이 필요하다며 VIP 응접실을 기상 캐스터의 대기실로 사용할 수 있게 해 달라고 지속적으로 요청했다. 그 결과 프랜은 기상 캐스터가 된 지 사 개월 만에 이곳에 들어올 수 있었다. 그로부터 두 달 뒤에는 이 공간을 기상 캐스터의 전용 대기실로 계속해서 사용하겠다는 방송국의 결정이 발표됐다.

"해리 양은 잘 모르겠지만, 바깥세상 사람들에게 우푯값은 상당한 부담이에요. 하루 식비도 빠듯한 곳에서, 그렇게 많은 시청자들이 나를 위해 편지를 보내 준 거예요."

프랜이 아랫입술을 꾹 깨물었다.

"이 대기실로 짐을 옮기던 날 어찌나 눈물이 나던지."

눈부신 조명과 두꺼운 화장이 거둬진 그의 얼굴에 병색이 완연하게 드러난다. 갑자기 찾아온 빙하기에 우리 인간 사회가 적응한 것처럼, 암세포 역시 진보한 의료 기술에도 살아남는 법을 터득했다.

"전문 앵커도 아닌 내가 해리 씨한테 가르쳐 줄 수 있는 스킬 같은 건 사실 없어요."

화려한 슈트를 벗은 프랜의 어깨는 194센티미터의 거구라는 게 무색할 만큼 앙상하다.

"제가 꼭 말해 주고 싶은 게 있다면, 카메라 앞에 설 때만큼은 해리 씨가 언제나 행복하고 밝은 기운을 잃지 않았으면 좋겠다는 거예요. 해리 씨는 저와 입장이 다르겠지만, 바깥세상에서 사십 년 가까이 살다 스노볼에 들어온 저는 어쩔 수 없이 그렇게 생각합니다, 기상 캐스터가 된 액터는 자신이 받은 사랑과 응원에 **보답할 의무**가 있다고."

내가 가볍게 고개를 끄덕인다.

우리 마을 재수탱이 반장도, 의미는 사뭇 다르지만, 마을을 떠나는 유진이를 붙잡고 비슷한 얘기를 했었다. "스노볼 가서 전기 펑펑 쓰지 마라. 뭐 하나 볼 거 없이 살면서 전기만 많이 쓰는 액터들 다 민폐야, 민폐." 시청자는 액터가 최선을 다해 사랑하고 치열하게 슬퍼하길 바란다. 우리가 뼈 빠지게 생산한 전력을 몸 편히 사용하는 만큼 액터는 액터로서 의무를 다해야 한다고 생각하는 것이다.

프랜이 옅은 미소를 짓는다. 카메라 앞에서 보여 주었던 에너지도 옅어졌다.

"기상 캐스터로서 카메라 앞에 서기 전에 나는 많이 아팠어요. 항상 불안하고 자주 우울했죠. 이렇게 늙고 병든 모습을 누가 봐 주기나 할까, 언제 퇴출당해도 이상할 게 없다는 마음이었어요. 병원에서 치료를 받아도 삶이 연장된다는 생각보다는 고통이 길어진다는 느낌이었고, 스노볼 퇴출 통보를 받으면 지체 없이 안락사를 신청해야겠다고 벼르고 있었죠."

처절한 나날을 회상하던 프랜의 눈빛에 희미한 빛이 감돈다.

"나는 그때보다 더 건강이 안 좋아요. 하지만 의사가 먼저 두 손 두 발 들 때까지는 열심히 치료받을 생각이에요."

프랜의 얼굴에 삶을 향한 강한 의지가 느껴졌다.

"스노볼 영구 거주권을 받은 게 그 결심에 영향을 미친 건가요?"

"아뇨, 내가 삶의 의지를 되찾은 건 새로운 기상 캐스터가 되었을 때가 아니에요. 내 건강을 염려해 준 사람들의 항의 편지로 보도국 국장실이 뒤덮인 광경을 봤을 때…… 내게 허락된 날들을 성심성의껏 살아야겠다고 결심했어요. 사람들이 더는 나를 걱정하지 않고 보고 싶어 하지 않는 순간까지."

꼿꼿하게 서 있던 생방송 때와 달리 등이 굽은 프랜을 보며 나는 기억 속에 잊고 있던 할아버지의 모습을 떠올린다. 언제나 유쾌하고 활력이 넘치던 할아버지가 암에 걸린 뒤 어떻게 변했는지를. 죽어야 할 세포가 죽지 않고 비정상적으로 증식하면서 할아버지를 어떻게 집어삼켰는지 나는 보았다.

그런 무서운 공격 앞에서도 프랜은 살겠다고 한다. 그게 자신의 의무라고 말한다.

처음 만났을 때 차설 디렉터가 했던 말이 생각난다. *해리는 그렇게 죽으면 안 되는 애니까.*

하지만 해리는 죽어 버렸고, 무책임하게 내던진 의무는 누군가가 대신해야 한다. 그 일을 할 수 있는 사람은 나뿐이고, 죄책감을 느껴야 하는 사람은 해리다.

"좋은 말씀 감사드려요."

나는 프랜을 향해, 진심을 담아 활짝 웃는다.

"오늘 해 주신 말씀 앞으로 절대 잊지 않을게요."

그때, 박 앵커가 대기실 문을 노크하고 들어와 프랜에게 상의할 것이 있다고 말한다. 프랜은 박 앵커를 따라 나가며 금방 돌아오겠다고 말한다. 나는 프랜에게 천천히 오라고 말하며 미소 짓는다. 박 앵커가 상의하려는 것이 복잡한 삼각관계 문제라는 걸 알고 있기 때문이다.

이후 대기실에 혼자 남은 나는 커다란 전신 거울 앞에 서 본다. 프랜은 매일 직접 쓰는 대본을 이 거울 앞에 서서 연습한다고 했다. 나도 이제 이 앞에서 내가 쓴 대본을 연습하게 되겠지.

차설 디렉터에게 내놓을 대답을 찾은 나는 금방 또 다른 것을 고민한다. 생방송의 첫 인사는 어떻게 하는 게 좋을까? 프랜은 뭐라고 했었지?

"안녕하……."

거울 앞에서 프랜을 따라해 보는데, 대기실 안에 설치된 카메라들에서 동시에 탁, 슬레이트 치는 소리가 들린다. 하지만 나는 개의치 않고 자리를 지킨다.

"안녕하세요, 오늘부터 여러분께 날씨를 전해 드리게 된 고해리입니다."

프랜의 여유로운 미소를 흉내 내며 밝게 웃어 본다.

"엥?"

거울에 묻어 있는 검은 마스카라 액 같은 것이 내 앞니 두 개를 까맣게 가린다. 하아, 입김을 불고 손을 뻗어 거울을 문지르는데, 손가락이 거울 안으로 쑥 들어간다.

또?

반신반의하는 마음으로 왼발을 쭉 밀어 본다. 종아리까지 들어가자 자석으로 확 끌어당겨지듯 빨려 든다.

이번에는 차분하게 내부를 더듬어 보겠다는 결심이 무색하게, 망할 버튼을 또 누르고 말았다. 젠장! 몸 안의 장기가 다 빠져나갈 듯한 느낌과 함께 엘리베이터가 미친 듯이 하강한다. 나는 입을 벌린 채 비명 한번 지르지 못한다.

"······멈췄다."

제발 이번에는 아무것도 건드리지 말자고 다짐하며 조심조심 밖으로 기어 나온다.

까악, 까악. 머리 위로 지나가는 까마귀 울음소리를 따라 뒤돌아보니, 걸어 나온 자리에 커다란 거울이 놓여 있다.

거울에 비친 내 모습 뒤로, 하늘에 펼쳐진 오로라 아래 커다란 나무들이 빽빽이 늘어서 있다. 그리고 타닥타닥, 거울이 세워진 나무 뒤편에서 장작 타는 소리가 들린다. 따뜻한 불빛이 밤공기 속으로 퍼져 나가고 있다.

사람이 있어?

나는 거대한 나무 기둥을 지나 최대한 소리 죽여 다가간다. 조그마한 모닥불 앞, 작은 흔들의자와 호롱불처럼 생긴 랜턴이 평화롭게 놓여 있다.

그 풍경을 확인하는 순간 내 뒤통수에 차가운 금속이 닿는다.

"손들고 천천히 뒤로 돌아."

숨도 쉬지 못하고 돌아서자 바이애슬론 경기에서나 사용할 법한 소총의 총구를 내 이마에 겨눈 이본회와 눈이 마주친다.

엊그제 침실에서 마주쳤을 때보다 더 혼란스러운 눈빛으로 이본회가 순순히 총을 내린다.

"너, 대체 무슨 생각으로 여기까지 왔어?"

"……여기가 어딘데요?"

"접근 금지 구역."

"네?"

접근 금지 구역은 카메라가 설치돼 있지 않은 곳이다. 액터가 이곳에 들어오는 것은 명백히 방송법 위반이다.

"저, 진짜 몰랐어요!"

결백을 주장하며 눈에 힘을 주는 나를 이본회가 찬찬히 살핀다. 만약 이본회가 나를 방송법 위반으로 신고한다면……. 크리스마스 파티 때 보고 말았던 신형 교도소가 떠올라 눈앞이 깜깜해진다.

"제가 여기를 오려고 온 게 아니라……."

다급하게 손을 휘젓는 나를 향해 이본회가 가벼운 웃음을 터뜨린다.

"믿어."

"네?"

"다만, 어느 지점에서 들어왔든 여기까지 오려면 대여섯 시간은 걸어왔을 텐데, 네가 이 **카메라 이탈**에 대해서 차설한테 뭐라고 둘러댈 생각인지, 그게 걱정돼서."

차설 디렉터의 이름을 언급하는 이본회의 목소리에 날이 서 있다.

여러모로 머리가 복잡해진 내가 눈알을 굴리는 동안, 이본 회가 자신이 두르고 있던 담요를 건넨다. 이것부터 챙겼어야 했다는 표정으로. 얼떨결에 담요를 건네받는 내 손에 스친 이 본회의 손이 무척 차갑다. 결백을 증명할 수 있다는 생각에 내 목소리가 절로 커진다.

"봐요, 저 다섯 시간 동안 걸어온 거 아니에요!"

수천 년은 된 것 같은 나무 기둥에 기대 있는 커다란 거울을 향해 손을 뻗는다.

"저 거울이 또 제멋대로 데려다 놓은 거지."

저 멀리, 204층짜리 스노 타워가 크리스마스트리처럼 반짝 이고 있다.

"거울이?"

이본회의 눈빛이 눈에 띄게 흔들린다.

"아니, 왜 거울이 죄다 이 모양……."

"일단 여기 앉아."

이본회가 모닥불 앞 흔들의자에 나를 반강제로 앉힌다.

"슬레이트 칠 때까지 팔 분 남았어."

내 앞을 가로막고 선 이본회는 손목시계를 확인하는 와중 에도 내게서 거의 시선을 떼지 않았다.

"처음 거울을 이용했을 때부터 지금 나랑 마주친 순간까지, 핵심만 빠르게 요약해."

"네?"

"시간 없어."

재촉하는 이본회의 얼굴이 꽤나 초조하고 불안해 보여, 나는 뼈대만 간단하게 얘기하기로 한다.

"크리스마스 파티 때가 처음이었어요. 그날은 어떤 귀찮은 놈을 좀 피하려다가 거울에 부딪힐 뻔했고, 오늘은 방송국 기상 캐스터 대기실에서 거울에 묻은 얼룩을 닦으려다가 우연히."

"귀찮은 놈? 그럼 네가 거울을 통과하는 걸 본 사람이 있다는 거야?"

이본회의 얼굴이 훨씬 심각해진다.

"아뇨, 그전에 따돌렸죠."

"방금은?"

"오늘은 기상 캐스터 대기실에 혼자 있다가 슬레이트 치고 나서 일어난 일이고요."

이본회가 깊은 안도의 숨을 내뱉는다.

"파티 이전에는 한 번도 거울을 이용한 적 없고?"

"없어요."

최소한, 나는.

"나 말고 이런 식으로 또 마주친 사람은?"

"어……."

그 교도소에 갔을 때 죄수 수십 명을 보기는 했지만, 그들은 나를 거들떠보지도 않았다. 심지어 하트 문신 남자는 분명 나와 눈이 마주쳤는데도 나를 보지 못했다. 아마 그곳의 유리벽 역시 스노볼의 천장처럼 안에서는 밖을 볼 수 없는 구조였던 게 아닐까.

나는 천천히 고개를 젓는다. 이 정도로 해 두는 게 서로 마음 편할 것 같다.

내 표정을 살피던 이본회가 별안간 입을 뗀다.

"조여수."

응? 누가 또 온 건가?

나는 흔들의자에 앉은 채 고개를 쭉 뻗어 좌우를 살피고, 이본회는 내 시선을 좇으며 묻는다.

"놀랐어?"

"네?"

"걱정 마. 여기는 카메라도, 함부로 오가는 사람도 없으니까."

이본회의 눈에는 내 행동이 혹시 모를 카메라나 방해꾼 때문으로 보인 모양이다.

이본회가 다시 한번 손목시계로 시간을 확인한다.

"중요한 건 네가 다시는 이 통로를 이용해서는 안 된다는 사실이야."

텔레비전에서는 단 한 번도 이 **거울 엘리베이터**를 본 적이 없었다. 스노 타워 꼭대기에서 이 깊은 숲속까지 몇십 초 만에 이동할 수 있는, 이렇게 획기적인 이동 수단을 아무도 사용하지 않았다. 그건 아마, 이 거울 엘리베이터를 탈 때마다 느껴야 하는 기분이 너무 거지 같아서, 아니면······.

"이 엘리베이터, 이본 사람들만 이용하려고 만든 거예요?"

이본회가 처음으로 내 시선을 피한다. 그러더니 겸연쩍은 표정으로 천천히 고개를 끄덕인다.

"아."

이제야 이본회의 난데없는 추궁이 이해된다.

우리 마을 인력 발전소에는 아주 작은 휴게실이 있었다. 그리고 재수탱이 반장은 그 휴게실이 반장만 이용할 수 있는 공간이라고 억지를 부렸다. 누구든 재수탱이 반장 몰래 거기 들어가서 눈을 붙이다 걸리면 하루 일당을 삭감당했다. 그렇게 모두를 몰아낸 자기만의 공간에서 재수탱이 반장은 어이없게도, 예술을 했다. 그림을 그리고 춤을 췄다. 아홉 명의 대가족이 살고 있는 본인 집에서는 할 수 없는 일들을.

이본도 재수탱이 반장처럼 사적인 공간을 원하는 것이다.

특권.

숲 위에 펼쳐지는 겨울 오로라를 평화롭게 구경하기 위해 액터와 디렉터는 들어갈 수 없는 제한 구역에 모닥불을 피우고, 대여섯 시간이나 걸어야 하는 고생을 줄이고자 최신식 엘리베이터를 만든 것이다.

이본회도 여기서 혼자 붓질을 하고 스텝을 밟을지도 모를 일이다. 이본에 대해 엿보고 들은 걸 고향 사람들에게 전할 집사도 경호원도 없는 공간에서, 자유롭게.

"하나 더 덧붙이자면, 이본영 회장님은 우리가 이런 통로를 사용한다는 걸 아무도 모르길 바라. 이본은……."

이본회의 말에 이어 내가 지난 1월 1일 스노볼의 전 채널에서 동시 생중계된 이본영 회장의 새해 인사를 읊조린다.

"이본은 권력을 추구하지 않으며 특권을 누리지 않습니다."

이본회가 또다시 겸연쩍게 미소 짓는다.

"웃기지? 대저택에 딸린 호화 집무실에 앉아서 평등을 운운하는 것부터가."

줄곧 내게서 눈을 떼지 않던 이본회가 꽤 오랫동안 나와 눈을 맞추지 못한다. 이본의 이중적인 모습을 들킨 것을 부끄러워하는 것 같다.

"그 대저택을 특권이라고 보는 사람은 아무도 없을걸요? VIP 응접실을 기상 캐스터 대기실로 전환하는 데 회장님이 전적인 지지 의사를 표했을 때, 다들 대단하다고 칭찬했어요. 액터를 위해 이본의 권리를 희생하고 베푼다고."

"진짜? 누가 그렇게 말해?"

우리 할머니랑 엄마, 그리고 동네 사람들요, 라고 대답할 수는 없다.

"……세상 사람들 전부?"

내 말에 이본회가 피식 웃는다.

"다시는 함부로 이용하지 않을게요. 뭐, 애초에 이용하려고 했던 것도 아니지만요."

"혹시 이 엘리베이터에 대해서 누구한테 말한 적 없지?"

"당연하죠, 앞으로도 그럴 거고."

"고마워."

나를 신뢰한다는 눈빛으로 이본회가 빙긋 웃는다.

"고맙긴요. 이본이 이 정도는 당연히 누려야 한다고 생각해요. 이본이 스노볼 시스템을 만들지 않았다면 지금도 이 지역을 쟁탈하려고 서로 전쟁을 벌이다 죽어 나갔을 거잖아요, 어리석은 **전쟁 문명** 사람들처럼."

십 년 동안 학교에서 반복해 배웠던 얘기를 주절거리는 동안, 이본회는 손목시계로 시간을 확인하고 내 흔들의자 옆 흙바닥에 툭 주저앉는다.

"네가 이본을 이렇게 좋게 생각하는 줄 몰랐네."

나는 가볍게 어깨를 으쓱한다.

"이본을 나쁘게 생각하는 사람이 어디 있겠어요."

이본회가 나무 기둥에 기대며 가볍게 묻는다.

"근데 너, 지난번부터 왜 자꾸 나한테 존댓말하는 거야?"

나긋한 목소리가 심장을 뚫고 지나간다. 이본회는 당황스럽다는 듯 헛웃음을 터뜨린다.

"침실에서 마주쳤을 때는 심지어 나한테 그쪽, 도련님이라고 하지를 않나."

당혹감에 휩싸인 내 얼굴을 이본회가 보지 못한 건 천운이다.

나는 내가 모르는 고해리와 이본회 사이의 무언가를 추측해 보려 머리를 굴리지만, 도저히 잡히는 게 없다. 남들이 보고 있을 때는 눈길도 안 주고 냉랭하다가 이렇게 단둘이 있을 때는 친근하게 말을 걸어오다니, 이게 대체 무슨 상황인지. 혹시라도 몰래 사귀는 사이였을까 오해하기에는, 이본회가 김제노의 데이트 신청에 대해 서운할 정도로 무신경하다.

그때 이본회가 흔들의자 팔걸이를 잡고 상체를 일으킨다. 나는 흔들의자가 기울며 약간 뒤로 누운 자세가 된다. 이본회가 나를 빤히 내려다본다.

"너, 꼭 다른 사람 같아."

이본회에게 표정을 적나라하게 보일 수밖에 없는 자세가 된 나는 손끝에 힘을 꽉 준 채 얼어 버린다.

둘만의 비밀 편지

"맞아, 나 이상해."

나는 이본회의 눈을 똑바로 쳐다보며 승부수를 건다.

이본회의 반응으로 미루어 보아 해리는 거울 엘리베이터를 이용한 적이 없다.

"갑자기 거울에 손가락이 들어가는 것도 그렇고."

나는 내 손을 관찰하며 괜스레 걱정스러운 척을 한다. 내 정체를 들킬 위기 상황이 아니라면 진심으로 궁금해했을 것 같다. 해리는 단 한 번도 거울에 손가락이 들어간 적이 없었나? 다른 액터들은?

그리고 보니, 해리네 집이나 차설 디렉터의 집에서는 욕실 거울에 서린 김을 손으로 멀쩡히 닦아 냈었다.

"요즘 이래저래 정신이 없었어. 갑작스레 몸이 아프질 않나, 오늘은 요상한 거울에서 튀어나오자마자 누가 뒤에서 총을 들이대질 않나."

내가 이상한 건 다 네 탓이다, 하는 눈빛으로 이본회를 올려다본다.

마수에 걸려든 이본회가 눈을 피하며 괜한 헛기침을 한다.

"미안, 여기서 다른 사람의 발소리를 들은 건 처음이라."

나는 승리의 미소를 꾹 참으며 애써 차분하게 대답한다.

"괜찮아, 나도 평소의 나답지 않았으니까."

이 정도면 됐을까? 티 나지 않게 이본회의 얼굴을 살핀다. 여전히 미간에 꽤나 힘을 주고 있다.

"뭐가 어떻게 된 건지 한번 알아볼게. 그 대신 거울 엘리베이터 오작동이 고쳐질 때까지는, 불편하겠지만 다른 사람이나 카메라 앞에서……."

"절대 들키지 않게 할게."

내가 치고 들어오자, 이본회가 좀 더 편해진 얼굴로 빙긋 웃는다.

"고마워."

됐다. 이로써 이본회의 머릿속에 남은 문제는 내 이상 행동이 아니라 엘리베이터의 오작동이 된 것이다.

"이제 가 봐야겠다."

내가 흔들의자에서 상체를 일으키자 이본회가 반사적으로 손을 내민다.

"몸살은 괜찮아졌어?"

하, 이 다정한 눈빛, 헷갈린다. 이본영 회장 앞에서 브로치를 달아 줄 때는 내가 귀찮아 죽겠다는 표정이었는데.

"아, 응. 다 나았어."

이본회의 손을 살짝 잡고 자리에서 일어난다. 어느덧 우리 둘의 체온이 비슷해졌다. 내가 먼저 손을 놓는다.

"그날 내 방에서 갑자기 튀어나와서 얼마나 놀랐는지 모르지? 그 짧은 순간에 별생각을 다 했다, 아무도 없는 데서 네가 나쁜 마음이라도 먹은 줄 알고."

나쁜 마음?

이본회가 내 표정을 뜯어본다.

"네 마지막 편지가 어딘가 모르게 작별 인사 같아서, 계속 마음에 걸렸어."

편지? 해리가 이본회랑 편지를 주고받는 사이였다는 거야?

"그러니까 앞으로 나한테 함부로 고맙다고 하지 마. 난 너한테 그런 말 들을 자격도 없고, 심장만 철렁하니까."

특유의 무심한 눈에 약간의 죄책감이 깃들어 있다.

내 머릿속은 편지라는 말로 가득 차 있다. 차설 디렉터는 이본회를 도련님이라고 불러야 한다고 했다. 그 외에 다른 부가적인 설명은 없었다. 텔레비전에서도 해리와 이본회는 공식적인 자리에서 이따금 만나는 게 전부인 사이였다.

그런 사이에 작별 인사라니.

이본회는 뭔가를 알고 있다. 나는 모르는 해리의 마음을. 차설 디렉터도 모르는 어떤 비밀을.

가슴이 저릿해지면서 온 신경이 곤두선다.

"알겠어, 앞으로는 함부로 고맙다는 말 안 할게."

나는 웃다 만 표정으로 서둘러 거울 쪽으로 걸음을 옮긴다. 일단 이 자리를 피해야 한다. 이본회가 나를 눈치채 버리기 전에.

이본회가 성큼성큼 다가온다.

"데려다줄게, 혼자 가면 너 또 이상한 데로 간다."

나는 어쩔 수 없이 고개를 끄덕이고, 이본회는 문득 깨달은 표정으로 묻는다.

"그럼 그날 내 방에 있었던 것도 혹시?"

"응, 거울. 나쁜 마음 같은 건 절대 아니고."

괜한 오해를 했다는 안도감이 밀려오는지, 이본회의 눈이 예쁘게 휘어지며 시원한 웃음소리가 터진다.

궁금하다, 이 두 사람이 어떻게 가까워졌는지. 언제부터 이렇게 가까웠는지. 물어보지 않으면 오늘 밤에 잠이 안 올 것 같아서 위험을 감수해 본다.

"이런 질문 새삼스러울 수 있는데, 나를 왜 이렇게 걱정하고 챙겨 줘?"

이본회는 뜬금없고 난데없는 질문이라는 듯 한쪽 눈을 찡그리더니, 별다른 고민 없이 대답한다.

"너니까."

예상치 못한 대답에 심장이 간지럽다.

"무슨 뜻이야?"

"그건 말하기 싫은데."

"왜?"

이본회는 아쉬움이 묻어나는 목소리로 대답한다.

"네가 남은 일 년을 잘 버티고 스노볼을 떠날 때, 아무 미련도 남지 않았으면 해서."

……뭐? 해리가 열여덟 살 **거주지 선택** 때 스노볼을 떠나려고 했었다는 거야?

"그날이 오면, 차설에게 인형처럼 휘둘리고 이용당했던 기억도 여기에 다 묻고 가. 내가 잊지 않고 똑똑히 기억할 거니까."

나는 멍하니 눈을 깜빡이다가 천천히 이본회의 시선을 피한다. 장작에서 불티가 튀어 오른다. 많은 생각들이 머릿속에서 쾅쾅 부딪혀 자욱해진 흙먼지로 사고 회로가 뒤덮인다.

내 혼란스러운 얼굴을 이본회는 다르게 이해한다.

"차설이 반드시 죗값을 치르게 하겠다고 약속할게. 뒤늦은 후회에 심장이 뒤틀리고 뼈가 삭아도 맘대로 죽을 수조차 없게 만들 거야."

이본회가 나를 마주 본다. 애정 어린 눈빛. 서늘한 말투.

심장이 미친 듯이 뛰어 정신이 산란하다. 이 눈빛 때문인지, 말투 때문인지, 혹은…….

"내 손 잡아, 또 아무거나 막 누르지 말고."

거울 너머 나와 눈을 맞춘 채, 이본회의 손을 꽉 잡고 거울 속으로 들어간다.

어둠뿐인 엘리베이터가 앞으로 빠르게 미끄러진다.

통로가 여러 갈래로 나뉘거나 꺾어지는 지점이 나올 때면 노란 조명이 희미하게 통로를 밝힌다. 세 번째 탑승에서야 처음으로 발견했다. 그 빛이 아주 잠깐 이본회를 은은하게 비추고, 나는 이본회가 한 손으로 자동차 핸들과 비슷하게 생긴 조종간을 잡고 있는 걸 본다.

곧 중력이 어깨와 머리를 짓누르는 듯한 느낌과 함께 엘리베이터가 위로 솟구치고, 순간 나와 눈이 마주친 이본회가 피식 웃음을 터뜨린다.

"뭘 그렇게 열심히 봐."

"혹시…… 이거 타고 스노볼 밖으로도 갈 수 있어?"

정말 혹시나 하는 마음이었다. 이 엘리베이터로 우리 집에 가서 잠든 가족들의 얼굴이라도 잠깐 보고 올 수 있을까 하는.

"전혀. 스노볼 내에서조차 몇몇 장소만 갈 수 있을 뿐이야."

"생각보다 그렇게 엄청난 건 아니구나."

시큰둥해진 내 목소리에 이본회가 희미하게 미소 짓는다.

다음 순간 엘리베이터가 기상 캐스터 대기실에 멈춰 선다. 엘리베이터 안에서 보는 거울은 짙게 코팅된 자동차 창문처럼 보인다. 이본회가 그 너머로 기상 캐스터 대기실이 비어 있는 걸 재차 확인한다. 여전히 내 손을 잡은 채.

"그날 내 구두 찾아다 줬어?"

이본회가 나를 보며 대수롭지 않게 대답한다.

"어, 왜?"

뭐가 잘못됐느냐는 눈빛이다.

"아냐, 나 갈게."

이번에도 내가 먼저 손을 놓는다.

"생일 축하해."

이본회가 케이블카 안에서는 미처 하지 못한 인사를 건넨다.

"선물은 편지와 함께 넣어 뒀어."

"……언제?"

"어젯밤에."

어디에 뒀는데,라고 물을 수는 없다. 당연히 우체국을 이용하지는 않았을 테고, 둘만 아는 비밀 장소 같은 게 있겠지. 그리고 해리는 그 비밀 장소에 아무 때나 함부로 가지 않았을 거다. 그런 필름을 남겼다면 차설 디렉터가 이미 둘의 관계를 눈치채고 내게 뭔가 귀띔해 줬을 테니까.

"고마워."

나는 휙 거울을 통과해 대기실로 넘어간다. 잠시 동안 거울을 등지고 가만히 서 있다. 잠시 후, 환영처럼 희미하게 들리는 진동 소리에 이본회가 떠나갔음을 확인한다. 뒤로 돌아보니 거울 속 내 얼굴이 심각하게 구겨져 있다.

차설에게 인형처럼 휘둘리고 이용당했던 기억도 여기에 다 묻고 가.

고매령에게 뺨을 맞고 고상히에게 미움을 받으면서도 카메라 앞에서는 해맑게 웃기만 했을 해리를 떠올린다. 행복의 상징이자 사랑스러움의 대명사였던 그 아이의 마음이 짓뭉개지는 상상을 한다.

자신이 겪는 고통을 없는 일처럼 편집해 버리는 차설 디렉터가 원망스러웠을 수도 있겠다, 하는 생각이 든다.

차설이 반드시 죗값을 치르게 하겠다고 약속할게.

그렇다고 그게 어떻게 죄가 되지? 편집권은 디렉터의 권리인데.

장차 이본 미디어 그룹을 이끌어 갈 후계자가 일개 디렉터에게 그렇게 개인적인 원한을 품는다는 게 말이 되는 일일까?

"대체 둘이 뭐야⋯⋯."

이본회는 전초밤이 고해리를 완전히 대체할 수 없다는 것을 증명하는 존재 같다. 해리는 설레는 마음으로 찾아냈을 편지와 선물을 나는 영원히 찾을 수 없을 테니까.

"해리 양, 집까지 어떻게 가요?"

프랜이 기상 캐스터 대기실 문을 잡아 주며 묻는다.

"저는 차설 감독님 집에 들렀다 가요."

"아, 그러고 보니 차 감독님도 스노 타워에 살죠?"

프랜의 담당 디렉터도 스노 타워에 산다. 기상 캐스터를 만들어 낸 장본인들다운 거주지다.

프랜이 다른 액터들은 모르는 우리끼리의 비밀이라는 듯한쪽 눈을 찡긋거린다.

"나도 요즘은 스노 타워에 살아요, 입원 치료 받고 있거든요."

스노 타워에 있는 병원은 비싼 치료비와 가장 뛰어난 의료진으로 유명하다.

"아, 다시 입원하신 줄 몰랐어요."

프랜이 몰래 숨겨 둔 도토리를 잃어버린 다람쥐 같은 표정을 짓는다.

"내가 여름에 입원했던 게 해리 양 동네까지 소문이 났었어요?"

앗, 내가 본 건 소문이 아니라 프랜이 주연으로 출연 중인 스노볼 드라마였다.

"아, 그게……."

"하긴 보도국에서 일하는 인원이 몇이고, 그 병동을 오가는 눈이 몇 개인데."

프랜이 씁쓸하게 웃어 보이며 엘리베이터 버튼을 누른다. 단 몇 초 만에 엘리베이터가 도착해 문을 연다.

나는 162층을, 프랜은 73층을 누른다.

"204층으로 출근 시작하면 73층도 한번 놀러 와요."

"제가 놀러 가기 전에 퇴원하실 거 같은데요?"

나는 진심을 담아 미소 짓는다. 프랜은 우리 할아버지보다 젊고, 세계 최고 의료진에게 값비싼 치료를 받으니까.

"곧 건강해지실 거예요."

"아니면 나중에 우리 집으로 초대할게요. 은퇴하면 작은 파스타 가게라도 하나 차릴까 고민했을 정도로 파스타는 자신 있어요."

"꼭 놀러 갈게요, 파스타 가게 차리시면 제가 가서 서빙도 하고요."

엘리베이터가 순식간에 162층에서 멈춘다.

"그런 날이 오면 참 좋겠네요, 조심히 가요."

프랜이 다정하게 손을 흔들다 사라진다. 나는 시큰해진 코를 한 번 찡긋한다.

작은 실내 공원으로 꾸며진 162층 로비를 걸어가 차설 디렉터의 현관문 초인종을 누른다. 현관문 너머에서 뭔가 부산한 움직임과 대화 소리가 오가는가 싶더니 막 집에 들어온 듯 코트를 입고 있는 차설 디렉터가 직접 문을 열어 준다.

"어떻게 벌써 왔어?"

불현듯 차설 디렉터 뒤에서 누군가가 튀어나와 나를 지나쳐 엘리베이터 버튼을 급하게 누른다. 고개를 폭 숙인 채 한 손으로 머리를 매만지고 있어 얼굴은 보이지 않는다.

"누구……?"

내가 어리둥절한 얼굴로 묻자 차설 디렉터가 대수롭지 않게 대답한다.

"우리 집 청소해 주시는 분."

"아, 안녕하세요."

내가 등 뒤에 대고 밝게 인사하자 엘리베이터를 기다리던 여자가 내 쪽으로 엉거주춤 목례를 한다.

"아, 예. 안녕하세요."

여자는 인사와 동시에 최대한 눈을 치켜떠 나를 힐끗 쳐다본다. 커다란 눈이 왠지 모르게 낯익다. 액터? 하지만 머릿속에 바로 떠오르는 사람은 없다.

"뭐 해, 얼른 안으로 들어와."

차설 디렉터의 재촉에 현관문으로 들어서며, 마침 엘리베이터 안으로 들어서던 여자에게 안녕히 가시라고 다시 한번 인사를 한다. 이번에는 대답이 돌아오지 않는다. 여자는 엘리베이터 문이 닫히기 직전 나를 한 번 더 훔쳐본다. 큰 잘못이라도 저지른 사람처럼 불안정한 눈빛이 오랜 잔상을 남긴다.

최초의 드라마

현관문을 세게 닫으며 차설 디렉터가 재차 묻는다.

"어떻게 벌써 왔어?"

손목시계를 확인하니 오후 10시 48분이다. 그녀는 내게 11시까지 오라고 했었다.

"프랜 씨가 피곤하실 것 같아서 일부러 일찍 나왔어요."

"아, 그랬니?"

순간 차설 디렉터와 나의 시선이 동시에 현관 바닥에 떨어져 있던 의료용 장갑에 쏠린다.

차설 디렉터가 장갑을 급하게 집어 들며 부산스럽게 다이닝 룸 쪽으로 걸어간다.

"얼른 들어가자."

내가 다이닝 룸 의자에 앉자 차설 디렉터가 마실 걸 권한다. 나는 물 한 잔이면 된다고 하지만 그녀는 와인을 마시고 싶다면서 내게도 다른 걸 마시라고 반쯤 강요한다. 나는 결국 소화에 좋은 매실차에 얼음을 채운 유리잔을 받아 든다. 거울 엘리

베이터를 두 번 연속 타고 났더니 집에서 먹고 온 저녁밥이 얹
히는 느낌이 지속되고 있었다.

나는 매실차를 쭉 들이켜며 프랜에게 들은 이야기를 늘어놓
는다. 겸허하고 강인한 프랜이 생각나 또 코끝이 시큰해진다.

"역시 나이는 헛먹는 게 아니야."

차설 디렉터가 잔에 담긴 와인을 가볍게 휘휘 젓는다.

"어린 액터들은 왜 프랜처럼 책임감을 느끼지 못할까."

나는 그녀가 해리와 프랜을 비교하고 있다는 걸 눈치챈다.

뭐라 대꾸할 말이 없어 유리잔에 든 얼음 하나를 입에 넣고
굴린다. 오늘 하루 처리할 일이 많았던 차설 디렉터의 얼굴
에 피곤한 기색이 역력하다.

차설이 반드시 죗값을 치르게 하겠다고 약속할게.

이본회가 차설 디렉터를 노리고 있다는 걸 말해야 할까? 해
리의 비밀 친구가 우리의 방해꾼이 될지도 모른다는 얘기를.

하지만 나를 걱정하던 그 눈빛을 생각하니 입이 떨어지지
않는다.

*중요한 건 네가 다시는 이 통로를 이용해서는 안 된다는 사
실이야.*

이본회가 아닌 이본 사람과 마주쳤다면 심각하게 곤란한
상황에 처했을지도 모른다. 게다가 약속은 약속이다. 나는 이
본회에게 거울 엘리베이터에 대해 절대 언급하지 않겠다고
약속했다.

"고해리."

"네?"

"프랜 얘기는 잘 들었으니, 이제는 네 대답을 들을 차례야, 어제 내가 했던 제안에 대해서."

차설에게 인형처럼 휘둘리고 이용당했던 기억도 여기에 다 묻고 가.

이본회의 말이 내게 영향을 미칠 수는 없다. 나는 이미 정해 둔 생각을 또박또박 말한다.

"감독님께서 제안해 주신 대로, 고해리가 되고 싶어요."

차설 디렉터가 소리 없이 미소를 짓는다.

"잘 생각했어. 넌 평생 남들이 부러워하는 인생을 살게 될 거야. 내가 그렇게 만들어 줄 거니까."

차설 디렉터는 이 삶에 가장 많은 공을 들인, 이 삶의 은인 이다. 그런 은인에게 죗값을 묻겠다니.

"너는 계속 지금처럼 하면 돼. 잘 웃고, 경기장을 가득 메운 사람들이 시끄럽게 환호해도 주눅 들지 않고, 바이애슬론 챔 피언도 네 말 한마디에 가슴을 쓸어내리는, 그런 당차고 사랑 스러운 해리로 살면 돼."

차설 디렉터가 은밀하게 덧붙인다.

"그러다 보면 어느 순간, 이본가에 입성한 너를 보게 될 테 니까."

내가 화들짝 놀라 되묻는다.

"그게 무슨 말씀이세요?"

"이본회, 실제로 보니까 어때? 살면서 그만큼 잘생긴 애 본 적 있어?"

숲에서 나를 바라보던 이본회의 얼굴이 떠오른다. 아니, 정확히는 해리를 보던 눈빛.

너니까.

절대 내 몫이 아닌 호의가 내 안에 일으킨 물결.

"잘생겼지, 키 크지, 똑똑하지, 매너 좋지. 네 또래 여자애들 중에 이본회를 보면서 마음 설레지 않을 애가 어디 있겠니."

차설 디렉터가 내 눈을 찬찬히 바라본다.

나는 유리잔에 맺힌 물기를 닦으며 시선을 내린다.

"그런 애가 네 남자가 된다면 어떨 거 같아?"

"네?"

자석에 이끌리듯 고개를 든다.

"세상에서 가장 존엄한 집안. 그리고 그 집안의 미래를 이끌어 갈 이본회. 그 정도는 돼야 고해리의 짝이 될 수 있다고 생각하는데, 네 마음은 어때?"

마음속 물결이 요동친다.

"하지만 이본 후계자는 당대 최고의 디렉터 가문과 혼사를 맺잖아요."

유능한 디렉터 가문의 자제가 아닌 일반 액터가 이본 후계자와 맺어지는 건 상상도 할 수 없는 일이다.

"너같이 스노볼에 대해 아는 게 많은 애라면 모를 리 없을 텐데, 예외도 있었다는 걸?"

차설 디렉터가 말없이 웃더니 창가 쪽으로 고개를 돌린다.

아 그래, 예외는 있었다. 이본심 부회장의 남편이자 이본회의 아버지가 바로 액터 출신이었다. 이는 이본심 부회장이 처음부터 이본의 후계자였던 게 아니어서 가능한 일이었다. 이본영 회장의 뒤를 이을 사람은 원래 이 회장의 장남인 이본일이었지만, 이본일이 이십 대 중반에 스스로 후계자 자리에서 물러나면서 동생 이본심이 부회장직에 오르게 됐고 그때는 이본심이 이미 평범한 액터와 결혼해 이본회를 낳은 뒤였다.

이후, 이본일은 후계자였을 때 약혼식까지 올렸던 약혼녀와도 파혼을 했는데, 그 약혼녀가 바로 차설이었다. 지금 내 맞은편에 앉아 오래전의 일을 곱씹고 있을 차설 디렉터.

"액터가 이본가에 입성하는 드라마, 나는 그 드라마를 찍고 싶어. 지난 백이십 년간 그 어떤 디렉터도 찍지 못했던 드라마를."

차설 디렉터는 내 예상과 달리 과거 따위에 얽매여 있지 않다. 그녀는 미래를 생각하고 있다. 아직 아무도 이루지 못한 목표를 이야기하고 있다.

"역대 스노볼 방송 중에 가장 시청자 수가 많았던 방송을 1위부터 나열하면 이본 후계자의 결혼식이 차례대로 이어져. 그런데 두 시간가량의 결혼식 생중계가 끝나고 나면 우리는 그들의 결혼 생활에 대해 아무것도 볼 수 없어. 공식 행사에 나타나 이미지 관리 차원에서 하는 행동들 외에는 말이야."

차설 디렉터의 눈빛이 형형하게 빛난다. 사람을 압도하는 호랑이 같은 눈.

"나는 너를 통해서 이본을 스노볼 드라마 안으로 끌어오고 싶어. 너라면 할 수 있어. 방송 제작의 원리를 이해할 만큼 영리하고, 내 앞에서도, 그 누구 앞에서도 기죽지 않는 너라면 말이야."

다른 누구도 아닌, 오로지 나만이 할 수 있는 일.

나는 기대와 흥분이 현실을 앞지르지 않도록 호흡을 고른다.

"이본심 부회장이 액터인 남편과 결혼했다고 해서 드라마에 출연한 건 아니었잖아요?"

오히려 그 남편마저 드라마에서 사라진 게 현실이었다.

"그거야 이본심이 감초 역할조차 못해 본 허접쓰레기와 결혼한 탓이지."

차설 디렉터가 확신에 찬 목소리로 말한다.

"너는 달라. 무려 십칠 년 동안, 모두가 고해리의 삶을 지켜보는 데 익숙해져 있어. 시청자들은 앞으로도 계속 너를 궁금해하면서 보고 싶어 할 거고, 난 그 열망을 지렛대 삼아 이본 저택에 카메라를 달 거야."

차설 디렉터는 사람들의 끈질긴 요구에 방송국이 마지못해 VIP 응접실을 기상 캐스터 대기실로 바꾼 것을 예로 든다.

"시시한 드라마만 제작하다 퇴직자 마을로 쫓겨나는 한낱 디렉터 자리보다 훨씬 매력적이지 않니?"

차설 디렉터의 얼굴에 야망 넘치는 미소가 걸려 있다.

"너와 내가 지금부터, 역사에 길이 남을 드라마를 만들어 가는 거야."

호랑이처럼 압도하는 눈이 나를 동등한 파트너로서 대우하고 있다.

차설에게 인형처럼 휘둘리고 이용당했던 기억도 여기에 다 묻고 가.

차설 디렉터와 같은 꿈을 공유한다는 점에서, 나는 이본회의 해리와 다르다.

차설이 반드시 죗값을 치르게 하겠다고 약속할게.

그러니까, 이본회가 차설 디렉터를 건드리게 하지도 않을 것이다.

"그럼 제가 앞으로 뭘 어떻게 해야 되는 거예요?"

"지금 당장은 네가 할 수 있는 일이 없어."

"네?"

차설 디렉터가 내 표정을 보며 웃음을 터뜨린다.

"벌써부터 걱정할 건 없다는 뜻이야. 나중에 고시황을 따라서 이본 저택에 드나들다 보면 이본회랑 단둘이 있을 기회가 꽤 자주 주어질 테니까."

"아."

원래대로라면 해리는 새해부터 고시황의 보조 재단사로 일을 시작하기로 돼 있었고, 고매령의 양장점에서 일하는 고시황에게 가장 중요한 고객은 바로 이본회다.

"기상 캐스터가 되는 바람에 계획이 일 년 미뤄지게 됐지만 그 덕분에 네 가치가 더 올라갔으니, 우리에게는 오히려 잘된 일이야. 김제노가 챔피언이 되자마자 공개적으로 데이트를 신청한 것도 우리 입장에서는 횡재나 다름없고."

계획이 일 년 미뤄진 거라면…….

"해리도 이 계획을 알고 있었던 거 맞죠?"

"듣고 질겁했었지."

"질겁요?"

"내가 자기 결혼 상대를 맘대로 정하는 게 끔찍하다고."

어째서? 다른 상대도 아닌 이본회인 데다, 이본회가 자기를 그렇게 생각해 주는데.

아, 어쩌면 그게 문제였을지도. 다른 사람도 아닌 이본회를 지렛대로 삼는 게 싫었을지도 모른다.

"안타까운 일이야, 나는 언제나 그 애가 가질 수 있는 가장 좋은 것들을 주려 했는데."

차설 디렉터의 얼굴에 씁쓸한 미소가 어린다. 그 미소를 보다 문득 아찔해진다. 해리가 이본회에게 차설 디렉터의 계획을 말했을 가능성도 있다. 이본회가 차설에게 치를 떨었던 이유가 혹시 이것 때문은 아니었을까?

뒤늦은 후회에 심장이 뒤틀리고 뼈가 삭아도 맘대로 죽을 수조차 없게 만들 거야.

감히 이본을 상대로 드라마를 제작하려는 디렉터를 향한 적개심?

"나는 그렇다 치고, 너는 왜 그렇게 생각이 많은 얼굴을 하고 있어?"

"아⋯⋯."

이본회 얘기를 꺼낼까 잠시 고민하다, 확실하게 마음을 접는다. 차설 디렉터의 뒤에서, 오로지 이본회와 해리 사이에 일어났던 일은 내 선에서 처리하는 게 맞다. 모든 일을 차설 디렉터가 해결해 주길 바란다면 주인 없이는 움직일 수 없는 꼭두각시가 되는 거니까.

결국 나는 다른 얘기를 꺼낸다.

"감독님은 이본회가 저랑 결혼을 할 거라고 어떻게 확신하세요? 사람의 마음은 노력으로 되는 일이 아니잖아요."

"사람과 사람이 가까워지는 건 의외로 쉬운 일이야."

차설 디렉터가 자신만만하게 웃는다.

"세상 사람들이 모르는 비밀을 공유하는 순간 둘은 계속해서 서로를 찾게 돼, 너랑 나처럼. 이본 후계자에게는 필연적인 비밀이 생기기 마련이고, 너는 그 비밀을 들으면 돼."

"남들에게 말 못할 비밀을 저한테 말할 이유가⋯⋯."

"네가 먼저 네 비밀을 말해서 빗장을 풀어야지."

"이본회한테 제가 가짜라는 걸 말하라고요?"

차설 디렉터가 기침처럼 웃음을 터뜨리고는 어이가 없다는 눈으로 나를 본다. 나는 머리를 긁적이며 죄송하다고 사과한 뒤, 이 비밀을 무덤까지 가져가야 한다는 걸 물론 알고 있다고 힘주어 말한다. 차설 디렉터가 피식 웃으며 와인 잔을 식탁 위에 탁 내려놓는다.

"네가 말실수하지 않도록 지금 분명히 얘기해 줘야겠다."

차설 디렉터의 목소리는 내가 정말 그런 실수를 할 거라고 생각하는 것처럼 들리지는 않는다.

"너에게는, 자식보다 손녀를 더 끔찍이 아끼는 것 같지만 사실 이따금 손찌검을 하는 할머니가 있고, 일찍 세상을 떠나 버린 첫사랑을 닮은 딸을 누구보다 증오하는 엄마도 있어. 그리고 네 할머니와 엄마가 그 모양이라는 걸 시청자는 물론이고 한집에 살고 있는 이모들과 삼촌조차 모르지. 바로 이런 게 너와 이본회를 가깝게 만들어 줄 비밀이야."

해리가 이본회에게 이미 이런 얘기들을 했을지도 모른다는 생각이 든다. 그래서 둘이 그만큼 가까워진 걸지도.

"이본회는 분명 고해리에게 동질감과 연민을 느낄 거야. 그러면 사랑에 빠지지 않을 재간이 있을까, 고해리를 상대로?"

자신감으로 똘똘 뭉친 차설 디렉터의 표정과 사랑에 빠진다는 낯간지러운 표현 때문에 괜히 얼굴이 달아오른다. 이런 모습을 들키면 더 부끄러워질 것 같아서 나는 일부러 말을 돌린다.

"혹시 해리의 그런 비밀도 감독님께서 유도하신 건가요?"

주제넘은 얘기인 것 같아 질문을 하자마자 조금 후회된다. 하지만 차설 디렉터의 표정에 기분 나쁜 기색은 보이지 않는다.

"난 절대 고해리를 불행하게 하지 않아."

담담한 말투와 차분한 시선이 나를 안심시킨다.

그래, 고해리의 인생은 눈부시게 찬란할 것이다.

"저를 찾아내 주셔서 감사해요, 감독님이 주신 새로운 인생을 살아갈게요, 고해리로서."

차설 디렉터가 나를 보며 이제껏 보여 준 그 어떤 미소보다 환하게 웃는다.

"네가 가짜라는 건 더 이상 비밀이 아니야. 이제는 네가 진짜 고해리니까."

가슴이 벅차오른다.

새로운 고해리는 온 세상을 텔레비전 앞으로 끌어올 것이다.

깜짝 게스트

이담 피디가 반쯤 열린 문에 대고 입으로 노크 소리를 낸다.

"똑똑, 세상에서 제일 높은 꽃밭이 생겼다는 제보를 듣고 왔는데요?"

그녀가 내 주변에 펼쳐진 향기로운 풍경에 혀를 내두른다. 파스텔 톤의 다양한 장미꽃을 백 송이씩 품은 커다란 유리 화병 백 개가 대기실을 꽃밭으로 바꾸어 놓았다.

"백 곱하기 백 하면…… 일만 송이?"

이담 피디는 화장대 위에 뒤집혀 있는 카드를 용케 발견하고 소리 내어 읽는다.

"기상 캐스터가 된 지 오늘로 벌써 100일이네. 그동안 수고 많았어. 앞으로도 나의 날씨를 부탁할게. 너의 친구, 제노."

이담 피디가 까마귀처럼 과장되게 웃으며 내 어깨를 호들갑스럽게 흔든다.

"고해리, 이제 우리 챔피언 마음 좀 받아 줘라!"

내가 민망하게 웃음 짓는다.

"왜 그러세요, 거기 쓰여 있잖아요. 친구라고."

나와 김제노는 12월 31일에 새해 불꽃놀이를 같이 보았고, 2월 14일 밸런타인데이에도 데이트를 했다. 밸런타인데이에 네잎클로버 모양의 펜던트를 내미는 김제노에게 이렇게 비싼 선물은 받기 부담스럽다며 내 마음을 돌려 말했고, 김제노는 그날 이후 나의 가장 가까운 친구를 자처했다.

일주일 뒤 해당 필름을 편집하며 이 장면을 보게 된 차설 디렉터가 적절하게 선을 잘 그었다고 칭찬했다.

"어떤 놈이 친구한테 이렇게 지극정성으로 하나!"

꽃밭을 바라보는 이담 피디의 광대가 중력을 거스르는 듯 자꾸만 위로 솟고, 꽃밭 뒤로는 대형 무지개가 밤하늘을 가로지르고 있다. 밤에 무지개가 뜨는 경우는 제 아무리 스노볼이라고 해도 흔치 않은 일이다. 어둠 속에서 일곱 빛깔로 빛나는 스노볼의 무지개는 비현실적인 아름다움을 불러일으켰고, 이 장관을 만들어 낸 나는 약간의 뿌듯함을 느꼈다.

"와, 여기가 천국인가요? 무지개에 꽃밭에, 난리도 아니다!"

"이야, 이게 다 얼마야."

어느덧 「뉴스 나인」의 두 앵커까지 대기실로 들어와 구경을 시작하고, 나는 꽃향기에 취한 이담 피디를 옆으로 살짝 끌어낸다.

"오늘 게스트 끝까지 안 알려 줄 거예요?"

오늘은 한 달에 한 번, 일반 액터를 생방송으로 초대해 함께 날씨를 추첨하는 날이다. 평소에는 게스트와 사전에 인사를 나눈 뒤 생방송에서 주고받을 멘트를 맞추곤 하는데, 오늘은 무슨 꿍꿍이인지 이담 피디가 게스트를 꼭꼭 숨겨 놓고 있다.

"에이, 내가 생방송에 고양이를 데려다 놔도 침착하게 잘할 거면서 뭘 그렇게 궁금해해."

"혹시…… 김제노는 아니죠?"

제발 아니길.

이담 피디는 장난스럽게 웃기만 한다.

세트장이 180도로 돌아 스노볼 안팎으로 송출되는 생방송 카메라 앞에 나를 데려다 놓으면 하루 중 가장 좋아하는 시간이 시작된다. 내가 고르는 공에 따라 브라운관 너머 사람들이 박수를 치거나 탄식을 내뱉는 십 분의 시간.

스노볼에 와서 처음으로 느껴 본 4월의 봄 햇살보다 훨씬 뜨거운 조명들이 나를 환히 비춘다.

"네, 여러분의 날씨를 책임지는 고해리입니다."

100일 차에 접어든 기상 캐스터답게, 나는 신뢰감 있는 말투와 여유로운 미소를 모두 완벽하게 구현해 낸다.

"여러분, 무지개 다리를 보고 소원을 빌면 그 끝에 사는 요정이 소원을 이뤄 준다고 해요."

퀴즈 쇼를 진행하는 듯한 박진감을 강조했던 프랜과 달리 나는 라디오 디제이처럼 편안하고 친구와 대화하는 것 같은 자연스러움을 콘셉트로 잡았다.

"지금 얼른 창밖을 보고 소원을 빌어 보세요. 저는 여러분의 소원을 이뤄 달라는 소원을 빌어 볼게요."

두 손을 모으고 잠시 눈을 감는다.

시청자들의 모습이 눈앞에 보이는 게 아닌 만큼 가끔은 사람들이 정말 나를 보고 있나 하는 의구심이 들 때도 있다. 나 역시 스노볼 밖에서 꼬박꼬박 날씨 뉴스를 챙겨 보던 시절이 있었는데도. 그럴 때면 아침 뉴스들이 나의 이러한 의구심을 해소해 준다.

─저희가 오늘 축하할 일이 있죠? 네, 새 기상 캐스터인 고해리 캐스터가 진행한 첫 날씨 뉴스가 역대 날씨 뉴스 중에 가장 많은 시청자 수를 기록했다고 합니다!

─오늘 제가 입은 옷이 누구 옷인지 아세요? 네, 왕도영 디자이너의 옷이에요. 왕 디자이너는 이제 막 스노볼에 들어온 일 년 차 액터죠, 그런데 지난주 고해리 기상 캐스터가 왕 디자이너의 옷을 입고 날씨를 추첨하면서 말 그대로 대박이 났습니다.

─올봄 유행 헤어스타일은 갈색 단발이 될 거라고 합니다.

이 진부하기 그지없는 갈색 단발이 다시 유행을 선두하게 된 건 고해리 기상 캐스터의 영향이 큰데요…….

나는 자신감 있게 가슴을 펴고 얼굴 근육을 하나하나 컨트롤하며 깔끔하게 미소 짓는다.

"게스트와 함께 날씨를 추첨하는 날이죠? 오늘은 저도 초대 손님이 누구인지 모르는 상태입니다. 평소보다 훨씬 더 설레는 마음인데요. 자, 그럼 오늘의 게스트를 모셔 볼까요?"

나는 세트장 왼편에 연결된 통로를 향해 몸을 돌렸고, 다음 순간 이본회가 성큼성큼 스튜디오 안으로 걸어 들어왔다.

지난달 이벤트 추첨 때, 야외 결혼식을 하루 앞둔 예비 부부 액터가 손을 잡고 걸어 나오다 발이 꼬여 넘어졌을 때보다도 나는 더 동그랗게 눈을 뜨고, 이본회는 그런 나를 향해 가벼운 미소를 짓는다.

"저 카메라를 보면 되는 건가요?"

이본회는 첫 생방송 당시의 나와 비교할 수 없을 정도로 능숙하게 시선을 처리한다. 이본회의 갑작스러운 등장에 당황한 내가 소개를 부탁하는 것도 깜빡 잊고 있는데, 이본회가 자연스럽게 말을 이어 간다.

"안녕하세요, 스노볼에서 거주한 지 어느덧 이십 년이 다 돼 가는 이본회라고 합니다."

이본회가 뉴스에 딱 알맞은 정제된 미소를 짓는다. 「뉴스 나인」을 몇 년째 진행 중인 앵커들처럼 여유롭고 깔끔하다.

나는 너를 통해서 이본을 스노볼 드라마 안으로 끌어오고 싶어. 그리고 너라면 할 수 있어.

"아, 반갑습니다, 본회 씨. 이렇게 출연해 주셔서 감사해요."

본회 씨라는 호칭에 피식 웃음이 터진 이본회가 나와 찬찬히 눈을 맞춘다.

"오랜만이에요, 해리 씨."

"네, 바이애슬론 챔피언십 경기 이후로 처음 뵙네요."

거울 엘리베이터를 통해 따로 만났던 일은 나도 이본회도 없었던 척한다.

"오늘 무슨 일로 나와 주셨나요?"

이 질문의 본뜻은 '내일 무슨 일이 있기에 날씨 추첨을 하러 왔느냐'다.

"제 조카가 내일 처음으로 유치원에서 소풍을 간대요, 그래서 내일이 아주 화창하길 바라는 마음으로 나왔습니다."

이본회가 싱긋 웃는다. 귀여운 사연에 나도 자연스럽게 웃음이 나온다.

"그럼 저도 오늘만큼은 이모의 마음으로 힘을 보태겠습니다."

이후 이본회가 기계에서 날씨 공을 뽑아 건네면 내가 손바닥의 온기를 더해 내일의 날씨를 읽어 낸다. 그렇게 우리는 최저 기온 13도, 최고 기온 24도, 습도 54퍼센트, 바람 서남서 초속 4미터, 강수량 4밀리미터, 가시거리 11.3킬로미터로 낮에는 아주 맑다가 저녁부터 일부 지역에 약한 비가 내리는 날씨를 완성했다.

—오케이, 컷.

인이어 이어폰으로 생방송 종료를 알리는 이담 피디의 목소리가 흘러나온다. 나는 귀에 끼고 있던 이어폰을 뺀다.

"고생하셨습니다."

내 인사가 끝나기 무섭게 뉴스 스튜디오의 문이 열리고, 이본회를 보기 위해 몰려든 방송국 사람들로 인해 한동안 인산인해를 이룬다. 이본회는 친절한 미소와 함께 한 명 한 명 악수를 나누고, 이본회의 그림자인 유 경호원은 기념사진을 찍고 싶다며 필름 카메라나 폴라로이드 카메라를 챙겨 온 직원들을 적절하게 차단한다.

나는 으레 그래 왔던 대로 이본회를 대기실로 초대해 간단한 다과를 대접하겠다고 말한다. 원래는 생방송이 시작되기 전 대화를 나누면서 액터의 긴장을 풀어 주는 자리이지만, 오늘은 사전에 그럴 기회가 없었으니까.

"잠시 자리 좀 비우겠습니다."

기상 캐스터 대기실 문 앞에서 유 경호원이 문득 발걸음을 돌린다.

"저 없는 동안은 안에서 문 잠그고 계세요. 어디서 또 카메라 부대가 몰려올지도 모르니까요."

유 경호원이 가벼운 걱정과 함께 엘리베이터 쪽으로 멀어지고, 이본회는 손목시계로 시간을 확인한다. 그리고 나는 대기실 문을 열자마자 이본회를 초대한 게 조금 후회스러워진다.

꽃밭을 보더니 이본회가 살짝 난감한 표정으로 한쪽 눈썹을 문지른다. 김제노의 선물이라는 걸 단박에 눈치챈 건가.

"어디 불편한 거 있으세요?"

대기실 여기저기에 설치돼 있는 카메라를 의식하며 내가 일부러 사무적으로 묻는다.

"그게, 지금 유 경호원이 고해리 씨에게 선물할 꽃다발을 사러 꽃집에 내려간 거라서요."

"아."

유 경호원이 웬일로 이본회를 혼자 두고 자리를 비우나 했더니만.

"유 경호원이 이렇게 빈손으로 오는 건 예의가 아니라고……."

이본회의 시선이 화장대 위에 놓인 김제노의 카드에 꽂힌다. 나는 재빨리 그 카드를 화장대 서랍 안에 집어넣는다. 하지만 이본회는 이미 볼 내용은 다 봤다는 표정이다.

"그래도 유 경호원이 꽃다발 들고 들어올 때 반갑게 맞아 줘요."

이본회가 다시 손목시계를 힐끔 확인한다.

"혹시 금방 가셔야 되는 거예요?"

"아뇨, 그건 아니고."

그 순간 카메라 불빛들이 만들어 내는 체스판 무늬가 대기실 안을 뒤덮는다. 그리고 탁, 슬레이트 치는 소리가 들린다.

이본희가 손목시계를 들어 보이며 씩 웃는다.

"이걸 기다렸어."

슬레이트 치는 시간을 알고 있어? 묻고 싶지만 묻지 않는 게 좋을 것 같다. 해리라면 이미 알고 있을지도 모르니까.

이본희가 화장대에 놓인 의자에 털썩 앉아 다양한 메이크업 제품들을 훑어보며 묻는다.

"그동안 어떻게 지냈어?"

다정한 안부 인사에 머릿속 필름이 차르륵 돌아간다.

내가 어떻게 지냈냐고?

많은 액터가 말해 왔듯 사방에 달려 있는 카메라 자체에는 금방 익숙해졌다. 자세히 보지 않으면 일상에 묻힌 카메라 렌즈는 별로 눈에 띄지도 않았다. 그래도 나는 항상 의식했다. 스노볼에서 만나는 사람들뿐 아니라 바깥세상 시청자들의 시선까지도 의식했다. 해리가 모두에게 변함없이 사랑스러워 보일지 신경 썼다. 덕분에 나는 더 빨리 해리처럼 말하고 해리처럼 행동하게 됐지만, 항상 조금 지쳐 있었고 이따금 쿠퍼 라팔리의 말을 떠올렸다.

스노볼에는 따뜻한 진통제와 값진 마취제가 널려 있으니까요.

카메라 앞에서 나는 고매령과 볼을 부비고 고상히와 팔짱을 끼고 걸어야 했다. 그 순간마다 느끼는 거북함은 아침 조깅과 초코 파르페로 달랬다. 스노볼에서나 가능한 아침 조깅은 답답함을 순간 상쾌하게 바꾸어 줬고, 초코 파르페는 마음을 달콤하게 달래 주었다. 하지만 초코 파르페 때문에 몸무게가 늘면 카메라 뒤에서 고매령의 훈계와 고상히의 조소를 견뎌 내야 했고 자발적인 척 저녁을 굶어야 했다.

그럴 때면 나는 가장 확실한 진통제와 마취제를 투여했다. 차설 디렉터를 통해 가족들과 매달 주고받는 편지를 몰래 꺼내 읽었다. 차설 디렉터가 경제적인 지원을 시작한 뒤 엄마는 발전소 일을 그만두었다. 스노볼에서 주문한 과일을 깎아 먹으며 할머니와 같이 드라마도 보고 뜨개질도 했다. 하루하루가 즐겁다는 다정한 글씨에서 엄마의 체온과 웃음소리를 느낄 수 있었다.

게다가, 오늘은 김제노에게 일만 송이의 **향기로운 진통제**를 선물받았으니 앞으로 일주일간은 파르페 없이도 버틸 수 있을 것 같았다.

물론, 이런 건 어디까지나 나의 사정일 뿐, 이본희에게는 다른 얘기를 해야 한다.

"기상 캐스터 일을 시작하면서 삶의 활력을 되찾은 기분이야."

그건 진심이었다. 날씨 생방송을 진행하는 십 분이 하루 중 가장 편안한 순간이었다. 방송국 카메라 앞에서는 나를 포함한 모두가 실제보다 더 그럴싸한 사람인 척했으니까. 날씨 뉴스에 단발성 게스트로 참여하는 일반 액터들조차 방송국 카메라 앞에서는 평소보다 더 침착하고 유려한 모습을 보여 주려 노력했다. 그래서 날씨 뉴스를 진행하는 십 분만큼은, 실제의 나보다 훨씬 더 사랑스럽고 매력적인 존재인 척 연기하는 일이 덜 버거웠다.

나는 과하지 않게, 그렇지만 될수록 희망찬 얼굴을 연기한다.

"요즘은 내가 운이 좋은 사람이라는 생각도 들어. 세상 사람들이 나를 보려고 매일 텔레비전을 켠다는 것 자체가 엄청난 일이잖아. 그렇게 많은 사랑을 받는다는 게."

긴장되는 마음을 숨기기 위해 어느덧 희미해진 무지개를 바라보며 조심스레 덧붙인다.

"그래서 이대로 스노볼에 남는 건 어떨까 싶어."

이본회가 알고 있던 해리의 계획을 바꿔 놓아야 했다.

네가 남은 일 년을 잘 버티고 스노볼을 떠날 때, 아무 미련도 남지 않았으면 해서.

새로운 고해리는 영원히 스노볼을 떠나지 않을 거니까.

"그래?"

이본회의 반응은 예상보다 시큰둥하다. 해리가 스노볼에 남겠다고 하면 내심 좋아할 줄 알았는데. 이어, 그는 속을 읽을 수 없는 눈빛으로 나를 뚫어지게 쳐다보며 묻는다.

"근데 내가 준 생일 선물은 왜 안 찾아갔어?"

'설마 어디 있는지 모르는 건 아닐 텐데, 네가 진짜 고해리라면 말이야.' 나를 보는 이본회의 눈빛이 그렇게 말하는 것 같아 숨이 턱 막힌다.

새벽에 걸려 온 전화

바빠서,라는 핑계만큼 궁색한 것도 없다. 벽에 머리를 세게 부딪쳐서 부분 기억 상실증에 걸렸다는 헛소리를 할 수도 없고. 젠장, 젠장.

이본회의 선물과 편지가 어디 있을까 찾아보지 않은 것도 아니었다. 언제나 조금 긴장돼 있는 탓에 나는 깊은 수면에 빠지지 못했고, 새벽마다 슬레이트 치는 소리를 들었다. 그렇게 매일, 십 분 안에 다녀올 수 있는 집 주변을 모두 뒤져 보았지만 아무것도 찾을 수 없었다.

그때, 궁지에 몰린 쥐가 고양이를 물듯이 내 입이 제 멋대로 벌어진다.

"제노 때문에 그랬어."

이본회는 전혀 예상치 못한 대답에 당황한 표정을 숨기지 못한다.

"김제노?"

"응, 제노 몰래 다른 남자랑 편지를 주고받는 건 왠지 예의가 아닌 것 같아서. 그렇다고 제노한테 우리가 왜 편지를 주고받는지 얘기할 것도 아니고."

거짓말이 물 흐르듯 나오는 나 자신이 조금 징그럽다. 나는 한 번도 김제노를 제노라고 다정히 불러 본 적이 없다.

이본회가 앉아 있던 의자를 천천히 돌리며 일만 송이의 장미꽃을 살펴본다.

"갑자기 스노볼에 남고 싶어진 이유도 김제노야?"

"……어쩌면?"

장기적으로는 불리한 대답이었지만, 당장은 필요했다.

대기실을 둘러보던 이본회의 시선이 다시 내게 닿는다.

"그럼 차설은?"

"어?"

"용서하려는 거야?"

"음…… 지금은 그냥 내 마음이 전보다 편해졌다는 사실에 집중하고 싶어."

「로미오와 줄리엣」도 아니고, 김제노 때문에 원수마저 개의치 않게 됐다고 말하는 건 아무래도 오버 같았다.

"잘됐네."

이본회가 꽃밭을 다시 한번 둘러보더니 자리에서 일어선다.

"그 누구도, 네가 스노볼에 머무를 이유가 되어 줄 수는 없을 거라고 생각했는데."

이본회가 재킷 안주머니에서 브로치를 꺼내 내 손바닥에
올려놓는다.

"이건 이미 네가 주인이니까, 받아 둬."

"이게 뭐야?"

머리가 뭉툭한 은색 고래가 귀엽게 웃고 있다.

"향고래."

"아니, 내 말은……."

그때, 문 두드리는 소리가 났다. 나는 재빨리 향고래 브로
치를 내 재킷 안주머니에 넣었다. 잠시 후, 유 경호원이 본인
품에 든 꽃다발보다 딱 백 배 많은 김제노의 꽃밭을 황망한
듯 바라보았고, 이본회는 공식 석상에서처럼 무뚝뚝하고 차
가운 표정으로 내게 뻔한 칭찬과 덕담을 건넸다. 나 역시 틀
에 박힌 감사 인사를 전했고, 우리의 티타임은 티 한 잔 없이
간단하게 종료되었다.

향고래가 들어 있는 가슴께가 저릿저릿했다.

프랜의 병실에 도착하니 이미 밤 열한 시가 다 되어 있었다.

"이번에는 진짜 집으로 초대해서 파스타를 해 주려고 했는
데."

비스듬히 세운 병실 침대에 기대앉은 프랜이 면목 없다는
듯이 웃는다.

프랜이 입원해 있는 1인실에는 개인 샤워실부터 간병인을 위한 넓은 침대와 손님용 소파까지 갖춰져 있었고, 환자의 무료함을 달래 줄 수 있는 대형 텔레비전과 라디오, 그리고 전화기까지 구비돼 있었다.

하지만 프랜의 얼굴은 몇 달 사이에 훨씬 더 수척해졌고 전에 없이 쓸쓸해 보였다.

그래서 나는 더 활기차게 웃으려 노력한다.

"에이, 그럼 이 야경은 언제 보여 주려고 하셨어요?"

모든 건축물이 장난감처럼 보이는 204층 대기실보다 73층의 야경이 훨씬 더 사실적으로 보였다. 그래서 더 멋지고 훌륭했다.

"앞으로는 자주 좀 초대해 주세요, 이런 야경 혼자만 보시지 말고요."

정확히 말하자면 오늘도 초대받은 건 아니었다. 몸이 나아지면 집으로 부르겠다며 프랜은 계속해서 나와의 만남을 미루던 참이었고, 나는 '기상 캐스터 100일'을 맞아 이번에는 꼭 프랜의 얼굴을 보고 싶다고 우겼다.

할아버지도 프랜과 똑같았다. 수척해진 모습을 나와 온기에게 보이고 싶지 않다며 작은방에 틀어박혔다. 어린 마음에는 할아버지의 뜻을 따르는 게 할아버지를 배려하는 일이라고 생각했지만, 어느 날 갑자기 할아버지가 곁을 떠나자 깊은 후회로 남았다.

"오늘 뉴스 정말 잘 봤어요. 우리 후배님, 대단한 게스트를 모셔서 그런지 평소보다 더 반짝반짝 빛나던걸요?"

나는 종종 프랜의 병실로 안부 전화를 걸었고, 어느 순간부터 프랜은 나를 후배님이라고 부르기 시작했다.

"선배님도 빛나요, 예전이나 지금이나."

내 말에 프랜이 크게 웃는다.

"그래야죠, 이번에 보톡스를 얼마나 맞았는데."

"네?"

"여기 콧잔등에 주름 없어진 거 안 보여요?"

자세히 보니 진짜였다. 암 투병 와중에 주름 제거 시술이라니.

"드라마가 종영됐다는 소식이 없는 걸 보면 아직도 사람들이 나를 봐 주고 있다는 건데, 매일 아프고 우울한 모습 말고 예쁜 모습도 좀 보여야지 않겠어요?"

박수를 쳐야 하는 걸까.

"저는 정말 선배님을 본받고 싶어요."

프랜을 보고 있자니, 밤에 잠 한번 편히 못 잔다고, 거짓말이 익숙해지는 게 넌더리가 난다고 불평할 일이 아니었다.

프랜이 기분 좋게 웃으며 병실 문을 가리킨다.

"여기 테라스도 있는데 한번 나가 볼래요?"

내가 좋다며 냉큼 호응하자, 프랜이 느릿한 동작으로 몸을 일으킨다.

자동문이 열리면서 폐 속까지 시원해지는 밤공기와 함께 황홀한 야경이 펼쳐진다.

"73층에 있는 1인실 환자들만 이용 가능한 테라스라서 이렇게 매일 한적해요. 73층만 전담하는 의사들도 따로 배치돼 있고, 아주 상팔자예요."

고개를 끄덕이며 주변을 둘러보니 비교적 늦은 시간인데도 어느 환자와 의사가 테라스 펜스에 나란히 서서 대화를 나누는 뒷모습이 보인다.

"차 선생님!"

프랜이 가까이 다가서며 인사를 건네자, 머리를 단정하게 묶어 올린 의사가 당황한 기색으로 주춤한다.

"웬일로 이렇게 늦게 나오셨어요?"

그녀와 나란히 서 있던 환자가 우리를 피해 멀찍이 걸어가는 뒷모습을 보다가, 나는 차 선생님이라 불린 사람을 뒤늦게 알아본다.

"어? 그때 차설 감독님 집에서 뵀던……."

우리 집 청소해 주시는 분.

그 사람이 하얀 의사 가운을 입고 VIP 병동 환자들만 드나드는 테라스에 서 있었다. '차솜'이라고 적힌 이름표를 달고서.

차솜 선생님이 어색한 미소로 몸 둘 바를 몰라 하는 동안 프랜이 대신 그녀를 소개한다.

"맞아요, 차솜 선생님이 차설 감독님 동생이세요."

아, 예전에 『TV 가이드』에서 읽었던 것 같다. 차설 디렉터에게는 여동생이 둘 있고 그들과의 사이가 각별해서 다른 친구는 필요 없다던 짧은 인터뷰를.

"참으로 자매가 나란히 훌륭하시죠."

프랜의 칭찬에도 차솜 선생님은 당황스러운 기색이 역력하다.

"그럼 두 분 대화 나누세요."

차솜 선생님이 우리를 가로질러 테라스 입구로 걸어간다.

차솜 선생님과 같이 있던 환자는 긴 머리와 마스크로 얼굴 대부분을 가리고 있었고, 문 쪽에서 나를 힐끔 쳐다보았다.

순간 나는 번개를 맞은 것처럼 온몸이 굳어 버렸다.

정말 찰나의 순간이었고, 테라스는 비교적 어두웠다. 여자애는 앞으로 늘어뜨린 머리칼과 파란 의료용 마스크로 얼굴 대부분을 가리고 있었다. 무엇보다 해리는 죽었다.

그러니까, 그럴 리 없다는 걸 알지만…….

소름 끼치도록 해리를 닮은 눈이었다.

*

뚜르르. 뚜르르. 뚜르르…….

"차설입니다, 급한 용무가 있는 분은 제 편집실로 연락 주세요."

　음성 메시지는 편집실의 연락처는 알려 주지 않은 채 삐—
소리를 낸다. 나는 수화기를 내려놓고 침대에 눕는다. 탁상시
계가 오후 11시 52분을 가리킨다. 어차피 시간도 너무 늦었고,
전화로 할 얘기도 아니었다. '해리를 닮은 애를 본 거 같아요.'
고작 그 한마디를 하겠다고 이 시간에 전화를 건 나도 참.

　이불을 머리끝까지 뒤집어쓰고는 얼른 잠들기를 바라지만,
그럴수록 정신이 또렷해진다.

　딱 한순간 마주친 여자애의 눈빛이 놀랍도록 선명해진다.

　탁.

　슬레이트 치는 소리에 눈을 뜨니, 어느덧 새벽 3시가 지나
있다. 이렇게 오래 잠들지 못하고 있었나 생각하기 무섭게, 따
르릉 전화가 울렸다.

　다른 가족들이 깨지 않도록 나는 재빨리 수화기를 집어 든다.

　"여보세요?"

　숨소리조차 없는 잠깐의 정적, 그리고.

　"안녕."

　두 음절의 여린 목소리에 심장이 멎을 뻔했다.

　해리의 목소리를 가진 여자애가 말한다.

　"우리 아까 테라스에서 마주쳤지?"

　나는 아무 말도 하지 못한 채, 급박하게 새어 나오는 숨을
손으로 틀어막는다.

"저기, 내 얘기 듣고 있어?"

응, 이라는 대답 대신 목에 사탕이라도 걸린 것처럼 힘겹게 신음 소리가 흘러나온다. 한순간 눈이 시큰해지면서 코가 꽉 막힌다.

"크리스마스 파티 만찬장에 나 대신 앉아 있는 네 사진을 신문에서 보고 나도 무척 놀랐었어."

해리의 목소리를 가진 여자애가 힘없이 웃는다.

나는 울음이 뒤섞인 목소리를 쥐어짜 낸다.

"정말…… 해리야?"

말도 안 돼.

정말 말도 안 돼.

"자물쇠 달린 상자, 아직 가지고 있지?"

자물쇠? 그 순간 하나의 퍼즐이 맞춰진다.

이 방에서 내가 처음으로 받았던 전화. 불친절한 명령조로 말하던, 비음 섞인 허스키한 목소리.

자물쇠 확인하면 잘 보관해 둬요, 다른 사람들이 손대지 않을 곳에.

그날 차설 디렉터의 집에서 차솜 선생님을 만났을 때 어딘가 익숙하다고 느꼈던 건 바로 그녀의 독특한 목소리였다.

"그거 지금 한번 열어 볼래?"

해리의 목소리를 가진 여자애가 차분한 말투로 나를 재촉한다.

"찾았어? 슬레이트 치기 전에 확인하고 다시 잘 숨겨 놔야 돼."

나는 수화기를 가까이 붙이고 최대한 낮게 속삭인다.

"네가 정말 해리라고? 살아 있었다고?"

어린 목소리가 단호하게 말한다.

"자물쇠를 열어, 그럼 알게 될 거야."

나는 책상 서랍에 깊숙이 넣어 두었던 상자를 꺼낸다. 비밀 번호는 0000에 맞춰져 있다.

"비밀번호가 뭐야?"

"9112."

알려 준 번호대로 숫자들을 나열하자 딸깍, 자물쇠가 열린다.

진실

상자 안에는 폴라로이드 사진 하나가 뒤집힌 채 들어 있었다.

"이게…… 뭔데?"

"네가 나를 대신하게 된 이유."

바들바들 떨리는 손으로 사진을 꺼내 앞면을 확인한다. 인중부터 시작해서 입술과 그 주변에 얼룩덜룩 화상 자국이 뒤덮여 있는 해리의 얼굴이 나를 응시한다. 화들짝 놀란 내가 사진을 떨어뜨리며 짧게 탄식을 내뱉는다.

"네가 이본 크리스마스 파티에 가고, 김제노와 새해 불꽃놀이를 보러 가고, 스노볼의 날씨를 뽑는 동안 나는 계속 살아 있었어. 다만 카메라 앞에 설 수 없었지. 아니, 얼굴에 화상을 입었다고 해서 카메라 앞에 서지 못할 이유는 없어. 차설 감독이 막았을 뿐이야."

"……감독님이?"

"사람들은 흉측한 해리를 보고 싶어 하지 않는다고 했어."

"말도 안 돼……."

굵은 눈물방울이 해리의 사진 위로 툭 떨어진다.

차설에게 인형처럼 휘둘리고 이용당했던 기억도 여기에 다 묻고 가.

정말로, 해리를 **인형** 취급했던 거였어? 예쁜 인형의 얼굴에 **흉측한** 상처가 생겼다는 이유로, 훼손된 상품을 폐기하듯이 해리를 숨겨 버린 거야?

머리가 복잡해서 터질 것만 같다.

해리가 버젓이 살아 있는데, 어떻게 나보고 평생 해리로 살아가라고 제안할 수가 있어? 자신의 행색을 한 여자애를 매일 밤 텔레비전을 통해 보고 있었을 해리의 심정은, 해리가 죽은 줄로만 알고 해리의 인생을 넘겨받은 나는, 이 모든 걸 다 어떡하라고…….

"……미안해."

내 사과에 해리가 밝은 목소리로 되받는다.

"치료가 거의 끝나 가. 이제 화장하면 티 나지 않을 정도야."

"정말? 다행이다!"

"정말 다행이라고 생각해?"

"어?"

"내가 다시 돌아가면 너는 어떻게 될 거 같아?"

목구멍과 혓바닥에까지 소름이 돋아 아무 말도 할 수가 없다. 내가 가짜라는 걸 들키면 안 된다는 생각만 줄곧 해 왔을 뿐, 해리가 다시 돌아오는 상황은 꿈에서조차 상상하지 못했다.

해리가 깊은 한숨을 내뱉는다.

"차설 감독은, 이 일의 모든 내막을 알고 있는 네가 조용히 고향으로 돌아가도록 내버려 둘 사람이 아니야."

심해에서 메아리치는 듯 해리의 목소리가 먹먹하게 울린다.

쿠퍼 라팔리의 절규가 눈앞에 펼쳐진다.

"우리 가족까지 건드릴 거야⋯⋯!"

순간 감정을 주체하지 못한 내 목소리가 커지자, 해리는 진정하라는 듯 목소리를 낮춘다.

"그래, 그 사람은 언제나 우리보다 한 걸음 앞서 있어."

우리. 이 와중에 웬지 모를 고마움과 안도감이 느껴진다. 염치도 없이.

"그러니까 우리가 최대한 빨리 만나야 해."

"나를 도와주려는 거야?"

"당연하지."

"왜?"

내가 밉거나 짜증 나지 않아? 기상 캐스터로서 네가 누려야 할 것들을 아무것도 아닌 내가 대신 누리고 있었는데.

"차설 감독이 너를 이 일에 끌어들인 건 나 때문이야. 내가 부주의하게 화상만 입지 않았어도 너는 지금쯤 네 고향에서 평범한 하루를 보내고 있었을 텐데…… 다 내 탓이야. 미안해."

제발 나한테 미안해하지 마. 나는 그 평범한 하루들을 싫어했어. 그래서 감히 네 삶을 훔쳤어.

어떤 말을 하려 해도 목구멍에 탁 걸려 나오지 않았다. 어느 순간부터 하염없이 눈물만 흘러내렸다. 하지만 정신을 차려야 했다.

"나를 도와주다 해리 네가 위험해지는 건 안 돼. 차설 감독이 필름을 편집하다 너랑 내가 만나는 걸 보기라도 하면 어떡해."

슬레이트가 다시 칠 때까지 오 분 남짓 남아 있었다. 이 집에서 병원이 있는 스노 타워까지는 차로 삼십 분이 걸린다. 혹시나 하는 마음에 전화기를 끌고 화장대로 다가가 거울을 만져 보지만 딱딱하다. 그래, 이본이 일반 가정집에 거울 엘리베이터를 설치해 놨을 리 없잖아. 설령 엘리베이터가 연결돼 있다고 해도 어느 방향으로 가야 스노 타워가 나오는지도 알 수 없다.

수화기 너머로 해리의 단호한 목소리가 들려온다.

"오늘 밤에 다시 프랜 크라운 병문안을 와. 어제처럼 테라스에서 만나자."

"차설 감독한테 들킬 거야."

내가 주저하자 해리가 다독인다.

"차솜 선생님께서 도와주시니까 걱정하지 마. 지금도 선생님 진료실에서 몰래 통화하는 중이야, 선생님은 밖에서 망보고 계시고."

아……. 내가 맞았던 예방 주사들과 피부 연고 모두 차솜 선생님이 차설 디렉터에게 챙겨 준 거였어. 그런데,

"그분은 왜 우리를 돕는 거야? 차설 감독 동생이잖아."

"차설 감독이 하는 잘못을 누군가는 막아야 하는 거잖아. 다른 사람들은 차설 감독이 무슨 짓을 저지르고 있는지도 모르니까……."

순간 이본회가 떠오른다.

"우리를 도와줄 사람이 또……."

"슬레이트 치기 전에 다시 병실로 가 봐야 해."

해리가 다급하게 속삭이며 말을 자른다.

"아, 웅!"

이본회 얘기는 만나서 해도 늦지 않아.

"어제랑 같은 시간에 73층 테라스에서 만나. 차설 감독이 나중에 필름을 보더라도 의심하지 못하게 프랜 크라운과 동행해서 와야 돼. 차솜 선생님이 프랜 크라운을 맡아 주실 테니 걱정하지 말고."

나와 해리가 나란히 움직이는 순간이 찍히는 상상만으로도 가슴이 철렁한다. 우리가 손잡았다는 걸 차설 디렉터가 알게 되면 해리에게도 피해가 갈 수 있고, 우리 가족에게도……. 나

는 아랫입술을 꽉 깨문다.

"들킬 거야."

"아니, 테라스에서 카메라 사각지대를 찾았어."

"정말?"

"아마도 73층 내에 유일한 사각지대일 거야. 차 선생님하고 그걸 찾느라 시간이 좀 걸렸어. 그래도 다행이야, 더 늦기 전에 찾아내서."

"……아."

고맙다고 말하고 싶지만 그럴 면목이 없다.

어두운 거울에 내 실루엣이 희미하게 비친다.

해리에게 사과하고 또 사과해. 너도 차설과 다를 바 없었잖아.

하지만 내 마음 편하자고 감성적인 사과를 두서없이 늘어놓을 여유 따위는 없었다. 해리는 사각지대를 어떻게 활용해야 하는지 자세히 설명한 뒤 전화를 끊었다.

나는 슬레이트가 치기 전 다시 원래대로 침대에 누워 눈을 감는다.

내일은 사과할 수 있을까.

네 삶을 훔쳐서 진심으로 기뻤다는 사실을.

나는 이 상황의 피해자가 아니고, 미안해해야 할 사람은 네가 아니라 나라는 걸, 고백할 수 있을까?

*

"차 선생님!"

테라스 벤치에 앉아 있는 차솜 선생님을 향해 프랜이 어제처럼 먼저 인사를 건넨다. 그의 손에는 전날 빈손으로 온 게 미안해 내가 챙겨 온 케일 주스가 들려 있다. 프랜이 단골이었다는 카페를 기억했다 사 온 거였는데, 이 맛이 그리웠다며 어찌나 좋아하던지 오늘 작전을 위해 프랜을 이용한다는 사실이 더욱 미안해질 정도였다.

"어? 저분 또 계시네."

프랜이 차솜 선생님의 어깨 너머를 응시하며 조용히 묻는다.

"저분은 몇 호실에 입원해 계세요? 밤에만 간간이 보이는 것 같더라고요? 병실 복도에서는 통 마주친 적도 없고."

테라스의 맨 왼쪽 끝, 건물 내벽의 골조에 시야가 가려지는 곳에 해리가 휠체어를 타고 앉아 있다. 뒷모습뿐이지만 이제는 너무도 분명히 해리라는 걸 알 수 있다.

"아, 얼굴에 화상을 입은 환자인데 우울증도 같이 왔어요."

차솜 선생님의 설명에는 곁으로 함부로 다가가지 말라는 경고가 은밀하게 배어 있고, 프랜은 참 안됐다는 표정으로 말없이 고개를 끄덕인다. 이어, 차솜 선생님이 자연스럽게 프랜을 테라스 밖으로 유인한다.

"오늘 저녁 바이털 기록이 없으시더라고요? 퇴근하기 전에 지금 체크 한번 해 드릴게요."

프랜이 나를 보며 곤란해하자 나는 괜찮다며 그를 떠민다.

두 사람이 떠남과 동시에 빗방울이 머리 위로 톡톡 떨어진다. 어제 나와 이본회가 함께 추첨한 날씨였다.

우웅, 빗방울을 감지한 건물에서 천천히 지붕이 내려오더니 건물 외벽과 약간의 틈을 두고 고정된다. 토독토독 빗소리가 희미하게 울려 퍼진다.

"참, 비가 올 거였지."

나는 짐짓 목소리를 밝게 하며 기지개를 켠다.

그러다 힐끔 반대편에 있는 해리 쪽을 본다. 우울증 환자의 고요를 방해한 건 아닐까, 걱정하는 표정을 연기하며 나는 최대한 해리와 먼 쪽으로 향한다. 그렇게 다다른 테라스의 오른쪽 구석 역시 건물 내벽의 골조에 시야가 가려져 있다. 테라스에서 야경을 즐기고 싶은 보통의 액터는 굳이 이 지점에 서 있을 필요가 없고, 그러니 여기가 바로 해리가 찾아낸 스폿이다. 체격이 큰 액터라면 구석에 숨어 있어도 카메라에 한쪽 어깨가 걸릴 수밖에 없는, 작은 사각지대.

나는 숨을 꾹 참은 채 몸을 돌려 건물 벽을 등지고 선다. 나무 지붕을 견고하게 받치고 있는 기둥과 난간 사이에 겨우 지나갈 수 있는 좁은 틈이 있다. 나는 기둥에 밀착한 채로 빠르게 옆으로 걷는다. 방울방울 내리고 있는 비가 그쳐 버리면 지붕이 다시 위로 올라갈 거고, 그러면 테라스 난간에 달려 있는 카메라가 꽃게처럼 서 있는 나를 찍겠지.

난간 반대편으로 나오자, 또 다른 사각지대에 숨어 휠체어에 앉아 있는 해리가 나를 맞아 준다. 파란 의료용 마스크를 낀 채 조용히 눈으로 미소 짓는다. 나는 그 눈을 가만히 내려다본다.

너를 만나는 상상을 자주 했었어. 언젠가 필름 스쿨에 합격하게 되면 스노볼에서 너를 꼭 보고 싶었어…… . 다행이야. 네가 어두운 밤에 쓸쓸히 눈감지 않아서, 이 모든 게 차설 감독의 새빨간 거짓말이어서, 진심으로 다행이야.

눈물이 왈칵 쏟아질 듯 눈시울이 붉어지고 목이 멘다. 그래서 아무 말도 할 수 없다. 나는 울상을 하고 바보처럼 웃는다. 해리의 눈이 더 부드럽게 휘어진다. 다음 순간 해리가 천천히 마스크를 내려 턱에 걸친다. 그리고 조심스럽게 휠체어에서 내려 나와 마주 선다. 숨이 턱 막힌다. 나를 만나기 위해 화장을 한 건지, 해리의 얼굴은 상처 없이 깨끗하다.

생방송을 끝내고 나온 나와 똑같은 얼굴, 거울 속에서 매일 보던 얼굴이지만, 내가 아니다. 사람에게 영혼이라는 게 있어서 죽은 뒤 자신의 모습을 볼 수 있다면 지금 나와 같은 기분일까.

톡, 콧등으로 튄 빗방울에 정신을 차린 내가 겨우 입술을 뗀다.

"해리…… ."

해리가 재빨리 조용히 하라는 손짓을 한다. 아차, 모습은 사각지대에 가릴 수 있지만, 소리는 숨길 수 없다. 이렇게 대화조차 나눌 수 없다면, 그렇다면 뭘 어떻게…… 어떻게 해야 하지?

그때 해리가 날렵한 동작으로 내 팔을 잡는다.

다음 순간 차설 디렉터가 내게 예방 주사를 놨을 때처럼 날카로운 것이 목을 찌른다.

갑작스러운 공격에 몸이 굳은 채로 눈을 굴려 보니 주사기를 쥔 해리의 하얀 손이 파르르 떨고 있다. 그러면서도 해리는 주사기를 쥔 손도 내 팔을 붙잡은 손에서도 힘을 빼지 않는다.

나는 악 소리 한번 내지 못하고 해리 쪽으로 풀썩 쓰러진다. 몸이 납덩어리처럼 무겁다. 바다 속으로 가라앉는 듯한 환각에 빠져든다.

3부

우리

추방

번쩍, 눈이 떠졌다.

반사적으로 몸을 일으키려고 하는데, 뭔가에 탁 걸려 일어날 수가 없다. 몽롱한 정신으로 고개를 들어 보니, 내 몸에 환자복이 입혀져 있고 왼손에는 링거 바늘이 꽂혀 있다. 다시 한번 일어나 앉으려는데 또 한 번 탁, 몸이 걸린다. 오른쪽 손목과 왼쪽 발목이 수갑에 채워진 채로 침대에 고정돼 있다. 나는 비스듬히 상체를 일으킨 어정쩡한 자세로 침대의 놀라운 구조를 살펴본다. 머리를 밀어 넣을 수 없을 정도로 촘촘한 직육면체 철창이 침대 매트리스 위를 덮고 있다. 마치, 새장처럼.

나를 가둔 새장은 병원이 아닌 평범한 가정집 거실에 놓여 있다. 나무 기둥이 드러난 집은 어두침침하고, 천장에 달린 누런 조명은 흐릿하다. 쏴아아, 화장실로 추정되는 문 너머에서는 물소리가 들린다. 누군가가 있다.

번뜩 정신이 든다. 뭔지 몰라도 일단 벗어나야 해.

나는 수갑에 묶인 팔과 다리를 빼기 위해 사지를 마구 흔들어 댄다. 병원의 이동식 침대처럼 작은 바퀴가 달려 있는지 침대가 앞뒤로 조금씩 들썩거리고, 나무 바닥에서 끼익끼익 소리가 난다. 난리를 치는 통에 링거도 알아서 빠져 버린다.

그런 채로 다급하게 현관문의 위치를 확인한다. 앞을 가로막는 낡은 소파만 없다면 이렇게 현관문까지도 갈 수 있을 것 같다. 하지만 침대의 폭이 현관문보다 넓다. 젠장, 여기서 달아날 방법이⋯⋯.

그때 한 낯선 여자가 화장실 문을 열고 다급하게 뛰쳐나온다. 젖은 머리에서 흘러내리는 샴푸 거품 때문에 한쪽 눈을 찡그리고 있고, 대충 두르고 나온 샤워 가운은 뻣뻣하고 거칠어 보인다. 여자가 다가오자, 나는 목구멍에서 살상 레이저라도 뿜어져 나오길 바라듯 냅다 소리를 지르고 본다.

"아아아아아악!"

목소리가 여러 갈래로 갈라진다.

"아오⋯⋯, 야!"

여자는 다가오던 걸음을 멈추고 두 손으로 귀를 틀어막는다. 내 공격이 통하고 있다는 착각에 나는 목소리를 더 키운다.

"아아아아아악!"

"워워! 진정해, 워워!"

여자는 여전히 귀를 막은 채로 나를 달래는데, 마치 대형견을 다루는 액터 같은 말투다.

"착하지, 진정 좀 해 봐."

"아아아아아악!"

"야, 너 그렇게 소리 질러도 아무도 안 와! 여기 반경 2킬로미터 이내에 아무도 안 산다고!"

여자는 가죽이 다 해진 소파 위에 널브러져 있던 리모컨을 들어 텔레비전을 켠다. 그러고는 계속 소리를 질러 대는 내 목소리와 맞먹을 정도로 끊임없이 볼륨을 높인다. 결국 나 역시 고막이 찢어질 것 같은 고통에 입을 다물고 인상을 찌푸린다. 여자가 다시 텔레비전 볼륨을 낮추고는 말한다.

"사흘 동안 링거만 맞은 게 뭔 기운이 이렇게 좋냐?"

뭐? 내가 사흘이나 침대에 묶여서 잠들어 있었다는 거야?

여자는 골치가 아프다는 얼굴로 발걸음을 옮긴다.

"텔레비전 보면서 진정 좀 해, 빨리 머리만 헹구고 나와서 먹을 것 좀 줄 테니까."

여자는 나를 감시하려는 건지, 이번에는 화장실 문을 열어 놓고 세면대에서 머리를 헹군다. 나는 여자와 집 안을 번갈아 가며 훑어본다. 작은 거실에는 이 거지 같은 새장 침대와 2인용 소파 하나, 1인용 소파 하나, 작은 테이블, 그리고 텔레비전까지 발 디딜 틈 없이 꽉 차 있다. 나는 이리저리 고개를 돌리며 전화기를 찾아보지만 보이지 않는다. 젠장, 이 미친 사이코 납치범을 신고해야 하는데…… 그러다 불현듯 잊고 있던 기억이 떠오른다. 내 목에 망설임 없이 주사기를 찔러 넣던 해리. 대체 그건 무슨 상황이었고, 지금 저 여자는 또 뭐냐고.

—그럼 이어서 내일의 날씨를 고해리 기상 캐스터가 전해 드리겠습니다.

거실을 울리는 텔레비전 소리가 일순간에 귀를 사로잡는다.

—여러분, 인간이 가장 쾌적하다고 느끼는 온도가 몇 도인지 아시나요?

고개를 돌려 바라본 텔레비전 안에서 내가 미소 짓고 있다. 방송에서 한 번도 입은 적 없는 레몬색 정장을 입고, 이본회가 내게 선물해 준 향고래 브로치를 가슴에 단 채.

—네, 우리 몸과 마음이 가장 쾌적하게 느끼는 온도는 바로 21도라고 합니다.

나를 기절시킨 고해리가 텔레비전 너머에서 사랑스럽게 웃는다. 여리고 떨리던 목소리는 자기 자리를 되찾았다는 만족감과 자신감에 차 있다. 묘하다. 텔레비전 속 여자애는 고해리도 아니고 전초밤도 아닌, 또 다른 존재인 것만 같다.

—오늘 낮 최고 기온이 딱 21도였죠. 하늘도 구름 한 점 없이 화창했고요. 토요일인 내일도 여러분께 맑고 산뜻한 날씨를 선물해 드리고 싶은데요.

고해리가 활짝 웃으며 첫 번째 추첨 기계에 손을 넣고 날씨 공을 꺼내 든다.

어떻게 저렇게 아무렇지 않게 웃을 수가 있지? 나를 이렇게 이상한 집에 꽁꽁 묶어 놓고는…… 잠깐만, 근데 이 집은 카메라가 없나? 내가 사흘이나 납치돼 있었는데 차설 디렉터는 이 사실을 모르는 거야?

그제야, 내가 묶여 있는 침대 매트리스에서 연약한 온기가 느껴진다. 뭐야, 전기 매트가 깔려 있는 것 같은데……. 이어 얼굴에 닿는 차가운 공기.

나무로 만든 작은 집, 어두침침한 실내, 스노볼에서는 쓰지 않는 구식 텔레비전과 여기저기 가죽이 해진 낡은 소파, 4월에 어울리지 않는 한기. 여기…… 스노볼이 아니야.

속이 메슥거리면서 머리가 핑 돈다. 그때 머리에 커다란 수건을 동그랗게 두른 여자가 부산스럽게 화장실을 나온다.

"뭐야, 왜 저게 나오고 있어!"

여자가 재빨리 리모컨을 들고 텔레비전을 꺼 버린다.

"너 배고프지, 미음 끓여 줄게."

미음? 장난해?

"누구야 당신? 여기는 또 어디고!"

"여기?"

여자는 거실 한쪽에 딸린 허름한 부엌으로 가 쌀통에서 푼 쌀을 냄비에 쏟는다.

"퇴직자 마을이라고 들어는 봤지? 실력이 야망을 따라가지 못한 전직 디렉터들이 죽을 때까지 인생을 허비해야 하는 곳."

여자는 한 손으로 냄비에 수돗물을 받으면서 다른 손으로는 소주를 든다. 소주병에는 빨대가 기역자로 꽂혀 있고, 여자는 탄산음료를 마시듯 한 모금을 쭉 빤다.

"……여기가 퇴직자 마을이라고?"

퇴직자 마을은 규모도 위치도 정확히 알려져 있지 않다. 다만 한 가지 확실한 것은 스노볼 밖에 지어져 있다는 사실이다.

"대체 내가 왜 여기에 있는 건데?"

여자가 그릇에 담긴 미음을 철창 안으로 쑥 집어넣는다.

"내일은 죽 끓여 줄게."

"당신 대체 뭐냐고! 왜 사람을 가둬 놓고…….."

흥분해 버럭 소리를 지르자 머리가 다시 핑 돈다. 젠장.

"당신?"

여자가 푸하하 웃음을 터뜨린다.

"편하게 언니라고 불러, 닭살 돋게 뭔 당신이냐."

나는 경멸스러운 표정으로 입술을 비튼다. 세상에 언니란 언니가 다 얼어 죽어도 이 여자를 언니라고 부를 일은 없을 거다.

"왜, 서른 살 이상은 언니 취급 안 해? 그럼 이모?"

내 싸늘한 눈빛에 여자가 질렸다는 듯 항복한다.

"아후, 알았어, 그럼 그냥 아줌마라고 부르든가."

"정체를 말하라고! 당신 이름, 하는 일, 나한테 왜 이러는

지!"

여자가 선심을 쓴다는 듯 툭 내뱉는다.

"이름? 차향. 하는 일? 인력 발전소 노동자."

"차향? 당신도 차설 감독하고 관련 있는 사람이야?"

"어, 물보다 더러운 피로 엮인 사이."

차설 디렉터의 또 다른 동생이 퇴직자 마을에 살고 있었다니.

"그럼…… 나를 여기로 보낸 게 차설 감독이라는 거야?"

"어, 따뜻할 때 먹어 둬. 너 왼손잡이 맞지?"

차향은 내 왼손에 수갑을 채우지 않은 게 대단한 배려라는 듯이 말하며 낡은 가죽 소파 위로 넘어가 폭 앉는다. 거실이 작아 침대와 소파가 딱 맞닿아 있다.

"아, 그만 좀 째려보고 일단 먹어. 네가 맞고 있던 링거가 마지막이었어, 앞으로는 그 주둥이를 벌려서 음식을 넣어야 안 돼진다고."

차향은 머리에 두르고 있던 수건을 풀어 아무 데나 휙 던져 버린 뒤, 고개를 뒤로 젖혀 소파 등받이에 머리를 기댄다. 그러고는 긴 머리를 부채처럼 차르륵 펼쳐 말리기 시작한다. 헤어 드라이기를 사용하지 않는 걸 보니 여기도 바깥세상처럼 전기가 귀한 모양이다.

"죽어라 빽빽거리더니 그새 접착제라도 발랐냐? 왜? 고해리로 살게 해 준다더니 쥐도 새도 모르게 퇴직자 마을로 쫓아낸 차설을 생각하니까 부아가 치밀어? 그래서 미음도 못 넘기겠어?"

"대체 무슨……."

나를 기절시켜서 퇴직자 마을로 던져 버린 게 차설과 고해리의 공동 작전이었다는 거야?

차향은 팔을 뻗어 소파 밑을 더듬더니, 소주를 또 꺼내 든다. 하나쯤 굴러다닐 줄 알았다며 좋아서 병뚜껑을 따고, 이미 한 번 쓰고 테이블 위에 버려 둔 듯한 빨대를 다시 꽂아 쪽쪽 빨기 시작한다. 아이스커피나 오렌지주스를 마시는 사람처럼.

"너도 한 모금 할래?"

어째 이 차향이라는 사람과는 제대로 된 대화가 되지 않는 것 같다.

"무슨 소리냐고 물었잖아! 차설 감독이 나를 스노볼 밖으로 쫓아내다니, 어떻게 된 일이냐고!"

"무슨 소리기는, 차설이 초밤인가 초밥인가 하는 애가 더 마음에 들어서 너 제끼고 걔로 갈아탔다는 얘기지. 고작 서너 달짜리 땜빵이었던 애가 기대 이상으로 임무를 잘 수행하는 바람에 네 자리를 꿰차 버렸다고."

"……뭐?"

차향이 고개를 돌려 나를 슥 보더니 목소리를 살짝 누그러뜨린다.

"야, 그렇다고 식음을 전폐할 정도로 좌절하냐. 또 누가 아냐, 초밥이라는 애가 영 시원치 않을지. 그럼 차설이 널 다시

부를 거야. 그때까지는 좋든 싫든 내가 보호자 겸 감시자 노릇을 하게 될 거니까 제발 그 눈깔에 힘 좀 빼라, 튀어나올라."

아무래도 이 알코올 중독자는 술에 취해 인지 능력이 흐려진 모양이다.

"여기 갇혀 있는 내가 전초밤인데, 그게 무슨 헛소리야?"

차향이 술을 코로 뿜으며 컥컥거린다.

"뭐?"

"내가 전초밤이라고."

"뭔 소리야, 차설은 나한테 배새린인가 개새린인가 하는 애를 보냈는데."

내가 한심하다는 듯 표정을 구기자, 차향이 당혹스러운 얼굴로 술병을 쳐다본다.

"내가 취했나? 에이, 그럴 리가?"

이후 차향은 자기 손가락이 몇 개냐는 둥 숫자를 20부터 거꾸로 세어 보라는 둥 갖가지 주정으로 나를 귀찮게 했다.

"이상한 수작 그만 부리고 당장 풀어 달라고!"

"와, 눈빛은 아무리 봐도 뒤통수 제대로 처맞은 눈깔인데. 근데 네가 진짜 배새린이 아니라 전초밤이라고?"

"아, 몇 번을 말해!"

답답한 마음에 철창을 붙잡고 흔들어 대자 차향은 역시 나를 묶어 두길 잘했다며 혼잣말을 중얼거린다.

"풀어, 당장!"

나는 차향을 죽일 듯이 노려보고, 차향은 검은 미역 같은 머리를 쥐어뜯는다.

"그러니까, 차설이 크리스마스 파티에 세우려고 급하게 데려왔다던 그 애가 너라고? 네가 그 초밥이라고?"

답답해서 속이 탄다. 미음이라도 들이켜면 좋겠지만 저 알코올 중독자가 만든 음식에는 손도 대고 싶지 않다.

"쯥—."

어느덧 세 병째, 차향은 술병의 밑바닥에서 쪽쪽 소리가 날 때까지 남김없이 빨아들인다.

나는 손과 발로 한동안 철창을 때리고 차다가 기운이 빠져 마지막으로 날카롭게 쏘아붙인다.

"그만 마시고 나부터 풀어, 이 알코올 중독자야!"

후, 차향이 짧고 깊은 숨을 뱉자 여기까지 술 냄새가 풍긴다.

"너 잠깐 기다려."

얼굴이 벌겋게 달아오르지도 혀가 꼬이지도 않았지만 차향은 자리에서 일어나다 잠시 휘청거린다.

철컥, 차향이 화장실이 아닌 다른 문을 열쇠로 연다. 내게 안을 보여 주지 않으려 최대한 살짝 열고 어두운 방 안으로 들어가 굳게 문을 닫는다. 잠시 후, 물건이 가득 담긴 상자를 뒤집어엎는 소리와 온갖 서랍을 열었다 닫는 소리가 들린다. 그리고 다시 밖으로 나온 차향의 손에는 VHS 테이프 하나와 편지 몇 개가 들려 있다.

"네 눈으로 직접 보는 게 더 이해가 빠를 거야."

차향은 텔레비전과 연결된 비디오 데크에 VHS 테이프를 밀어 넣고 재생 버튼을 부른다. 힘이 빠질 대로 빠져 버린 나는 자포자기 심정으로 엉거주춤 앉아 비디오 화면을 응시한다.

학교 강당처럼 보이는 벽 앞에 녹색 칠판이 세워져 있고, 하얀 분필로 '제115회 액터 오디션-학생'이라고 쓰여 있다. 115회 오디션이면 내가 아직 학교를 졸업하기 전이다. 그 밑에는 노란 분필로 '아-D-3'이라는 지역 정보가 적혀 있다.

나는 차향을 경멸스럽게 바라본다.

"오디션 영상을 불법 복제했어?"

차향은 화면에 시선을 고정한 채 목소리를 낮춘다.

"잘 봐."

다음 순간, 긴 머리를 양 갈래로 땋은 여자애가 화면 안에 나타난다.

─안녕하세요.

여자애는 인중에서 시작해 입술과 턱까지 이어지는 화상 흉터를 지니고 있다.

─저는 9학년 1반 12번 배새린입니다.

자물쇠 비밀번호가 뭐야?

9112.

폴라로이드 사진에서 본 것과 똑같은 상처가 있는 여자애가 오디션용 카메라를 정면으로 응시하며 활짝 웃는다. 해리와 똑같은 이목구비, 똑같은 목소리. 하지만 바깥세상에서 자란 아이 특유의 꾀죄죄함과 거친 피부.

유진이가 했던 말이 머릿속을 스친다.

세상에 도플갱어는 자기 자신을 포함해서 총 세 명이 있대.

대타의 대타

차향이 리모컨 버튼을 눌러 비디오를 일시 정지시키자, 오디션을 진행하는 선생님의 추가 질문에 대답하려던 배새린이 아기 새처럼 입을 벌린 채 멈춰 버린다.

"네가 본 애가 쟤야, 배새린."

"쟤가 왜 해리인 척 하면서 스노볼에 있는데?"

"고해리가 목을 매달기 몇 달 전부터, 차설은 배새린을 스노볼로 데려가 비밀리에 성형을 시키고 있었어."

나는 화면 속 배새린의 상처를 바라본다.

"……어째서?"

"차설은 새로운 고해리를 원했으니까."

오늘 텔레비전 속 네 모습을 보면서 어떤 확신이 생겼어. 쟤라면 임시 고해리가 아니라 새로운 고해리가 되기에 충분하겠다,라고 말이야.

"차설 자신 못지않게 야망이 넘치는, 그래서 시키는 대로 똘똘하게 해낼 수 있는 고해리를 원했어."

세상에 도플갱어는 자기 자신을 포함해서 총 세 명이 있대.

내가 몇 년이나 무시했던 유진이의 도플갱어 이론이 놀랍게도 사실이었다는 거야? 그렇다면 차설은 도플갱어 세 명을 모두 찾아냈다. 고해리, 배새린, 전초밤. 전혀 어렵지 않은 일이었을 거다. 학생은 매년 의무적으로 액터 오디션을 봐야 하고, 현직 디렉터는 심사 위원이라는 명목하에 모든 오디션 영상을 볼 수 있으니까.

"차설이 보기에 배새린은 새로운 고해리가 될 자질이 충분했어. 고해리처럼 살고 싶다는 열망으로 들끓던 애였으니까."

오디션 영상 속 배새린은 내가 보기에도 해리에 대한 동경으로 가득해 보였다. 해리처럼 머리를 땋고 해리처럼 눈웃음을 짓고 해리처럼 말했다.

—스노볼에 가면 가장 하고 싶은 일요? 당연히 해리랑 친구가 되는 일이죠! 저희 아빠가 말하시길 제가 아주 어렸을 때 텔레비전에 해리가 나오면 '나야, 나, 새린이.' 하면서 달려가 화면에 뽀뽀를 했대요. 해리도 쌍둥이 같은 저를 보면 첫눈에 마음을 빼앗길걸요?

배새린은 말끝에 사랑스러운 눈웃음을 지었다. 해리에 비하면 훨씬 꾀죄죄한 몰골이었지만, 눈빛만큼은 총명하게 빛났다.

"하지만 보다시피 큰 문제가 있었어."

차향이 방에서 들고 나온 편지를 만지작거리며 말을 잇는다.

"배새린이 세 살 때 얼굴에 화상을 입은 거야. 그래서 차설은 배새린을 고해리로 카메라 앞에 세우기 전, 솜이 언니의 도움을 받아 몰래 화상 치료를 시켰어. 솜이 언니는 스노볼에서 가장 유능한 성형외과 전문의이고 고분고분 잘 따르는 여동생이니 믿을 수 있었겠지. 그런데, 그렇게 모든 게 차설의 계획대로 되어 가던 중에 예상치 못한 일이 일어난 거야."

차향의 얼굴에 그늘이 드리운다.

"그 아이가 스스로 목숨을 끊어 버렸어. 고해리로 살아 내기에 조금 여린 줄은 알았지만……."

차향이 깊은 한숨을 뱉어 내자 주변의 공기가 차갑게 가라앉는다.

친딸의 인기와 성공을 질투하는 엄마, 친손녀의 죽음에도 눈 하나 깜짝하지 않는 할머니, 액터의 삶을 도구처럼 이용하는 디렉터. 그런 어른들 속에서도 고해리는 언제나 웃고 있었다. 아니, 웃도록 종용되고 있었다.

채널 60번을 틀면 언제나 웃고 있던 해리가 생각나 가슴이 시리다. 나는 너를 보며 스노볼을 꿈꿨는데, 너는 죽음을 꿈꾸고 있었다니. 가슴에 난 구멍으로 얼음물이 흘러내리는 것 같다.

"원래는 내가 그 아이를 맡으려고 했었어. 차설이 배새린을 새로운 고해리로 만들 거라는 편지를 보내왔을 때, 기존의 아이는 나에게 보내라고 답장했었어. 안 그러면 차설이 완전 범죄를 위해서 그 애를 죽일 것 같았거든."

"말도 안 돼……."

차향이 쓸쓸한 얼굴로 고개를 떨어뜨린다.

"그 애가 스스로의 결정으로 지옥에서 벗어나면서 시간의 공백이 생겨 버렸어. 배새린은 아직 몇 달 더 치료를 받아야만 카메라 앞에 설 수 있었고, 그래서 차설은 너까지 끌어들인 거야. 배새린의 치료가 끝날 때까지 시간을 벌어 줄 대타가 필요했기 때문에."

나는 초밤 양에게 이득을 주려고 이 멀리까지 온 게 아니에요.

그 말이 얼마나 진실된 말이었는지 깨닫게 되자 온몸의 털이 곤두서는 기분이다.

나는 고해리도 아닌, 배새린의 **임시 대용품**에 불과했다.

"그러다 배새린의 치료가 끝이 났고, 원래대로라면 차설은 너를……."

차향이 잠시 머뭇거리다 결심한 듯 말을 잇는다.

"원래대로라면 차설은 너를 **처리**해야 했지만, 그새 네가 더 마음에 들어 버린 거야. 물론 배새린을 그냥 없애 버리기에도 아쉬움이 남았지. 일 년 가까이 치료까지 해 가며 공들였으니까. 그래서 차설은 나한테 편지를 보냈어. 고해리를 맡고 싶다던 내 마음이 아직도 유효하다면, 이미 죽어 버린 고해리 대신 배새린을 맡기고 싶다고. **여분을 확보**해 놓는 건 차설 입장에서 보험처럼 든든한 일이니까."

차향이 혼란스러운 얼굴로 나를 바라본다.

"근데 어떻게 배새린이 아닌 네가 온 건지……."

나는 해리를 꼭 닮은 배새린이 나를 기절시킨 순간을 이야기한다. 이후 배새린이 카메라 사각지대에 숨어 내게 자신의 환자복을 입히고 내 옷을 자신의 몸에 걸치는 모습을 상상한다. 그런 다음 벽 뒤로 돌아서 반대편 사각지대로 이동했겠지.

그렇게 배새린은 예정대로, **새로운 고해리**가 된 것이다.

차향이 방에서 갖고 나온 편지들을 창살 너머로 말없이 집어넣는다.

편지는 차설의 필체로 빼곡했다.

요즘 배새린의 오디션 영상을 계속 보고 있어. 그 흉측한 상처만 없으면 정말 딱 내가 바라던 고해리인데…… 솜이한테 치료를 맡기면 감쪽같이 나아질 것도 같고……. 요즘 이래저래 골치가 아프네. 이럴 때 향이 너랑 술 한잔하면 참 좋을 텐데. 물론 너는 내 계획을 또 반대했겠지만 최소한 너한테는 숨기지 않아도 되니까. 역시 네가 맘대로 스노볼을 떠나게 두는 게 아니었어. 아직도 가끔 후회가 돼.

언니가 연락이 너무 뜸했지? 사실 그간 좀 바빴어, 배새린을 데려왔거든. 해리가 불치병에 걸려 시한부 판정을 받았다고 말하자마자 걔 눈이 빛나는데, 내가 굳이 거짓말을 할 필요도 없겠더라. 오히려 문제는 병실의 카메라들을 제거하는 일이었는데, 다행히 솜이 덕분에 잘 해결됐어.

나는 편지를 손에 쥔 채로 구겨 버린다.

"나한테 이런 것들을 보여 주는 꿍꿍이가 뭐야? 결국 당신도 한패잖아."

"언젠가는 도움이 될 거라고 생각해서 차설이 갖고 있던 자료 일부를 몰래 복사해 왔어. 그 애가 오면 모든 걸 알려 주고 싶었는데…… 그 애는 자기가 죽어도 고해리는 죽지 않는다는 걸 몰랐어. 걔가 너무 아무것도 모르고 죽어 버려서, 아니, 아무것도 몰랐기 때문에 그렇게 죽은 거라고 생각해. 너만큼은 잘못된 선택을 하지 않길 바라는 마음이야."

"해리한테 잘못한 걸 왜 나한테 속죄해? 해리가 살아 있었을 때 말했어야지! 당신이라면 차설을 설득해서 해리를 지켜줄 수 있었잖아!"

차향이 말없이 고개를 숙인다.

"해리를 닮은 사람이 세상에 또 존재한다고 해도, 해리만이 해리잖아. 어떻게 멀쩡히 살아 있는 해리를 다른 사람으로 교체할 생각을 해?"

난 절대 고해리를 불행하게 하지 않아.

그때 차설의 눈빛이 생각나 가슴이 뻐근해진다.

하지만 이내 내가 차설에게 얼마나 쉽게 속아 버렸는지, 또 얼마나 쉽게 해리의 삶에 심취했었는지를 떠올린다. 해리의 삶을 탐했던 나 자신이 부끄러워서 어딘가에 숨고만 싶다.

심장이 터질 듯이 뛰면서 온몸이 부들부들 떨린다.

……나는 차향을 원망할 자격이 없다.

"먹지도 않고 그렇게 울면 탈진해."

차향의 말에 손등으로 턱을 쓸자 눈물이 묻어난다.

"안 하겠다고 해야 했어, 그날 차 안에서 거절해야 했어……."

울음이 섞여 떨리는 내 목소리와 달리 차향의 목소리는 흔들림 없이 단호하다.

"차설이 너를 찾아갔을 때부터 너에게 다른 선택지는 없었어. 크리스마스 파티가 코앞이었잖아. 차설은 어떻게든 너를 설득해 냈을 거야. 스노볼 디렉터들은 대부분 반쯤 미쳐 있고, 차설은 그중에서도 제일 미친년이니까."

자꾸만 고이는 눈물 때문일까, 차향의 얼굴이 이리저리 뒤틀린다.

"아, 차설 못지않게 미친놈이 하나 더 있긴 하다."

무기력한 목소리로 체념한 듯 보이던 차향의 눈빛이 돌연 공격적으로 바뀐다.

"차귀방."

나는 가만히 눈을 끔뻑거린다. 차귀방이라면 차향의 할아버지다. 조미류 언니를 주인공으로 한 드라마로 최고 명예 훈장까지 받은 명감독.

"이미 할아버지 때부터 미친 집구석이야. 뭐, 그 집구석에서 태어나 한평생 따뜻하게 잘 살아온 나도 별반 다를 건 없지만."

차향이 이번에는 와인을 딴다. 그러고는 두 개의 빨대를 하나로 길게 연결한 빨대를 쑥 꽂는다. 붉은 와인이 쉼 없이 쭉쭉 올라간다.

참을 수 없는 갈증이 느껴져 나는 차갑게 식은 미음을 물처럼 들이켠다.

*

1인용 소파 팔걸이에 두 다리를 올리고 앉아, 이전 문명 때 쓰인 판타지 소설을 읽다 말고 차향이 나를 슥 쳐다본다.

"뭐라고?"

"걷고 싶다고."

나는 차향이 앉은 소파와 기역자로 놓인 2인용 소파에 정자세로 앉아 있다. 오른손은 수갑이 채워진 채 침대 창살에 묶여 있고, 두 발은 각각 10킬로그램짜리 추가 달린 족쇄에 채워져 있다.

차향은 내가 언제라도 부엌으로 달려가 스스로 목에 식칼을 꽂거나, 폭죽처럼 자폭해 버릴 거라는 망상에 사로잡혀 있는 사람 같았다. 새장 침대 바로 아래 작은 가위가 떨어져 있던 걸 발견하고는 숨넘어갈 듯 놀라며 창문을 열고 가위를 던져 버리기까지 했다. 이후 가위를 써야 할 일이 생길 때마다 차향은 애처롭게 본인의 치아를 사용했다. 해리의 죽음에서 비롯된 트라우마인 듯했다.

"난 안 죽어. 아줌마를 죽이면 죽였지."

나의 이러한 입장 표명 역시, 지난 두 주간 나의 신체가 자유로워지는 데 전혀 도움이 되지 않았다.

"먼저 나갈게."

추를 두 개나 끌고 움직여야 하는 나는 부엌에서 꿈지락거리는 차향을 두고 먼저 집을 나선다.

의식도 없이 죽은 듯이 가만히 누워 있던 게 사흘, 그다음 열흘은 화장실과 거실을 오가는 게 전부였다. 나는 20킬로짜리 추를 차고도 시속 100킬로로 달릴 수 있는 짐승이 아니며 마을의 다른 퇴직자들을 찾아가 내가 해리의 대역을 했었다는 사실을 떠벌릴 생각도 없다는 걸 차향에게 설득시키기까지는 꼬박 이 주가 걸렸다.

말로 설득한 건 아니었다. 20킬로를 짊어지는 힘겨운 산책권을 따내기 위해 나는 지금껏 차향과 오목 227판, 포커 101판, 고스톱 359판을 겨뤘다.

나를 돌보고 감시하는 것 외에 차향은 딱히 하는 일이 없었다. 퇴직자 마을에 와서 사귄 친구가 한 명 있기는 하다던데, 만나러 가는 일도 없고 그 친구가 찾아오는 일도 없었다.

"스노볼에는 친구 좀 있었어? 사실 여기서도 말동무할 사람 나밖에 없지?"

"친구 한 명 있다니까? 스노볼에도 한 명 있었어. 드라마가 종영돼서 자기 고향으로 돌아갔지."

이따금 차향은 그 친구에 대해 이야기했다. 내가 핫초코를 먹고 싶어 하면 자기도 스노볼에 있을 때 그 친구 때문에 핫초코를 자주 먹었다는 식이었다.

그러다 하루는, 그 친구가 스노볼에서 처참하게 이용만 당하고 버려진 걸 본 뒤 디렉터를 그만두기로 결심했다고 얘기했다. 퇴직자 마을에 자발적으로 온 사람은 차향이 유일할 거라는 생각이 들었다.

메마른 흙바닥에 서서 현관문 밖에 달린 온도계를 확인한다. 오늘 낮 기온은 영하 8도, 차가운 공기가 폐로 스며들며 머리가 개운해진다. 고개를 들자 먹구름이 낀 하늘 아래 높은 유리 천장이 보인다.

퇴직자 마을은 스노볼과 마찬가지로 유리 돔에 둘러싸여 있었다. 다만 스노볼처럼 돔 내부에 스크린이 달려 있지는 않아, 늘 흐린 하늘과 광활한 설원, 그 너머의 거대한 산맥이 있는 그대로 다 보였다. 두꺼운 유리 돔의 뛰어난 방한 효과 덕분에 퇴직자 마을의 낮 기온은 언제나 영하 10도 안팎이라고 했다. 물론 밤에는 영하 20도 이하로 떨어지기 일쑤지만.

"와, 씨! 추워."

차향이 나와 몇 걸음 떨어져 걸으며 투덜거린다. 한겨울에도 영하로 떨어지는 법이 잘 없는 스노볼에서 삼십 년 가까이 살아온 사람이라 그런지 고작 영하 8도에 옷을 네 겹이나 껴입고 있다.

내가 왼쪽 추를 들어 한 걸음 앞으로 던진다. 이어 오른쪽 추를 들어 한 걸음 앞으로 던진다. 그런 뒤에 내 몸이 한 걸음 앞으로 나아간다. 마침내 정신을 차리고 보면 퇴직자 마을의 **경계**에 닿아 있다. 두꺼운 유리벽으로 만들어진 경계.

"야 초밥아, 눈 온다."

차향의 입에서 피어난 하얀 입김을 따라 고개를 드니 꽤나 굵은 눈송이들이 하나둘 떨어져 내리고 있었다. 물론 유리벽에 막혀 직접 만져 볼 수는 없지만.

"초밤이라니까. 초여름 밤의 앞뒤 글자만 떼서, 초, 밤. 그 많은 고스톱 패는 안 헷갈리는 사람이 초밤이랑 초밥이 왜 헷갈려?"

"야, 내가 스노볼에 살 때 제일 좋아했던 음식이 초밥이었어."

"그래서 어쩌라고."

무안을 줘도 차향은 꿋꿋하게 자기 할 말을 한다.

"근데 바깥세상에도 초여름이라는 날씨 구분이 있냐?"

"아니, 딱히."

추를 의자 삼아서 쪼그려 앉아, 유리벽 너머에서 내리는 눈을 조용히 응시한다. 나머지 추를 차향에게 권해 볼 생각은 하지 않는다. 어차피 차향도 나와 가까이 붙어 있으려 하지 않는다. 내게 목 졸려 죽고 싶지 않다는 핑계를 대지만, 사실 우리는 서로의 존재에 익숙해지지 않기 위해 부단히 노력한다.

"너희 부모님은 왜 네 이름을 초여름 밤이라고 지으셨대?"

"엄마 아빠가 결혼한 해가 이본 미디어 그룹 창립 100주년이었어. 그때 다양한 사람들을 스노볼에 초대했었잖아."

나는 엄마에게 들었던 스노볼의 5월을 떠올린다. 초여름 밤의 선선함을 머금은 가로등 아래서, 장갑을 끼지 않은 맨손으로 아빠의 손을 잡고 산책하던 그 냄새와 온도를 엄마는 잊을수 없다고 했다.

"그래서 엄마가 나한테 초밤이라는 이름을 지어 준 거야. 쌍둥이 오빠 이름은 온기인데, 그건 당연히 애가 한 명만 태어날 줄 알고 아빠가 미리 지어 놓은 이름이었고."

"아, 맞다."

왠지 쓸쓸한 미소를 짓고 있던 차향은 겉옷 안주머니에서 뭔가를 꺼내 내 쪽으로 휙 던진다. 대충 묶어 맨 손수건의 매

듭을 풀자 따뜻한 호빵이 나온다. 어쩌 꼼지락거리면서 늦게 나온다 했더니, 호빵을 싸고 있었던 모양이다.

내가 호빵을 한 입 크게 베어 물자 차향이 뿌듯한 표정으로 묻는다.

"내 정성까지 더해져서 더 맛있지?"

"글쎄, 족쇄를 풀어 주면 맛있을지도."

차향이 주머니에 넣어 두었던 소주를 꺼내 뚜껑을 열고 빨대를 꽂는다.

"너는 어쩜 비싼 걸 먹여 줘도 감사를 모르냐."

"차설이 보내 준 돈으로 산 거면서 생색은."

차향이 머쓱하게 웃으며 술을 쪽 빤다.

"아줌마 술값도 차설 돈 맞지?"

"미쳤냐, 내가 그 인간 말종한테 술값 동냥을 받게."

"하루 종일 나 감시하느라 발전소에 출근도 못하는데 생활비 정도는 받아도 되잖아."

"차설한테 도움받으면서 편하게 살 거였으면 애초에 퇴직자 마을로 오지도 않았어."

"도움받는 건 싫으면서 도움은 왜 줘?"

"뭐?"

"아줌마가 나 돌봐 주고 감시하는 거, 차설한테 도움되는 일 아니야?"

"야, 나는 차설을 돕는 게 아니고 널 살리는 중인 거지."

차향이 나를 꽤나 안타까운 얼굴로 바라본다.

"……넌 이제 스노볼에 있을 수도, 고향으로 돌아갈 수도 없는 처지잖아."

그간 겪은 일을 절대 발설하지 않겠다고 혈서를 쓰더라도 차설이라는 인간은 나를 자유롭게 풀어 주지 않을 것이다.

"그렇게 안됐다는 표정으로 물끄러미 쳐다보지 말고 이 족쇄나 좀 풀어 주지?"

"어딜 싸돌아다니려고 자꾸 족쇄를 풀어 달래? 너 함부로 돌아다니다가는 여기 인간들 사이에서 이상한 소문 나는 거 한순간이야."

"여기저기 돌아다닐 생각 없어."

나는 유리벽 너머 풍경을 바라본다. 바람과 함께 하얀 눈이 세차게 내리며 온 세상을 하얗게 만들고 있다.

"다시 스노볼로 가기만 하면 돼."

"뭐?"

차향은 적잖이 놀란 얼굴이다. 까무잡잡한 피부가 창백해 보일 정도로.

"내가 스노볼에 돌아갈 수 있게 아줌마가 도와줘."

차향의 미간이 구겨진다.

"……너 설마 다시 고해리로 살고 싶은 거야?"

"아니."

나는 천천히 자리에서 일어나 차향을 똑바로 응시한다.

"고해리를 죽이고 싶어, 차설이 다시는 고해리를 이용할 수 없도록."

아무도 하지 않은 일

"지난 삼 주 동안 곰곰이 생각해 보고 하는 말이야. 즉흥적인 결심이 아니라."

"언제 곰곰이 생각했는데? 너 혼자 속앓이하거나 안 좋은 생각할까 봐 내가 옆에 딱 붙어서 쉬지도 않고 바둑알 깔고 패 돌리고…… 그런데 뭘 언제 곰곰이 생각했다는 건데?"

차향이 거실 테이블을 내리치며 버럭 화를 낸다. 테이블 위에 놓여 있던 술병이 쓰러지면서 술이 바닥에 흐른다. 평소 같으면, 내 피 같은 술이라며 살쾡이처럼 달려들어 혀를 내밀었을 차향이 오늘은 눈길조차 주지 않는다. 차설과 닮은 갈색 눈동자에 지나친 걱정과 불안이 드리운다.

"내가 아줌마한테 왜 그렇게 많이 졌겠어, 머리로는 계속 딴생각을 하고 있었으니까 그렇지."

사실 이건 거짓말이다. 매일 술을 끼고 살아도 차향은 언제나 머리 회전이 빨랐다. **자발적인 실패자**가 되기에는 아까운 사람이었다.

"고해리를 죽이겠다니? 배새린을 죽이겠다는 건 아닐 거고, 그럼 대체 스노볼에 가서 뭔 짓을 하겠다는 건데? 아니, 가서 뭔 짓을 해 볼 수나 있을까? 네가 함부로 스노볼에 들어온 걸 알면 차설이 널 죽일 거야. 개한테는 그런 게 너무 쉬워, 남의 인생 따위, 남의 목숨 따위 하나도 귀하게 생각하지 않는다고!"

흥분한 차향을 진정시키기 위해 나는 차분히 이야기를 시작한다.

"내가 생각을 해 봤어."

앞으로 내 인생은 둘 중 하나이다.

일단 시작은 같다. 여기서 계속 이렇게 차향과 고스톱을 치고 오목을 두면서 하루하루 살아간다. 차향이 나를 믿고 신뢰하는 날이 오면 족쇄와 수갑은 사라지겠지만, 마음까지 자유로워지는 때는 끝끝내 오지 않을 것이다. 퇴직한 디렉터도 아니면서 퇴직자 마을에 살게 된 나는 남들에게 들키면 안 되는 도망자 신세나 마찬가지이기 때문에 이곳 인력 발전소에서 일을 할 수도 없을 것이다. 내가 그렇게 지긋지긋해했던 일마저 할 수 없는 처지가 되는 것이다.

그러다 차향이 말한 대로, 배새린마저 마음에 들지 않아 차설이 나를 또 찾게 된다면 나는 다시 스노볼에 가서 해리의 삶을 훔치게 될 것이다.

만약 그와 반대로, 배새린이 차설의 분신처럼 모든 것을 훌륭하게 해낸다면? 나는 도망자 같은 처지로 이곳에서 평생을 숨어 살아가겠지. 다시는 내 가족을 만날 수도 없을 것이다. 죽을 때까지 목소리 한번 들을 수 없을 것이다.

뭐 하나 뜻대로 할 수 없고 사랑하는 사람의 온기도 느낄 수 없다면, 그건 사실상 죽은 거나 마찬가지다. 그러니까 내가 스노볼에 가려는 것은, 가서 고해리를 죽이고 전초밤을 되찾으려는 것은, 자폭이 아니라 다시 살아가기 위해서이다.

"가만히 앉아서 죽음에 가까워지는 건 나랑 안 맞아. 우리 아빠한테 물려받은 적성이 아니야."

차향이 힘없이 고개를 떨어뜨린다.

"내가 참……."

오랫동안 내 얘기를 듣느라 굳게 다물고 있던 입술이 힘겹게 떨어진다.

"미안하다. 너를 보호하겠답시고 내가 너무 가둬 뒀어. 너지금 그 부작용이야, 그동안 산송장 같은 기분이었던 거지. 이해해……."

나는 단호하게 고개를 젓는다.

"내가 살던 마을에, 한때 굉장히 유명했던 액터가 있어. 아줌마도 알걸, 조미류라고."

차향의 할아버지인 차귀방 디렉터가 만든 드라마의 주인공이니 모를 리 없다고 생각하긴 했지만, 차향은 내 생각보다 훨씬 놀란 눈치다.

"그 언니가 우리 마을에서 어떻게 사는지 보면 아줌마도 내 마음을 이해할 텐데……. 그 언니는 마을 사람들한테 유령이고 병균이야. 사람들과 닿을 수도 없고, 닿아서도 안 되는 존재처럼 살면서 자기 이름마저 잃어버렸어. 아무도 그 언니의 이름을 부르지 않거든."

그러고 보니,

"사고 치료는 잘됐으려나, 그 언니."

차향이 언성을 높이며 말을 끊는다.

"치료? 왜, 어쩌다 다쳤는데!"

내 근처에는 얼씬도 않던 차향이 세상이 무너진 표정으로 내 팔을 붙잡는다.

"뭐야…… 고향으로 돌아갔다던 아줌마 친구가 혹시 조미류 언니야?"

"왜 다쳤냐니까? 어디서, 얼마나!"

나는 차향을 겨우 진정시키며 그날 내가 본 것에 대해 이야기한다. 조미류 언니가 길가에 피를 흘리고 쓰러져 있던 모습, 내가 조미류 언니를 끌고 발전소까지 갔던 과정, 쿠퍼 라팔리가 나를 찾아오고 차설이 나에게 이 저주 같은 제안을 했던 일, 마지막으로 조미류 언니를 보기 위해 다시 진료실로 들어갔던 순간까지.

"미친년!"

차향이 벌떡 일어나면서 그녀의 무릎에 부닥친 테이블이 번쩍 들렸다 쿵 하고 마룻바닥을 찧는다.

"누가 봐도 차설 리무진이 친 거잖아!"

"나도 그렇게 생각은 했……."

"아아악! 미친 사이코! 살인마! 또라이!"

나는 눈을 동그랗게 뜬 채, 이 분쯤 이어진 차향의 걸쭉한 욕설을 경청했다. 더 묻지 않아도 차향의 가장 가까운 친구가 조미류 언니였다는 게 증명됐다. 나는 당시 의사 선생님에게 들었던 진단을 전하며 지금쯤이면 다 회복됐을 거라고 차향을 달랬다. 깨어난 조미류 언니에게 검은 리무진에 대해 얘기했을 때 언니가 겁에 질린 얼굴로 구토를 했었다는 얘기는 일부러 하지 않았다.

차향은 1인용 소파에 무너져 내리며 이내 눈물을 터뜨린다. 우는 것마저도 평소 성격답게 목청껏 시원하게 운다. 마치 반평생을 참아 온 한을 터뜨리듯이 오열한다. 차설을 욕하고 허공에 발길질을 해 대며 울부짖는다. 유령이라니, 병균이라니, 어떻게 그런 취급을 받으면서 살고 있었어, 하고 중얼거리며.

수갑으로 묶여 있는 몸인지라 다가가 어깨를 토닥일 수도 없고, 좋아하는 술을 가져다줄 수도 없다. 그래서 수갑이 채워져 있지 않은 손을 최대한 뻗어 테이블 위에 있는 휴지 곽을 차향 쪽으로 툭 밀어 본다.

"여기 휴지……."

손끝이 닿을락 말락 하는 거리라서 힘을 실어 쳤는데, 휴지 곽이 날아가 고개 숙인 채 울고 있는 차향의 정수리를 탁 때린다.

"차귀방, 개새……."

조미류 언니의 담당 디렉터였던 친할아버지를 욕하는 차향의 목소리가 뚝 끊긴다.

"앗, 미안. 눈물 닦으라고 던진 거였어, 욕은 계속해도 돼."

차향이 눈물을 주룩주룩 흘리다 말고 나를 쳐다본다.

"야, 근데 왜 조미류는 언니고 나는 아줌마냐. 개랑 나랑 두 살 차이밖에 안 나는데."

그렇게 말하고는 다시 엉엉 울어 버리니 참 난감해진다.

"그냥…… 우리 사이에 언니는 너무 정겹지 않나."

내가 어깨를 으쓱하자, 피식 웃음이 터진 차향의 볼을 타고 눈물 한 줄기가 또 흘러내린다.

"고마워, 전초밤. 조미류 살려 줘서."

이곳에 와서 아마도 처음으로, 나는 차향을 향해 가볍게 웃어 보인다.

이따 우체국 좀 들러 줄 수 있어요? 조미류 앞으로 온 편지 없냐고 한 번만 물어봐 줘요.

조미류 언니가 기다리던 그 사람이 나를 보고 씩 웃는다.

수갑을 푼 지 꼬박 마흔여덟 시간이 지났지만, 내 몸을 내 의지대로 사용할 수 있다는 기쁨은 여전히 새롭다. 얼굴에 묻은 비누 거품을 씻어 내기 전 슬쩍 말한다.

"조미류 언니한테 크리스마스카드 좀 보내 주지 그랬어."

차향이 화장실 문간에 삐딱하게 기대서서 술병에 꽂은 빨대를 쪽 빤다.

"여기는 우체국 같은 거 없어. 전화기도 없고, 외부와 모든 교류가 불가능해."

차향은 스노볼에서 물류를 싣고 오는 트럭 한 대만이 이 마을과 외부를 연결하는 유일한 통로라고 말한다. 바로 그 트럭을 통해 차설과 차향은 나를 나무 상자에 담은 채 물건처럼 주고받을 수 있었다.

"그럼 차설하고는 어떻게 편지를 주고받아?"

차설은 여전히 한 달에 두세 번씩 차향에게 안부 편지를 보내와 '전초밤'이 해리로서 곧잘 해내고 있다는 얘기를 했고, 차향은 매번 '배새린'을 잘 감시하고 있다는 거짓 답장을 썼다.

"그건 차설도 나도 백이 있으니까."

"백?"

차향은 손에 들고 있던 수건을 내게 휙 던지고 소파로 걸어가 풀썩 내려앉는다.

"뭐, 그런 게 있어."

나는 수건으로 얼굴의 물기를 닦아 내며, 차향이 눈물 콧물을 쏟느라 끊겼던 대화를 다시 시도한다.

"그럼 그 백으로 나 좀 스노볼에 다시 넣어 주면 안 돼? 그 나무 상자도 아직 밖에 있던데."

"카메라가 쫙 깔린 스노볼에 가서 뭘 어쩔 계획인데?"

"카메라가 CCTV 역할을 하는 건 아니잖아."

"차설은 네 얼굴이 촬영된 모든 필름을 볼 수 있어."

"그래도 일주일은 버틸 수 있잖아."

디렉터가 담당 액터의 영상을 확인하기 위해서는 일주일을 기다려야 한다. 전직 디렉터였던 차향이 이를 모를 리는 없다.

"아줌마가 스노볼에서 입던 깔끔한 옷 한 벌만 빌려주면, 고해리인 척 방송국에 들어갈 수 있어."

"방송국엘 가겠다고?"

"배새린이 생방송 카메라 앞에 서서 날씨 뉴스를 진행하는 순간에, 나도 고해리와 똑같은 모습으로 세트장에 나타나는 거야. 그럼 시청자들도 똑똑히 보게 되겠지, 고해리가 하나가 아니었다는 걸, 우리 둘 다 고해리가 아니라는 걸, 진짜 고해리는 이미 죽어 버렸다는 걸."

차향이 술병을 내려놓고 무겁게 입을 뗀다.

"네 계획은 자살 행위야."

날카로운 눈빛이 나를 똑바로 바라본다.

"배새린은 끝까지 자기가 고해리라고 우길 거야. 그럼 사람들이 보기에 문제가 되는 사람은 차설이 아닌 네가 되겠지. 차설에게는 아무런 타격이 없을 테고, 네가 모든 걸 망치려 한다는 걸 두 눈으로 똑똑히 확인한 차설은 너를 죽일 거야."

차향은 차설이 나를 죽일 거라는 얘기를 하면서 눈 하나 깜짝하지 않는다.

반면 나는 우물쭈물 도움의 손길을 뻗는다.

"아줌마가 증인이 되어 주면……? 아줌마가 가지고 있는 차설의 편지들하고……."

"실패한 전직 디렉터의 말을 누가, 왜 믿어 줄까? 스노볼 밖으로 쫓겨난 동생이 잘나가는 언니를 시기 질투한다는 음모론을 펼치는 사람은 없을까?"

무리한 부탁이라고 생각하긴 했지만, 차향은 냉담할 만큼 쉽게 거절해 버렸다.

"그럼 영원히 아무것도 하지 말고 이렇게 살라고? 차설한테 주먹 한번 날려 볼 수 없는 거리에서 평생 욕이나 하고 살라고?"

"너 그거 나 들으라고 하는 소리냐?"

"그럴 의도는 전혀 아니었는데, 하고 보니 틀린 말은 아니네."

한껏 굳은 내 얼굴을 보며 차향이 실소를 터뜨린다.

"너 할 말 다 했으면 이번에는 내가 곰곰이 생각해 본 걸 좀 말해도 되냐."

"그러든지 말든지."

나는 흐린 하늘이 보이는 창가를 향해 고개를 돌려 버렸고, 말없이 자리에서 일어난 차향은 늘 꼭 잠가 놓는 방에서 커다란 배낭 두 개를 들고 나온다.

"뭐, 나보고 이제 이 집에서 나가라고?"

"이제까지 디렉터의 만행을 고발하겠답시고 **카메라를 마주 본** 액터는 단 한 명도 없었어. 당연한 얘기지, 액터가 카메라 앞에 대고 디렉터에 대한 불만을 늘어놓아 봐야 그 영상을 편집할 디렉터의 눈 밖에 나는 결과밖에 더 되겠냐. 생방송 카메라 앞에 서는 앵커나 기상 캐스터는 불만 없이 잘 살고 있는 액터들일 테니까 애초에 그런 깽판을 칠 일이 없고."

"무슨 얘기를 하고 싶은 거야?"

차향이 배낭 하나를 내 쪽으로 툭 던진다.

"아무도 하지 않은 일을 할 때는, 더 확실하게 사고를 쳐야 된다는 얘기야."

"……아줌마."

"뭘 또 감동받은 표정씩이나 짓고 그러냐."

어떻게 감동을 안 받겠어.

"지금 나랑 같이 스노볼로 가 주려는 거잖아! 맞지?"

차향이 다시 방 안으로 들어가며 말한다.

"그 전에 들를 데가 있어."

"얼마든지!"

"그래, 지금 많이 웃어 둬라."

차향이 소파에 앉은 내 머리 위로 아주 두툼한 겉옷을 획 던진다. 옷장에 오래 넣어 둔 퀴퀴한 옷 냄새가 훅 끼친다.

"뭘 어딜 가기에 그래?"

차향이 조끼 주머니에서 작은 수첩을 꺼내 펼친다.

"일단 처음으로 갈 곳은, 자-B-6동."

자-B-6동?

"바깥세상에 있는 마을에 간다는 거야?"

다시 방 안으로 들어간 차향의 목소리가 들려온다.

"나 바깥세상은 머리털 나고 처음이니까 초밥 네가 많이 도와줘야 된다. 어떻게 하면 영하 41도에서 안 얼어 뒈지는지, 그런 팁 같은 거 있으면 미리미리 알려 주고."

"아니, 스노볼 가자는 사람을 데리고 바깥세상은 왜 가는데?"

차향이 방문 밖으로 털모자와 가죽 장갑 등을 하나씩 집어 던지며 답한다.

"왜 가기는, 지원군 구하러 가는 거지."

살아남은 여자

새벽잠에 든 퇴직자 마을은 버려진 동네 같았다. 군데군데 깨지고 팬 아스팔트 도로가 미로처럼 이어져 있었고, 오래된 고층 건물들이 숲을 이루고 있다. 그리고 그 사이사이로, 퇴직자들이 사는 통나무집이 듬성듬성 늘어서 있었다.

"저 빌딩들은 다 뭐야?"

내가 물었다.

"여기 원래 있었어, **전쟁 문명** 때부터."

그렇지 않아도 무거운 배낭에 기어코 집어넣은 술 두 병 때문에 차향은 펭귄처럼 끙끙대며 들릴 듯 말 듯 욕을 뱉는다. 배낭 옆면에는 스키 플레이트와 폴이 한 짝씩 사이좋게 고정돼 있다.

"한 병 들어 줄까?"

차향이 고개를 젓는다.

"빨리 가기나 하자. 춥다."

벌써 추우면 안 될 텐데, 생각하며 나는 빠르게 걸음을 옮긴다.

"와, 죽겠다."

고작 몇 시간 걸었다고, 차향이 배낭도 벗어던진 채 얼음장이나 다름없는 바닥에 드러눕는다. 나는 그 옆에서 고개를 갸웃거리며 퇴직자 마을의 **출구**를 찾는다.

"뭐야, 문이 없잖아?"

우리가 도착한 곳은 차향네 뒷마당에 있는 것과 똑같은 유리 돔의 경계였다. 바람조차 빠져나갈 틈이 없는 출구라니?

"어? 뭐야, 저게?"

유리벽 바로 앞에 네모난 실루엣을 드리우고 있어 집인 줄 알았던 것에 큼지막한 바퀴가 열 개나 달려 있다. 자세히 보니, 육중한 트럭이다. 이층 버스만 한 크기에 건물 하나를 통째로 밀어 버릴 수도 있을 것 같은 거대한 제설 삽이 앞 범퍼에 달려 있다.

"왔어?"

누군가 트럭 운전석의 문을 열고, 2미터는 족히 될 것 같은 높이에서 휙 뛰어내렸다.

나는 본능적으로 고개 숙여 얼굴을 가리고, 차향은 여전히 바닥에 주저앉은 채 내 종아리를 툭툭 치면서 괜찮다고 말한다.

"인사해, 내 백."

"뭐?"

어리둥절하게 서 있는 내게 상대가 먼저 손을 내밀어 악수를 청한다.

"반가워요, 황산나라고 해요."

여자가 눈 아래까지 덮고 있던 목도리를 벗자, 오른쪽 뺨을 길게 가로지르는 흉터가 보인다. 황산나, 바이애슬론 챔피언십에서 **살아남은 여자**. 나는 입을 떡 벌린 채 그녀의 손을 어정쩡하게 마주 잡는다.

"어…… 안녕하세요."

황산나가 내 손을 잡은 채로 나를 찬찬히 관찰한다.

"과실주도 아니고, 차설이 난데없이 술향한테 왜 그렇게 사과를 많이 보내나 했어요. 역시 자기 동생에 대해 아는 게 뭣도 없는 개차반 언니구나 했는데, 그냥 인간쓰레기였네?"

황산나가 호탕하게 웃는다. 볼에 난 긴 흉터가 마치 보조개처럼 들어간다.

"챔피언십 결승전에서 얻은 상처…… 맞죠?"

황산나가 반갑다는 듯 되묻는다.

"그 경기 봤어요?"

나는 경외심 어린 눈빛으로 고개를 끄덕인다.

삼 년 전 그날, 볼을 가로지르는 탄환을 시작으로 황산나는 다섯 곳에 총상을 입었다. 하지만 열여덟 명의 선수에게 각각

주어진 제한 시간이 모두 끝날 때까지도 그녀는 숨이 붙어 있었고, 여자부 챔피언은 탄생할 수 없었다.

"어떻게 여기에 계세요? 퇴직자 마을은 전직 디렉터들만 사는 곳인 줄 알았는데."

황산나가 바닥에 널브러진 차향을 일으켜 세운다.

"일단 타요, 가는 동안 다 얘기해 줄 테니."

트럭의 운전석은 하나의 긴 좌석으로 되어 있었고, 네 사람쯤 충분히 앉을 만큼 넓었다. 나는 황산나와 차향 사이에 앉아 유리벽에 가로막힌 정면의 돔을 바라보았다. 황산나가 양손으로 핸들을 꽉 잡고 클러치를 밟자 트럭에 시동이 걸리고 헤드라이트가 켜졌다.

"이건 내 지문으로만 시동이 걸려요."

황산나가 양손을 핸들에서 떼자 트럭의 시동이 바로 꺼져 버린다. 황산나의 고갯짓에 내가 왼손을 뻗어 핸들을 잡으니 시끄러운 경고음이 차 안을 가득 채운다. 나는 재빨리 핸들을 놓는다.

"재미있죠?"

황산나가 다시 핸들을 잡자 트럭은 그 몸체의 크기만큼 밝고 넓은 헤드라이트를 쏘고, 몇 초가 지나자 놀라운 광경이 나타난다. 트럭의 헤드라이트 불빛을 받은 유리 벽면이 거울이 되면서 우리가 타고 있는 트럭의 모습을 반사시킨다.

차향도 이 광경은 처음 보는지 어린아이처럼 손뼉을 치며 좋아한다.

"와, 이게 언니가 말하던 거구나!"

황산나가 흡사 마술 지팡이 같은 기다란 기어를 앞뒤로 팍팍 움직이자 트럭이 천천히 앞으로 나아가고, 거울이 된 유리 벽을 그대로 통과한다. 나와 차향이 서로 마주 보며 감탄을 내뱉는다.

하늘과 땅의 경계가 불분명한 설원에서 트럭은 헤드라이트 불빛만을 의지한 채 맹렬하게 달려 나간다. 뒤를 돌아보니 커다란 짐칸에 시야가 막힌다. 잠시 후, 들뜬 차향이 어깨동무를 하듯 나를 끌어당겨 사이드 미러에 비친 풍경을 공유한다.

"와……"

떠오르는 태양을 반구형 모양의 거대한 거울이 반사시키고 있다. **거울 돔**은 너무도 깨끗해서, 반사되는 태양이 아니면 저곳에 거울이 있다는 걸 알아보지도 못할 정도다.

입을 떡 벌린 나를 향해 황산나가 가벼운 웃음을 띤다.

"이 산맥이 앞으로 400킬로미터 정도 쭉 이어지거든요? 그 끝에 가면 바로 스노볼이 있어요."

장엄한 얼음 산맥이 거대한 거울 돔을 관통하고 있다.

차향이 사이드 미러에 시선을 고정한 채 말한다.

"원래는 저기가 스노볼이었던 거 알아?"

"진짜?"

나는 수업 시간에 배운 내용을 떠올리며 눈을 동그랗게 뜬다.

스노볼은 대대적인 **이주**를 감행한 적이 있었다. 이본 미디어 그룹은 그때 처음으로 액터 오디션을 개최했고, 그다음 해부터 드라마를 방영하기 시작했다.

"저 돔은 왜 밖에서 안을 못 보게 만들었을까?"

"당시에 저 돔은 방어용이자, 위장용이었으니까."

차향은 이백 년 전에 갑작스럽게 시작된 혹한기에 대해 이야기한다. 세계 경제가 무너지고 정부가 무너지고 결국은 국가라는 개념이 희미해진 시기. 아직은 여기저기 따뜻한 지역이 남아 있고, 일반 시민에게도 자가용이라는 이동 수단이 있었던 시절. 일찌감치 추위에 굴복해 그에 적응해 가는 사람은 소수였다. 대부분은 조금이라도 더 따뜻한 지역을 찾아 유목민처럼 마을과 마을을 떠돌아다녔다. 따뜻한 지역에 사는 사람들은 외부인의 침입을 막기 위해 울타리를 치고 총을 들었다.

그리고 거울 돔으로 울타리를 세운 저곳에는 '이본'이라는 이름을 가진 젊은 여자가 살고 있었다. 그녀의 집안은 전쟁 문명 때부터 신문사와 방송국을 비롯해 굵직굵직한 사업체를 소유한 부자 가문이었고, 오롯이 자신들의 사비로 거울 돔을 세워 외부인으로부터 지역 주민을 지켜 내고 있었다.

이본이라는 젊은 여자는 그것만으로는 부족하다는 걸 아주 잘 알고 있었다.

"무력으로는 평화를 이룰 수 없습니다. 우리에게 남은 마지막 온기는 아주 제한적이며, 공정한 시스템의 부재 속에서 우리는 끊임없는 유혈 사태를 반복하였습니다. 그러나 오늘부터, 바로 이곳에서 우리는 세상의 균형을 이루어 나갈 것입니다. 더 이상 총을 들 필요가 없습니다. 피를 흘릴 필요도 없습니다. 스노볼은 인류 역사상 가장 평화로운 방법으로 세상의 균형을 이룰 것입니다.”

차향은 이본 미디어 그룹의 창업주인 **이본 회장**의 그 유명한 ‘스노볼 연설’을 토씨 하나 틀리지 않고 재연했다. 그러자 황산나가 대시 보드에 달린 내비게이션을 확인하면서 감탄했다.

“아, 수업 시간에 듣던 내용이 그거구나? 새로 지은 돔은 외부의 적을 막기 위한 용도가 아니니까, 겉면이 위장용 거울일 필요가 없었다, 그래서 유리 돔이 됐다…… 와, 이제야 이해가 되네.”

황산나는 뒤늦게 학구열이 불타오른 학생처럼 질문한다.

“근데 저 돔을 유리로 바꿔서 계속 쓸 수는 없었나? 왜 굳이 이사를 갔지?”

“그야 저기는 강력한 지열이 없었으니까.”

차향은 심드렁한 얼굴로, 이본 회장이 지금의 스노볼 지역을 찾아내기 위해 전세기로 지구 두 바퀴를 돌았다는 일화를 짧게 덧붙인다.

“저 거울 돔이 세워진 곳은 이본 회장의 고향이었을 뿐, 지구의 마지막 지열이 끓어오르는 곳은 아니었어.”

말을 많이 하다 보니 술 생각이 나는지 차향이 입맛을 다시는데, 갑자기 어디선가 삐삐거리는 경고음이 들려왔다.

앉은 자리에 미역처럼 늘어져 있던 차향이 벌떡 몸을 일으켜 긴장된 얼굴로 황산나를 바라본다.

"그거야?"

황산나의 목소리는 차향을 안심시키듯 차분하고 단단하다.

"어, 그거."

나는 두 사람을 번갈아 바라본다.

"그거라뇨?"

황산나는 나를 향해 의미심장하게 미소 짓는다.

"아까 나한테 왜 퇴직자 마을에 있느냐고 물었죠? 스노볼이 이 물자 수송 트럭을 왜 퇴직한 디렉터가 아닌 퇴출된 액터한테 맡겼냐 하면……."

차향이 황산나의 말을 가로채 대신 대답한다.

"이 언니가 디렉터들한테 쥐약이라서 그래."

사람의 신경을 미세하게 긁어 대는 삐삐 소리는 여전하고, 황산나가 호탕하게 웃으며 말을 잇는다.

"퇴직자 마을에는, 디렉터 시절에 벌어 놓은 재산을 진작 다 탕진하고 발전소에서 일당을 받아 근근이 살아가는 인간들이 많아요. 그러다 보면 이 트럭에 실린 식량이나 담배, 술 같은 걸 탈취해 보고 싶다는 헛된 욕망이 드는 거지. 짐칸을 여는 열쇠는 트럭 운전수인 내 지문이고, 나만 제압하면 물자를 훔칠 수 있는데……."

이번에는 황산나가 먼저 말끝을 흘리며 차향에게 뒷말을 넘긴다.

"총을 맞고도 안 뒈진 년을 우리가 고작 칼이나 몽둥이 정도로 어쩔 수가 있나 싶은 거지."

황산나가 사형수가 되고, 바이애슬론 경기장의 인간 과녁이 된 건 그녀의 담당 피디를 칼로 찔러 죽였기 때문이다. 아주 잔혹한 살인이었다고, 당시 뉴스는 그렇게 강조했다.

"저 언니가 결승전 과녁이 됐다는 뉴스가 발표됐을 때 퇴직자 마을이 온통 축제였대. 감히 디렉터를 찔러 죽여? 저런 년은 벌집이 되도록 총을 맞아 뒈져야 돼, 뭐 그런 개소리들을 하면서 다 같이 술집에 모여 앉아 결승전을 봤겠지."

차향은 상상만 해도 웃겨 죽겠다는 얼굴로 말을 잇는다.

"근데 어라? 저년이 이리저리 피해 다니면서 죽어도 안 죽네? 총을 다섯 발이나 처맞고 쓰러져서 겨우 숨만 붙어 있는 주제에 하늘에 주먹을 쳐들고 챔피언처럼 구네? 와, 저 독한 년, 무서운 년. 저런 년하고는 엮이지 말아야 돼. 그런 생각을 하면서 가슴을 쓸어내리는데, 또 어라? 어느 날 갑자기 그년이 우리 마을 트럭 운전수로 배정돼 왔네? 마음 같아서는 떼거리로 몰려가서 한번 밟아 버리고 싶었겠지만, 그랬다가는 **평화 유지 각서**를 위반하는 거라 결국 지들 무덤 파는 꼴이 되거든."

차향은 퇴직한 디렉터들이 스노볼을 떠나기 전 평화 유지

각서에 지장을 찍는다고 덧붙였고, 황산나는 자신의 전임 운전사 역시 퇴출당한 액터였으며 술 취한 퇴직자들의 폭동에 의해 희생됐다고 짤막하게 설명한다. 그 폭동에 대한 처분으로 스노볼은 육 개월간 새로운 트럭 운전수를 배정하지 않았고, 그동안 퇴직자 마을은 스노볼로부터 그 어떤 물자도 공급받을 수 없었다.

"그래도 여전히 정신 못 차리고 깔짝대는 인간들이 있어요."

황산나가 자신의 겉옷을 살짝 들어 올려 허리춤에 차고 있는 권총 두 자루를 보여 준다.

"참고로, 퇴직자 마을의 유일한 이 총들도 내 지문에만 반응한다는 사실."

황산나가 이를 드러내고 씩 웃는데, 좀 더 커진 경고음이 다시 내 귀를 사로잡는다. 왠지 경고음이 반복되는 간격도 점점 더 짧아지는 것 같다.

"아까부터 무슨 소리예요? 규칙적으로 들리는 거 같은데."

내 질문에 차향의 웃음기가 순식간에 말라 버린다.

황산나는 담담한 어투로 무시무시한 대답을 내놓는다.

"아, 시한폭탄이에요."

"……예?"

"나는 스노볼에서 고용해 놓은 트럭 운전수니까 내 본업만 열심히 해야 되거든요. 정해진 경로 밖으로 나가면 경고음이 울려요. 경로 밖으로 멀어지면 멀어질수록, 벗어난 시간이 길어지면 길어질수록 경고음이 크고 잦아지다가, 삐이이이─하고 심정지 같은 소리가 들리면 폭탄이 팡 터지는 거지."

팡, 황산나의 목소리는 풍선이 터지는 순간을 묘사하는 것처럼 가볍고 경쾌하다.

"폭탄이 터진다고요?"

"걱정 마요, 그전에 두 사람 내려 주고 난 다시 갈 길 갈 거니까."

나와 차향의 목적지는 스노볼과 퇴직자 마을의 중간쯤에 있는 기차역이었다.

"……그러면, 이 폭탄이 언제쯤 삐이이이─가 되는 건지 타이밍 같은 것도 알고 계신 거죠?"

"글쎄요, 경로를 벗어나는 게 오늘이 처음이라서 나도 정확히는 모르겠네."

무책임한 황산나의 대답에 두 손 두 발 든 내가 침을 꿀꺽 삼킨다.

스키 고글을 쓴 연구원

삐삐, 삐삐, 삐삐.

트럭을 타고 출발한 지 네 시간 가까이 지났다. 경고음은 이제 거의 일 초 간격으로 울리고 있다. 모두의 안전을 위해 나와 차향은 여기서부터 기차역까지 남은 거리를 스키로 이동하기로 결정한다. 우리는 차향이 스노볼에서 챙겨 온 보온 마스크와 스키용 고글을 착용하고 옷 속에 핫 팩을 붙인다.

곧이어 황산나가 트럭을 멈춰 세운다.

"언니, 고마워."

"바깥 추위에 네가 잘 적응할지 모르겠다."

황산나는 차향에게 걱정 어린 눈빛을 보낸 뒤 내게는 멋진 보조개를 보여 준다.

"행운을 빌어요. 지원군 설득에 꼭 성공하길!"

"네, 정말 감사합니다!"

삐삐삐삐삐삐.

무시무시한 경고음과 함께 트럭에서 내린 우리는 재빨리 스키 장비를 착용한다. 저 멀리, 우리의 목적지인 기차역이 눈곱만 하게 보인다.

스키를 타고 나란히 미끄러져 가던 차향이 불어오는 칼바람에 화를 낸다.

"악, 이 미친 바람!"

나는 마스크 속에서 그새 점막이 얼어 버린 코를 장갑 낀 손으로 톡톡 만져 본다. 숨을 들이쉴 때마다 허파를 찌르는 한기에 어이없게도 고향의 반가움이 느껴진다.

"아아아악! 추워 뒈지겠네 진짜!"

차향은 괴성과 욕설로 추진력을 얻는다. 스노볼에 살 때 스키 타는 걸 좋아했다더니, 눈길을 가르며 날렵하게 앞으로 나아간다. 매일 술만 마시면서 소파에 늘어져 있던 그 사람이 맞나 싶을 정도다.

좀처럼 가까워질 생각이 없어 보이는 기차 플랫폼을 보며 내가 큰 소리로 묻는다.

"그 시한폭탄이라는 거 말이야! 트럭 어디에 장착돼 있는 거야?"

차향이 까마귀처럼 울면서 대답한다.

"아아악, 어디더라, 6번 척추렸나?"

"어?"

"아우 씨, 미친!"

차향은 욕설을 하면서도 꼬박꼬박 답을 한다.

"폭탄 그거, 그 언니 몸 안에 달려 있는 거라고!"

"뭐어?"

"우리 대가리만 한 폭탄이 요란하게 펑 터지는 게 아니고, 네 손톱 크기 정도 되는 장치가 운전수 심장만 깔끔하게 정지시키는 거라고! 스노볼에서 미쳤다고 트럭을 터뜨리겠냐! 그 비싼 걸!"

그럼 방금 전까지 목숨을 담보로 달리고 있던 건 우리 세 사람이 아니라 황산나 혼자였다는 거잖아?

"자기가 죽을 수도 있는데 우리를 도와줬단 말이야?"

"어, 우리 백 좀 멋지지 않냐!"

마스크와 고글에 가려져 있지만, 나는 차향의 목소리에서 웃음기를 느낄 수 있다.

"왜? 왜, 나를 위해서 이렇게까지 도와줘?"

"빚진 기분 들 거 없어! 그 언니도 스노볼에 맺힌 한이 많아서 돕는 거니까!"

'만취로 인한' '우발적이고' '폭력적인' '잔혹 범죄'였다는 황산나의 '담당 디렉터 살인 사건'이 궁금해지지만, 그때 어디선가 기차 경적 소리가 희미하게 들려온다.

"아오, 젠장! 야, 기차 벌써 온다!"

또 한 번 욕설 부스터를 사용하는 차향을 따라 나도 속력을 높인다.

"그래 달려라, 초밥! 출발 못 하게 가서 몸으로라도 막아!"

"뭔 소리야, 아줌마가 먼저 가야지!"

지원군은 자-B-6동에 살고 있고, 그 말인즉 우리가 타려는 기차는 '자 호선'이다. 자 호선을 조종하는 기관사는 자 호선의 가장 끝 마을인 자-P-22동 사람이고, 자-P-22동은 내가 태어난 고향이다. 즉, 내 고향 사람인 제연 언니나 조옹 아저씨가 모는 기차를 타게 됐다는 소리다.

으, 제발 오늘 기관사가 조옹 아저씨이기를. 아저씨가 여전히 말수도 없고 남 일에는 아무 관심도 없으시기를!

"무슨 일로 오셨다고요?"

자 호선 기관사가 눈을 동그랗게 뜨고 묻는다.

나는 안이 들여다보이지 않는 불투명한 고글을 낀 채 입을 꾹 다문다. 차향은 가증스러울 정도로 정중하고도 인위적인 미소를 짓는다.

"지열을 체크 중입니다."

차향은 객실 안이 생각보다 따뜻해서 좋다며, 여우 꼬리로 만든 모자와 두꺼운 겉옷을 벗는다. 나도 그녀를 따라 말없이 겉옷을 벗는다. 우리는 검은 정장에 검은 넥타이까지 말쑥한 차림이 된다.

"기후 연구원이라는 사람들이 경호원처럼 정장을 빼입고 있으면 이상해 보이지 않을까?" 지난밤 내 질문에 차향은 자신을 믿으라고 했다. "누가 봐도 스노볼에서 온 사람인 것처럼 말끔하고 고급스러워 보이는 게 중요해."

차향은 기관사가 내려 준 따뜻한 홍차를 마시려고 과도하게 팔을 쭉 뻗는다. 그 덕분에 정장 소매에 가려져 있던 손목시계가 훤히 드러난다. 테두리에 작은 다이아몬드들이 알알이 박혀 있는 가죽 시계다. 누가 봐도 비싸 보인다. 나는 쿠퍼 라팔리가 나를 찾으러 발전소에 왔던 때를 떠올린다. 신고 있는 가죽 구두만으로도 나는 그가 스노볼에서 온 사람이라는 걸 알 수 있었다.

차향은 가슴을 쫙 펴고 허리를 꼿꼿하게 세운 채 홍차로 가볍게 입술을 적신다.

"바깥세상 마을에서도 스노볼처럼 자연에 의한 지열이 발생될 수 있다는 이론이 제기돼, 이본 미디어 그룹 차원에서 몇몇 마을을 샘플로 채택해 조사 중입니다."

순진한 자 호선 기관사가 경외심 어린 눈빛으로 우리를 바라본다.

"와, 정말 중요한 일을 하시네요."

나는 불투명한 고글 너머로 그 순진한 미소를 몰래 훔쳐본다.

"고글 안 불편하세요?"

자 호선 기관사가 내게 고글을 벗으라고 에둘러 말하지만,

나는 대답하지 않는다. 절대 이 고글을 벗을 수 없다.

차향이 대신 대답해 준다.

"아, 이 친구가 시력 교정 수술을 한 지 얼마 안 돼서 빛에 민감해요. 햇빛은 물론 실내조명도 각별히 조심해야 해요."

홍차를 마시며 가볍게 고개를 끄덕인다. 내 얼굴도 목소리도 들켜서는 안 된다. 내 얼굴이 해리와 완전히 똑같은 것도 문제지만, 더 큰 문제가 있었다.

"와, 역시 스노볼에는 별 수술이 다 있네요!"

이 순진해 빠진 자 호선의 기관사가 바로 내 쌍둥이 오빠 전온기라는 사실이다.

재수탱이 반장이 결국 온기의 성화에 진 모양이었다. 겁도 많고 혼자 있는 것도 싫어하는 애를 물류 열차 기관사로 뽑아 놓다니. 그래도 온기의 얼굴이 좋아 보여 마음이 놓였다.

자-A-1동의 발전소 반장이 우리가 타고 있는 기차 칸을 툭툭 치며 말한다.

"온기 씨, 우리 물건 다 내렸어, 출발해도 돼."

"아, 네!"

온기가 객실 칸의 작은 문을 열고 기관실로 넘어가며 친절하게 웃는다.

"그럼 두 분 따뜻하게 몸 녹이고 계세요."

문이 다시 꼭 닫히고, 온기가 씩씩한 목소리로 자-A-1동 반장과 인사를 나누는 소리가 어렴풋이 들려온다. 기차의 유일한 객실 칸에 남은 나와 차향이 긴장을 푸는 사이 기차가 서서히 속도를 높여 설원을 가로지른다. 바깥 풍경은 볼 수 없다. 내부 온도를 보존하기 위해 객실 칸에는 창문이 없다. 사실 이 칸은 기관사의 생활 칸이라고 부르는 게 더 정확하다. 벽에 붙어 있는 접이식 테이블 양쪽에 접이식 의자가 하나씩 달려 있는 게 좌석의 전부이다. 테이블 맞은편에는 역시나 벽에 고정된 간이침대가 하나, 그 옆에는 샤워실 겸 화장실이 조촐하게 딸려 있다.

"후아……."

열차와 기찻길이 맞부딪치며 내는 마찰음에 기대 조심스럽게 한숨을 내쉬어 본다. 조금 전, 기관실에서 나온 온기의 얼굴을 보고 화들짝 놀라 철렁한 심장이 아직도 명치 쪽에서 덜렁거리고 있었다.

"이거 써, 너 완전 웃겨."

차향은 선글라스를 건네지만, 나는 고개를 젓는다.

"아무리 순진하고 눈치 없는 놈이라고 해도 엄마 배 속에서부터 붙어 있던 핏줄을 무시하면 안 되지."

나는 화장실 안에 달린 손바닥만 한 거울로 내 모습을 확인한다. 고글이 콧구멍 바로 위까지 가리고 있어 나를 잘 알아볼 수도 없을뿐더러 빛을 무지갯빛으로 반사하는 스키 고글의 거울 효과가 시선을 분산시킨다. 만족스러운 변장 아이템이 아닐 수 없다.

나는 거울을 보며 만족스럽게 씩 웃어 본다. 차향이 빌려준 비싼 정장에 무지갯빛 스키 고글을 쓴 내 모습이 우스꽝스럽기도, 우리가 만나게 될 지원군의 정체가 궁금하기도, 앞으로 해내야 할 일들이 떠올라 마음이 짓눌리기도 한다.

열차의 흔들림에 따라 거울 속의 나도 이리저리 흔들린다.

"자-B-6동까지 이제 두 시간이면 도착해요."

여섯 시간 내리 기관실을 지키고 있던 온기가 저녁을 먹기 위해 객실 칸으로 넘어왔다.

"와, 엄청 배고프네요."

그럴 만도 했다. 자 호선을 따라 늘어선 마을들에 정차할 때마다 온기는 기관실에서 내려 각 마을의 발전소 반장들과 친근하게 수다를 떨었다. 우리도 네다섯 마을마다 한 번씩 내려 되도 않는 지열 측정을 하는 척했다. 우리에 대한 설명은 온기가 알아서 대신해 주었다.

온기가 설정해 놓은 자동 주행 모드에 따라 기차가 안정적으로 달리지만 혹시 모를 상황에 대비해 온기는 객실 칸과 기관실 사이의 작은 문을 열어 놓고 그 앞에 앉아 야채김밥을 먹는다. 나와 차향은 차향이 직접 싼 샌드위치를 한 시간 전쯤 먹었다. 샌드위치 안에 들어 있던 햄을 생각하니 온기에게 미안해진다.

"기관사님은 앞으로 엿새 정도 더 가셔야 하죠?"

차향의 질문에 온기가 야채김밥을 우적우적 먹으면서 웃는
다. 어찌 된 게 세 입 정도 먹으니 다 없어진 것 같다.

"네, 제가 사는 종착점 마을이 좀 멀거든요."

"혼자 이렇게 다니면 무섭거나 외롭진 않으세요?"

"뭐, 평생 할 건 아니니까요."

차향은 내가 대신 물어봐 달라고 부탁한 것들을 자연스럽
게 묻는다.

"가족분들이 걱정하진 않으시고요? 사고의 위험이 항상 도
사리고 있는 일이잖아요."

물 위를 지날 때 다리가 무너지거나, 산사태나 열차 탈선이
일어날 수도 있었다.

"원래는 제가 가족들을 걱정했었죠. 저희 할머니가 가벼운
치매를 앓고 계셔서 제가 이렇게 오래 집을 비우는 게 좀 그랬
거든요."

면목이 없다는 듯 손으로 목을 주무르던 온기의 얼굴이 다
시 환해진다.

"근데 저한테 쌍둥이 여동생이 있거든요? 걔가 작년에 필
름 스쿨에 입학한 덕분에 집안 살림이 펴서 엄마가 발전소 일
을 그만두셨어요. 이제 엄마가 항상 집에 있으면서 할머니 말
동무가 되어 주니까, 그 덕분에 마음이 좀 편하더라고요."

나는 뭉클하고도 쓸쓸한 표정을 짓지 않기 위해 노력한다.
집안 살림이 나아졌는데도 고작 냉장 김밥으로 끼니를 때우

는 모습이 안쓰러웠다.

"기관사 일이 굉장히 하고 싶으셨나 봐요."

"모르겠어요, 그냥 동생 때문에 이렇게 된 거 같아요."

온기가 가볍게 웃음을 터뜨리며 말을 잇는다.

"제 동생은 어릴 때부터 꼭 디렉터가 되고 싶다고 노래를 부르고 다니던 애거든요. 그런 애랑 맨날 붙어살다 보니까 나도 뭔가 꿈이 있어야 될 거 같은데, 나는 액터도 디렉터도 관심 없고, 그럼 뭘 하지? 하다가 기관사가 눈에 들어왔던 것 같아요. 어릴 때부터 한 번쯤은 기차를 타 보고 싶기도 했고, 바깥세상에는 사실 별다른 직업이 없으니까요."

온기가 자리에서 일어나 우리를 위해 홍차를 내린다.

"쌍둥이라니, 동생분하고 각별하시겠어요."

차향의 낯간지러운 질문에 내가 경악스러운 눈빛을 보내지만, 스키 고글에 가로막혀 전달되지 않는다.

"네, 얼른 6월이 돼서 필름 스쿨에 방학이 왔으면 좋겠어요. 필름 스쿨 학생들은 방학에 고향을 못 가는 대신 가족을 스노볼로 초대할 수 있다고 하더라고요. 얼굴을 못 본 지 반년이다 돼서 그런가, 은근 보고 싶어요. 동생이 제가 진짜 기관사가 된 걸 알면 깜짝 놀랄걸요? 안부 편지에도 일부러 안 썼어요, 만났을 때 자랑하려고요."

부끄러운 듯 웃는 저 등짝이 새삼스럽기도 하고 눈물겹기도 하다. 발이 푹푹 빠지는 눈길을 달리며 눈싸움을 하고, 함께 텔레비전 앞에 앉아 깔깔거리던 날들이 아른거린다.

고글 안에 고이기 시작한 눈물이 밑으로 새어 나가기 전, 저녁 식사를 마친 온기가 다시 기관실로 넘어간다. 나는 기차가 덜컹거리는 소리를 방패 삼아 코를 한 번 훌쩍이고 차향에게 묻는다.

"내가 이대로 온기랑 집에 가고 싶다고 말하면, 나한테 실망할 거야?"

도플갱어의 정체

홍차를 마시던 차향이 적잖이 놀란 표정으로 나를 본다.

"뭐?"

"생각해 보니까, 이대로 종착역까지 가면 우리 집이잖아. 차설도 모르게 다시 우리 집으로 갈 수 있는 거잖아. 아줌마가 계속 나랑 지내고 있는 것처럼 차설한테 거짓 편지만 보내 주면……."

차향이 안타깝다는 듯 짧은 숨을 내쉰다.

"차설이 너희 집에 준 장식품 기억하지? 필름 스쿨에서 신입생한테 주는 거라던, 카메라 모양의 트로피 같은 거."

차향은 그 트로피에 사람의 움직임을 감지해 촬영하는 소형 카메라가 내장돼 있으며 자체 배터리로 몇 년 동안이나 작동된다고 설명한다. 또한, 카메라가 촬영한 영상은 차설이 가지고 있는 기기에 실시간으로 전송된다고 덧붙인다.

"말도 안 돼, 렌즈 같은 건 전혀 안 보였는데……."

"초소형 카메라니까."

스노볼 카메라처럼 화질이 뛰어나지는 않지만, 귓속말까지도 잡아내는 정도의 성능. 차향은 집으로 돌아간 내가 직접 찍히지 않더라도 트로피를 옷장 같은 데 처박아 놓으면 차설이이상한 낌새를 바로 눈치챌 거라고 말한다.

"그럼 그동안 우리 가족도 감시되고 있었다는 거잖아!"

내가 갑자기 목소리를 키우자 온기가 문을 열고 고개를 들이민다. 무슨 일이 있느냐는 온기의 물음에 차향은 아무 일도아니라고 침착하게 웃어 보인다. 알겠다며 사라지는 온기에게 나는 형용할 수 없는 미안함을 느낀다.

"널 다른 마을로 보내면 어떨까, 그건 나도 생각해 본 적이있어."

차향의 눈빛이 쓸쓸해진다.

"근데 조미류가 고향에 돌아가서 어떻게 살고 있는지를 듣고 나니까 그런 방법이 무의미하게 느껴지더라. 너를 차설 몰래 빼내서 도망자처럼, 유령처럼 살게 하는 거. 그건 제대로된 삶이 아니잖아."

내 눈을 찬찬히 바라보며 차향이 목소리에 힘을 준다.

"대가를 치르는 건 네가 아니라 차설이어야 해."

온기가 사라진 문을 바라보며 나는 최대한 씩씩하게 고개를 끄덕인다.

"마지막 체크 포인트까지 무사히 데려다주셔서 다시 한번 감사드려요."

차향을 따라 나도 말없이 고개를 꾸벅인다.

"두 분 돌아가실 때는 다른 기차 타신다고요?"

나는 기관실 창틀에 기대 웃고 있는 온기의 얼굴을 열심히 눈에 담는다.

"네, 마 호선이 이 마을을 거쳐 가더라고요."

"동생 초대로 스노볼에 가게 되면 다시 뵐 수 있을까요? 이것도 인연이잖아요."

온기의 해맑은 미소에 차향이 어색하게 웃음을 흘린다.

"그러죠, 뭐. 전온기 기관사님과 다시 뵙길 기다리고 있을 게요."

"네, 김설원 연구원님, 이운 연구원님, 저도 두 분 성함 꼭 기억해 둘게요."

온기가 우리의 가짜 이름을 부르며 해맑게 웃는다.

"거기, 스노볼에서 오신 연구소 선생님들, 이리로 오세요."

자신을 자-B-6동의 발전소 반장이라고 소개했던 아주머니가 발전소 후문 앞에서 우리를 향해 손짓한다.

차향은 반장 아주머니와 자연스럽게 인사하며 발전소 휴게실을 이용할 수 있는지 묻는다.

"아줌마, 다리 좀 그만 떨면 안 될까. 정신 사나워서 더 긴장 돼."

우리가 있는 곳은 간이침대 세 대가 겨우 들어가는 작은 휴게실이고, 나와 차향은 그중 하나를 차지해 나란히 앉아 있다. 오 분 전, 차향은 반장 아주머니에게 명소명이라는 사람을 불러 달라고 요청했다. 그사이 우리의 연구 내용은 마을의 지열 체크에서 각 인력 발전소의 근무 행태로 바뀌어 있었고, 반장 아주머니는 발전소에 대한 질문이라면 자신에게 해야 하는 것 아니냐고 물었다.

"그 혹시…… 그때 사고 관련해서 조사하러 오신 거면, 아휴, 이제는 너무 튼튼하게 붙여 놔서 앞으로 백 년도 끄떡없어요!"

주절주절 이어지는 반장 아주머니의 말을 들어 보니 사 년 전쯤 이곳 발전소의 중앙 모터실 천장 일부가 무너져 내려 열댓 명의 사상자가 발생한 모양이었다. 이후 전력 생산에 오랫동안 차질을 빚어 마을 전체가 힘들었다는 하소연이 이어졌다. 차향은 일반 노동자들이 전기 생산의 중요성에 대해 제대로 이해하고 있는지 확인하는 게 이번 연구의 목적이라고 둘러댔다. 반장 아주머니는 차향이 차고 있는 비싼 다이아몬드 시계를 힐끔 쳐다보고는 협조적으로 고개를 끄덕였다.

나는 여전히 스키 고글을 쓴 채, 다리 떨기에서 손톱 물어뜯기로 넘어간 차향에게 묻는다.

"근데 이 지원군하고 어떻게 아는 사이야?"

"아직 모르는 사이."

"……뭐?"

내 황당한 외침이 사그라지기도 전에 휴게실 문이 열리고 한 여자애가 나타난다.

나는 그 애가 우리 맞은편에 놓인 간이침대에 털썩 내려앉는 모습을 얼떨떨하게 쳐다본다. 여자애가 휴게실의 문을 닫기 위해 돌아선 순간 허리춤에 달린 권총이 훤히 보였다. 마치 일부러 내보이듯이.

"저를 찾으셨다고요?"

얼음물 샤워에 용이하도록 머리를 짧게 친, 명소명이라는 여자애는 해리를 닮았고, 나를 닮았으며, 배새린을 닮았다.

대체 이건 또 무슨……?

"반장한테 인터뷰 끝나고 바로 퇴근하라는 얘기 들었죠?"

차향의 질문에 명소명이 해리와 똑같은 목소리로 무표정하게 대답한다.

"네, 스노볼에서 온 선생님들께 쓸데없는 소리를 하면 일주일 치 봉급을 깎아 버리겠다는 협박도 같이요."

차향이 잘됐다는 듯 냉큼 말을 잇는다.

"그래서 말인데, 명소명 씨 집에서 반장 눈치 안 보고 편하게 인터뷰를 진행했으면 해요."

명소명이 피식 웃으며 땀에 젖은 머리를 쓸어 넘긴다.

"인터뷰한다는 거 다 개소리죠?"

나는 스키 고글 안에서 몰래 눈알을 굴리고, 차향 역시 이런 반응을 전혀 예상치 못했는지 잠시 말문이 막힌다. 명소명은 우리를 의심하는 눈초리로 묻는다.

"차설 디렉터가 보내서 온 거 아니에요? 그 여자가 사 년 전에도 미친 얘기 한 번 하고 갔는데."

저학년 아이들이 하교하는 통근 버스는 발전소 노동자들의 출퇴근 버스보다 훨씬 밀집도가 낮아, 각각 스키 고글과 커다란 선글라스로 얼굴을 가린 나와 차향은 모든 아이들의 관심 대상이 된다. 발갛게 볼이 트고 속눈썹에 하얀 얼음꽃이 맺힌 아이들은 우리가 자리에 앉은 뒤에도 호기심 어린 눈으로 계속해서 우리를 응시한다. 명소명은 나와 차향을 스노볼에서 온 연구원이라고 소개한다.

5학년쯤 돼 보이는 여자애가 우리 쪽으로 돌아앉아 내 고글 앞에 손을 휙휙 흔든다.

"그거 써도 앞이 보여요?"

아이는 눈길을 끄는 스키 고글이 재미있다는 듯 웃음기를 머금고 있다. 나는 내 목소리에 지문처럼 묻어 있는 해리를 숨기기 위해 목구멍을 한껏 조이며 음성 변조를 시도한다.

"네, 잘 보여요."

스노볼에서 온 사람을 처음 본 아이들은 우리가 내릴 때까지 질문을 멈추지 않는다. 언니는 왜 텔레비전에 안 나와요? 연구원도 액터예요? 뭘 연구해요? 스노볼 연구원이 되려면 공부를 많이 해야 하나요? 저도 그거 써 보면 안 돼요? 연구원은 항상 눈에 뭘 쓰고 있어야 하나요?

명소명이 내릴 정류소는 다행히 발전소와 멀지 않았고, 우리는 아이들의 호기심 앞에 허술하게 무너질 위기를 가까스로 모면한다.

"역시 연구원인가 뭔가는 아닌 게 확실하고."

명소명이 식탁에 수돗물 두 잔을 탁탁 내려놓으며 묻는다.

"뭐 때문에 찾아온 거예요?"

나는 여전히 고글을 쓴 채로 침을 꿀꺽 삼킨다. 우리가 앉은 식탁 바로 옆은, 벽면 전체가 하나의 커다란 장식장이었고 그 안에는 작은 권총부터 커다란 라이플까지 온갖 총기류가 크기별로 전시돼 있었다. 집 입구에는 각기 다른 크기와 모양의 동물 해골들이 나뒹굴고 있었고, 그중에는 사람 해골처럼 보이는 것도 두어 개 섞여 있었다.

차향이 선글라스를 벗고 물을 들이켠다.

"집에 총이 참 많네."

"우리 집안이 전쟁 문명 때 총포상을 했거든요."

"근데 여기 권총 하나가 빈다?"

명소명이 팔짱을 낀 채 식탁 의자에 여유롭게 등을 기댄다.

"제 허리에 차고 있거든요. 장전한 채로."

나는 그 장난스러운 얼굴에서 해리를 떠올리고, 차향은 웃음기 없는 목소리로 묻는다.

"사 년 전에 차설이 찾아온 적 있다고 했지, 그때 어떤 얘기를 들었는지 말해 줄래?"

명소명은 거리낄 것 없다는 표정으로 입을 뗀다.

"그때 그 아줌마가 말하길, 고해리가 죽을병에 걸려서 곧 죽게 생겼다. 근데 해리는 죽고 싶어 하지 않는다. 정확히는 본인이 죽더라도 본인의 드라마는 끝나지 않길 바란다? 아무튼 해리의 그 마지막 소원을 들어주기 위해서 자기가 해리와 닮은 아이를 찾아다니고 있다고, 그렇게 얘기했어요."

세상에……. 차설이 이미 사 년 전에도 바꿔치기를 시도했었단 거야? 이번에는 스키 고글로도 내 충격이 가려지지 않았는지, 명소명이 슬쩍 나를 쳐다보고는 말을 잇는다.

"발전소 사고로 내 부모가 모두 죽은 걸 알고 있다면서, 고아로 살지 말고 자기랑 같이 스노볼에 가서 고해리로 살아 보는 건 어떻겠느냐고 하더라고요."

덤덤한 얼굴과 달리, 명소명의 목소리에는 약간의 짜증이 묻어났다.

"근데 왜 안 갔어?"

조심스럽게 묻는 차향을 향해 명소명이 실소를 터뜨린다.

"내가 왜 고해리로 살아요, 난 명소명인데."

너무도 당당하고 확신에 찬 목소리에 나도 모르게 고개가 숙여진다.

"그리고 걔 아직도 잘 살잖아요. 죽을병은 개뿔, 뉴스에서 볼 때마다 얼굴에 생기가 넘치다 못해 뚫고 나오겠더만. 이왕 말이 나왔으니까 저도 물어볼게요, 걔 그때 왜 그랬대요? 얼마나 아팠는지 모르겠지만, 지가 죽으면 죽는 거지 뭔 대타를 세우냐고요. 걔는 남의 인생이 그렇게 하찮대요? 그 뒤로 텔레비전에서 볼 때마다 얼마나 재수가 없던지, 진짜."

명소명은 고개를 절레절레 흔들고, 차향은 퇴직자 마을에서부터 힘겹게 메고 온 배낭을 열며 내게 이제 고글을 벗으라고 말한다.

하루 종일 쓰고 있던 고글 모양대로 자국이 난 내 얼굴을 보며 명소명이 인상을 잔뜩 구긴다.

"……고해리이이?"

대놓고 흉보던 상대가 바로 눈앞에 앉아 있었다는 것에 충격을 받은 모양이었다. 나는 고해리가 아니라고 대답하려는데 차향이 금속 파일철 하나를 탁, 식탁 위에 내려놓는다. 의아한 표정을 짓는 나를 보며 차향이 오른손 검지로 명소명을 가리킨다.

"나 지금 얘한테 총 맞을 각오하고 얘기 시작한다."

"사람 불안하게 왜 그런 각오를 해?"

"이걸 어떻게 얘기해야 하나 정말 많이 고민해 봤는데, 어떻게 얘기하든 덜 충격적일 방법이 없겠더라고."

불안함을 감지한 심장이 거세게 쿵쿵대기 시작한다.

명소명도 걱정스러운 눈빛을 띠고 헛다리를 짚는다.

"설마 또 애 대타하라고 온 거면 나 진짜 쏴요?"

명소명이 등 뒤에서 권총을 뽑아 식탁 위에 턱 올려놓는다. 금속 파일철이 낸 소리와는 무게감부터 다르다. 명소명은 그 누구도 자신보다 빠르게 이 권총을 집어 들 수 없다는 확신에 차 눈썹을 까딱거리며 다시 팔짱을 낀다.

차향이 심호흡을 하고, 금속 파일철에 꽂혀 있던 종이를 나와 명소명 앞에 한 장씩 건넨다.

가빠지는 호흡을 고르며 내 앞에 놓인 종이를 내려다본다.

학교에 입학하면서 처음으로 찍었던 내 증명사진이 붙은 신상명세서다. 이름(전초밤)과 출생일(12월 25일), 당시 학교에서 측정한 내 키(118.1cm)와 몸무게(21.9kg), 사는 지역(자-P-22)과 학교 정보(1학년 1반 11번), 가족(할머니: 전월, 엄마: 전희우, 아빠: 엄한영, 이란성 쌍둥이 오빠: 전온기★★★) 등이 적혀 있는데, 아빠의 이름에는 줄이 그어져 있고, 온기의 이름 뒤에는 까만 별이 세 개나 그려져 있다.

"이게 뭐……."

증명사진 아래 적혀 있는 내용이 뒤늦게 눈에 들어온다.

난자 기증(고상히), **정자 기증**(이오현)

명소명이 혼란스러운 얼굴로 차향을 바라본다.

"난자 기증 고상히…… 정자 기증…… 이게 다 뭐예요?"

차향의 대답보다 내 물음이 더 빨리 튀어나온다.

"너도 그렇게 적혀 있어?"

차향은 손끝이 하얘질 정도로 두 손을 꽉 맞잡은 채 아랫입술을 꽉 깨문다.

"차설은 고해리의 도플갱어를 찾아다닌 게 아니야."

차향의 목소리가 미세하게 떨려 온다.

"너희 모두가 처음부터 고해리가 되기 위해 태어난 거지."

나와 명소명은 서로를 바라보며 굳어 버린다.

끝나지 않은 쇼

우리 엄마 아빠가 결혼한 해가 이본 미디어 그룹 창립 100주년이었어. 그때 다양한 사람들을 스노볼에 초대했었잖아.

그때 차설은 필름 스쿨을 막 졸업했고, 차귀방 아래 서브 디렉터로 들어가 고매령 가족의 드라마 제작을 보조하고 있었다. 차귀방은 고매령의 가족 중 가장 인기 없는 고상히를 차별해 왔다. 그러던 중 고상히가 오랫동안 짝사랑해 온 이오현과 데이트를 시작하면서 처음으로 시청률 증가에 큰 힘을 보탰고, 차귀방은 고상히가 드디어 밥값을 한다며 기뻐했다.

하지만 몇 달 지나지 않아, 차귀방의 표현을 빌리자면, 매력이라고는 눈을 씻고 찾아봐도 찾을 수 없는 고상히가 이오현으로부터 친구로 돌아가자는 이별 통보를 받게 됐다. 차귀방은 고매령을 불러 고상히를 드라마에서 퇴출시키고 싶다는 의사를 전했고, 자식이 바깥세상으로 쫓겨나는 걸 지켜볼 수 없던 고매령은 고상히가 이오현의 아이라도 임신하면 어떻겠느냐고 먼저 제안했다.

고해리는 그렇게 만들어졌다.

그 과정에서 차귀방은 이오현의 외적인 매력을 해리에게 모두 물려주기 위해 유전자 조작을 시도했고, 자신의 손녀인 차설에게 고해리의 담당 디렉터를 맡겼다.

"이 일에 가담하면서 차설이 한 가지 끔찍한, 해서는 안 될 아이디어를 냈어."

차설과 차귀방은 이본 미디어 그룹 창립 100주년 행사에 초대된 시민들의 명단을 모두 확보했다. 그 가운데, 부부 중 최소 한 명이라도 이오현과 비슷한 나이대와 신체적 특징을 지닌 젊은 부부들을 추려 냈다. 그중에는 전초밤의 부모도, 명소명의 부모도, 배새린의 부모도 포함돼 있었다.

차귀방은 그들을 집으로 초대해 성대한 파티를 열어 주었다. 그 진귀한 대접에는 전신 마사지라는 생소한 체험까지 더해져 있었는데, 따로 분리된 공간에서 마사지를 받던 여자들은 하나같이 모두 깊은 잠에 빠졌고, 고향 마을로 돌아간 뒤 얼마 지나지 않아 임신 증상이 나타났다. 그리고 우리 엄마는 이미 온기가 들어선 상태에서 나까지 품게 된 특이 케이스였다. 유전자가 다른 쌍둥이.

산모에 따라 출산일은 며칠씩 차이가 났지만 고상히가 낳은 고해리를 포함한 여아들 모두 똑같은 외모로 태어났다. 외모만이 아니라 유전자 자체가 똑같은 복제 인간들이 각기 다른 마을에서 태어나 자랐다.

"심장 이상을 비롯한 각종 건강 문제로, 그중 몇몇은 태어난 지 얼마 안 돼 죽은 걸로 알고 있어."

태어나자마자 심장 박동이 불안정했던 나 때문에 이후 일주일 동안 뜬눈으로 지새우다시피 했다는 얘기를 하며 가슴을 쓸어내리던 할머니가 생각난다. 그렇게 나를 사랑해 주고 아껴 주던 할머니가 내 할머니가 아니라고? 우리 엄마가 내 엄마가 아니고, 온기가 내 오빠가 아니라고?

"차귀방과 차설은 남녀노소 누구라도 사랑할 수밖에 없는 액터를 탄생시키려 했어. 그래서 너희의 눈 코 입 하나하나, 손가락 모양 하나하나를 설계했지, 마치 **기획 상품**처럼."

이후 이어지는 설명은 내가 차설에게 제안받았던 내용과 같다. 그 두 사람의 목표는, 스노볼의 최고 액터가 된 고해리와 장차 이본의 회장이 될 이본회의 결혼을 지렛대 삼아 이본 저택에 카메라를 달겠다는 것. 그 위대한 드라마를 자신들이 만들어 내겠다는 것이었다.

"근데 고해리가 왜 이렇게 많이 필요했어요?"

차향의 설명을 듣고 있던 명소명이 입을 뗀다.

"대체 왜 우리까지 태어나게 했느냐고요."

차향이 시선을 떨구며 어금니를 꽉 깨문다.

"고해리가 한 명일 때는 리스크가 너무 크니까."

"그게 무슨 소리예요?"

"유전자 조작으로 만들어진 고해리는 태어나자마자 죽을 가능성이 높았어. 그게 아니더라도 언젠가 정말 죽을병에 걸릴 수도 있고, 차에 치여 죽을 수도 있고, 사춘기랍시고 엇나갈 수도 있고……. 너희를 낳아 길러 준 부모는 단순히 대리모, 대리부 차원이 아니었어. 유전자가 같아도 자라 온 환경이 다르면 성향이 조금씩 다르게 발현될 수 있고, 차귀방과 차설은 그중에 고해리로 가장 적합하게 자란 아이를 고를 생각이었지. 고상히가 낳은 아이가 무조건 고해리가 되는 게 아니라, 고해리를 담당하는 차설의 마음에 드는 아이가 고해리가 되는 시스템."

나는 명소명이 식탁 위에 올려 둔 권총을 냅다 집어 든 채 자리를 박차고 일어선다.

"당신네들 도대체 뭐야?"

눈가가 뿌옇게 흐려지고 가슴이 뜨거워진다. 살면서 처음으로 만져 본 권총은 생각보다 무겁고, 방아쇠에 닿은 손끝에서 불안정한 심장 박동이 느껴진다.

"뭐? 유전자 조작으로 복제 인간들이 태어나? 차설 마음에 드는 애가 고해리? 당신네들 대체 나한테 왜 이래? 미칠 거면 어디 가서 혼자 미치지, 우리한테 왜 이러냐고!"

내가 권총을 바짝 겨누지만, 차향은 전혀 방어하지 않는다.

"나도 차라리 미쳤으면 좋겠다, 그래서 내 뿌리가 얼마나 쓰레기 같은지 잊을 수 있다면."

명소명이 낮게 가라앉은 목소리로 읊조린다.

"내 뿌리?"

차향은 자신이 차설의 동생이자 차귀방의 손녀라고 밝힌다. 자신의 큰 언니와 할아버지가 이런 미친 짓을 저질렀다는 걸 몇 년 전에 알았다고 말한다. 디렉터를 그만두고 스노볼을 떠나고 싶다는 진심 어린 고백을 하던 자신에게 언니라는 작자가 한 말은 '나는 네가 필요하다'라는 거였다. 차귀방이 갑자기 쓰러져 식물인간이 된 시점이었다. **고해리 프로젝트**를 전적으로 책임지게 된 차설은, 자신을 따라 디렉터가 된 여동생이 그 프로젝트에 합류해 주길 바랐다.

"그때 나는 모든 걸 알아 버렸어."

차향은 자신이 세상에서 제일 비겁한 방관자였다고 고백한다. 언니와 거리를 두면서 집 밖으로 나도는 반항 외에 아무것도 하지 못했노라 고백한다.

"어이가 없네."

명소명이 바닥을 내려다보며 피식 웃는다.

"그럼 우리 엄만, 남의 애를 낳다가 죽을 뻔했던 거네요?"

명소명은 그때 죽다 살아난 본인의 엄마가 몸도 회복하지 못한 상태로 발전소에 출근했던 얘기를 한다. 그 바람에 아예 몸이 망가져 버린 명소명의 엄마와, 천식 때문에 하루 두세 시간을 겨우 일할 수 있었던 명소명의 아빠는 무너져 내린 발전소 천장 아래 싸늘한 주검으로 발견되었다. 항상 나란히 서서 쳇바퀴를 돌리던 두 사람은 마지막 순간까지 서로의 손을 꽉 붙잡은 채였다.

명소명이 벌겋게 달아오른 눈을 손바닥으로 거칠게 비빈다.

"어쩜 둘 다 그렇게 재수가 없을 수 있지."

그러고는 날 보며 헛웃음을 터뜨린다.

"너는 또 뭔 사연이 있어서 총까지 들고 설치는데?"

차향은 내가 겪은 일을 명소명에게 간략하게 이야기한다. 중간중간 격한 감정이 일 때마다 심호흡을 한다.

권총을 꽉 쥔 내 두 손이 눈에 띄게 덜덜 떨리자, 명소명은 그런 나를 물끄러미 쳐다보다 내게서 권총을 거둬 간다.

"안전핀도 안 당기고 혼자 뭐 하냐."

무덤덤하게, 명소명이 허리춤에 달린 총집 안에 권총을 집어넣는다.

"저도 아줌마라고 편하게 불러도 되나요?"

눈가에 눈물을 찍어 내던 차향이 가만히 고개를 끄덕인다.

"아줌마는 고해리 프로젝트에 대해 모든 걸 알고 있으면서 이제까지 가만히 있었잖아요. 아, 오해하진 마세요, 저는 아줌마가 정의롭지 못했다 뭐 그런 비난을 하려는 게 아니니까. 뭐, 가족이 연루된 일이니까 함부로 나서기도 애매했겠죠. 아무튼 그래서 궁금한 거예요, 왜 이제 와서 자기 가족을 배신하는 건지. 조용히 살고 있던 나한테까지 찾아 와서 이러는 이유가 뭐예요?"

눈이 빨갛게 부은 차향이 마른 입술에 침을 바른다.

"참 쪽팔린 얘기인데."

차향은 조미류 언니 이야기를 한다. 걔는 한 번도 사람을 죽이고 싶어서 죽인 적이 없었다고, 더는 자극적인 살인을 할 만한 건수가 없다는 이유로, 할아버지라고 부르기도 토 나오는 그 인간에게 버림받고 스노볼에서 퇴출당하면서 영혼이 죽어버렸다고, 숨은 쉬고 있었지만 어느 소중한 한 부분이 죽었다고, 그렇게 말한다.

"그게 내가 처음으로 목격한 **살인**이었어."

차향이 울분에 차 말을 잇는다. 그전까지 자신은 눈이 멀어 있던 거나 마찬가지였다고. 삼대가 디렉터인 집안에서 자라 그랬다는 게 핑계처럼 들리겠지만, 정말 그랬다고. 액터는 스노볼에 최대한 오래 남아 있고 싶어 한다, 디렉터가 액터의 삶을 편집하고 조작해 방영하는 것 전부, 액터의 욕망과 동조 위에서 자행되는 일들이라 생각했다고. 자신이 가장 아꼈던 사람의 영혼이 갈가리 찢겨 나간 걸 알고서야, 디렉터에게는 남의 인생을 유린할 권리가 없다는 것을 깨달았다고.

"하지만 나라는 인간은 정의로운 인간도, 특출난 인간도 아니라서 거대한 시스템 앞에 무기력했어. 그래서 그냥 도망치기로 했지. 저 더러운 세상에 나 하나라도 삭제하는 것. 딱 그 정도의 반항이 내 그릇이었어."

그런데 차설이 고해리 프로젝트를 고백하며 차향을 붙잡았다. 자신에게도 가끔은 이 일이 벅차게 느껴질 때가 있다며 가족인 차향이 자신의 짐을 나눠 주길 바랐다. 미칠 것 같은 날들의 연속이었다. 더는 아무것도 알고 싶지 않고 판단하고 싶지도 않았다. 눈을 뜨면 술을 마셨다. 정신이 멀쩡해진다 싶으면 더 많은 양을 마셨다.

퇴직자 마을에 가서 마주치게 된 다른 디렉터들도 지긋지긋했다. 그들로부터 자신을 고립시키며 인생을 하루하루 죽여 나갔다. 그러던 중 고해리가 자살했다는 차설의 편지를 받았다. 맞닥뜨린 **두 번째 살인**.

스노볼에서 나오면서, 혹시 몰라 챙겨 왔던 증거 자료들을 만지작거리기 시작했다. 하지만 혼자서 뭘 어떻게 해야 할지 여전히 깜깜했다.

그러던 또 어느 날 전초밤이 보내진 것이었다. 커다란 나무 상자에 담겨 짐짝처럼 실려 왔다. 전초밤은 남은 인생을 이렇게 살 수는 없다고 했다. 자신보다 훨씬 어린 아이가 보여 준 결심. 그리고 우연히 듣게 된 조미류의 근황⋯⋯. 비겁하고, 그릇도 작은, 초라한 인간인 것은 여전하지만, 최소한 조미류, 그리고 전초밤에게 쪽팔리기는 싫어서 이 여정을 시작했다.

차향의 이야기는 여기까지였다. 이번에는 내가 고개를 돌려 몰래 눈가의 물기를 훔쳤다. 차향이 겪었을 고통을 어렴풋이 짐작할 수 있었다.

"아하……."

감정을 읽을 수 없는 얼굴로 차향의 이야기를 경청하던 명소명이 과장된 동작으로 고개를 끄덕인다.

"그래서 앞으로 어쩔 작정인데요?"

차향이 명소명의 눈치를 살피며 조심스럽게 말한다.

"찾아낼 수 있는 모든 해리들을 모아서 스노볼 방송국으로 쳐들어가려 해. 너희의 모습을 생방송으로 보여 주는 거야, 고해리 프로젝트의 가장 확실한 증거가 바로 너희 자체니까."

"우리 말고 몇 명이 더 있는데요?"

"나도 정확한 숫자는 몰라. 차설은 **고해리들**에 대한 자료를 여러 곳에 나눠서 보관하고 있고, 나는 그중에 한 곳을 알아냈을 뿐이니까."

"그럼 혹시 아줌마가 훔쳐 온 자료에는 그……."

나도 모르게 말끝을 흐린다. 더 이상 그 애를 자살한 고해리 따위로 구분 짓고 싶지 않았다. 우리에게도 고유한 이름은 있었으니까.

신기하게도 이런 내 마음을 차향이 알아준다.

"내가 찾아낸 곳에 **조여수**의 자료는 없었어."

조여수.

나를 보며 조여수라고 불렀던 이본회의 목소리가 아득하게 들려온다.

"조여수는 당연히, 고해리가 여러 명이라는 사실을 몰랐어.

그래서 자신이 죽어 버리면 차설의 원대한 꿈도 끝장날 거라 생각했던 것 같아."

"그렇다고 자기 목숨을 버릴 것까지는……."

차향이 명소명의 말을 자른다.

"조여수는 차설한테 복수하고 싶었던 거야."

"복수?"

"조여수가 스노볼에 들어가고 얼마 지나지 않아 조여수를 길러 준 부모가 마을에서 자취를 감췄어. 차설이 손을 쓴 거야, 조여수가 돌아갈 곳이 없게 만들려고."

네 마지막 편지가 어딘가 모르게 작별 인사 같아서, 계속 마음에 걸렸어.

이본회에게 마지막 편지를 쓸 때 조여수가 어떤 심정이었을지, 감히 짐작조차 할 수 없다. 그저 가슴이 찢어질 듯 아프다.

그러다 불현듯 조여수 역시 **자기 이름**을 가졌다는 걸 깨닫는다.

"그럼 고상히가 낳았던 아이는 어디 있어? 처음부터 고해리로 태어났던 애 말이야!"

차향의 얼굴에 그늘이 드리운다.

"……죽었을 거야. 내가 한번 물었을 때 차설이 잘 **처리**했다고 딱 잘라 말했거든."

가만히 앉아 있는 것조차 힘들 만큼 온몸 여기저기가 울컥거린다.

우리가 사랑했던 소녀는 한 명의 사람이 아닌, 하나의 허상에 불과했다. 조여수는 그 허상을 부숴 버리기 위해 자신의 목숨을 던졌다.

하지만 쇼는 여전히 끝나지 않았다.

분하고 억울한 만큼, 정신을 똑바로 차려야 했다.

"가요, 짐 금방 챙길게요."

그때 명소명이 자리에서 일어났다.

"총도 필요하겠죠, 당연히?"

마지막 고해리

라-H-11동의 발전소는 아주 큰 휴게실을 갖추고 있었다. 간이침대가 열 개나 됐고 바닥에 침낭도 스무 개 남짓 깔려 있었다. 우리가 도착한 시간이 점심시간이 끝난 뒤라 다행이었지, 안 그랬으면 취침하는 노동자들로 휴게실이 꽉 차 있을 뻔했다.

"휴게실을 모두가 함께 이용하는 마을도 있긴 하구나."

내 말에 명소명이 맞장구를 친다.

"여기 반장은 최소한의 인정머리가 있는 거지."

라 호선에 몸을 싣기 전, 차향은 심층 연구를 위해 명소명을 스노볼에 데려간다고 자-B-6동 반장에게 통보했다. 반장은 스노볼에 혹시 사냥꾼이나 경계 관리인 같은 사람이 필요하면 명소명을 써 달라고 은밀하게 부탁했다. 아무리 열세 살 때부터 혼자 살아온 여자애라지만 호신을 이유로 항상 총을 지니고 있는 게 거슬렸다고 했다. 차향은 탐탁지 않은 표정으로 반장을 쏘아본 뒤 알겠다고 대답했고, 나는 무지갯빛 고글 너머로 반장을 한껏 째려봤다.

라-H-11동에 살고 있는 고해리의 이름은 신시내였고, 자신의 집은 인터뷰를 하기에 최악의 장소라고 말했다. 발전소에서 퇴직한 양가 조부모 네 사람뿐 아니라 음주 운전으로 통근 버스 운전기사에서 잘린 뒤 집에서 쉬고 있는 엄마와 미취학 아동인 사촌 동생들까지 집에 있다고 했다. 차향은 겨우 방이 세 개인 집에 어떻게 열두 명의 가족이 다 같이 살 수 있느냐고 놀랐지만, 나와 명소명은 놀라지 않았다. 바깥세상에서 이는 전혀 놀랄 일이 아니었다.

어쩔 수 없이 발전소 휴게실에서 모든 얘기를 하게 된 바람에 명소명이 휴게실 문 앞에서 보초를 섰다.

신시내가 거무튀튀한 분홍색 머리띠를 벗어 땀으로 흠뻑 젖은 머리를 쓸어 넘겼다. 엄마가 결혼 선물로 받았을 때는 빨간색이었다는 말에, 차향의 눈동자가 한 번 더 흔들렸다.

차향은 무거운 표정으로 신시내에게 신상명세서를 건넸고, 그와 함께 나는 고글을 벗었다. 이어 차향은 나흘 전보다 훨씬 침착하고 수려하게 고해리 프로젝트와 우리의 계획에 대해 설명했다. 이번에는 나도 중간중간 차향을 거들었다.

"여기까지야, 우리가 할 이야기는."

차향이 신시내의 눈치를 살피며 말을 마친다. 신시내는 이따금 이유 모를 미소만 띠며 단 한 번의 질문도 하지 않았다.

"충격을 너무 크게 받아서 아무 말도 안 하는……."

차향의 걱정스러운 말을 끊어 내는 신시내의 표정이 상기돼 있다.

"네, 저 지금 엄청 충격받았어요."

그러나 신시내는 충격보다는 설렘과 흥분으로 가득 찬 얼굴로 두 주먹을 꽉 쥔다.

"그래서 말인데, 이에 대한 정신적 피해 보상 같은 걸 기대할 수 있을까요?"

"……어?"

"제 꿈이, 이 답답한 집구석에서 제발 독립하는 거거든요."

신시내는 후! 하고 숨을 내쉬며, 드디어 이 말을 털어놓게 돼 속이 시원하다는 미소를 짓는다.

"가족이라면 지긋지긋하고 신물 나요. 물론 엄마는 좀 불쌍하지만……."

나와 차향은 얼빠진 표정으로 눈을 껌뻑이고 신시내는 쉼없이 말을 이어 간다.

"부부 관계가 오랫동안 소원했는데 어떻게 임신을 했느냐고 아빠가 평생 엄마를 의심했거든요. 그 인간이 하도 그 지랄을 떨어 대니까 다른 가족들도 은연중에 엄마가 바람을 피웠다고 확신했고, 처음부터 나를 다른 집안 애라고 여겼어요."

신시내가 꾀죄죄한 머리띠를 가리키며 씁쓸하게 웃는다.

"이것도 할머니가 친척 동생한테 몰래 줬던 걸 도로 뺏은 거예요."

신시내는 매일 밤마다 자신의 진짜 부모가 곧 데리러 올 거라고, 그들은 형형색색의 머리띠를 사 줄 수 있는 부자일 거라고 상상하면서 잠들었다고 말한다.

"아⋯⋯."

어떤 위로의 말을 건네야 할지. 차귀방과 차설이 뿌린 욕망의 씨앗은 지난 십칠 년 동안 참으로 많은 사람들을 불행하게 했다.

신시내가 재빨리 낯빛을 바꾸며 대차게 말한다.

"그러니까 엄마도 그 사람들한테 보상받아야 돼요. 그간 쌓인 게 얼마나 많았으면 아빠를 이층 버스로 들이받아 버렸겠냐고요."

"아, 어머니께서 음주 운전으로 잘린 게 그때였구나?"

"그때 우리 엄마 술 안 마셨어요. 참다 참다 터져서 확 쳐 버린 거지."

나는 조용히 눈을 굴려 차향을 바라봤고, 차향도 살짝 놀란 표정이다. 그러자 신시내가 다시 또 손을 휘휘 젓는다.

"아, 놀라실 거 없어요, 그 인간 멀쩡하니까. 마지막에 마음이 약해져서 브레이크를 밟아 버린 우리 엄마만 불쌍하죠. 불륜도 모자라서 남편을 산 채로 잡아먹을 괴물이라고 낙인찍

혔으니까……. 원체 탈 많은 집구석이었는데 그 일로 더 시끄러워져서 짜증 나 죽을 참이었는데, 마침 이렇게 구원해 주러 오셔서서 감사해요."

신시내가 눈을 반짝이며 가볍게 덧붙인다.

"뭐, 처음부터 태어나질 않았다면 더 편했겠지만요."

차향이 할 말을 찾지 못해 눈을 굴리는데, 신시내가 내 쪽으로 바싹 다가온다.

"우리 진짜 똑같이 생겼네. 신기해."

나는 천진난만하게 웃는 신시내에게 솔직하게 고백한다.

"정신적 피해 보상이라면, 돈을 받고 싶다는 거지? 그건 확실하게 약속해 줄 수가 없어. 아직 그런 건 전혀 생각을 안 해 봐서……."

"진짜?"

믿을 수 없다는 듯 되묻는 신시내를 향해 소심하게 고개를 끄덕인다.

차설을 디렉터에서 파면시키고 적법한 형벌을 받게 하는 것, 반신불수가 되어 병상에만 누워 있는 차귀방의 존재를 다시 소환해 그가 평생 이뤘던 업적과 영광을 불태워 버리는 것. 우리의 목표는 그쯤이었다.

스포일러 유출, 접근 금지 구역 무단출입, 편집점 위반, 탈의실과 같은 사각지대 남용 등 이제껏 방송법 위반으로 처벌받아 온 건 언제나 액터였다. 차향은 방송법에 디렉터와 관련된 조항도 당연히 존재하지만, 이제껏 실질적인 처벌은 거의 없었다고 했다. 그래서 우리는 차설이 받게 될 처벌이 다른 디렉터에게도 경고의 메시지가 되길 바랐다. 당신들은 절대 법 위에 있지 않다.

"어떻게 계산기를 한 번도 안 두드려 봤지, 진짜 신기하다."

신시내는 합류 의사가 한풀 꺾인 목소리로 묻는다.

"생방송 폭로를 하고 난 다음에 너랑 저 문 앞에 서 있는 애는 앞으로 어쩔 계획인 건데?"

"계획?"

"설마, 이름하고 얼굴만 팔린 빈털터리가 돼서 고향 집으로 돌아갈 생각이야? 이제 그 사람들은 너랑 혈연으로 맺어진 가족도 아니잖아."

입술을 움찔거려 보지만, 할 수 있는 말이 딱히 생각나지 않는다.

진실을 밝히고 나면 내게서 가족이 없어지는 걸까?

"그래서 돈이 필요한 거야. 돈이 있으면 인생의 선택지가 넓어져."

신시내의 말에 차향이 피식 웃는다.

"너도 참 범상치가 않다."

"네, 그래서 아주 피곤해요."

신시내가 자리에서 일어서며 묻는다.

"타고 갈 기차 언제 와요? 최대한 빨리 이 동네에서 벗어나고 싶은데."

내가 눈썹을 한껏 찌푸리고 묻는다.

"너, 우리랑 같이 가려고?"

"응."

"보상금을 받을 수 있을지 없을지도 모르는데?"

신시내가 부채질을 하듯 손을 위아래로 흔들며 말한다.

"걱정마, 내가 받아 낼게."

필요한 물건을 좀 챙겨야 하지 않겠냐고 묻자 신시내가 머리띠를 만지작거리며 고개를 젓는다.

"이거 말곤 챙길 것도 없어."

차향은 명소명을 불러 우리가 찾아낼 수 있는 마지막 고해리인 신시내가 우리와 함께하게 됐음을 알린다.

"일이 계획대로 풀리면 **고발**이 되겠지만, 그렇지 않다면 **방송국 무력 탈취 미수**로 끝나고 말 거야."

차향이 나를 힐끔 쳐다본다. 나는 그 모든 위험을 인지하고 있다는 뜻을 담아 가만히 고개를 끄덕인다.

차향은 자신이 피리 부는 사나이가 아니라는 점을 강조한다. 우리를 홀리고 꼬드겨 위험에 빠뜨리고 싶지 않다고, 조금이라도 내키지 않는 부분이 있다면 억지로 나설 필요 없다고 딱 잘라 말한다.

"나 역시, 너희를 이용하는 또 다른 어른이 될까 봐 겁이나."

스스로를 의심하는 차향의 고백에는 진실된 울림이 있다.

"어른이라는 작자들이 말하는 옳고 그름은 하나도 중요하지 않아. 무엇이든 너희가 자발적으로 선택하는 게 중요해. 왜냐면, 차설조차도 자신이 옳다고 생각하니까. 자신이 너희에게, 세상에서 가장 특별한 액터가 될 수 있는 기회를 부여해 줬다고 믿는 인간이니까."

명소명이 신시내의 머리띠를 가리키며 미간을 찌푸린다.

"짜증 나게 아줌마만 결연한 척하지 마, 나 애 머리띠에서 쉰내나 맡자고 여기까지 따라온 거 아니니까."

명소명의 허리 뒤춤에 달린 권총을 힐끔거리던 신시내가 미간을 찌푸리며 목소리를 키운다.

"이 깡패도 우리랑 한 팀이에요?"

차향이 웃음을 참기 위해 입술을 깨물며 말한다.

"이만하면 너희의 의지와 결속력은 확인된 거 같네."

우리는 발전소 급식소에서 저녁을 해결하기로 하고, 신시내는 저녁을 먹으러 중앙 홀로 나온 작은아빠에게 친구가 사는 마을에 잠시 다녀올 일이 생겼으니 다른 가족들에게도 그렇게 말해 달라고 한다. 만성 피로에 찌든 신시내의 작은아빠는 관심도 없다는 듯 대충 고개를 끄덕이고 저녁 배식을 받으러 간다.

커다란 스키 고글을 하나씩 나눠 쓴 채, 검은 선글라스를 쓴 차향의 양옆에 앉아 말 한마디 없이 밥을 먹는 나와 명소명을 발전소 노동자들이 힐끗거린다. 차향은 한 사람당 딱 한 개씩 배식된 귤을 심각한 표정으로 내려다본다. 그러다 명소명에게 귓속말로 배식비를 더 내고 귤을 더 받을 수는 없냐고 묻는다. 명소명은 스노볼에서 왔다는 사람이 귤을 더 먹고 싶어 안달하면 되겠느냐고 타박한다. 나는 그 말에 피식 웃고, 신시내는 머지않아 귤 한 상자를 까먹으며 드라마를 볼 수 있겠다고 행복해한다.

그때 갑자기 중앙 홀이 술렁이더니 누군가 천장에 달린 구식 텔레비전의 볼륨을 크게 올린다.

─오늘 첫 뉴스는 이본영 이본 미디어 그룹 회장의 건강 악화 소식입니다.

오랜만에 보는 정 앵커가 한껏 굳은 얼굴로 뉴스를 이어간다.

─이본 미디어 그룹의 홍화 대변인은 오늘 아침 이 회장이 집무실에서 쓰러져 병원으로 급히 이송됐다고 밝혔습니다.

뉴스 화면이 스노 타워의 VIP 병동 복도로 바뀐다.

─현재 이 회장은 의식이 돌아오지 않은 것으로 파악되고 있으며, 이 회장의 손자인 이본회 군이 곁을 지키고 있는 것으로 알려졌습니다.

나는 옆자리에 버려져 있는 이번 주 『TV 가이드』의 표지를 힐끔거린다. 새로 시작한 드라마의 제목들이 하나하나 나

열돼 있고, 그 아래 '이본심 부회장, 새 남자 친구와 은둔 생활 시작?'이라는 기사 제목이 크고 굵은 글씨로 쓰여 있다.

　—이 회장은 재작년 여름에도 혈관 질환으로 쓰러져 수술을 받은 바 있으며, 당시 이본 미디어 그룹은 한 달 넘게 발생한 이 회장의 경영 공백을 메우기 위해 긴급회의를 소집했습니다. 당시 회의 도중…….

　나는 차향을 힐끔 쳐다본다. 차향은 심각한 얼굴로 뉴스에 집중하고 있다.

　새로운 변수였다.

사랑스러운 옆집 소녀들

발전소 후문 안에 마련된 간이 대합실. 마 호선 열차를 기다리며, 차향이 신시내에게 작은 유리병 두 개를 건넨다.

"이거 껴 봐."

신시내는 유리병 안에 담긴 파란색 콘택트렌즈를 신기하게 들여다보고, 차향은 우리의 행색을 다시 살핀다.

스노볼과 가장 가까운 자-A-1동까지 가기 위해서는 신시내의 마을에서 기차로 꼬박 일주일이 걸린다. 이는 우리가 곧 타게 될 마 호선의 기관사와 일주일 동안 객실 칸을 함께 공유해야 한다는 얘기고, 우리가 전부 고해리와 닮았다는 걸 숨기려고 세 명이 모두 스키 고글을 쓴 채로 일주일 동안 말 한마디도 없는 '침묵 작전'을 펼치는 건 마 호선 기관사 입장에서 매우 기괴하고 불편한 일이 될 가능성이 높았다. 그래서 차향은 우리 셋을 **변장**시키기로 했다.

차향이 명소명의 입을 우악스럽게 벌리며 심각한 표정을 짓는다.

"야, 너 이빨 제대로 꽉 껴, 안 그럼 밥 먹다 튀어나온다니까."

명소명이 틀니같이 생긴 가짜 치아를 고쳐 끼자, 빨간 립스틱을 짙게 칠한 입이 앞으로 톡 튀어나온다. 거기에 앞머리가 눈을 반쯤 가리는 분홍색 가발까지, 마 호선 기관사가 명소명을 고해리라고 착각할 일은 없어졌다.

"나 렌즈 못 끼겠어. 무서워."

신시내가 렌즈를 검지 끝에 올려놓고 엄살을 떤다. 신시내의 눈두덩은 스노볼 동물원에 사는 판다처럼 까맣다.

"줘 봐, 내가 껴 줄게."

신시내를 돕겠다고 나서던 내가 이물감이 느껴지는 코를 만지작거린다. 콧대의 높이를 2센티미터는 올려놓은 것 같은 고정 핀 때문에 콧구멍이 답답하다.

내가 떨리는 손으로 신시내의 눈에 렌즈를 넣는 동안 명소명은 빨간 립스틱을 계속 덧바른다. 빨간 립스틱이 인중을 지나 콧구멍을 덮치기 직전, 기차가 다가오는 경적 소리가 들렸다.

보온 마스크를 쓰고 영하 41도의 추위로 나온 우리는 문득 이 상황이 우스워서 웃음을 빵 터뜨린다.

"이게 뭐 하는 건지."

"신시내, 너 마스크 밖으로 눈만 내놓으니까 더 무서워."

명소명의 말에 나는 배를 부여잡고 웃으며, 서로의 존재 덕분에 스노볼로 가는 길이 울적해질 일은 없겠다고 안심한다.

"제가 살다 살다 스노볼에 사는 분들을 실제로 뵙게 되네요!"

마 호선 기관사가 내 손에 들린 종이컵에 따뜻한 보이차를 따라 주며 활짝 웃는다.

세 시간 전 기차에 오르며, 발전소 근무 실태 조사를 마치고 스노볼로 돌아가는 연구원들이라고 거짓 신분을 밝힌 순간부터 마 호선 기관사는 우리와 수다를 떨고 싶어 줄곧 엉덩이가 들썩거리는 듯했다. 객실 칸과 기관실 사이의 문을 틈틈이 열어 보며 불편한 게 없느냐고 물어보았다. 그때마다 그녀는 자신이 보고 있는 작은 텔레비전의 볼륨을 한껏 낮췄지만, 나는 매번 그녀가 채널 60번에서 고해리의 드라마를 보고 있다는 걸 바로 알 수 있었다.

마 호선 기관사는 물류 창고가 스노볼 경계 안에 있긴 하지만 스노볼 사람들하고는 일절 교류가 불가능하다는 얘기를 한다. 그러면서 자신은 매년 액터 오디션을 보고 있고, 반드시 스노볼에서 살고 싶다고 말한다.

"이렇게 혼자 기차를 타고 보름씩 다니면 제일 좋은 게 뭔지 아세요? 내가 액터가 됐을 때를 상상하면서 혼자 상황극을 할 수 있다는 거예요."

마 호선 기관사는 지극히 사적인 얘기를 꺼낸 것을 부끄러워하는 것 같으면서도 처음으로 동행이 있는 것에 들뜬 표정이다.

"작년 크리스마스에 김제노 선수가 해리한테 데이트 신청했던 거 있잖아요, 전 요즘도 가끔 그 상황에 저를 대입해서 상상해 보거든요. 그 많은 관중들이 지켜보는 가운데 바이애슬론 챔피언한테 데이트 신청을 받는다면? 끄아악, 뭐라고 대답하죠 정말?"

마 호선 기관사는 두 손을 모은 채 상체를 좌우로 흔들고, 명소명과 신시내는 일제히 나를 힐끔 쳐다본다. 웃음을 참지 못한 입꼬리들이 꿈틀거린다. '초밥아, 이 분이 네 얘기하시는데?'라는 눈빛을 감지한 내가 눈을 희번덕거린다. '뭐 어쩌라고 이것들아.'라는 뜻을 담아 턱 끝을 들어 올린다.

"가족도 화목하지, 얼굴 예쁘지, 고생은 해 본 적도 없는 데다, 거적때기를 걸쳐도 매력적이고, 앞으로 쭉 돈도 잘 벌 거고…… 와, 이건 솔직히 사기 수준 아니에요? 어떻게 한 인간이 그렇게 모든 걸 다 가졌느냔 말이죠!"

차향을 비롯한 우리 모두가 무안한 표정으로 각자 몸 어디를 긁적거리거나 괜히 시선을 돌린다. 입가에는 차마 뱉을 수 없는 말이 넘실거린다. '네, 고해리는 **사기**가 맞습니다.'

"저는 다시 태어나면요, 진심으로 해리로 태어나고 싶어요."

나는 또 코를 킁킁거리며 어색하게 웃는다. 고해리를 동경하는 기관사가 운전하는 기차를 타고 고해리를 죽이러 가는 꼴이라니, 이 아이러니한 여정의 끝에서 우리는 어떤 결말을 맺게 될까.

황산나가 거대한 트럭의 짐칸을 열며 조수석에 앉아 있는 차향을 향해 크게 외친다.

"다크서클하고 화살 코도 도착!"

물론 다크서클은 신시내였고 화살 코는 나였다.

가족이 열두 명인데 스키가 단 두 대밖에 없는 신시내는 개인 스키를 챙겨 올 여력이 되지 않았기 때문에, 스키를 가장 잘 타는 내가 허리춤에 끈으로 썰매를 연결해서 신시내를 태우고 자-A-1동의 기차역에서 황산나의 트럭까지 달려왔다.

나와 신시내가 트럭 후미에 달린 계단을 밟고 짐칸으로 들어서자, 먼저 도착해 우리를 기다리고 있던 명소명이 재빨리 다가와 내 어깨를 툭툭 친다.

"수고했어, 초밥!"

이어, 초밥이라는 전염성 높은 별명을 만들어 낸 당사자가 나타난다. 퇴직자 마을을 떠난 지 이 주가 다 됐지만, 날이 갈수록 더 추위를 타는 차향이 이를 탁탁 부딪친다.

"미안하다, 내가 뒤에서 너희를 챙겨야 하는데."

오히려 짐이 안 돼 줘서 고맙다는 내 말에 황산나가 호탕하게 웃는다.

"중간에 불편하거나 필요한 거 있음 저기 벽을 발로 팍 차요."

알겠다고 대답하는 내 눈에 트럭 한쪽 구석에 놓인 상자가 들어온다. 벽난로 모양의 휴대용 난로, 담요 여러 개, 핫초코 가루가 담긴 플라스틱 통, 따뜻한 보온병 등이 들어 있다.

내가 신난 얼굴로 핫초코를 들고 말한다.

"필요한 건 이미 다 있는 거 같아요. 진짜 감사해요!"

명소명과 신시내도 핫초코를 보며 환호하고, 황산나는 준비한 보람이 있다며 씩 웃는다.

"그럼 다들 스노볼에서 다시 봅시다!"

"네!"

우리 셋의 대답이 우렁찬 화음을 이룬다.

차향은 추위에 쪼그라든 듯 구부정한 자세로 계속 턱을 딱딱 부딪친다.

"스노볼에 도착하면 이런 여유는 단 일 초도 없을 거야. 도착하기 오 분 전에 신호 줄 테니까, 그때부터 다들 정신 바짝 차리고 있어야 돼."

이번만큼은 우리도 비장한 표정으로 고개를 끄덕인다. 짐칸의 문이 닫힌다.

거대한 트럭 바퀴들이 속력을 높인다 싶더니 이내 설원을 빠르게 내달린다. 이렇게 네 시간 정도 달리면 스노볼의 비행

기 활주로가 나오고, 그 활주로 끝에 스노볼로 들어가는 **출입
국 관리소**가 있다.

우리는 벽난로 모양의 휴대용 난로를 켜고 그 옆에 의지해
화장을 지우고 가발을 벗는다.

내가 배낭에서 커다란 손전등을 꺼내 동그랗게 둘러앉은
우리 셋 사이에 세워 놓자, 화장을 지운 서로의 얼굴이 좀 더
분명하고 왠지 <u>으스스해</u> 보인다. 푸하하, 다 같이 웃음을 터뜨
린다.

"이렇게 셋이 몰려다니면서 사람들한테 누가 누군지 맞혀
보라고 하고 싶다."

내 농담이 오히려 분위기를 가라앉게 만든다. 셋 다 똑같은
생각을 하는 것 같다. 오늘 밤 이후 우리의 삶은 어떻게 될까.

"우리…… 잘하고 있는 거겠지?"

신시내가 질문을 바꿔 다시 묻는다.

"너희, 기차에서 잘 잤어? 나는 잠이 죽어도 안 오던데…….
결국 그놈의 돈 때문에 내 인생이 안 좋게 틀어지는 건가 싶기
도 하고…… 솔직히 좀 무섭지 않아? 방송법 위반 같은 걸로
우리 감옥 가면 어떡해?"

"야, 우리가 왜 감옥을 가냐! 우리가 피해자인데!"

크게 지르긴 했지만, 명소명의 눈동자도 마냥 확신에 차 있
지는 않다. 신시내가 계속 얘기를 이어 간다.

"방송국 근처에 가 보지도 못하고 도중에 경찰한테 잡히면

어떡해? 스노볼에 몰래 들어가는 것부터가 이미 범죄잖아."

"그럼 그냥 집에 돌아갈래?"

신시내가 힘없이, 그러나 분명하게 고개를 젓는다.

"아니, 그러긴 싫지."

"그럼 어떡하자고."

"뭐, 그냥…… 그렇다고."

명소명이 무겁게 숨을 내쉬자 신시내가 제 발 저렸는지 괜히 목소리를 키운다.

"야, 우리가 무슨 살인 병기로 태어났냐? 내게 주어진 운명이 알고 보니 놀랍게도 **사랑스러운 옆집 소녀**였다는데, 그 사랑스러운 옆집 소녀가 스노볼에 쳐들어가면서 이 정도 걱정과 불안 정도는 느낄 수 있는 거 아냐?"

"풉."

또 웃음이 터진다.

이 여세를 몰아 내가 핫초코 타임을 외친다.

따뜻한 핫초코를 마시면서, 기차 안에서는 되도록 입을 꾹틀어막고 있느라 하지 못했던 시시껄렁한 얘기들을 나눈다.

"너 진짜 사람 쏴 봤어?"

명소명이 가볍게 고개를 끄덕이자 신시내가 경외 어린 눈빛을 띤다.

"야, 부럽다. 나도 총 한 자루만 있었으면 아빠, 아니, 아빠인 줄 알았던 그 작자한테 그렇게 시달리지 않아도 됐을 텐데."

대화는 우리가 싫어했던 사람에서 시작해서 우리가 좋아했던 사람들로 넘어간다.

"근데 초밥이 너 진짜 김제노 안 좋아해?"

"좋아해, 좋은 친구로. 뭐, 이제 친구도 끝이지만."

"친구? 에이?"

우리는 서로를 놀리기도 하고 그러다 다 같이 배를 부여잡고 바닥에 뒹굴기도 했다. 소명의 부모님이 돌아가신 사고나 우리 아빠가 가족을 구하고 돌아가신 얘기를 할 때는 침묵으로 서로를 위로했다. 나는 오늘 밤 이후로도 우리가 계속해서 서로의 이야기를 들을 수 있으면 좋겠다는 생각을 했다. 다시 각자의 마을로 돌아가 아주 이따금 편지로만 안부를 묻고 산다고 상상하니 소명과 시내가 벌써 그리웠다.

툭툭, 툭툭툭. 운전석과 가로놓인 벽을 두드리는 차향의 목소리가 희미하게 들려온다.

"도착 오 분 전!"

후, 깊은 심호흡과 함께 자리를 정리한다. 스노볼에서는 필요 없는 두꺼운 외투를 벗은 뒤 차향이 빌려준 깔끔한 얇은 옷으로 갈아입는다.

우리 셋은 마지막으로 서로의 손을 꽉 붙잡는다.

다음 순간, 트럭이 스노볼 출입국 관리소 앞에 멈춰 선다.

금요일 밤의 열기

퇴직자 마을로 가는 스노볼의 물자를 싣기 위해 짐칸을 연 액터의 눈이 휘둥그레진다.

"아니, 뭐, 뭡니까……."

피슝, 조준 자세로 서 있던 소명이 방아쇠를 당기자 액터의 목에 마취탄이 날아가 박힌다. 남자는 순식간에 사지에 힘이 풀리더니 흰자를 드러내며 바닥으로 쓰러진다.

트럭에서 내린 소명이 쓰러져 잠든 남자의 어깨를 가볍게 툭툭 친다.

"몇 시간만 푹 자고 일어나세요."

나는 남자의 주머니에서 차 키를 빼내며 그가 출연 중인 드라마를 떠올린다. 차설의 아버지인 차준혁 디렉터가 세 시즌째 겨우 이어 가고 있는 드라마, 그 드라마에서도 이 남자는 가장 비중 없는 조연으로 얼굴을 비추는 액터다.

차설도 나도 백이 있거든.

아니, 사실은 차설이 이 남자의 백이었을 거다. 차설이 차향
에게 보내는 편지와 **물건**을 다른 물류들 사이에 몰래 섞어 주
는 대가로 스노볼에서 퇴출당하지 않고 연명하는 것이다.

"어? 리암 살루루 아냐?"

시내도 남자의 얼굴을 알아보며 혀를 찬다.

"아이고, 재미있는 구경거리 놓치시겠네."

시내의 농담 아닌 농담에 소명이 피식 웃는다. 긴장감이 감
도는 눈빛 그대로 희미한 소리만 있는 웃음. 우리는 트럭 뒤에
몸을 숨긴 채 고개를 빼고 전방의 상황을 주시한다.

팔이 등 뒤로 묶인 황산나가 차향에게 목덜미를 붙잡힌 채
로 질질 끌려가고 있다. 차향은 황산나를 앞으로 거칠게 밀면
서 그녀의 뒤통수에 권총을 바짝 들이민다. 그러자 황산나의
입에서 겁에 질린 목소리가 새어 나온다.

"사, 살려 주세요."

사무실 안에서 한가로이 손톱을 깎다 뒤늦게 상황을 파악
한 출입국 관리소 직원이 놀란 얼굴로 튀어나와 차향을 향해
권총을 든다.

"뭐, 뭐, 당신 뭐야? 당장 무기 내리고 풀어 줘!"

깔끔한 유니폼 아래로 보이는 슬리퍼 두 짝이 참으로 만만
해 보인다.

"악, 쏘지 마세요, 이 여자가 먼저 저를 쏠 거예요!"

차향에게 권총을 겨눈 출입국 관리소 직원이 황산나의 애처로운 연기에 갈팡질팡하는 찰나, 명소명이 트럭에서 돌아나가며 다시 한번 마취총을 쏜다. 피슉, 출입국 관리소에 남아 있던 유일한 직원이 흐물흐물 바닥으로 쓰러진다.

소명의 마취총이 두 나약한 관객을 잠재웠지만, 차향은 여전히 험악한 얼굴로 황산나에게 권총을 겨누고 있다. 우리는 동시에 황산나에게 달려들어 그녀와 두 액터를 노끈으로 한데 묶어 버린다.

리암 살루루의 자동차로 재빠르게 걸어가는 우리 등 뒤로 황산나의 공격적인 저주가 달라붙는다.

"니들 계획이 성공할 것 같아? 디렉터한테 대들어 봐야 내 꼴 나는 거야!"

우리는 아랑곳 않고 리암 살루루의 차에 올라탄다. 차향이 운전석에, 내가 조수석에 자리를 잡는다. 차향의 선글라스를 하나씩 나눠 쓰고 얼굴을 가린 채 출입국 관리소를 벗어난다.

우리는 황산나의 연기가 얼마나 훌륭했는지 언급하지 않는다. 출입국 관리소에 설치된 카메라와 이 자동차 안 카메라는 추후 두 관객이 출연하는 드라마를 통해 오늘의 사건이 어떤 식으로 진행됐는지를 알려 줄 것이다. 황산나가 우리의 인질에 불과했음을 증명할 수 있도록 우리는 오히려 황산나의 저주를 욕하고 비웃는다.

연기를 위한 대사일 뿐이었던 황산나의 마지막 말이 우리의 불안과 걱정을 조금 더 키워 버렸다는 사실도 입 밖으로 꺼내지 않는다. *디렉터한테 대들어 봐야 내 꼴 나는 거야!*

"예상보다 길이 너무 막히네."

자동차 계기판 옆에 달려 있는 시계를 보며, 차향이 핸들을 잡은 손을 초조하게 탁탁 튕긴다. 현재 시각 오후 9시 37분. 날씨 뉴스 시작까지 남은 시간 십삼 분. 날씨 뉴스까지 포함해도 「뉴스 나인」의 남은 생방송 시간은 고작 이십삼 분. 그 안에 **부조정실**을 차지하지 못하면 모든 게 수포로 돌아간다.

뉴스 스튜디오 안에 있는 부조정실은 「뉴스 나인」이 진행되는 동안 채널 9번에 대한 **지휘권**을 갖는다. 이 지휘권의 의미는 채널 9번에 무엇을 송출할 것인가 하는 결정권을 말한다. 생방송 카메라 앞에서 고해리 프로젝트에 대해 폭로하는 우리의 모습을 시청자들이 보게 할 것인지 말 것인지, 바로 그런 결정과 실행이 이뤄지는 곳이 부조정실이다.

그 부조정실의 대장은 이담 피디이고, 이담 피디는 날씨 뉴스가 끝나는 오후 10시 정각이 되면 '생방송'이라고 적힌 빨간 버튼의 불을 꺼 부조정실의 지휘권을 다시 **주조정실**에 이관한다.

우리는 그 전에 부조정실을 차지해 '생방송'의 빨간 불이 꺼지지 않게 해야 한다. 고해리에 대한 모든 진실을 만천하에 폭로하는 마지막 순간까지.

"하아, 미치겠네……."

차향은 초조하게 핸들을 탁탁 두드리고, 우리는 말없이 불안하게 몸을 흔들거나 입술을 깨물고 무엇에라도 기도를 올린다.

스노볼 액터들이 일주일 중 가장 사랑하는 금요일 밤. 도로 옆 인도에서는 금요일 밤을 즐기는 액터들의 활기찬 에너지가 그득하다.

나는 초조한 마음을 달래려 라디오를 켜 본다. 라디오에서는 마침 「뉴스 나인」이 흘러나온다.

—지금 스노 타워 111층에서 올해 바이애슬론 챔피언십에 출사표를 낸 육십여 명의 선수들이 만찬을 즐기고 있는데요, 그럼 현장을 연결해 전년도 챔피언인 쁘리야 마라반 선수와 김제노 선수를 잠시 인터뷰해 보겠습니다.

"어?"

김제노의 이름을 듣고 시내가 갑자기 기도를 멈춘다.

"초밥이 남자 친구? 소리 좀 키워 봐!"

시내의 농담에 무겁던 분위기가 조금은 부드러워지지만, 내 마음에는 새로운 무게 추가 더해진다.

—안녕하세요, 김제노입니다.

라디오 너머 김제노는 자신이 짝사랑하고 있는 고해리가 곧 세상에서 사라질 거라는 사실을 알지 못한 채 멋쩍게 웃는다.

—네, 저도 제 소총에 이렇게 챔피언 인장을 붙여 놨어요.

이 부적 덕분에 올해는 더 좋은 성적을 낼 수 있을 것 같습니다.

박 앵커와 두 챔피언의 인터뷰가 소소한 웃음소리와 함께 이어지지만, 우리는 또 어느새 각자 심호흡을 하고 기도를 올린다.

내가 라디오를 꺼 버리자 시내가 조심스레 말을 꺼낸다.

"그 부조정실 말고, 뭐였지? 주조정실인가? 우리 바로 거기로 가면 안 돼? 주조정실은 스노볼의 전 채널에 대한 송출권을 가지고 있다며! 모든 채널에서 우리가 나올 수 있게 하면 훨씬 더 많은 사람들이 우리를 볼 수 있잖아?"

차향이 차분하게 찬물을 끼얹는다.

"그럼 참 좋을 텐데, 문제는 주조정실이 어디인지 아는 사람이 아무도 없다는 거야."

차향은 삼십 년 경력의 디렉터들조차 주조정실의 위치는 알지 못한다고 말한다. 주조정실은 스노볼이 가진 수백 개의 채널에서 스물네 시간 차질 없이 드라마가 방송될 수 있도록 주관하는 곳이다. 그런 주조정실이 「뉴스 나인」이 진행되는 한 시간 동안 채널 9번에 대한 송출권을 부조정실에 넘기는 건 뉴스 제작의 독립성을 상징하는 시스템이다.

"그럼 뭐야."

소명이 답답하다는 듯 한숨을 쉰다.

"지금부터 십구 분 안에 부조정실을 점령하지 못하면 다 끝인 거네? 물론 내일도 생방송 뉴스는 진행되겠지만, 아마 그때쯤이면 우리는 출입국 관리소 직원의 신고를 받은 경찰들한테 붙잡혀 있겠지."

소명의 깔끔한 상황 정리에 시내의 질문이 바로 따라붙는다.

"그럼 우리 지금 왜 여기 가만히 앉아 있는 거야? 스노 타워 저거 아냐?"

맞다고 내가 고개를 끄덕이자마자 소명이 우렁차게 외친다.

"뭐야, 그럼 뛰어!"

"저게 워낙 커서 그렇지, 보기보다 멀리 있⋯⋯."

차향의 대답과 상관없이 뒷좌석 문이 벌컥 열리고 소명과 시내가 차례대로 튀어 나간다.

"야, 야 이 자식들아!"

차문을 열고 뛰쳐나간 아이들의 뒤통수에 차향의 외침이 튕겨 나가고, 나는 눈을 동그랗게 뜬 채 차향에게 어쩔 거냐는 눈빛을 보낸다. 차향이 "아오, 내가 미쳐 진짜"라고 중얼거리며 정신없이 안전벨트를 풀더니 차 문을 연다.

"죽을 때까지 처먹을 욕을 오늘 다 처듣겠네!"

나와 차향이 차를 버리고 아이들을 따라 뛰기 시작하자, 뒤 차들이 경적을 마구 울려 댄다. 빵! 삐삐! 빠아아앙! 삐삐삑! 무슨 상황이 벌어지고 있는지 모를 게 뻔한, 훨씬 뒤에 있는 차들도 정체된 도로에 짜증을 터뜨리듯 신경질적으로 경적을 울려 대고, 미안하지만 우리는 앞만 보고 뛰어간다. 저 멀리 우뚝 서 있는 스노 타워를 향해.

밤이 내려앉은 도시는 형형색색의 조명을 밝히고, 액터들은 삼삼오오 모여서 담배를 피우거나 왁자하게 떠들며 어디론가 걸어간다. 가지각색의 선글라스를 나눠 쓰고 필사적으로 달려 나가는 우리에게 관심을 주는 사람은 거의 없다.

가전제품을 판매하는 매장은 입구 바로 옆에 최신형 텔레비전들을 전시해 놓았고, 그 커다란 화면 중 하나에서 「뉴스 나인」이 방송되고 있다. 뉴스 화면의 우측 하단에 현재 날씨가 하얀 자막으로 적혀 있다. 21도. 그 옆에는 날씨가 맑다는 걸 뜻하는 초승달 아이콘이 떠 있다. 나는 다시 고개를 돌려 앞서 달리는 소명과 시내의 등에서 덜렁거리는 가방들을 바라본다. 그때 갑자기 소명이 고개를 뒤로 확 돌려 거친 호흡으로 소리친다.

"지금 말도 안 되는 일이 벌어졌어!"

"뭐! 뭔데?"

땀을 뚝뚝 흘리는 소명의 얼굴에 순수한 기쁨이 떠오른다.

"나 더워!"

"뭐?"

"나 지금 더워 미치겠다고! 무슨 놈의 날씨가 이렇게 덥냐!"

흡사 불평을 하는 듯한 말투로 신나게 웃는 소명을 보며 시내와 내가 동시에 웃음을 터뜨린다.

"너 때문에 웃겨서 힘 빠지잖아!"

"아니, 인간이 어떻게 실외에서 더울 수가 있지?"

소명의 두 발이 21도의 금요일 밤을 붕붕 떠다닌다. 나와 시내는 터져 나오는 웃음과 터질 듯한 심장 때문에 악악 소리를 질러 대며 뛰어간다.

"후우, 안녕, 하악, 하세요."

무릎을 짚고 서서 들숨과 날숨 섞인 거친 인사를 건넨다.

"어? 이제 곧 날씨 시작하는데……."

스노 타워 1층 로비를 지키는 경비원이 나를 알아보고 눈이 커진다. 생방송을 위한 메이크업도 하지 못한 채 땀을 질질 흘리는 나를 보며 경비는 생방송 진행에 지장이 없겠느냐고 걱정하고, 나는 걱정해 주어 고맙다며 오늘 함께 날씨를 추첨할 게스트 액터들을 데리고 올라가겠다고 말한다. 기상 캐스터가 생방송 날씨 뉴스를 펑크 내기 일보 직전인 상황. 나를 제외한 일행 모두 선글라스를 쓴 채 땀을 삘삘 흘리고 있고, 경황이 없어진 경비는 제대로 된 방문증도 끊지 않고 부랴부랴 우리를 안으로 들여보낸다. 우리는 1층에서 대기 중이던 엘리베이터를 바로 잡아 타고, 단 이십구 초 만에 204층까지 솟아오르는 동안 겨우 숨을 돌린다.

띵, 엘리베이터가 204층에 도착하고, 실탄을 장전한 권총을 양손에 하나씩 든 소명을 앞세우고 우리는 뉴스 스튜디오로 직행한다.

방송국 습격

스태프들이 바쁘게 오가느라 걸쇠를 채우지 않은 뉴스 스튜디오의 문이 쉽게 열린다.

우리는 생방송이 진행되고 있는 스튜디오 안에 들어가 두꺼운 방음문의 빗장을 탁 걸어 잠근다.

—홍화 대변인은 일주일 앞으로 다가온 이본 미디어 그룹의 창립 기념일 행사에 이본심 부회장이 참석할 예정이라고 밝히며…….

박 앵커와 정 앵커가 사람 키보다 큰 모니터 양옆에 서서 간추린 뉴스를 전하고 있다. 카메라 감독을 비롯한 뉴스 스태프들은 두 앵커에게 시선이 고정돼 있다. 우리는 그들 뒤에서 소리 없이 움직인다. 차향은 시내에게 입구를 지키라고 손짓하고, 나와 소명은 차향을 따라 계단을 오른다. 스튜디오 입구에서 시작된 계단은 이담 피디가 지휘하고 있는 부조정실로 연결된다. 우리는 방음문을 조심스럽게 열고 안으로 들어선다.

헤드셋 마이크를 머리에 쓰고 생방송을 지휘 중인 이담 피디와 기술 감독, 스크립터 등 다섯 사람이 세트장 방향으로 나란히 앉아, 수백 개의 버튼과 스위치가 달린 계기판을 통제한다. 그들 앞에는 생방송 카메라가 담고 있는 영상과 자막 화면을 비롯해 모니터 여러 대가 어지러이 움직이고 있고, 그 한가운데에 위치한 '생방송' 버튼에 빨간 불이 들어와 있다.

"해리, 준비 끝났지?"

이담 피디가 헤드셋 마이크에 대고 상황 지시를 한다.

"오케이, 날씨 시작 육십 초 전."

내가 마취총으로 이담 피디의 등을 겨냥한다. 피슝, 공작새 깃털을 조악하게 흉내 낸 듯한 솔기가 이담 피디의 등에 꽂힌다.

아니, 빗맞아 바닥으로 떨어진다. 젠장!

이담 피디가 인상을 찡그린 채 고개를 돌려, 부조정실의 입구를 막고 선 우리 셋을 보더니 경악한다. 소명의 양손에 들린 권총을 발견하고 서서히 입을 벌리는 이담 피디의 모습이 아주 느리게 재생된다. 젠장, 젠장. 심장이 터질 듯이 빠르게 뛴다.

당황한 내가 다시 마취총의 방아쇠를 당기기 직전 이담 피디의 입에서 고막을 찢는 비명이 갈라져 나온다. 부조정실의 다른 직원들이 우리를 돌아보는 모습이 슬로 모션으로 보이

고, 그사이 차향이 내 손에서 총을 빼앗아 이담 피디의 이마에
마취탄을 꽂아 버린다.

"끄아아!"

겁에 질린 스크립터가 전화 수화기를 집어 들려다 떨어뜨
린다. 동시에 차향이 그에게도 마취총을 쏘고, 직원들을 향해
총을 겨눈 소명의 말이 아득하게 들려온다.

"여러분을 다치게 할 생각 없습니다. 조용히 스튜디오 밖으
로 나가 주시면……."

그때 기술 감독이 소명에게 달려들며 외친다.

"다들 얼른 도망가아아아!"

기술 감독이 소명의 팔을 제압해 벽으로 밀어붙인 뒤 총을
뺏으려고 안간힘을 쓴다.

"아, 이 아저씨가 진짜! 총 맞고 싶어서 환장했어?"

쓸데없이 사람을 다치게 하고 싶지 않은지 소명이 엎치락
덮치락하며 악다구니를 쓴다.

"아줌마, 마취! 빨리!"

마취총으로 당장 기술 감독을 기절시켜야 한다는 생각으로
고개를 돌려 보니, 나머지 직원 둘이 한 번에 차향을 덮쳐 총
을 빼앗으려고 얽히고설킨 모양새다.

나는 머리로 피가 쏠려 터질 것 같은 고통에 압도당하지 않
기 위해 눈을 부릅뜨고 기술 감독에게 뛰어든다. 그의 등에 매
달려 헤드록을 건다.

"크아악……."

기술 감독이 고통스러워하며 소명에게서 손을 뗀다. 이어 나를 떼어 내기 위해 몸을 흔들면서 두 손으로 내 팔을 비튼다.

"아악! 내 팔, 내 팔!"

소명은 차향과 나 중에 누구부터 도와야 할지 난감해하며 소리친다.

"아줌마! 이 정도면 위급 상황 아냐?"

차향은 정당방위가 인정될 만큼 위급한 상황이 아니면 절대 사람에게 총을 쏴서는 안 된다고 당부했었다.

"아직 안…… 으악."

누군가 차향의 머리끄덩이를 잡아당긴 그때, 생방송 화면을 비추는 모니터에서 정 앵커의 표정이 급격하게 일그러진다.

—괴, 괴한…….

정 앵커의 외침이 부조정실을 쩌렁쩌렁 울린다.

—지금 스튜디오에 괴한이, 괴한이 침입했습니다!

나는 기술 감독 등에 매달린 채로 방음 유리벽 너머를 내려다본다. 한때 사이좋은 동료 관계였던 정 앵커가 겁에 질린 표정으로 나를 보며 소리친다.

—고, 고해리? 여러분, 고해리 기상 캐스터가 부조정실의 직원들을…….

그때 눈썹 뼈에 강한 충격이 느껴지면서 눈앞이 깜깜해지고 귀가 멍멍해진다. 전초밤…… 전초밤……! 내 이름을 부르는 소리가 아득해지고, 이 와중에도 필사적으로 기술 감독의 등에 매달린 채 느릿느릿 눈을 깜빡여 본다. 뜨겁고 축축한 액체가 왼쪽 눈을 뒤덮으며 시야가 흐려진다.

"야 명소명, 뭐 해! 저 새끼 쏴 버려!"

탕, 다시 현실로 되돌려 놓는 묵직한 한 발의 총성과 함께 기술 감독이 앞으로 고꾸라진다. 그러자 차향과 몸싸움을 하던 두 직원이 겁에 질린 채 비명을 내지르며 재빨리 부조정실 밖으로 도망친다. 그중 한 사람이 계단에서 미끄러지며 고통스럽게 신음한다.

─여, 여러분! 고해리와 괴한들이 초, 총을 쐈습니다!

절규에 가까운 정 앵커의 마지막 외침과 함께 부조정실 밖 스튜디오가 부산스러워진다. 여러분 이쪽으로요, 이쪽으로 얼른 나가세요! 시내의 목소리가 희미하게 들리고, 뉴스 제작진이 너 나 할 것 없이 소리를 지르며 스튜디오 밖으로 빠져나가는 발소리가 들린다.

잠시 후 계단 아래서 시내의 외침이 들려온다.

"다 내보냈어! 근데 배새린은 안 보이네?"

우리 쪽에서 아무 대답이 없자, 시내가 걱정스럽게 물어온다.

"거기 다들 괜찮아?"

"으……."

왼쪽 눈을 손으로 쓱 닦으니 피가 흥건하게 묻어난다. 바닥에는 유리컵 파편이 어지러이 흩뿌려져 있다. 기술 감독은 피범벅이 된 허벅지를 쥐고 쓰러진 채 괴성을 내지르고 있고, 차향은 감독의 왼쪽 볼에 마취총을 들이댄다. 차향도 입술인지 잇몸인지 모를 어디에선가 피가 흐르고 있다.

"이 미친 새끼가, 애 실명되면 어쩌려고."

차향이 망설임 없이 방아쇠를 당긴다.

"악!"

왼쪽 볼에 공작새 깃털을 꽂은 채, 기술 감독이 바닥에 널브러진다.

차향이 이담 피디에게서 헤드셋 마이크를 빼 내게 던진다.

"뭘 꾸물거려, 얼른 내려가!"

생방송 버튼에는 아직 빨간 불이 들어와 있고, 채널 9번에 맞춰진 모니터에는 적막에 휩싸인 뉴스 세트장이 보인다.

소명과 부조정실 밑으로 내려가자, 시내가 스튜디오 문의 테두리를 따라 대형 토치로 지지고 있다. 문의 테두리에 하얀 실리콘 같은 게 발려 있는데, 불이 가해지자 순식간에 시멘트처럼 굳는다. 차향은 이것으로 문을 봉쇄하면 폭탄을 터뜨리지 않는 이상 열 수 없다고 했다.

"됐어, 가자!"

벽이 되어 버린 문에서 떨어져 다 같이 뉴스 세트장으로 뛰어간다. 어디선가 희미하게 사이렌 소리가 울리기 시작한다. 시간이 얼마 남지 않았다.

"너희…… 다 뭐야?"

하얀색 반팔 투피스를 입은 고해리, 아니, 배새린이 반쯤 넋이 나간 얼굴로 우리와 마주 선다. 조명 수십 대로 환히 빛나는 세트장과 대비되어 우리가 서 있는 곳이 더 어둡게 느껴지지만, 배새린의 눈빛에 어린 충격만큼은 또렷이 볼 수 있다.

시내가 이제야 이해했다는 표정으로 입을 헤벌린다.

"아, 저 뒤에 있었구나."

회전형 스튜디오 뒤편에서 대기하고 있었을 배새린은 고해리의 화려한 얼굴을 완벽하게 갖추고 있다.

"너희 다 뭐냐고."

배새린은 보고도 믿을 수 없다는 눈으로 우리를 한 명씩 차례대로 본다.

내가 배새린 쪽으로 딱 한 걸음 다가선다.

"나도 제대로 된 설명 없이 목에 주사기 맞았잖아, 이번엔 네 차례야. 그냥 받아들여, 막으려 하지 말고."

배새린의 눈빛이 당혹감을 넘어서 기괴하게 일렁이는 사이, 헤드셋을 통해 차향의 지시가 흘러나온다.

—시간 없어! 얼른!

눈썹 뼈가 후끈거리는 걸 느끼며 손으로 피를 훔쳐 티셔츠에 대충 닦는다.

"지금부터 우리가 하는 말을 들으면 돌아가는 상황을 이해하게 될 거야."

나는 나머지 아이들에게 세트장으로 가자고 손짓한다. 하지만 배새린이 두 팔을 크게 벌려 우리 앞을 가로막는다.

"못 가! 못 해!"

배새린의 불안한 눈빛이 우리 셋을 차례대로 좇는다. 자신을 포함한 이 넷의 연결 고리를 대강 파악한 얼굴이다.

"내가 고해리야! 근데 니들이 무슨 자격으로 이래? 니들이 왜 카메라 앞에 서냐고!"

우리는 서로의 얼굴을 쳐다보며 망설인다. 이 일의 당사자이면서 아직 폭로에 동의하지 않은, **또 다른 우리**인 배새린의 저지는 그 어떤 물리적 저항보다 강력하다. 소명 역시 손에 들고 있는 권총을 배새린에게 겨눌 생각 따위는 하지 않는다.

—뭐 해! 정신 안 차려?

귀를 때리는 차향의 재촉에 내가 제일 먼저 정신을 차린다.

"가자!"

내가 앞서서 뉴스 데스크로 나아가자, 배새린이 확 달려들어 나를 끌어안듯 붙잡는다.

"안 된다고! 하지 마!"

나는 머리에 쓰고 있던 헤드셋을 벗어 소명과 시내 쪽으로 던진다.

"일단 너희끼리라도 시작해!"

"내가 고해리야! 내가 고해리라고!"

배새린은 목소리가 갈라질 정도로 소리를 지르며 발악하고, 아이들은 확신이 없는 얼굴로 쭈뼛거린다. 나는 제발 빨리 가라고 외치다 배새린과 함께 바닥으로 나동그라진다. 배새린이 손으로 내 얼굴을 마구잡이로 미는 통에 이마 쪽의 상처가 욱신거린다. 아랫입술을 깨물며 필사적으로 비명을 참는다. 내가 배새린을 바닥에 눕히고 그 위에 올라타 다시 외친다.

"너희라도 얼른 가! 제발!"

소명이 굳게 결심한 얼굴로 시내의 등을 떠민다.

"초밤이는 어쩌고……."

끝까지 나를 걱정하며 고개를 돌리던 시내가 소명의 얼굴을 보며 의아한 눈빛을 띤다.

"어? 너 이마에……."

그렇게 말하는 시내의 이마에 갑자기 빨간 점이 나타난다. 처음에는 하나였다가 곧 두 개가 되고 세 개가 된다. 소명이 내 쪽으로 고개를 돌리자 마찬가지로 이마에 빨간 점이 수두룩하게 생긴다.

"무기를 버리고 양손을 위로 올리십시오. 여러분은 포위됐습니다."

어디선가 희미하게 들려오는 확성기 소리에 배새린이 아등바등하던 동작을 멈추고 천장을 올려다본다. 그런 배새린의 이마에도 빨간 점이 여럿 드리운다. 나도 고개를 들고 보도국을 바라본다. 피가 흘러 뿌옇게 번지는 시야 너머로, 견고하게 사격 자세를 취하고 우리를 겨누고 있는 스나이퍼들이 보인다.

오래된 부탁

스노 타워에는 스노볼에서 가장 중요한 방송국이 있고, 스노볼에서 가장 부유한 인물들이 이 타워에서 의식주를 해결한다. 그런 건물을 지키는 사람이 하나같이 다 마음씨 좋은 1층 경비원들뿐일 거라고 생각한 적은 당연히 없었지만, 그렇다고 전문 스나이퍼 수십 명을 경비 인력으로 대기시켜 두고 있었을 줄은······.

그때, 소총에 달린 조준 렌즈에서 눈을 떼고 나를 멍하니 내려다보는 김제노와 눈이 마주친다. 공식 만찬에 어울리는 값비싼 정장을 차려입은 김제노가 전년도 챔피언 인장이 달린 자신의 개인 소총을 내게 겨누고 있다. 재빨리 다른 스나이퍼들을 훑어본다. 김제노와 멀지 않은 곳에 천사현 선수도 있다. 그녀 역시 만찬 파티에 어울리는 복장을 입고 내게 총구를 겨누고 있다. 저들 모두 111층에서 챔피언십 출정식을 즐기고 있던 바이애슬론 선수들이다.

나는 자석에 이끌리듯 다시 김제노를 바라본다. 피범벅이 된 내 얼굴에서 자신이 알던 고해리를 발견한 혼란스러운 눈빛. 나는 그 눈빛을 말없이 올려다본다.

자발적으로 여기에 온 게 아닌 것만은 분명해 보인다.

소총을 조준하고 있는 바이애슬론 선수들 뒤로 스노 타워에서 고용한 경호원들이 열댓 명 정도 서 있다. 그들은 검은 반팔 티 위에 방탄조끼를 입고, 작은 권총을 들고 있다. 소총 조준 렌즈에 표정이 가려진 바이애슬론 선수들과 달리 훤히 드러난 경호원들의 얼굴에는 이 상황에 대한 당혹스러움이 그대로 묻어나 있다. 어딘가 모르게 어수룩해 보이기까지 한다. 실전에 투입된 게 오늘이 처음은 아닐까 싶을 정도로.

"무기를 버리고 두 손을 머리 뒤로 올린 뒤 바닥에 엎드리십시오."

보도국의 방음창에 가로막혀 원래 음량의 절반에도 미치지 못하는 확성기 소리가 다시 이어진다.

"조금이라도 불응하면 지체 없이 쏘겠습니다."

나는 소명과 시내를 번갈아 바라본다. 분주히 오가는 눈빛에서 셋 다 같은 생각을 하고 있다는 걸 느낄 수 있다. 우리는 망설임 없이, 뉴스 데스크를 향해 달려간다. 생방송 카메라에 우리의 얼굴이 단 일 초만이라도 비춰진다면, 오늘 이곳에 온 목적의 반은 이뤄질 것이다.

탕! 탕!

"꺅!"

방음창을 때리는 묵직한 총성과 함께 배새린이 귀를 틀어막으며 몸을 웅크린다. 우리 셋은 재빨리 카메라 뒤편으로 몸을 움츠린다.

"또다시 움직이면, 이번에는 무차별 난사하겠습니다."

부조정실 안에 있는 차향이 힘껏 소리를 지른다.

"이제부터 함부로 움직이지 마!"

우리는 생방송 카메라를 온몸으로 끌어안고 선 모양새로 놀란 가슴을 쓸어내린다. 경고 사격은 보도국과 스튜디오를 구분하는 방음창에 균열을 일으켰을 뿐 구멍을 내지는 못했다. 하지만 선수들과 경호원들이 동시에 총을 쏜다면 우리의 목숨은 보장할 수 없다.

"허튼짓 하지 말고 투항하시기 바랍니다."

나와 엎치락뒤치락하다가 하얀 투피스에 붉은 피가 번진 배새린이 바닥에 엎드린 채 절박하게 소리친다.

"저, 저는 아니에요! 저 아시잖아요, 고해리예요!"

"고해리 씨를 포함한 여러분 모두는 방송국을 불법 점거한 테러범입니다. 경거망동하지 마십시오."

나와 눈이 마주쳤던 정 앵커의 눈망울이 떠오른다. *고, 고해리? 여러분, 고해리 기상 캐스터가 부조정실의 직원들을……*

배새린이 반쯤 넋이 나간 듯 실성한 얼굴로 웃으며 고개를 세차게 흔든다.

"아니에요, 아니에요! 보세요, 여기 있는 인간들이 다 저를 닮았잖아요! 그래서 정 앵커가 오해한 거예요."

방음창 때문에 확성기 소리마저 작게 들리는 이 공간에서 배새린의 항변이 전달될지 의문이다.

확성기 소리가 배새린의 말을 무시하며 소명을 향해 명령한다.

"재차 경고합니다. 당장 무기를 내려놓고 투항하십시오."

"젠장…… 어떡하지?"

나는 소명에게 잠깐 기다리라는 눈짓을 보낸 뒤 두 손을 천천히 머리 위로 올린다. 이어 손을 머리 뒤에 붙이고 가만히 몸을 돌려 확성기의 정체를 확인한다.

확성기를 들고 명령하는 남자는 티르 슈바르켈이었다. 한때 경찰로 일하며 범죄 수사물에서 꽤나 인기를 끌었던 액터. 그 역시 다른 경호원들과 다를 바 없이 검은 반팔 티에 방탄조끼 차림이었지만, 홀로 검은 선글라스를 쓰고 있어 멋을 부리고 있다는 인상을 준다. 그러다 나는, 지금 이 상황 역시 수십 대의 카메라로 촬영되고 있다는 걸 인지한다. 보도국에서 우리를 포위하고 있는 모두가 액터다. 지금 이 상황은 저들이 출연하는 각 드라마에 주요 에피소드로 방영될 게 뻔하다.

그러니까 슈바르켈에게 지금 이 순간은, 비리 경찰로 낙인 찍혀 불명예 퇴직한 그가 다시 인기 액터로 부활할 수 있는 기회일지도 모른다. 그리고 나의 이러한 추측이 억측은 아님을, 한껏 폼을 잡고 선 슈바르켈의 모습에서 확인할 수 있다.

슈바르켈은 세상을 구하는 영웅이라도 된 것처럼, 책임감과 위엄이 흘러넘치는 말투를 유지한다.

"테러범 당신들은 스노볼의 안전과 평화에 심각한 위협을 끼치고 있습니다. 모든 액터의 안위를 위해 저는 테러범과 그 어떤 타협도 하지 않을 것이며…….."

확성기에 대고 끊임없이 떠들어 대는 슈바르켈을 나는 한심하게 올려다본다.

우리 중에 무기를 든 사람은 소명이 유일했다. 그런 소명마저 스노볼 최고의 사격수들에게 둘러싸인 상황에서, 슈바르켈의 일장 연설은 닭살이 돋고 헛웃음이 나올 만큼 과하다. 만찬장에 있던 바이애슬론 선수들을 용병 자격으로 이곳에 동원해 온 것 역시 슈바르켈의 의지와 결정이었을 게 분명하다.

"아니……."

별안간 시내가 깊은 울분을 토해 내며 눈물을 터뜨린다.

"이 방법이 아니면 차설에 맞설 수가 없는데, 우리보고 뭘 어쩌라는 거야! 당신들이 진압할 건 우리가 아니라 차설이라고!"

"닥쳐! 테러범 주제에!"

배새린이 우리와 분명하게 선을 그으며 차설을 옹호하는데, 슈바르켈을 노려보고 있던 시내의 입에서 별안간 '어?' 하는 소리가 흘러나온다.

"이로써 저의 경고는 끝……."

확성기에 대고 으름장을 놓던 슈바르켈의 뒤로 익숙한 누군가가 걸어온다. 이본회. 그는 슈바르켈의 손에서 거칠게 확성기를 뺏어 든 뒤 주변을 향해 뭐라 뭐라 크게 외친다. '당장' '전화'라는 단어들이 드문드문 들려온다.

배새린은 구원자라도 만난 것처럼 활짝 웃으며 자리에서 재빠르게 일어선다.

"도련님!"

도련님이라고 외치는 눈빛에서 배새린이 이본회와 **사적으로** 마주친 적이 없음을 분명하게 느낄 수 있다.

"저예요, 해리예요!"

이본회를 보며 양팔을 위로 쭉 뻗는 배새린을 향해 소명은 뭐 저런 애가 다 있냐는 눈빛으로 인상을 쓴다.

카메라의 생방송 버튼은 여전히 빨갛게 빛나고 있다. 스튜디오 벽에 걸린 커다란 디지털시계가 오후 10시 6분을 나타내고 있고, 차향은 부조정실의 채널 지휘권을 아직 주조정실에 넘기지 않았다.

다시 보도국을 올려다보자 마침 나를 내려다보던 이본회와 눈이 마주친다. 속을 알 수 없는 표정의 이본회가 나와 배새린을 번갈아 보는 사이, 슈바르켈이 보도국의 전화를 한 대 끌어와 두 손으로 떠받치고 선다. 이본회가 내게 시선을 고정한 채 수화기를 든다. 이어 숫자 다이얼 하나를 꾹 누르자, 스튜디오 한쪽 구석에 설치된 전화 유리 부스 전체가 하얗게 빛난다. 전화벨 소리를 형상화한 것처럼 규칙적으로 빛이 켜졌다 꺼졌다를 반복한다. 스노볼 공중전화와 똑같이 생긴 전화가 달려 있다.

이본회가 나를 내려다보며 전화를 받으라고 눈짓한다.

"네, 여보세요!"

하지만 전화 부스는 그새 배새린의 차지가 됐다.

배새린은 부스의 유리문을 활짝 열어 놓고 와르르 말을 쏟아 낸다.

"도련님, 저 해리예요! 거기 경호팀장님께서 오해를 좀 하신 것 같은데, 저는 이 일하고 아무 관련이 없어요! 저는 오히려 피해자예요! 지금 너무 무서워요, 저 좀 구해 주세요. 얼른 저 사람들 좀 막아 주세요. 저 사람들이……."

배새린이 부스 안에서 우리를 바라본다. 두렵고 경멸스러운 눈빛으로.

"쟤네가 자꾸 이상한 소리를 해요, 저를 뺏으려고 해요. 저를 죽이려고, 저를 없애려고 해요. 도련님 제발……."

우리는 배새린이 고해리를 살리기 위해, 계속 고해리로 살아가기 위해 발버둥 치는 모습을 안쓰럽게 바라본다. 저 애는 계속해서 스노볼 카메라를 의식하고 있다.

조금 전 배새린과 바닥에 나뒹굴면서 나는 배새린이 내 목을 조를 수도 있다고 생각했다. 하지만 배새린은 그러지 않았다. 카메라 사각지대에서 내 목에 주사기를 꽂던 애는 지금 여기에 존재하지 않는다. 그건 해리답지 못하니까.

"하지만……."

이내 배새린의 목소리가 작아진다.

소리는 들리지 않지만, 보도국에 서 있는 이본회가 침착하게 배새린을 설득하는 모습이 보인다.

"네……, 네……."

배새린이 힘없이 수화기를 내려놓고 부스 밖으로 나온다. 자존심이 무척 상한 표정으로 아랫입술을 깨물며 터덜터덜 다가온다. 그러고는 분을 삭이듯 크게 숨을 들이마신 뒤 내게 전화를 받으라고 말한다.

나는 이본회와 눈을 맞춘 상태에서 무릎을 굽혀 바닥에 떨어져 있던 이담 피디의 헤드셋을 줍는다. 헤드셋을 손에 쥔 채 가만히 올려다보자, 이본회가 허락의 의미로 가볍게 고개를 까딱인다. 옆에서 슈바르켈이 다급하게 뭐라 뭐라 말하지만, 이본회는 나에게 시선을 고정한 채 들은 척도 않는다. 나역시 이본회를 응시하면서 헤드셋 마이크로 차향에게 최대한 조용히 묻는다.

"내가 전에 물어봤던 거 있잖아. 방송국 전력 말이야."

희망의 끈을 거의 놓고 있던 차향의 목소리에 작은 불씨가 지펴진다.

—방송국 전력이 왜?

"스노볼의 중앙 발전소가 멈추면 방송국도 멈춘다고 했잖아."

—그래.

"다른 비상 전력이 없는 거, 확실해?"

—없어.

"그럼 됐어."

—왜, 그게 뭐……, 야!

나는 헤드셋을 빼서 다시 바닥에 내려놓은 뒤 전화 부스로 걸어 들어가 문을 꼭 닫고 수화기를 든다.

물러날 생각이 없다는 의지를 꾹꾹 눌러 담아 말한다.

"생방송, 할 수 있게 협조해 줘."

나는 지금 여기에 함께할 수 없는 조여수의 존재를 빌린다.

"차설이 죗값을 치르게 하겠다던 약속, 지켜."

굳은 표정으로 나를 내려다보는 이본회의 눈빛이 일렁인다.

나는 다시 조여수를 떠올린다. 이본의 후계자라면 차설이 짜 놓은 판에서 자신을 풀어 줄 수 있을 거란 믿음을 품고 있었을 조여수를. 그 믿음의 힘으로도 더 이상 버틸 수 없었던 조여수를. 끝내 스스로 생명을 꺼뜨려야 했던, 그 심정을 감히 헤아릴 수는 없지만.

"막지만 마, 부탁이야. 나머지는 우리가 알아서 해."

조여수 생각에 눈물이 흐른다. 이본회가 힘없이 고개를 떨어뜨리는 모습이 흐릿하게 보인다.

"죄송합니다."

수화기 너머로 무겁게 가라앉은 이본회의 목소리가 들린다.

"……뭐?"

그는 병상에 누워 있는 이본영 회장의 대행답게 사무적인 투로 말을 잇는다.

"이본 미디어 그룹은 이런 일방적인 요청에 함부로 응할 수 없습니다."

내일의 나, 내일의 우리

사사로운 감정을 꾹꾹 억누르는 이본회의 목소리가 점점 더 낮게 깔린다.

"스노볼을 지탱하는 건 공정한 시스템입니다. 요구 사항을 관철시키기 위해 무력을 이용하고, 무고한 액터들을 위협하는 건 그 어떤 사유로도 용납될 수 없는 행위이며 그런 행위를 일으킨 여러분들에게 이본은 호의를 제공할 수 없습니다."

"공정한 시스템?"

전화 부스 너머에서 소명과 시내가 애타는 얼굴로 나를 바라보고 있다. 카메라 위 빨간 생방송 불빛이 꺼지는 순간 자신들의 생명까지 꺼질 것처럼, 카메라의 곁을 떠나지 못하고 있다.

"대체 왜 그런 얘기를 하는 거야? 이본회 너는 알잖아, 차설이 어떤 인간인지! 차설은 벌을 받아야 해, 그리고 다른 디렉터들도 다시는 이런 식으로······."

수화기 너머로 이본회의 무거운 한숨이 들려온다.

"저는 지금 이본 미디어 그룹을 대표하고 있습니다."

제발 자신의 곤란한 상황을 알아 달라는 말을, 이본회는 어렵게 돌려서 말하는 듯하다.

나를 왜 이렇게 걱정하고 챙겨 줘?

너니까.

조여수의 이본회는 지금 여기에 존재할 수 없다. 그는 조여수를 걱정하던 유일한 사람이 아닌, 스노볼 시스템을 만들어 낸 이본 미디어 그룹의 대리자로 서 있는 거니까.

그렇다면 나는 이본의 대리자를 꺾어 버려야 한다.

"너희가 그토록 추구하는 **평화적인 방법**으로 우리를 막고 싶다면."

나는 이본회를 똑바로 쳐다본다.

"**중앙 발전소**를 꺼."

대체 무슨 말도 안 되는 소리냐는 듯 이본회의 한쪽 눈썹이 삐죽 올라간다.

"여러분을 막기 위해 전 채널의 방송을 중단시킬 수는 없습니다."

"왜? 우리를 총으로 쏴 죽이는 것보다 훨씬 평화적인 방법이잖아, 안 그래?"

나는 이본회의 대답을 기다리지 않고 덧붙인다.

"근데 넌 절대 **그 어떤 발전소**도 멈추지 않을 거야."

한쪽 눈을 찡그린 이본회의 고개가 살짝 기울어졌다.

"전력 공급에 차질을 빚는 순간 스노볼은 더 이상 스노볼이 아닐 테니까."

고해리로서 참석한 이본의 크리스마스 파티에서 나는 거울로 뛰어들었고, 거울은 나를 낯선 곳으로 데려다 놓았다. 마치 거대한 손목시계의 내부처럼 여러 톱니바퀴가 복잡하게 맞물려 돌아가던 곳. 그때는 막연히 교도소라고 생각했다. 다들 죄수복을 입고 있었으니까. 그리고 그곳에 그 남자가 있었다. 눈 아래 분홍색 하트 문신이 있는 남자.

처음 방송국에 견학을 왔던 날, 간추린 뉴스에서 하트 문신 남자가 12월 23일 사형 집행을 받았다는 뉴스를 보았다. 하지만 나는 12월 24일 그 남자를 내 두 눈으로 똑똑히 보았고, 그 밤에 그는 분명 살아 있었다.

죽은 걸로 처리된 남자가 그곳에서 일하고 있었다. 지하 동굴처럼 깊고 어두운 미지의 공간에서.

나머지 해리들을 찾아 마을과 마을을 오가는 동안 나는 그곳에 대해 처음으로 진지하게 생각해 보았다. 그 사람들은 왜 거기서 쳇바퀴를 돌리고 있었을까?

그러다 중요한 사실을 깨달았다.

무한한 지열 덕분에, 지구에서 유일하게 추위에 점령당하지 않았다는 스노볼 지하에서 나는 얼어 죽을 뻔했다.

스노볼이 여전히 따뜻할 수 있는 이유는 기적적인 지리 환경 덕분만이 아니라, **살아 있는 시체**가 돼 버린 사형수들이 작동시키고 있는 **미지의 발전소** 덕분일지도 모른다는 사실을, 나는 뒤늦게 깨달았다.

"저한테 거짓말을 했군요."

이본회가 나를 책망한다.

처음 거울을 이용했을 때부터 지금 나랑 마주친 순간까지, 핵심만 빠르게 요약해.

그때 나는 미지의 발전소에 갔다는 얘기를 꺼내지 않았다. 물론, 그때는 그곳이 스노볼에서 가장 중요한 곳이라는 걸 상상조차 못했지만.

"너도 거짓말했잖아."

"무슨?"

"애초에 너는 조여수를 도울 수 없었어. 너는, 스노볼에 아주 작은 균열조차 허용할 수 없는 이본의 사람이니까."

내 입에서 나온 조여수의 이름에 이본회의 표정이 다시 한번 흔들린다. 내가 조여수가 아니라는 사실에 놀란 것 같지는 않지만, 조여수의 행방에 대한 자신의 추측이 맞았다는 사실에 넋이 나간 듯하다.

"그런데 마치 조여수를 도와줄 것처럼, 너는 희망 고문을 했어."

"그럼 조여수는……."

이본회는 얼굴이 창백하게 질린 채, 더는 말을 잇지 못한다.

"네가 조여수를 걱정하고 아끼던 마음만큼은 거짓이 아니었을 거라고 믿어."

네 다정한 눈빛에 내 마음마저 아릴 정도였으니까.

"그러니까, 차설을 무너뜨리겠다고 조여수와 한 약속……지금이라도 지켜. 그럼 거울 엘리베이터와 관련된 이야기를 누구에게도 하지 않겠다는 약속, 나도 지킬게. 죽을 때까지."

마침내 결심한 표정으로 이본회가 무겁게 입을 뗀다.

"알겠습니다."

이어, 이본회가 경호 인력과 바이애슬론 선수들에게 철수를 지시한다.

테러범에게 끌려다녀서는 안 된다고 목소리를 높이는 슈바르켈을 저지하며 이본회가 다시 나를 바라본다.

"곧 알게 되겠지만, 이름이?"

나는 눈가에 말라붙은 핏덩이를 떼어 내며 대답을 망설인다.

"……전초밤."

이본회가 다른 사람들에게는 들리지 않을 만큼 나직하게 말한다.

"너였구나, 내가 구두를 찾아 준 사람은."

망연자실한 얼굴로 바닥에 주저앉은 배새린의 귀에서 내

가 방송용 인이어를 뺀다. 그리고 배새린의 옷깃에 고정된 피 묻은 마이크를 떼서 내 옷에 단다. 배새린은 아무 반항 없이 천장만 멍하니 올려다본다. 이제 우리를 겨누는 총구는 없다. 김제노는 혼란스러운 얼굴로 여전히 나와 배새린을 번갈아 바라보고 있다.

나는 배새린의 인이어를 왼쪽 귓속에 쑥 밀어 넣은 뒤 옷에 단 마이크의 전원을 켠다.

소명과 시내와 손잡고 셋이 나란히 뉴스 데스크로 걸어간다.

카메라 앞에 일렬로 자리를 잡으며 보도국에 서 있는 이본회를 힐끔 올려다본다. 자리를 뜨지 않고 있던 슈바르켈도 이제는 우리가 무슨 얘기를 할지 궁금해하는 표정이다.

──됐다, 화면에 세 명 다 잘 나와. 준비되면 바로 시작해.

인이어에서 들려오는 차향의 신호에 내가 먼저 입을 뗀다.

"여러분, 안녕하세요."

당신들이 오랜 시간 사랑해 왔던 소녀가 피 칠갑을 한 채 여기 있다. 물론 그 소녀는 단 한 순간도 이 세상에 존재한 적이 없었지만.

"저는 고해리가 되기 위해 태어났고, 그래서 짧은 시간 고해리이기도 했던 전초밤이라고 합니다."

이어 소명과 시내도 짤막하게 자신을 소개한다. 우리는 '고해리 프로젝트'의 시작과 목적을 이야기하며 차귀방과 차설을 여러 차례 언급한다. 차향은 자신이 어떤 자료 화면을 띄우고 있는지 인이어를 통해 알려 주고, 생방송 카메라 옆에 설치된 모니터에는 지금 이 시각 시청자들이 보고 있는 방송과 같은 화면이 나타난다. 우리는 함께 맞잡은 손에 힘을 더 꽉 준다. 다리에 힘이 풀려 주저앉고 싶은 순간이 오면 꽉 잡은 옆 사람 손에 의지하기 위해서.

"마지막으로, 저희가 원하는 것은 차귀방 감독과 차설 감독을 비롯해 이 만행에 연루된 모든 사람들이 그에 합당한 처벌을 받는 것입니다."

내 말이 끝나자마자 차향의 지시가 이어진다.

— 한마디 더 추가해.

나는 한쪽 귀를 살짝 막아 차향의 목소리에 집중한다. 차향이 직접 멘트를 요구하는 건 처음이다.

— 이 일에 대해 알고 있었으면서도 묵인한 방조자 역시 그에 따른 처벌을 받아야 할 것입니다,라고.

뭐? 나는 흔들리는 표정을 들키지 않기 위해 살짝 고개를 숙인다. 지금 나보고 아줌마를 고발하라는 거야?

— 뭘 꾸물거려, 오디오 빈다.

내가 망설이는 사이 소명이 오디오의 공백을 메워 준다.

"대체 디렉터가 뭔가요? 도대체 자기들이 뭐라고 생각하는지, 뭐가 그렇게 잘나고 대단해서 남의 인생과 목숨을 가지고 함부로 장난을 치는지 저는 도저히 이해가 안 가요. 그래서 지금 이 방송을 보고 있는 모든 디렉터에게 말하고 싶습니

422

다."

소명은 잠시 입을 다물고 카메라를 뚫어지게 응시한다.

"당신들은 신이 아니에요, 남의 인생을 좌지우지할 만큼 대단하지 않다고요. 당신들은 남에게 고통을 줘서도 안 되고, 누군가의 삶을 더 나아지게 만들 수 있다는 착각도 제발 버려요. 그건 당신들이 남의 영혼을 제멋대로 휘저을 핑계밖에 되지 않으니까."

소명의 목소리가 분노로 살짝 떨렸다.

소명이 말하는 '당신들'에 디렉터만 포함되는 게 아님을 느낄 수 있었다. 열세 살 때부터 홀로 살아온 소명과 그 주변의 어른들. '고아가 된 너를 내가 구원해 주겠다.'라고 말한 어른이 과연 차설뿐이었을까.

그리고 그건 어른만이 하는 잘못도 아니다. 나 역시 감히, 내가 고해리의 인생을 해피 엔딩으로 만들 수 있을 거라 믿었다. 고해리라는 액터가 역사에 길이 남을 수 있도록 내가 돕는 거라고, 착각했었다.

나는 떨리는 소명의 손을 꽉 잡으며 다시 입을 뗀다.

"고해리와 관련된 진실을 묵인한 방관자들 역시 책임을 져야 합니다. 그런 의미에서 저 역시, 고해리의 죽음을 알고도 고해리를 대신하려 했던 일에 대해 책임을 지고 싶습니다."

세트장 밖에 주저앉아 있던 배새린이 나를 보며 탄식하고, 소명과 시내도 동시에 내 쪽으로 고개를 돌린다.

"갑자기 뭔 소리야!"

"네가 왜!"

—말이 되는 소릴 해, 넌 처음부터 이 일에 이용당할 수밖에 없었어!

인이어 너머로 차향의 고함도 들려온다.

그래, 훌륭한 고해리가 되는 것이 내게 주어진 운명이었다.

하지만, 운명에 순응해야 하는 건 아니었다. *내가 왜 고해리로 살아요, 난 명소명인데.*

"저는 단순히 차설 디렉터에게 이용당한 게 아니에요. 처음부터 제 결정이었고, 제 욕심이었습니다."

최고의 액터가 되면 내가 특별해질 거라 믿었다. 그 바보 같은 믿음 때문에, 누구도 뺏을 수 없고, 누구도 대체할 수 없는, 세상에 하나뿐인 나 자신을 멍청하게 포기했다.

"후-우."

시내가 답답하다는 듯 숨을 크게 내쉬더니 손으로 나를 가리킨다.

"전초밤이 쓸데없이 고해 성사를 하니까, 저도 할게요."

—응? 쟨 또 왜 저래?

"저는 보상금을 바라고 이 폭로에 합류했어요. 네, 아주 속물이죠."

인이어에서 차향의 미약한 웃음소리가 전해진다.

—그래, 하고 싶은 얘기 다 해라.

"그래서 명소명처럼 멋있는 말도, 전초밤처럼 착한 말도 못 해요. 솔직히 저는 억울해요. 사는 내내 아빠가 엄마의 외도를 의심하며 구박하는 모습을 봐야 했던 것도, 엄마가 타당한 반박을 할 수 없었던 것도 저는 억울해요. 그런 환경에서 커야 했던 게 진저리 나요."

시내가 신중하게 단어를 고른다.

"저희는 고해리가 총 몇 명인지 몰라요. 지금 이 방송을 보고 있는 여러분 중에도 고해리가 있을 수 있다는 얘기죠. 분명히 있을 거고, 이 갑작스러운 생방송으로 인해 지금 많이 혼란스러울 거라 생각돼요."

시내가 목소리에 힘을 준다.

"우리 만나요. 다 모여요. 다 같이 목소리를 내서 망가진 삶을 되찾아요. 차귀방과 차설은 우리 삶을 보상할 의무가 있잖아요."

시내는 속이 시원하다는 듯 말을 마치고, 나와 소명은 시내에게 잘했다는 눈빛을 보낸다. 우리는 서로의 표정에서 더 이상 할 얘기가 남아 있지 않다는 걸 확인한다.

"그럼, 저희의 이야기는 여기까지입니다. 시청해 주신 여러분 감사합니다."

―생방송 종료, 3, 2, 1. 오케이.

차향의 사인과 함께 카메라의 빨간 생방송 불빛이 꺼졌다.

배새린은 망연자실한 얼굴로 허공을 바라보고 있었고, 이본희는 나를 물끄러미 바라보다 자리를 떠났다.

우리는 경찰과 119 구조대가 스튜디오의 문을 뜯어내는 동안 서로의 손을 꼭 잡고 서서 아무 말도 하지 않았다.

이로써 우리의 탄생 목적이 사라졌다. 나를 기다리는 위대한 인생 계획과 화려한 수식어도 모두 사라졌다. 하지만 두려움 속에서도 그 어느 때보다 마음이 편했다. 내일이 기다려지기까지 했다. 내일의 나는 사람들이 좋아하는 허상을 흉내 낼 필요도, 나의 존재를 숨길 필요도 없으며 내가 사랑하는 사람들에게 사랑한다고 말할 수 있었다. 내일의 다음 날도, 그다음 날의 또 다음 날도 내가 나로 존재할 수 있다는 사실이 나를 가슴 뛰게 했다.

채널 60번 삭제

그동안 수많은 수감자들이 거쳐 간 곳에서 차설이 파란 수의를 입고 창 너머에 앉아 옅은 미소를 짓는다. 태양같이 강렬했던 주황색 머리칼이 차분한 갈색 머리로 바뀌었지만, 그로 인해 호랑이 같은 눈빛은 오히려 더 도드라졌다.

"네가 나를 면회 올 줄은 상상도 못 했는데."

면회용 수화기를 통해 웃음기가 전해진다.

"내가 누군지는 알아요?"

"뭐?"

내 건조한 목소리도 수화기로 스며든다.

"내가 누구인지 구별은 하냐고요."

차설이 한쪽 팔꿈치를 철제 선반 위에 올려 기댄다.

"배새린 말이야, 걔는 고해리로서는 괜찮았는데 너를 흉내 내는 데에는 영 소질이 없더라."

그렇지만 끝까지 모른 척해 줬다고, 차설은 빙긋 웃는다.

"용케 우리 가족은 건드리지 않았네요."

차설이 무슨 소리냐고 눈빛으로 묻는다.

"조여수가 집으로 돌아가지 못하도록 당신이 조여수의 가족을 건드렸잖아."

차설이 피식 웃는다.

"다른 마을로 이사시킨 것도 죄가 되나? 게다가, 더 넓은 집으로 구해 줬는데?"

내가 주먹으로 면회실 창을 쾅 내리친다.

"조여수는 자기 때문에 가족이 죽은 줄 알았어! 그래서 내내 죄책감에 시달렸다고!"

고매령의 집에서 뒤늦게 발견된 조여수의 일기장이 재판 증거로 제출됐다. 재판부는 일기장의 필체가 조여수의 필체와 일치한다고 판단을 내렸고, 그 일기장 내용은 신문과 방송 뉴스를 통해 일부 공개됐다.

"나는 조여수한테 한 번도 그 애의 가족을 죽였다고 말한 적 없어. 조여수가 혼자 그런 오해를 한 걸 나도 안타깝게 생각해."

"하, 그럼 이건 뭐라고 변명할 건데?"

나는 구치소 수감자와 방문자의 공간을 분리하는 창에다가 오늘자 신문 일 면을 들이밀었다.

'차귀방, 사형 선고 받을까?' 대문짝만하게 뽑힌 신문의 헤드라인을 보고는 차설이 기사 내용을 찬찬히 읽는다.

기사는 조여수 직전에 고해리로 산 '첫 번째 고해리'에 집중하고 있었다. 고상히의 배 속에서 자라, 태어날 때부터 고해리라고 불렸던 아이. 그래서 고해리라는 이름 외에는 다른 이름이 없었던 아이. 해당 기사를 쓴 기자는 그 아이의 생사 여부가 차 부녀의 형량에 결정적인 영향을 미칠 거라고 예상했다.

차설이 무표정한 얼굴로 뻔뻔하게 거짓말을 한다.

"걔는 실종됐어. 어디로 간 건지 나도 궁금해."

"정말 끝까지 이럴 거예요?"

기사는, 고해리가 단순 실종된 거라면 차귀방과 차설이 사형 선고만큼은 면할 수 있을 거라고 말했다.

쿠퍼 라팔리의 사망은 재판 내용에 포함되지도 못했다. 사법부에서 스노볼의 법 조항을 꼼꼼히 따져 본 결과, 액터가 아닌 나는 스노볼의 재판정에 증인으로 나설 수가 없었다. 거지 같은 법은 동시에 나의 죄도 묻지 않았다. 스노볼에서 그 어떤 신분도 갖지 못한 나와 차향은 증인도 기소인 신분도 될 수 없었다. 법이 우리에게 물을 수 있는 것은 스노볼에 불법 침입한 부분뿐이었다.

게다가 차귀방은 반신불수 상태로 의식조차 없는 상황이었고, 차설은 그러한 차귀방에게 모든 책임을 떠넘기고 있었다.

"당신이 분명 차향한테 고해리를 잘 처리했다고 말했잖

아!"

하지만 경찰은 고해리의 사체도, 고해리를 해친 무기도, 그 어떤 물증도 찾아내지 못했다.

차설이 내 눈을 피하며 말한다.

"그때 나는 할아버지한테 고해리를 놓쳤다고 솔직하게 말할 자신이 없었어. 그래서 향이한테도 거짓말을 할 수밖에 없었고."

"제발 솔직하게 말해! 그 애 어디 있어? 바깥세상에 데리고 나가서 죽였어?"

"그랬다면 내가 그 애를 데리고 비행기를 탄 게 스노볼 카메라에 다 찍혀 있었겠지."

나는 신문을 구기고 다시 한번 면회실 창을 세게 친다.

"스노볼 영상은 재판에 증거로 사용되지 못하니까 당신한테 묻는 거잖아!"

고해리 프로젝트는 단순 사기나 살인과는 차원이 다른 중범죄였지만, 그렇다고 해서 예외가 될 수 있는 것은 아니었다. 스노볼에서 가장 중요한 것은 망할 놈의 공정한 시스템이고, 공정하다는 건 차별도 특혜도 없다는 뜻이었다. '스노볼 영상은 범죄의 수사 및 재판의 증거로 사용되지 않는다'는 법 조항을 마음대로 해석할 여지 또한 없었다. "절대 빅브라더가 되지 않을 것을 약속합니다." 이본 회장이 강조한 이래로, 이본 미디어 그룹은 스노볼의 카메라가 액터를 감시하는 데 악용

되지 않도록 모든 제도적 노력을 기울여 왔다.

게다가, **우리가 직접 없애 버린** 고해리는 더 이상 스노볼에 존재하는 액터가 아니었으므로 고해리의 영상을 볼 수 있는 담당 디렉터조차 존재하지 않았다. 고해리였던 그 아이의 행방을 볼 수 있는 사람은 이제 아무도 없는 셈인 것이다.

"쓸모가 없어진 고해리를 죽여야 하나, 생각해 보지 않은 건 아니야. 결국 실행에 옮기지는 못했지만."

재판정에서는 감히 하지 않은 말을 하고는 차설이 내 시선을 피한다.

"근데 걔가 내 마음을 눈치챘었나 봐. 그래서 도망간 게 아닐까 싶어."

"거짓말하지 마."

"그 애가 카메라가 없는 깊은 숲으로 달려가는 모습이 카메라에 찍혔고, 그게 내가 마지막으로 본 그 애의 모습이야."

"깊은 숲이라면, 출입 금지 구역을 말하는 거야?"

차설이 고개를 끄덕이자마자 나는 자리를 박차고 일어선다. 경찰에게 말하면 그 아이의…… 흔적이라도 찾을 수 있을지 모른다.

면회실을 나서기 전 고개를 돌려 차설을 똑바로 쳐다본다.

"당신은 살인자야. 많은 생명을 잔인하게 해쳤고, 그보다 더 많은 인생을 망가뜨렸어."

차설의 호박색 눈동자가 어렴풋이 쓸쓸해진다.

"난 세상을 바꾸고 싶었을 뿐이야, 너희와 함께."

나도 모르게 헛웃음이 새어 나온다.

"하, 당신이 뭔데. 당신이 뭔데 세상을 바꾸고, 당신이 뭔데 우리를 함부로 이런 일에 끌어들여?"

차설이 나를 보며 신경질적으로 웃는다.

"너희도 남이 이래라저래라 하는 건 죽어도 싫구나. 이제 보니 참 닮았네."

"뭐?"

"그럼 직접 깨달아 봐. 그때는 이미 늦었을지도 모르지만."

"대체 무슨 소리를 지껄이는 거야?"

차설은 빙그레 웃기만 할 뿐 더 이상 대답하지 않는다.

하……. 나는 차설을 한동안 노려보다 그대로 면회실을 나와 버린다.

*

재판부의 이례적인 협조와 이본 미디어 그룹의 지원으로 경찰은 스노볼 내 모든 숲에 수십 대의 드론 카메라를 띄웠지만, 고해리의 흔적을 찾아내지 못했다.

고해리 전용 채널이던 60번은 텔레비전 채널에서 삭제됐다. 이제 바깥세상에서 리모컨으로 숫자 60을 누르면 아무것도 보이지 않는 검은 화면이 나온다. 채널 59번에서 위로 가기를 누르면 채널 61번으로 넘어간다.

이본 미디어 그룹은 채널 60번을 삭제하면서 모든 것이 빠르게 제자리로 돌아가길 바랐다. 우리의 생방송 폭로는 바로 다음 날 「뉴스 나인」에서 한 번 다뤄진 후로 다시는 재방영되지 않았다. 김제노와 티르 슈바르켈을 비롯한 수십 명의 액터가 그 자리에 있었지만, 그 어떤 드라마에서도 우리의 모습은 나오지 않았다. 액터가 아닌 우리의 모습을 드라마에 사용하는 것 역시 법을 위반하는 일이었다.

고매령 가족이 출연하는 드라마도 열여덟 번째 시즌을 원래 일정보다 훨씬 앞당겨 종영했고, 그다음 시즌을 맡을 담당 디렉터는 정해지지 않았다. 다음 시즌이 나온다면 그 내용은 차귀방, 차설과 함께 재판부에 넘겨진 고매령에 대한 이야기가 될 가능성이 높았다.

나와 소명, 시내는 이본 저택과 같은 마당을 공유하는 손님용 별채에서 머물면서 재판 결과를 기다렸다. 신문과 뉴스에서는 재판부가 차귀방과 차설의 재산을 몰수해 우리에게 피해 보상금으로 돌려주는 방안을 고심 중이라는 추측성 보도를 했다.

기상 캐스터의 갑작스러운 공백은 건강이 어느 정도 회복된 프랜 크라운의 깜짝 복귀로 메워졌다.

—네, 내일 최고 기온은 28도이고,

프랜은 오늘도 보톡스 시술과 두꺼운 화장으로 병색을 가린 채 텔레비전 화면 속에서 밝게 웃는다.

—최저 기온은 21도입니다.

"와, 최저 기온이 겨우 21도야?"

바깥세상에서 날씨 뉴스를 볼 때는 별다른 감흥을 느끼지 못했던 소명은 그 온도가 어떤 느낌인지를 체감하고 난 요즘, 매 숫자에 진심으로 반응하고 있다. 와, 최저 기온이 겨우 17도라니, 19도라니, 20도라니.

그 옆에서 시내는 테이블 위에 수북이 쌓인 편지와 엽서들을 몇 시간째 읽고 있다. 액터들뿐 아니라, 바깥세상의 시청자들까지 비싼 우표 값에도 불구하고 우리에게 매일 편지를 보냈는데, 원체 숫자가 많은 시청자들의 편지가 당연히 더 많았다.

돈에 민감한 시내가 오늘 우리가 받은 편지의 우표 총액을 계산하며 말한다.

"이렇게 **비싼 관심**을 매일 받고 있는데…… 답장은 언제쯤 가능할까."

우리는 주머니에 땡전 한 푼 없이, 오로지 이본의 배려로 의식주를 해결하고 있는 입장이었다. 가족들에게 안부를 전하기 위해 내가 쓰는 편지지와 우푯값마저 이본이 비용을 지불하고 있었다. 스노볼을 불법적으로 휘젓고 다닌 전대미문의 피해자들에게 어떤 처분을 내려야 할지, 법원의 고민이 끝나기 전까지 우리는 함부로 스노볼을 떠날 수 없었다. 이본 미디어 그룹은 참으로 모순적인 말로 불리는 이 "불법 피해자들"의 **후견인** 역할을 자처했다. 스노볼의 관리자로서 디렉터의 만행을 바로잡지 못한 책임을 만회하려는 의도처럼 보였다.

시내가 엽서 수십 장을 동시에 들고 하나씩 넘겨 본다.

"날이 갈수록 우리에 대해 더 많은 걸 궁금해하네."

우리의 안부는 뉴스로 간간이 전해지긴 했다. 이본 미디어 그룹에서 재판부에 여러 번 요청한 결과, 우리는 고해리 관련 재판이 열릴 때마다 방청석에 앉아 재판의 내용을 모두 지켜볼 수 있었다. 우리가 재판정에 출석하고 이본 저택으로 돌아가는 모습은 매번 신문 일 면을 차지했다.

그리고 나는 재판마다 나를 보러 온 유진이와 몰래 눈인사를 주고받곤 했다. 고해리의 삼촌 고우요도 재판소 앞을 몇 번 찾아왔지만 인터뷰를 따내려는 기자들의 성화에 질려 언젠가부터 발길을 끊었다.

"우리가 밥은 잘 먹는지, 울지 않고 씩씩하게 잘 지내는지 궁금하대."

엽서의 내용을 요약해 주는 시내 옆에서 소명도 다른 편지를 손으로 가리킨다.

"여기, 우리 넷이서 안 싸우고 잘 지내는지 궁금하다는 사람도 있네."

나는 그 말에 피식 웃고는 가만히 위층을 올려다본다.

"쟤는 또 저녁도 안 먹고 저러네."

배새린은 우리가 함께 지낸 한 달 동안 단 한마디도 하지 않았다. 밥도 혼자 다른 시간에 먹었고, 함께 상의할 게 있다는 말에 반응조차 하지 않았다. 재판 방청을 가는 날에만 어쩔 수 없이 한 차를 탈 뿐이었다.

특히 차향과 나에게는 눈빛에서부터 적대감을 드러냈는데, 차향이 최근 검찰의 조사를 비공식적으로 도우며 숙소를 비우는 일이 잦아지면서 나 혼자 배새린의 눈빛 레이저를 고스란히 받아 내게 됐다.

시내가 테이블 위에 널브러진 편지와 엽서를 정리하며 아쉬운 어투로 말한다.

"오늘도 **고해리**가 보낸 편지는 없어."

시내는 매일 고해리의 편지를 기다렸다. 숲속으로 사라진 고해리와, 아직 우리가 알지 못하는 또 다른 고해리들을 기다렸다.

"나는, 그 애들이 어디에선가 잘 살고 있어서 편지를 안 하는 거면 좋겠어."

진심이었다. 각자의 이름을 가지고 있을 고해리들 모두 우리와 연대할 필요가 없을 만큼 잘 살고 있기를 바랐다.

소명이 날씨 뉴스가 끝난 텔레비전을 끄며 묻는다.

"이본 답변은 언제까지 기다려야 해? 일주일도 더 지났어."

집사를 통해 이본에게 대화를 요청했지만, 돌아오는 답변은 기다려 달라는 말뿐이었다. 이본영 회장은 여전히 집무에 복귀하지 못한 상태였고 이본심 부회장은 언제나처럼 신출귀몰이었다.

이본과 얘기하고 싶은 것은 우리에게 쏟아지는 편지에 답장을 쓰는 문제였다.

"흠흠."

거실 한쪽에 서 있던 이본가의 경호원이 조용히 목을 가다듬는다. 한 달 새 그림자처럼 익숙해진 경호원의 존재를 새삼 깨달은 우리가 경호원 쪽으로 고개를 돌린다.

"지금 이본회 도련님께서 별채 앞에 와 계신다고 합니다."

경호원이 무전을 듣고 덧붙인다.

"초밤 양을 뵙고 싶다고 하시는데요."

우리는 분주히 눈빛을 주고받는다.

사람들에게 답장을 쓸 시간이었다.

새로운 미래

이본 저택의 마당은 차를 타고 이동하는 게 유난스럽지 않을 정도로 넓고, 밤에도 아름다운 정원을 잘 볼 수 있도록 여기저기에 가로등이 세워져 있다. 사실상 개인이 소유한 가장 크고 아름다운 공원이다.

이본회의 그림자인 유 경호원이 저 멀리 별채 앞에 서서 이쪽을 보고 있다. 나는 이본회와 두어 걸음 떨어져서 걷는다. 오색찬란한 꽃들이 달밤 아래 숨 쉬며 완벽한 풍경을 만들고 있다.

"지내는 데 불편한 건 없어?"

"없어, 경호원과 집사가 부담스러운 것 빼고는."

내 단호한 대답에 이본회가 피식, 웃음을 터뜨린다.

우리가 생방송 뉴스에서 진실을 폭로하던 날, 이본회는 내가 조여수가 아니라는 사실을 알게 되었고 나는 이본회에게 왠지 모를 미안함을 느꼈다. 그 미안함은, 그날 이후 얼굴 한 번 마주할 일 없었던 지난 한 달 동안 더 커졌다.

"이본영 회장님, 많이 회복되셨다는 뉴스 봤어. 다행이야."

그러고 보니 전처럼 이본회에게 계속 반말을 해도 되는 건 가 궁금해진다.

"고마워, 다행히 많이 좋아지셨어."

이본회는 별로 신경 쓰지 않는 눈치다.

"공식 행사에 참석하시기에는 아직 좀 무리가 있지만."

이본 미디어 그룹의 이번 창립 기념식은 평소보다 약소하게 치러졌다. 이본영 회장이 병상에 누워 있다는 사실 때문이라기보다는 우리의 생방송 폭로 여파로 인한 것이라는 기사들이 여럿 있었다.

"도련님은…… 어떻게 지내?"

"도련님?"

한쪽 눈을 찡그리는 이본회에게 나는 할까 말까 고민하던 말을 해 버린다.

"도련님이라는 호칭을 쓰지 않아도 되는 사람은 조여수뿐이잖아."

이본회가 걸음을 멈추며 나와 눈을 맞춘다.

"이제 와서 네가 나를 도련님이라고 부르기에는, 우리 사이에 너무 큰일이 벌어진 것 같은데?"

왜 하필 그 장면인지 모르겠지만, 나는 방송국 전화 부스에서 이본회를 반협박하던 순간을 떠올리고 만다. 내가 민망해하며 웃자 이본회는 말없이 다시 걸음을 옮긴다. 나는 목을 긁적이다 조심스럽게 묻는다.

"조여수 일기장, 진짜야?"

재판정에 공개된 조여수의 일기장은 여러 장의 편지지를 한데 모아 놓은 모양새였다. 누군가에게 얘기를 털어놓는 편지 형식이었다.

"내가 받았던 편지들을 일기장처럼 꾸며서 몰래 가져다 놓은 거야."

그렇게 말하는 이본회의 얼굴이 어두워진다.

"그 애와 했던 약속이 아예 거짓이 되는 게 싫어서."

너는, 스노볼에 아주 작은 균열조차 허용할 수 없는 이본의 사람이니까. 그런데 마치 조여수를 도와줄 것처럼, 너는 희망 고문을 했어.

내가 했던 모진 말이 떠올라 나는 일기장에 대해 더는 묻지 않는다.

한동안 우리는 아름다운 정원을 조용히 걸었고, 잠시 후 이본회가 결심한 듯 이야기를 시작했다.

"이본으로 매일같이 편지가 쏟아지고 있어. 내용은 다들 비슷해. 텔레비전에서 고해리들을 보고 싶다. 고해리들이 잘 살고 있는지 알고 싶다, 그 애들이 걱정된다, 궁금하다, 그 애들이 다시 행복해지는 모습을 보고 싶다."

이본회는 시청자들의 지속적인 요청을 읊어 대다가 숨이 막혔는지 중간에 한 번 숨을 골랐다.

"그런 편지, 우리도 많이 받아."

나는 기다렸다는 듯 말을 잇는다.

"그런 관심이 마냥 좋은 게 아니란 것도 알고."

"뭐?"

"사람들이 원하는 게 뭔지 모르겠어?"

이본회는 말을 아끼고, 나는 답답한 듯 한숨을 쉰다.

"텔레비전에서 우리를 계속 보고 싶은 거야. 우리의 과거, 쌍둥이라고만 설명할 수 없는 우리들의 특별한 관계, 지금부터 달라질 우리 삶, 그 모든 것들을……."

이본회가 동의한다는 듯 고개를 끄덕인다.

"너희가 과도하게 특별 대우를 받는다는 항의도 있어. 액터로서 카메라 앞에 서는 것도 아니면서 왜 여전히 스노볼에 있는지, 어째서 이본에서 고해리들의 편의를 봐주는 건지, 그런 불만들……. 적정선을 넘은 지 한참 됐어."

이본회가 걸음을 멈추고 내 쪽으로 몸을 돌린다. 그러고는 바지 뒷주머니에 꽂아 둔 편지 서너 통을 건넨다.

"내 말이 거짓이 아니라는 증거, 그중에서도 일부야."

나는 노란 봉투에 든 편지를 읽어 본다. 편지를 쓴 사람 중 하나는 놀랍게도 마 호선의 기관사다. 그녀는 '방송국 테러'를 하러 가는 고해리들이 자기 기차에 탔다고 고백하며 그 일주일 동안 우리가 온통 화장과 치장에 신경 썼을 뿐이라고 적어 놓았다. 비극적인 출생의 비밀로 슬퍼하기는커녕 피해 보상금을 운운하며 들떠 있었다는 내용과 함께.

"하……."

필요 이상의 관심을 보인다 싶었던 마 호선 기관사가 우리 대화를 엿들었던 모양이다.

이본회가 내 손에 들린 편지를 보며 말한다.

"그 사람이 물류 열차를 운전하고 다니면서 이 마을 저 마을에 안 좋은 말을 옮기고 다니는 것 같아. 그 사람의 주장을 똑같이 따른 편지들이 여러 마을에서 오고 있어."

이본회의 입을 통해 우리를 향한 비난이 쏟아진다. 고해리들이 노리는 건 돈이다, 목적이 순수하지 않다, 이본에서 이렇게 쉽게 고해리들을 풀어 주면 안 된다…….

나는 좀 더 긴 한숨을 쉰다. 우리도 눈이 있고 귀가 있으니 돌아가는 상황을 전혀 모르는 바는 아니었다. 특히 법원에 오갈 때면 피켓을 들고 시위하는 액터들과 곧잘 마주쳤다. '고해리들이 스노볼의 시스템을 유린하고 있다!' '스노볼에 무단 침입한 죄와 방송국을 무력으로 탈취한 죄를 물어야 한다!' '차향이 미성년자인 고해리들을 종용하고 있다, 배후 차향의 목적을 조사하라!'

내가 호흡을 고르며 입을 뗀다.

"그래서 말인데, 우리도 사람들에게 **답장**을 쓰고 싶어."

"답장?"

"우리 이야기를 진솔하게 들려줄 수 있는 방송이 필요해. 단순한 호기심이나 시기 어린 의심으로 우리를 함부로 재단할 수 없도록."

"너희가 하루라도 빨리 스노볼을 떠나고 싶어 하는 줄 알았는데?"

"처음에는 그랬어."

엄마는 내게 보낸 편지에서 할머니도 그날 생방송을 함께 봤다고 했다. 할머니는 피범벅이 된 나를 정확히 가리키며 내 새끼가 왜 저렇게 됐냐고 물었다고 했다. 엄마의 눈물로 번진 듯한 글자들이 몇 군데 보였다. 우리 초밤이를 사랑하고 너무 보고 싶다는 문장만큼은 또렷했다.

그때는 어서 집으로 돌아가고 싶다고 생각했다.

"하지만 이대로 스노볼을 떠나면 우리는 사람들에게 영원히 불쌍하고 가련한 피해자, 아니면 영악하게 돈만 밝히는 애들로 남는 거잖아. 우리의 증언으로 시작된 일이 온전히 마무리될 때까지 여기 남아서 필요한 책임을 다하고 싶어."

"사람들이 너희에 대한 사연과 배경을 더 알 수 있도록 하겠다?"

나는 이본회를 똑바로 쳐다본다.

"맞아. 그래서 생각해 봤는데, 우리에 대해 얘기할 수 있는 사람들을 스노볼로 초대하게 해 줘. 각자 세 명 정도?"

이본회가 짐짓 감탄한다.

"스노볼로 일반 시민을 초대하겠다는 계획까지 세운 거야? 가능하다고 한 적도 없는데."

내가 빙긋 웃으며 답한다.

"우리 계획, 처음 들어? 경호원들이 대강이라도 보고했을 거라 생각했는데."

내가 가볍게 팔짱을 끼자 이본회가 곤란한 듯 말을 돌린다.

"액터가 아닌 너희를 데리고 드라마 편성은 무리야."

"기존 드라마와 차별점을 두면 되잖아."

마치 현직 디렉터라도 되는 것처럼 확신에 찬 나를 향해 이본회가 묻는다.

"어떤 식으로?"

"스노볼 드라마 최초로, 바깥세상의 시청자뿐 아니라 스노볼의 액터가 모두 볼 수 있는 드라마를 만드는 거야."

액터들이 보내오는 편지와 법원 앞에서 시위하던 이들에게도 답을 하고 싶었다. 나는 잠시 침묵을 지키다가 다시 말을 잇는다.

"스노볼로 초대하는 사람은 우리가 정할 수 있게 해 줘. 디렉터는 차향으로, 그리고 이본의 개입은 편성 외에는 사양할게."

이 일방적인 제안에 이본회는 기가 찬다는 듯 예의 한쪽 눈썹을 찡긋거렸다.

"고해리 사건이 마무리되면 스노볼의 신뢰를 회복하는 데
에도 도움이 될 거야."

나는 홀가분하게 미소 짓고 이본회는 사뭇 걱정스러운 눈
빛을 띤다.

"이본 저택을 떠나 카메라 앞에 서는 순간, 지금까지의 특
혜도 사라져."

"예상하는 바야."

"그렇다면 내부에서 충분히 상의해 보고 알려 줄게. 관련
법률도 들여다봐야 할 거야."

"좋아."

한숨을 내쉬는 이본회와 달리 나는 짐짓 쾌활하게 숙소로
향한다. 이본회가 조용히 내 보폭에 발을 맞춘다.

나는 가장 묻고 싶었던 말을 애써 삼킨다.

지난밤, 경호원들 몰래 별채 곳곳을 돌아다녔지만 그 어떤
거울에도 손가락 한 마디조차 들어가지 않았다. 오작동을 바
로잡아 놓은 건지, 별채의 거울이 그저 평범한 거울인 건지 알
수 없었다. 어쩔 수 없이 침대로 돌아간 나는 땅으로 꺼져 버
린 듯한 **첫 번째 고해리**를 다시 생각했고, **그곳**을 떠올렸다. 죽
은 걸로 처리된, 살아 있는 시체들이 모여 있는 곳.

"그럼, 곧 연락 줄게."

나를 숙소 입구에 데려다준 이본회가 유 경호원과 함께 돌
아선다.

그의 등 뒤에 대고 손을 흔들며 다짐한다. 이곳에 남아 고해리를 찾겠다고.

고해리의 죽음을 알고도 고해리를 대신하려 했던 일에 대해 책임을 지겠습니다.

내가 선택한 책임의 방식이었다.

부디 살아 있기를.

그로부터 열흘이 지났다.

이본은 스노볼에서 일어난 사태에 책임을 지는 차원에서 우리 드라마의 편성을 공식화했다.

다시 카메라 앞에 서게 된 배새린은 생기를 되찾았고, 소명과 시내는 우리 드라마가 길어지지 않길 바라면서도 다 함께 지낼 시간이 늘어난 데서 즐거움을 느꼈다. 스노볼에 침입하는 데 일등 공신인 차향은 우리 드라마의 담당 디렉터직을 수행하면서 동시에 출연진으로도 이름을 올리게 되었다.

문제는 각자에게 주어진 세 명의 초대 손님이었다. 소명은 조금 더 고민하고 싶다고 했고, 배새린의 부모는 배새린의 초대를 거절했다. 다행히 시내는 엄마와 친구 한 명을 스노볼로 무사히 초대해 이틀 전부터 그들과 함께 시간을 보내고 있었다. 우리의 요구대로 이본은 추후 언제라도 나머지 손님을 부를 수 있다는 데 동의했다.

나는 일단 두 명의 손님을 초대했다.

첫 번째 손님은 이본영 회장의 전용기에서 내리자마자 나를 부끄럽게 만든 나의 쌍둥이 오빠 온기였다.

"동생아, 이 오빠가 왔다!"

나는 얼굴을 찌푸리며 뒷걸음질을 치다 이내 온기의 손을 맞잡고 방방 뛰어 댔다.

두 번째 손님은 내 옆에서 초조하게 심호흡을 하는 차향을 저 멀리서부터 빤히 쳐다보며 다가왔고, 차향은 그녀가 우리 앞에 멈춰 서자 마음대로 이름을 바꿔 부르며 씩 웃었다.

"오랜만이다, 조미료. 그동안 나 못 봐서 심심했지?"

조미류 언니는 차향을 향해 환히 웃어 주고는 내게 말했다.

"불러 줘서 고마워요, 진심으로."

나도 활짝 웃으며 조미류 언니의 손을 맞잡는다. 눈빛도 손길도, 내가 알던 모습보다 훨씬 단단해져 있다.

"조미료, 나 안 보고 싶었냐니까?"

차향을 보며 조미류 언니와 내가 동시에 웃음을 터뜨린다. 온기는 여전히 조미류 언니를 경계하며 내 팔을 툭 친다.

"나랑 저 누나 말고는 올 사람 없어?"

"응, 마지막 손님에게는 아직 초대장을 못 보냈거든."

올 여름은 아주 더울 예정이었고, 나는 우리가 함께할 여름이 기대되기 시작했다.

+
살인마의 손길이라도

"미…… 미류야."

내 이름을 부르는 이치엽의 목소리가 가늘게 떨린다.

아랑곳 않고 더 바짝, 이치엽의 목덜미에 총구를 댄다. 이치엽이 부들부들 떨며 손을 들어 올린다. 눈에 선명한 공포가 어려 있다.

"미, 미안해."

이치엽의 손에서 내게 채워 주려던 목걸이가 식탁 위로 툭 떨어진다. 크리스마스 캐럴을 튼 자동차가 집 앞을 스쳐 가며 적막을 깨트린다.

이치엽은 다시는 친구 이상의 관계를 바라지 않겠다고 덜덜 떨며 말한다. 나는 카메라가 설치된 촛대를 정면으로 응시한다.

"차귀방은 이런 상황에서도 당신이 나를 사랑하고 걱정하는 모습을 보여 주길 바랄 텐데."

"⋯⋯뭐?"

이치엽의 당황한 시선이 허공에서 길을 잃어버린다. 액터는 카메라 앞에서 디렉팅에 대해 언급해선 안 된다.

자리에서 일어나면서 이치엽의 검은 머리칼을 총구로 가볍게 훑는다.

"내 역할은 나와 엮인 남자들을 하나씩 잡아먹는 거고, 당신의 역할은 그런 나를 그럼에도 사랑해 주는 거잖아."

이치엽은 삼 년 전 스노볼에 들어왔다. 우리 집 바로 옆으로 이사 왔고, 아주 천천히 내 경계선 안으로 들어왔다. "바깥세상에서 내 드라마 안 봤어요?" 함께 소파를 옮기다 우연히 슬레이트 치는 소리를 들었던 날, 이치엽은 다정하게 웃으며 대답했다. "봤어요." 그러고는 말했다. "하지만 드라마에서 보이는 게 전부가 아니잖아요." 이치엽은 고모할머니가 액터였다는 얘기를 했다.

뒤통수에 닿은 총구를 느낀 이치엽이 살려 달라고 애원한다. 입이 쓰다.

우리가 진짜 친구였다면, 당신이 나를 뼛속까지 살인마라 여기지 않았다면, 내게 목숨을 구걸할 게 아니라 나를 진정시켜야지. 난데없이 왜 이러느냐고, 너는 이럴 사람이 아니라고 말해야지. 이 드라마의 남자 주인공 자리를 노리며 맹목적으로 차귀방의 지시를 따라온 게 아니라면, 지금 이렇게 공포에 질려 있으면 안 되는 거지.

"내 손끝만 스쳐도 움찔거리는 걸 알고 있었어."

교묘한 편집으로 시청자의 눈은 속일 수 있겠지만 당사자를 속일 수는 없다.

"그, 그게 아냐, 나는……."

"지난주에 차귀방이 더 이상 살인을 하지 않아도 된다고 말했어. 얼마나 기쁘던지."

그렇게 오랜 시간 차귀방의 손아귀에서 놀아났으면서도 그의 저의를 의심하지 못한 내가 한심스럽다. 차귀방은 시청자들이 나의 반복적인 살인을 지겨워하기 전에 드라마의 장르를 선제적으로 바꾸려 한 것뿐이다. 희대의 살인마를 사랑으로 교화한다는 감동 로맨스. 역겹다.

총구로 이치엽의 어깨를 밀어낸다.

"가, 차귀방에게는 입도 벙긋할 생각 말고."

차귀방이 오늘 이 필름을 확인하는 건 일주일 뒤. 스노볼에서의 삶을 정리하기에 부족한 시간은 아니다.

"고, 고, 고마워!"

이치엽이 코트도 챙기지 않고 헐레벌떡 도망친다. 끝내 깨닫지 못한 모양이다. 나는 차귀방의 지시 없이는 절대 사람을 죽이지 않는다는 걸.

"너 이렇게 자꾸 우리 집에 와도 되는 거야?"

걱정스러우면서도 신난 얼굴로 차향 언니가 와인 잔을 건넨다. 나는 레드와인을 마시고, 언니는 음료수나 마찬가지인 스파클링와인을 앞에 놓고 분위기를 맞춰 준다. 거실 테이블에는 평소 내가 좋아하는 치즈와 스낵이, 88층 창밖에는 선명한 오로라가 펼쳐져 있다. 내가 이렇게 먼저 찾아오지 않았다면 언니가 전화했겠지. 혼자 보기 아까운 광경, 와서 같이 좀보겠느냐고.

"새삼스럽게 모른 척이야?"

거실 한쪽에서 LP를 고르던 언니의 눈썹이 휘어진다.

"뭐?"

"내 **카메라 이탈**을 문제 삼지 말라고 언니가 할아버지한테 부탁했던 거 아녔어?"

디렉터가 찍힌 필름은 편집되기 때문에, 액터가 담당 디렉터가 아닌 다른 디렉터와 불필요하게 붙어 다니는 것은 카메라 이탈로 분류된다. 그간 내 필름에 등장한 디렉터가 차향 언니가 아니었다면, 놀러 간 디렉터의 집이 언니의 집이 아니었다면, 차귀방은 이미 오래전에 카메라 이탈을 문제 삼아 나를 협박하는 데 이용했을 것이다. 본인의 손녀가 함께 처벌받을 상황이 아니었다면.

"눈치채고 있었어?"

언니가 머쓱한 얼굴로 웃는다.

언니와 나는 어느 생일 파티에서 처음 만났다. 파티가 지루했던 우리는 생일의 주인공이 케이크의 초를 불기도 전에 근처 피자집으로 도망쳤다. 언니가 피자를 집어 들며 제안했다. "지금부터는 그쪽이 액터고 내가 디렉터라는 사실은 잊어버리기로 하죠? 스노볼이 어떠니 드라마가 어떠니 그런 얘기는 다 집어치우고 **인간 대 인간**으로서 대화하기로!"

한순간일 거라 생각했던 피자 동맹은 오늘까지 이어져 왔고, 그날의 제안은 우리 사이의 암묵적인 규율이 되었다. 덕분에 언니와 있을 때 나는 '살인을 멈출 수 없는 액터'가 아니라 그저 온전히 조미류였다.

"그동안 고마웠어, 언니."

잔잔한 음악이 흘러나오는 LP로 갈아 끼운 언니가 다시 소파로 와서 앉는다.

"너, 무슨 일 있지?"

나는 심호흡을 하며 힘겹게 말한다.

"나…… 이제 그만하려고."

언니가 뭔가를 깨달은 사람처럼 목소리를 키운다.

"요즘 막 나간 이유가 이거야?"

지난 닷새 동안 하루도 빠짐없이 언니를 만났다. 하루는 같이 길을 걸었고, 하루는 같이 요리를, 하루는 같이 텔레비전을 봤다. 카메라 이탈이 잦아지는 나를 걱정하는 언니에게 이상한 낌새를 들키지 않으려 하루 한 시간의 만남으로 만족해야 했지만, 스노볼에 와서 가장 자유롭고 행복한 일주일이었다.

"언니를 만나지 않았다면 아마 더 빨리 떠났을 거야."

언니가 깊은 한숨을 내쉰다.

"이런 말, 디렉터스러워서 미안한데, 떠나고 말고는 네 의지대로 되는 게 아니야."

알고 있다. 그건 시청자의 권리이다. 드라마의 시청률이 유지되는 이상 액터는 마음대로 스노볼을 떠날 수 없다. 그러나 더 이상의 살인도, 살인마를 향한 무조건적인 사랑도 끝나 버린 우리 드라마의 시청자 이탈은 불 보듯 뻔한 일이고, 내가 스노볼 밖으로 쫓겨나는 건 이제 시간문제이다. 그전에 차귀방이 내 괘씸죄를 물어 알아서 드라마를 망쳐 놓겠지만.

"뭐가 문젠지 말해, 내가 다 해결해 줄게."

언니가 미간에 힘을 주며 가슴팍을 탁탁 친다. 그 모습을 보고 웃는데 갑자기 숨이 턱 막힌다. 울컥 눈물이 쏟아져 나올 것 같아 재빨리 일어서 창가로 다가간다.

"야, 조미류."

조금 까칠해진 언니의 목소리가 등 뒤에 꽂힌다.

"너 이렇게 떠나면 죽을 때까지 나 다시는 못 봐. 그래도 상관없어?"

아무것도 모르는 언니가 대답을 재촉하며 나를 돌려세운다.

"제발 뭐가 문젠지 말을……."

결국 눈물이 터져 버린 나를 보며 언니의 표정이 한순간에 굳는다.

"왜, 왜 그래? 대체…… 네 드라마가 밝은 내용이 아니라는 건 어느 정도 알고 있었지만……."

언니는 내가 무슨 짓을 저지르며 다니는지는 모른다. 스노볼에서 내 필름을 볼 수 있는 사람은 차귀방뿐이고, 현직 디렉터인 언니에게 스포일러 금지법을 어기는 대담한 액터는 없었다. 우리가 붙어 다니는 걸 보고 뒤에서 수군거리다가도 언니가 따져 물으면 다들 입을 다물고 피해 버렸다. 나 역시 매번 언니를 끌고 재빨리 자리를 벗어나곤 했다. 숨기고 싶은 나의 이면을 언니만은 영원히 모르길 바랐다.

"우리, 이렇게 하자."

언니가 내 팔을 꼭 쥐고 다급하게 말을 이어 간다.

"내가 네 디렉터가 될게. 너는 앞으로 내 드라마에서 감초 역할만 해."

힘겹게 고개를 젓는다. 그건 차귀방도 나도 용납할 수 없다.

"언니, 나는 그렇게 살면 안 돼."

나는 편하게 살면 안 돼. 행복하게 살아서도 안 되고, 따뜻하게 살아서도 안 돼. 내 남은 생에는 죄책감과 후회만이 가득해야 돼.

언니가 내 어깨를 쥐고 세게 흔든다.

"미류야, 제발 좀……!"

언니와 내가 함께 꾸민 크리스마스트리가 거실 한쪽에서 반짝인다.

"크리스마스 때마다 안부 편지 한 통만 보내 줄 수 있어?"

일 년 중 하루는 내게도 행복을 허락하고 싶다, 죄스럽게도.

"일 년이든 이 년이든 언니가 내키는 동안만 보내 줘."

더 이상 편지가 오지 않으면 언니가 나를 잊고 잘 살고 있다고 생각할게.

"야……."

언니가 내 어깨에 힘없이 얼굴을 묻는다.

"나 악필인 거 알면서, 왜 이러냐 정말."

흐르는 눈물 사이로 피식 웃음이 새어 나온다. 언니는 온몸으로 원통한 울음을 쏟아 내기 시작한다. 듣는 사람의 가슴이 짓뭉개질 만큼.

"네가 스노볼에 오래 머무르기만을 바랐던 내가 너무 이기적이고 등신 같아. 네가 이렇게 힘들어하는 줄도 모르고……."

"내가 버티고 싶어서 버틴 거야."

버틴다고 달라지는 건 없었다. 애초에 액터와 디렉터 사이에는 '인간 대 인간' 관계가 불가능했다. 일주일에 한두 번, 그마저도 만난 지 삼십 분이 넘어가면 카메라 이탈을 신경 써야하는 게 언니와 나 사이였다.

이 기이한 관계가 이어지는 동안 나는 액터 다섯을 더 죽였다. 그중 두 건의 유력 용의자로 경찰 조사를 몇 차례 받았지만 재판까지 가지는 않았다. 자극적인 긴장감을 조성하기 위한 차귀방의 연출적 채찍질이었다. 나는 단 한 번도 증거와 증인을 남긴 적이 없었다.

언니의 등을 토닥이며 크리스마스트리를 멍하니 바라본다.

"지금 불 켜져 있는 크리스마스트리가 몇 개나 될까?"

"뭐?"

이 트리 하나를 밝히기 위해 바깥세상에서는 누군가 지금도 쳇바퀴를 돌리고 있겠지…….

언니가 별안간 대차게 욕을 퍼붓는다.

"싹 다 망해 버려야 돼, 이놈의 망할 시스템 진짜……!"

울면서도 할 말은 다 하는 언니 덕분에 힘없이 웃음이 흘러나온다.

"그러게, 스노볼도 이본도 망해 버렸으면 좋겠다."

눈부신 야경을 바라보며, 이 기괴한 세상을 누군가 바로잡아 주길 소망해 본다. 비록 살인마의 손길이라도, 그날이 오는데 필요하다면 기꺼이 내어 줄 테니.

+ 각성과 인식

눈을 뜨는 감각이 낯설다. 몸은 물에 젖은 솜처럼 무겁지만 머릿속은 아주 상쾌하다. 침대 옆 협탁에는 물병과 유리잔이 놓여 있다. 물을 마시려고 몸을 일으키자 작은 메모와 함께 VHS 테이프가 보인다. '마음의 준비를 하고 틀어 볼 것.'

테이프를 비디오 데크에 넣고 리모컨으로 재생 버튼을 누른다.

뉴스에서 보던 세트장이 텅 비어 있다. 다음 순간, 서로의 손을 맞잡은 여자애 세 명이 안으로 들어선다. 한 명은 눈두덩에서 피가 흘러 얼굴을 제대로 알아보기 어렵다. 다른 두 명도 옷차림만 멀쩡할 뿐 땀에 젖은 머리칼이 마구 헝클어져 있다.

피범벅을 한 여자애가 입을 뗀다.

"여러분, 안녕하세요. 저는 고해리가 되기 위해 태어났고, 그래서 한때 고해리이기도 했던 전초밤이라고 합니다."

……뭐?

내 모든 감각이 화면 속 세 사람에게 집중된다. 의식적으로 호흡하지 않으면 나도 모르게 질식해 죽을 것 같은 공포가 몰려와, 숨을 크게 들이마시고 거칠게 내뱉는다.

무섭도록 빠르게 익숙해지는 얼굴들에 소름이 끼친다.

꾀죄죄한 머리띠를 한 여자애가 굳게 결심한 얼굴로 말한다. "……지금 이 방송을 보고 있는 여러분 중에도 고해리가 있을 수 있다는 얘기죠. 분명히 있을 거고, 이 갑작스러운 생방송으로 인해 지금 많이 혼란스러울 거라 생각돼요. 우리 만나요. 다 모여요. 다 같이 목소리를 내서 망가진 삶을 되찾아요. 차귀방과 차설은 우리 삶을 보상할 의무가 있잖아요."

셋 다 만족스럽고 의기양양한 표정이 된다. 피범벅인 여자애가 시청해 주셔서 감사하다고 말하는 인사를 끝으로 화면이 멈춘다.

나는 터질 것 같은 심장을 가까스로 진정시킨다. 오늘이 며칠인지, 여기가 어디인지도 모르겠다. 확실한 것은 단 하나. 나는 이 생방송 폭로를 시청하고 고해리로 **각성**된 게 아니라, 태어나면서부터 삶의 모든 날 동안 스스로를 고해리로 **인식**해 왔다는 사실이다.

똑똑.

그때, 누군가 방문을 두드렸다.

　'나'에 대한 편집권이 타인에게 넘어간 미래. 사생활을 전부 내보여야만 잘 먹고 잘살 수 있는 시스템. 혹독하리만치 추운 바깥세상과 축복받은 스노볼로 이분화된 세계.

　이상적일 만큼 견고하고 체계적인 부조리 앞에서 뭘 어디서부터 어떻게 접근해야 할지 난감했다. 안으로 비집고 들어갈 균열을 찾지 못해, 스노볼을 둘러싼 유리 천장 밖을 하릴없이 빙빙 돌기만 했다.

　'작품 제출에 의의를 두자!' 수상에 대한 마음을 깨끗하게 비우고, 오롯이 내가 읽고 싶은 이야기를 써 내려간 공모는 처음이었다. 그럼에도, 혹은 그래서인지, 원고를 품에 안고 우체국에 앉아 차례를 기다리는 동안 왠지 모를 애틋함이 느껴졌다. 이 세계를 설명하는 것도, 초밤의 용기와 (정말 부러운) 운동 신경을 그려 내는 것도 하나하나 재미있었다(마감을 지키느라 토할 뻔한 것도 사실이었지만).

거대한 세계에서 길을 잃지 않고 목표한 대로 이야기를 써 나갈 수 있었던 원동력 역시 작품 속에 있었다. 차향이 좋았고, 황산나가 멋졌으며, 차설이 매력적이었다. 소명과 시내는 물론이고, 하나의 존재로 규정될 수 없는 '고해리'에게마저 정이 들었다. 그래서 작가의 말을 빌려 이들의 이야기를 더 들려드리고 싶다.

초밤의 눈과 목소리로 모험을 이어 온 터라, 미류의 시선으로 바라본 마지막 스노볼의 이면 역시 색다른 발견이고 기쁨이었다. 소설 초반에 미류를 등장시킨 건 '이 세계에서는 실제 살인마저 드라마의 소재가 된다'는 것을 보여 주려는 단순한 의도였다. 그때 차향은 아직 이름조차 없는 '조력자'로 시놉시스에만 있었다. 그런 두 사람이 이렇게 중요한 역할을 맡게 될 줄이야!

김제노 역시 예상치 못한 인물이었다. 초밤이 바이애슬론 경기를 직관하러 갈 때까지만 해도 이야기는 다른 방향으로 흘러갈 예정이었다. 그런데 갑자기 제노가 어디선가 뿅 나타나 초밤에게 중요한 터닝 포인트를 제공해 주었다. 반대로 황산나의 경우, 「살아남은 여자」라고 드라마 제목을 정하는 순간 '이 인물이 언젠가 초밤을 도와주는 날이 오겠구나' 직감할 수 있었다. 초밤, 차설, 본회를 제외한 인물 대부분이 처음 시놉시스를 쓸 때는 상상조차 하지 못한 존재들이었다. 예상치 못한 지점에서 새로운 인물을 한 명 한 명 만날 때마다 미지의 세계를 탐험하는 떨림과 즐거움이 깊어져 갔다.

대찬 욕심이지만, 독자분들이 이 책을 덮은 뒤에도 종종 스노볼을 상상해 주시면 좋겠다. 초밤은 물론, 차설의 안부와 배새린의 사연도 이따금 궁금해해 주셨으면 하는 바람이다. 이 글을 쓰는 이 순간에도 분명하게 느낄 수 있다. 지금도 액터들은 최선을 다해 사랑하고 치열하게 슬퍼하고 있으며 스노볼은 셀 수 없이 많은 드라마를 송출하고 있다고.

계속해서 이어질 초밤의 여정에 또 누가 어떤 영향을 미치게 될지, 다음에는 또 어떤 인물의 목소리를 듣게 될지 나도 궁금하다. 그 이야기를 엿보러 가기 전 마지막으로, 스노볼에 와 주신 독자분들과 책 출간에 힘을 보태 주신 분들께 온 마음을 담아, 진심으로 감사의 인사를 드린다.

1권을 마치며,
박소영

소설Y

스노볼

초판 1쇄 발행 • 2021년 12월 3일

지은이 • 박소영
펴낸이 • 강일우
책임편집 • 정소영
조판 • 황숙화
펴낸곳 • (주)창비
등록 • 1986년 8월 5일 제85호
주소 • 10881 경기도 파주시 회동길 184
전화 • 031-955-3333
팩스 • 영업 031-955-3399 편집 031-955-3400
홈페이지 • www.changbi.com
전자우편 • ya@changbi.com

ⓒ 박소영 2021
ISBN 978-89-364-3864-7 03810